reverie

MARIE WEIS

Words *like* feathers

ROMAN

1. Auflage 2025
Originalausgabe

Verlagsgruppe HarperCollins Deutschland GmbH
Valentinskamp 24 · 20354 Hamburg
info@harpercollins.de
Gesetzt aus der Adobe Caslon Pro
von GGP Media GmbH, Pößneck
Druck und Bindung von GGP Media GmbH, Pößneck
Printed in Germany
ISBN 978-3-7457-0475-4
www.reverie-verlag.de

Für Lara,
weil ich weiß, dass wir uns in
jedem Universum finden würden.
Till the end of the line und
weit darüber hinaus, Twinnie.

Liebe Leserinnen und Leser,
dieses Buch enthält potenziell triggernde Inhalte.
Deshalb findet ihr am Romanende eine
Themenübersicht, die demzufolge
Spoiler enthalten kann.

Wir wünschen euch das bestmögliche Erlebnis beim
Lesen der Geschichte.

Eure Marie und euer Team von reverie

Playlist

Baby Can I Hold You – Tracy Chapman
What If I Never Get Over You – Lady A
Two Weeks Ago – Maisie Peters
Cornelia Street (Live From Paris) – Taylor Swift
I Love You, I'm Sorry – Gracie Abrams
Kissing In Swimming Pools – Holly Humberstone
Hope You're Happy – Megan Moroney
I Should Have Kissed You – One Direction
All I Ever Wanted – Dean Lewis
oh my – Alessi Rose
loml – Taylor Swift
Night Changes – One Direction
MESSED UP AS ME – Keith Urban
The Heart Of The Matter – Don Henley
I Almost Do (Taylor's Version) – Taylor Swift
BIRDS OF A FEATHER – Billie Eilish
28th of June – Megan Moroney
Moments – One Direction
Empire – Dean Lewis
teenage dream – Olivia Rodrigo
23 – Reneé Rapp
i wish i hated you - Ariana Grande
Born With A Broken Heart – Damiano David
You & I – One Direction
Defying Gravity (From »Wicked« Original Broadway Cast Recording/2003) – Stephen Schwartz, Kristin Chenoweth, Idina Menzel

»Hope« is the thing with feathers –
That perches in the soul –
And sings the tune without the words –
And never stops – at all –

Emily Dickinson

Kapitel 1

Ich wusste mit absoluter Sicherheit, dass die Position der Vase auf meinem Küchentisch nichts damit zu tun hatte, ob ich später die Zusage bekam oder nicht. Dennoch wollte ich das Glück heute nicht herausfordern, weshalb ich die frischen Tulpen ein Stück weiter nach links und dann wieder nach rechts schob, so lange, bis sie genau in der Mitte des Tisches standen. Ich war froh, dass mich dabei niemand beobachtete. Wie bitte sollte man jemandem verständlich machen, dass man minutenlang einen dämlichen Gegenstand hin und her bewegte, weil einem das eigene Gehirn einredete, dass die guten Nachrichten, auf die man hoffte, nur dann eintreffen würden, wenn er an genau der richtigen Stelle des Tisches stand? Nach getaner Arbeit seufzte ich erleichtert auf, ließ die Blumenvase endlich hinter mir und lief in den Flur. Der Fußboden knarzte, als ich in meine geliebten, mittlerweile stark abgenutzten braunen hohen Stiefel schlüpfte und nach meinem *Shakespeare & Company*-Stoffbeutel griff.

»Guten Morgen«, ertönte eine verschlafene Stimme, gefolgt von einem ausgiebigen Gähnen. Ich drehte mich zu meiner besten Freundin Schrägstrich Mitbewohnerin um. Sienna lehnte im Türrahmen ihres Zimmers, die halblangen blonden

Haare standen wild in alle Richtungen ab, und ein Kissenabdruck prangte auf ihrem Gesicht.

»Morgen, wieso bist du schon wach?«, fragte ich, während ich mein Handy in den braun karierten Blazer steckte, den ich mit einem knielangen dunkelblauen Kleid und einem Schal kombiniert hatte. Meine beste Freundin arbeitete an der Rezeption eines Hotels hier in Bath und hatte, wie so häufig, Nachtschicht gehabt. Normalerweise schlief sie dann immer bis mittags durch.

Sienna grinste und kam auf mich zu. »Na ja, heute ist doch der große Tag, und ich wusste, du wirst aufgeregt sein, also wollte ich dir viel Glück wünschen.« Sie schlang ihre Arme um mich und vergrub mich unter einer warmen Umarmung.

»Hilfe, du erdrückst mich«, rief ich lachend und tat so, als wollte ich mich wehren, auch wenn ich das Gefühl von Geborgenheit ziemlich genoss.

»Das ist so lieb«, sagte ich gerührt, nachdem Sienna sich von mir gelöst hatte. »Du glaubst gar nicht, wie aufgeregt ich bin. Die Zusage würde mir einfach alles bedeuten, das wäre so eine riesige Chance.«

Sienna stupste mir kurz und liebevoll mit dem Zeigefinger gegen die Nase. »Natürlich wirst du eine Zusage bekommen, ich hab das im Gefühl.« Erneut gähnte sie laut und rieb sich über die leicht verquollenen Augen. »Aber jetzt muss ich wieder ins Bett, ich kann kaum klar denken, so müde bin ich.« Sie drückte mich noch mal kurz, ehe sie zurück in ihr Zimmer tapste.

»Heute Abend feiern wir«, rief sie noch durch die halb geschlossene Tür.

Gerade als ich die Wohnung verlassen wollte, fiel mir auf, dass ich meinen Laptop vergessen hatte. Schnell lief ich zurück in mein Zimmer und griff nach dem Gerät, das unter meiner weißen Bettwäsche, auf der kleine Sonnen, Monde und

Sterne gedruckt waren, vergraben war. Na gut, jetzt konnte ich auch eben noch das Bett machen. Mein innerer Monk schrie regelrecht danach. Seufzend legte ich meinen Stoffbeutel auf dem Boden ab und machte mich daran, Decke und Kissen aufzuschütteln. Dabei fiel mein Blick wie immer auf das signierte Poster von *Shawshank Redemption*, das über dem Kopfteil hing und mir jedes Mal einen kleinen Stich versetzte. Dennoch konnte ich mich nicht dazu überwinden, es abzuhängen. Es erinnerte mich zwar immer daran, was ich verloren, aber auch daran, was ich mal gehabt hatte. Der Rest der Wand hinter meinem Bett war übersät mit künstlichen Efeu-Girlanden, während an den restlichen kleine Poster und Bilder von meinen liebsten Filmen und Serien hingen. Ich liebte mein Zimmer. Umso schwerer fiel es mir jeden Morgen, es zu verlassen. Wieso raus in die Welt, wenn man sich auch in dieser gemütlichen kleinen Höhle verkriechen konnte? Lediglich heute trieben mich die Ungeduld und die Vorfreude auf den Tag raus. Ich schnappte also erneut nach meinem Stoffbeutel – diesmal mit Laptop – und machte mich auf den Weg.

Der Frühling war angebrochen, und Bath zeigte sich von seiner schönsten Seite. Überall blühten erste bunte Blumen, und die Blätter der Bäume schimmerten in einem frischen Hellgrün, das zärtlich von den lauwarmen Sonnenstrahlen der Morgensonne liebkost wurde. Ich war in Bath aufgewachsen und hatte noch nie woanders gelebt. Und zumindest für jetzt wollte ich das auch gar nicht. Ich liebte meine Heimatstadt mit ihren honigfarbenen Gebäuden im Stil der georgianischen Architektur, denen man ihr Alter teilweise ansah und die dadurch noch mehr Charme besaßen. Oft fragte ich mich, was die Häuser schon alles gesehen und erlebt hatten, welche Geheimnisse sich im Schutz ihrer Wände anvertraut worden waren und welche Geschichten sie wohl erzählen würden, könnten sie sprechen. Manchmal, wenn ich die Touristen sah, die bei den römischen Bädern anstanden, die Abteikirche bewunderten, im Royal Victoria Park frühstückten oder Fotos auf der Pulteney Bridge schossen, konnte ich gar nicht glauben, dass ich diese wunderschöne Stadt mein Zuhause nennen durfte. Dass Bath dann auch noch viel an Kultur bot, war für mich, die Filme und Bücher über alles liebte, umso besser.

Da unsere Wohnung sehr zentral lag, brauchte ich zu Fuß nur wenige Minuten zu meinem Arbeitsplatz. Wie jedes Mal, wenn ich die Außenfassade des kleinen Kinos erblickte, breitete sich ein wohliges Gefühl in mir aus. *CineHeaven* prangte in goldenen Lettern über der knallroten Eingangstür, neben der auf beiden Seiten zwei rund geformte Buchsbäume standen. Auf dem Flachdach über dem Eingang hatte Jude ein paar etwa hüfthohe Pflanzen aufgestellt, die das Kino zu einem noch größeren Blickfang machten, als es das ohnehin schon war. An der angrenzenden Wand hinter dem Dach prangte in roten Neonbuchstaben das Wort »Cinema«. Rechts neben der Eingangstür zierten Filmplakate der Filme, die wir im Programm hatten, die Hauswand. Schon während der Schulzeit hatte ich als Aushilfe im *CineHeaven* gearbeitet, und nach meinem Abschluss hatten Jude und Ellen, die Besitzer, mich als Vollzeitkraft eingestellt. Das Kino mit den zwei Sälen und der alten Popcornmaschine, das sowohl Blockbuster als auch Arthouse Filme und Klassiker zeigte, war mittlerweile zu meinem zweiten Zuhause geworden.

Als ich die Eingangstür aufschloss, wehte mir bereits ein buttriger und köstlicher Duft entgegen. »Cooper, wir haben noch nicht mal neun Uhr, sag mir nicht, dass du schon wieder Popcorn zum Frühstück isst«, rief ich und legte meine Sachen an der Garderobe ab.

»O doch, und wie er das tut, mir ist schon schlecht beim Zuschauen, ich … Cooper, stopf nicht so!«, ertönte Tashas leicht angewiderte Stimme und brachte mich zum Lachen.

Ich bog um die Ecke und sah Tasha, die auf dem Verkaufstresen saß, während Cooper dahinter stand und sich genau in dem Augenblick eine weitere Handvoll in den Mund schob.

»Wie kannst du das nur jeden Morgen essen?«, fragte ich grinsend und schwang mich neben Tasha auf den Tresen. Meine Kollegin und mittlerweile gute Freundin schenkte mir ein breites Lächeln zur Begrüßung. Die langen schwarzen Haare fielen ihr in sanften Wellen über die Schultern, während das weiße mit kleinen Erdbeeren bedruckte Kleid ihre wunderschönen Kurven absolut großartig zur Geltung brachte. Tasha war wunderschön, und sie wusste es nicht mal. »Ihr Banausen habt ja keine Ahnung, was gut ist«, gab Cooper grinsend zurück. Dabei entging mir nicht, wie meine Freundin ihn ansah. Wie ihr Blick erst über seine Grübchen wanderte, dann über die kurz geschorenen dunkelbraunen Haare und schließlich seinen Kehlkopf, der sich beim Schlucken leicht bewegte. Auch wenn wir noch nie darüber gesprochen hatten, war für mich glasklar, dass Tasha Cooper liebte. Die Art und Weise, wie sie ihn ansah, wenn sie dachte, niemand würde es bemerken, wie sie über ihn sprach, ihn neckte und über jeden seiner Witze lachte – all das wirkte nicht mal wie verliebt sein, es wirkte wie pure und unumstößliche Liebe. Ich kannte diesen Blick. Er erinnerte mich an jemanden, den ich auch mal so angesehen hatte. Nur durfte ich meine Gedanken an diese Person nicht vertiefen, denn auch nach drei Jahren war die Erinnerung an ihn immer noch so schmerzhaft, dass ich kaum Luft bekam. Also schob ich sie wieder in die tiefste Ecke meines Bewusstseins und konzentrierte mich auf meine Freunde.

Cooper war schwieriger zu lesen als Tasha, und ich hoffte aus ganzem Herzen, dass er sie auch liebte. Meiner Meinung nach waren die beiden füreinander bestimmt. Dazu kam jedoch auch, dass ich es nicht ertragen würde, bräche unsere Gruppe eines Tages auseinander. Ein Leben ohne diese beiden Menschen, die genauso filmverrückt wie ich und einfach immer für mich da waren, war mittlerweile unvorstellbar.

»Okay, können wir jetzt bitte gemeinsam die Mails checken? Ich halte es nicht eine Minute länger aus«, stieß Tasha plötzlich hervor, woraufhin sich sofort mein Herzschlag beschleunigte.

»Ich dachte schon, ihr fragt nie«, erwiderte Cooper und stellte die Popcorntüte beiseite, nur um seinen Laptop hinter dem Tresen hervorzuholen. Er klappte das Gerät auf und schob es mir mit einem feierlichen Gesichtsausdruck über den Tresen zu.

»Ihr glaubt gar nicht, wie aufgeregt ich bin«, sagte ich und knabberte nervös auf meiner Unterlippe herum. Das Hochfahren dauerte eine gefühlte Ewigkeit, und als Cooper endlich die Zugangsdaten eingeben konnte und ich anschließend das Mailprogramm öffnete, zitterten meine Finger. Tasha verschränkte die Hände, Cooper stützte sich auf dem Tresen ab, beide sahen mich erwartungsvoll an, während ich den Posteingang aktualisierte.

Als eine neue Mail aufploppte, schnappte ich nach Luft.

»Was, was, was, was?«, rief Tasha, während Cooper versuchte, einen Blick auf das Display zu erhaschen.

»Sie haben geschrieben, aber ich weiß noch nicht, was, denn in der Betreffzeile steht nur *CineStage Hills Bewerbung*«, sagte ich, ohne den Blick vom Bildschirm zu lösen. »Ich traue mich nicht, sie zu öffnen.«

»Liv, das ist ja nicht auszuhalten, ich mach das jetzt«, entgegnete Cooper bestimmt und griff nach dem Laptop. Ohne zu zögern, klickte er auf die Mail, und mir rutschte das Herz in die Hose, als ich beobachtete, wie sich die Zeilen in seinen Augen spiegelten. Ich hielt die Luft an, Tasha wippte ungeduldig auf ihren Fußballen auf und ab, ehe Cooper ein »O mein Gott!« ausstieß.

»Und?«, fragten Tasha und ich synchron, woraufhin Cooper anfing, laut vorzulesen.

»Wir freuen uns, Ihnen mitteilen zu dürfen, dass Olivia Yates vom *CineHeaven* in Bath als Teilnehmerin für das diesjährige *CineStage Hills* Festival ausgewählt wurde. Es erwarten sie zwei spannende Wochen auf einem Schloss in den schottischen Highlands gefüllt mit Workshops, Ausflügen, Vorträgen, Aufführungen und Gesprächen mit unseren Stargästen. Das komplette Programm und Line-up erfahren Sie vor Ort. Seien Sie gespannt! Bitte bestätigen Sie Ihre Teilnahme und füllen das unten angefügte Formular aus. Weitere Infos finden Sie im Anhang ... bla bla ... wir freuen uns auf Sie! Liv, du bist dabei!«

Tasha und ich fingen gleichzeitig an zu kreischen und fielen uns um den Hals. Cooper jubelte und schlang seine Arme um uns, sodass wir ein großes Gewusel bestehend aus Armen, Beinen und glücklichen Gesichtern waren.

»Ich kann nicht glauben, dass ich es tatsächlich geschafft habe«, sagte ich atemlos, nachdem wir uns beruhigt hatten. Unsicher, was ich mit der angestauten Energie machen sollte, zog ich mir als Erstes das T-Shirt mit dem Logo des Kinos über, das ich aus meiner Tasche gekramt hatte. Dabei fielen mir ein paar kastanienbraune Haarsträhnen ins Gesicht, die ich mir hinter die Ohren strich. Ich musste mich noch an die Curtain Bangs gewöhnen, die ich mir letzte Woche aus einem Impuls heraus hatte schneiden lassen, doch ich liebte sie. Es fühlte sich an, als verliehen sie mir ein wenig Mut. Und den konnte man schließlich immer gebrauchen.

»Wenn es jemand verdient, dann du. Das ganze letzte Jahr über hast du von nichts anderem gesprochen und deine Bewerbung war grandios. Es musste einfach klappen!« Tasha lächelte breit, und Wärme füllte meinen Brustkorb. Freunde, die sich für einen freuten und einen immer von der Seitenlinie aus anfeuerten, ohne auch nur einen Funken Neid oder Missgunst auszustrahlen, die immer an einen glaubten und einen unterstützten, waren so wertvoll. Jeden Tag war ich dankbar dafür, dass ich mit Sienna, Cooper und Tasha nicht nur einen, sondern gleich drei solcher Menschen in meinem Leben hatte.

»Du musst uns versprechen, dass du uns ganz viele Updates und Fotos schickst, hörst du?« Cooper zeigte gespielt mahnend mit dem Zeigefinger auf mich, während die Popcornmaschine vor sich hin brummte.

»Versprochen«, antwortete ich grinsend und machte mich auf den Weg ins Lager, um die Tüten mit den Nachos zu holen. Ich wusste nicht, wie ich mich heute auch nur eine Minute lang auf die Arbeit konzentrieren sollte. Für einen kurzen Augenblick setzte ich mich auf eine der Getränkekisten, um durchzuatmen. Das *CineStage Hills* war ein bekanntes und exklusives Retreat für Künstlerinnen und Künstler in den Bereichen Film, Theater und Musical. Es fand jedes Jahr für zwei Wochen auf einem wunderschönen alten Schloss mitten in den schottischen Highlands statt. Aus den Tausenden Kinos und Theatern auf der ganzen Welt wurden nur insgesamt zwanzig Teilnehmer zugelassen. Und nun war ich tatsächlich eine von ihnen.

Kapitel 2

Seit einer halben Stunde saß ich auf meinem Koffer in der Eingangshalle des Edinburgh Airport und wartete nervös auf den Shuttle, der mich gemeinsam mit anderen Teilnehmenden zu dem Schloss in den Highlands bringen sollte. Doch entweder war ich die Erste, die angekommen war, oder die anderen saßen genauso verloren irgendwo hier herum. Ich zupfte unruhig an der Haut um meine Fingernägel herum und verfluchte mich gleich darauf selbst, als es an einer Stelle anfing zu schmerzen und leicht zu bluten. Das Knibbeln an den Fingern war der einzige Teil meiner Zwangsstörung, der für Außenstehende sichtbar war, und ich hasste alles daran. Dennoch hatte ich es bisher einfach nicht geschafft, damit aufzuhören. Meine Mum sagte immer, die Hände wären die Visitenkarte eines Menschen und würden eine Menge über dessen Gemütszustand verraten. Ich wusste nicht, ob das auf alle zutraf, aber auf mich definitiv. Immerhin war es deutlich besser geworden, seit ich mir mit Sienna zusammen alle paar Wochen die Nägel in einem Studio schön machen ließ. Doch auch wenn ich wünschte, es würde mich gänzlich davon abhalten, diese unschönen Spuren auf meiner Haut zu hinterlassen, tat es das leider nicht.

Hoffentlich irgendwann. Es gefiel mir nicht, dass mir andere dadurch meinen Gefühlszustand ansehen konnten, vor allem, da es einem Teil von mir nach wie vor verdammt schwerfiel, Schwäche zu zeigen.

»Willst du auch zum *CineStage Hills* Retreat?«, riss mich eine helle Stimme aus den Gedanken. Ich zuckte kurz zusammen. Vor mir stand eine zierliche junge Frau mit feuerroten Haaren, die ihr bis knapp über die Schultern hingen, einer Jeanslatzhose, die mit kleinen Regenbogen bedruckt war, und einem Koffer, der doppelt so groß war wie meiner. Sie trug einen bunt gestreiften Pullover, braune Wanderschuhe und Sommersprossen im Gesicht. Ich mochte sie sofort. Hastig stand ich auf. »Ja, hi, ich bin Olivia«, sagte ich lächelnd, woraufhin auch die Mundwinkel meines Gegenübers in die Höhe wanderten.

»O Gott, ich bin ja so erleichtert. Es hätte mich nicht gewundert, wenn das der falsche Treffpunkt ist, das wäre so typisch für mich gewesen.« Sie deutete ein Winken an. »Gracie, hi.«

Ich lachte auf und nickte hastig. »Ja, geht mir auch so, ich sitze seit einer halben Stunde hier und hab mich gefragt, ob sie mich vielleicht einfach vergessen haben.« Fröhlich hob ich ebenfalls die Hand. »Freut mich.«

Gracie ließ ihren scheinbar tonnenschweren Rucksack mit einem leisen Ächzen fallen und setzte sich im Schneidersitz auf den Boden. Völlig unbeeindruckt davon, was sich dort wohl alles für Dreck und Bakterien tummeln könnten. Augenblicklich mochte ich sie noch ein bisschen mehr. Unbeholfen setzte ich mich wieder auf meinen Koffer und zog die Ärmel meines Sweatshirts über meine Hände. Meine blutigen Finger würden vielleicht nicht unbedingt für einen guten ersten Eindruck sorgen.

Gracie wackelte verschmitzt mit den Augenbrauen und

beugte sich leicht vor, als wollte sie mir ein Geheimnis zuflüstern.

»Bist du auch überzeugt davon, dass sie sich vertan haben mit deiner Einladung und alles nur ein großer Irrtum war? Ich kann nämlich immer noch nicht glauben, dass ich wirklich hier bin.«

»Ich auch!«, stieß ich hervor, erleichtert, dass es nicht nur mir so ging. »Ich bin weder Schauspielerin noch Musical-Darstellerin, sondern einfach nur jemand, der Filme abgöttisch liebt und in einem kleinen Kino in Bath arbeitet. Seit ich die Zusage bekommen habe, frage ich mich, wieso sie ausgerechnet mich ausgesucht haben. Es ist komplett surreal, ich träume schon so lange davon.« Beim Gedanken an die letzten Wochen konnte ich gar nicht anders, als breit zu grinsen. Zusammen mit Tasha, Cooper und Sienna hatte ich sämtliche Reiseführer über Schottland, die Highlands und Glencoe durchgearbeitet. Ich hatte mir alle Videos der letzten Jahre angeschaut und die Profile der bisherigen Teilnehmerinnen und Teilnehmer durchforstet.

Gracie kicherte. »Wem sagst du das! Ich mache eine Ausbildung zur Visagistin in Boston und liebe alles, was mit Filmen und Musicals zu tun hat, aber ansonsten hab ich in dem Bereich gar keine Erfahrung.«

»Das klingt so cool. Und Boston, wow, dann hast du sicherlich einen langen Flug hinter dir, oder?«

Sie seufzte und fuhr sich durch die roten Haare. »Fast sieben Stunden, aber das war es mir absolut wert. Auch wenn ich vor Nervosität fast gestorben bin. Aber ich bin sehr froh, dass ich auf dich gestoßen bin, Olivia, jetzt bin ich schon viel entspannter.« Sie lächelte so breit, dass sich ihr ganzes Gesicht erhellte und damit ein warmes Gefühl in meiner Brust hinterließ.

»Ich bin auch sehr froh, dass wir uns getroffen haben«,

entgegnete ich und meinte es so. Ich freute mich schon jetzt darauf, Gracie in den nächsten Tagen besser kennenzulernen.

Nach und nach trudelten weitere Teilnehmende ein, und unsere Gruppe wurde größer. Jedes Jahr wurden zwanzig Plätze vergeben, davon ging die Hälfte an Personen aus Schottland und die andere an welche auf der ganzen Welt. Als wir schließlich zum Shuttle liefen, waren wir allerdings nicht mehr als zehn. Vor dem Flughafengebäude warteten ein 7-Sitzer und ein Landrover. Als wir uns aufteilen sollten, schnaubte ein Typ in einem Ralph-Lauren-Pullover.

»Also, ich fahre sicherlich nicht mit dieser dreckigen Schrottkarre, die aussieht, als würde sie gleich auseinanderfallen«, stieß er empört hervor und ging zielstrebig auf den Bulli zu. Gracie und ich warfen uns einen vielsagenden Blick zu, bevor wir, ohne auch nur eine weitere Sekunde darüber nachzudenken, auf den Landrover zusteuerten.

»Sympathisch«, flüsterte ich, und Gracie fing an zu kichern. Mithilfe des Fahrers wuchteten wir unser schweres Gepäck in den Kofferraum und nahmen auf der Rückbank Platz. Ein schlaksiger Junge namens Phillip, der nicht viel älter als 18 sein konnte und aus Salzburg stammte, ließ sich auf dem Vordersitz nieder, als wir auch schon losfuhren.

Mein Magen kribbelte vor Aufregung, als wir die Stadt hinter uns ließen. Ich war tatsächlich hier, in Schottland, als Teil des *CineStage Hills*. Was mich in den nächsten zwei Wochen wohl erwarten und wen ich alles kennenlernen würde? Ich konnte es kaum abwarten.

Den Großteil der Fahrt verbrachten wir in Stille, was niemanden zu stören schien, da Gracie und Phillip sichtlich erschöpft von der Reise schwiegen, höchstens mal gähnten. Ich dagegen war komplett überwältigt von den neuen Eindrücken sowie der Vorfreude, die mich mit großen Augen und einem breiten Lächeln aus dem Fenster starren ließ. Zwischendurch erzählte unser Fahrer Hugh uns etwas über die Orte, an denen wir vorbeifuhren, und ich saugte jede einzelne Info auf, während die Bilder, die seine Erzählungen in meinem Kopf entstehen ließen, sich mit der Landschaft vermischten. Obwohl Schottland nicht allzu weit weg von Bath war, war ich noch nie hier gewesen, hatte jedoch schon immer davon geträumt. Wir passierten Linlithgow, den Geburtsort von Maria Stuart, 30 Meter hohe Kelpie Statuen direkt an der Autobahn, die im Sonnenlicht schimmerten, sowie unzählige alte Burgen und Gemäuer wie Stirling Castle. Ich wollte am liebsten an jedem Ort halten, mir alles anschauen und erkunden. Doch da die Fahrt auch so schon fast drei Stunden dauern würde, hielten wir lediglich, um kurz Pause zu machen. Die wahre Magie begann jedoch, als es um uns herum immer grüner wurde und die ersten Lochs auftauchten. Die Landschaft nahm eine rauere Note an, die Berge wuchsen immer höher. Die Szenerie vor uns machte es mir schwer, den Mund nicht die ganze Zeit über offen stehen zu lassen. Ich blickte rüber zu Gracie, die mittlerweile wieder wach war und ebenso beeindruckt aus ihrem Fenster schaute. Als sich unsere Blicke trafen, quietschte sie aufgeregt auf, und ich musste lachen. Sobald sie nach meiner Hand griff, flutete ein Gefühl heller Vorfreude meinen ganzen Körper.

»Willkommen in den Highlands«, verkündete Hugh begeistert, als er unsere Reaktion im Rückspiegel bemerkte. Auch der bis dahin so stille Phillip stieß ein »Wow« nach dem anderen aus. Wenn die Landschaft schon jetzt durch die Fensterscheiben des Rovers so einen Zauber ausstrahlte, wie würde es dann erst sein, wenn wir auf einem Schloss mittendrin wohnen würden? Ich zog eilig mein Handy aus der Jackentasche und machte ein kurzes Video von den vorbeiziehenden Hügeln, das ich nicht nur auf dem Instagram Account des Kinos hochlud, sondern auch an meine Familie und Freunde verschickte. Die restliche Fahrzeit verging wie im Flug, und als wir schließlich die Three Sisters of Glencoe, eine riesige grün befleckte und wunderschöne Formation dreier Berge, passierten, wusste ich, dass wir bald da sein würden. Vorher hielt Hugh jedoch bei einem Viewpoint, damit wir die drei Schwestern auf uns wirken lassen konnten. Er sagte, es wäre eine Schande, einfach an ihnen vorbeizufahren. Als ich die Autotür öffnete, peitschte mir ein kalter Wind entgegen, und ich war froh über den dicken Fleece Pullover, den Sienna mir vor meiner Abreise geschenkt hatte. Ich kuschelte mich enger in den warmen Stoff und folgte Gracie, die über den Parkplatz auf die grün-braunen Riesen zulief. Um uns herum tummelten sich Menschen mit Selfiesticks, die versuchten, das perfekte Foto zu schießen, doch sobald ich vor dem Bergmassiv stand, blendete ich alles um mich herum aus. Mein Blick schweifte über die saftigen grünen Wiesen und Büsche, über die dunklen, ebenfalls bewachsenen Steinriesen vor uns, die so mächtig schienen, dass einem schier der Atem stockte. Ich war mir absolut sicher, dass ich noch nie in meinem Leben etwas Schöneres gesehen hatte. Ehrfurcht und Magie schwebten über diesem Ort sowie die Erkenntnis, was für unheimlich kleine Punkte wir Menschen auf dieser Erde doch waren.

Nachdem auch wir Fotos geschossen und einen Moment lang die Aussicht genossen hatten, ging es schließlich weiter. Die schottischen Highlands zogen an uns vorbei, ein Berg beeindruckender und schöner als der andere. Ich war noch keine Stunde hier und hatte mein Herz schon an die Landschaft verloren.

Die restliche Fahrt betrug von hier aus nur noch knapp zwanzig Minuten, und mit jeder Sekunde, die verging, wurde ich aufgeregter. Normalerweise fiel es mir nicht sonderlich schwer, neue Menschen kennenzulernen, auch wenn ich eher introvertiert war und gerne Zeit allein verbrachte. Doch so viele Fremde auf einem Haufen zu treffen, worunter dann vielleicht sogar bekannte Schauspielerinnen und Schauspieler oder Regisseure waren – das war doch eine andere Nummer.

Schließlich bog Hugh bei einer Abzweigung ab, und wir passierten einen kleinen Loch. Das Wasser des Sees schimmerte tiefblau im einfallenden Sonnenlicht und warf Schattenspiele auf die Blätter der umstehenden Bäume. Wir fuhren durch ein kleines Wäldchen, das sich mit seinen hohen, dichten Waldkiefern anfühlte wie eine Art Abschottung zur Außenwelt, und als sich das saftige, volle Grün lichtete, war es endlich zu sehen: das Schloss, auf dem wir die nächsten zwei Wochen verbringen würden. Mein Herz fing an, schneller zu schlagen, und als Hugh den Rover parkte, hielt uns nichts mehr im Wagen. Gracie und ich sprangen fast synchron aus dem Auto, und ich lief zu ihr auf die andere Seite, um einen besseren Blick auf das alte Gemäuer zu haben. Vor uns lag Glenloch Castle in all seiner Pracht. Es bestand aus massivem grauem Granitstein, einzig die zwei kleinen Türmchen, Erker und die Umrandungen der hohen Fenster waren aus braunem Sandstein, der von den einfallenden Sonnenstrahlen geküsst und in ein warmes Licht getunkt wurde. Es hatte ein schwarzes Schieferdach, aus dem weitere kleine Erkerfenster hervorlugten, deren Holzrahmen weiß gestrichen waren. Überall verteilt erkannte ich schon von Weitem kunstvolle Verzierungen, die in den Stein gehauen worden waren. Glenloch Castle lag mitten auf einer ellenlangen Wiese, hinter der die majestätischen Highlands des Glencoe hervorragten. Ich kam mir vor wie in einem Film, und ich liebte einfach alles daran. Fehlte nur noch, dass Jamie Frasier oder Merida um die Ecke kämen – wundern würde es mich bei dieser Kulisse jedenfalls nicht.

Gracie knuffte mich mit dem Ellbogen sanft in die Seite und lächelte mich so strahlend an, dass auch meine Mundwinkel automatisch in die Höhe wanderten. Obwohl ich sie erst so kurz kannte, kam sie mir vor wie Sonnenschein in menschlicher Form.

»Jetzt sind wir wirklich hier, oder?«, fragte sie andächtig, und ein aufgeregtes Kichern sammelte sich in meiner Kehle.

»Ja«, sagte ich und atmete tief aus. »Jetzt sind wir wirklich hier.«

Kapitel 3

»Herzlich willkommen beim diesjährigen CineStage Hills Retreat im atmosphärischen Glenloch Castle in Glencoe. Ich freue mich wirklich sehr, dass Sie alle unserer Einladung gefolgt sind und gut hergefunden haben.«

Evelyn Dunmuir, bekannte Broadway-Regisseurin sowie Gründerin und Leiterin des *CineStage Hills* ließ ihren aufmerksamen Blick über die einzelnen rot gepolsterten Stuhlreihen schweifen. Nachdem wir unser Gepäck in der imposanten Eingangshalle abgestellt hatten, befanden wir uns nun alle in einem großen Saal. Gracie und ich saßen am Rande, und ich hoffte inständig, dass wir gemeinsam in ein Zimmer ziehen konnten.

»Wie Sie alle vermutlich wissen, bewerben sich jedes Jahr Tausende potenzielle Teilnehmerinnen und Teilnehmer für das *CineStage Hills* Retreat. Dieses Jahr ist unsere Wahl auf Sie gefallen, und ich hoffe, Sie sind stolz auf sich. Denn diese Entscheidung spricht für Ihre Kreativität, Ihr Engagement und Ihre Liebe zu Film, Schauspiel und Musical. Ohne diese Eigenschaften säßen Sie nicht hier.«

Applaus brandete im Saal auf, und auch Gracie und ich

stimmten ein. Jedes einzelne Gesicht, dem ich entgegenblickte, strahlte. Alles in mir kribbelte vor Aufregung, dennoch hoffte ein kleiner Teil von mir, nicht doch fehl am Platz zu sein bei all den vermutlich sehr talentierten Menschen. Evelyn klatschte ebenfalls und verzog ihre dunkelrot geschminkten Lippen zu einem breiten Lächeln. Ihre hellgrauen Haare waren zu einem strengen Dutt nach hinten gesteckt, aus dem sich nicht eine einzige Haarsträhne löste. Sie trug passend zum Lippenstift ein dunkelrotes Bleistiftkleid, das wie angegossen saß. Alles an ihr war anmutig und elegant, gleichzeitig strahlte sie jedoch auch Wärme und Herzlichkeit aus. Sie war schon mit Dutzenden Filmstars abgelichtet worden und staubte jedes Jahr bei den Tony-Awards ordentlich ab. Sogar für einen Oscar war sie bereits nominiert worden, was dazu führte, dass ich allein bei dem Gedanken, mit was für Größen sie zusammengearbeitet hatte, glatt eine Gänsehaut bekam.

»Meine liebe Kollegin Samantha wird Ihnen gleich eine kurze Führung durch das Schloss geben und Sie danach auf Ihre Zimmer bringen, damit Sie sich etwas ausruhen können. Da Sie alle sicherlich erschöpft von der Anreise sind, starten wir erst morgen mit dem Programm. Um 18 Uhr gibt es Abendessen im großen Salon, ansonsten steht Ihnen die Zeit heute zur freien Verfügung. Sie können alle Räume im Schloss sowie den angrenzenden Garten nach Belieben nutzen und sich frei bewegen. Frühstück ist morgen um 7:30 Uhr, danach beginnen um 9 Uhr die ersten Workshops. Mehr zum Programm und der Einteilung in verschiedene Gruppen erfahren Sie dann. Ich wünsche Ihnen einen schönen ersten Abend und uns allen eine unvergessliche Zeit auf Glenloch Castle!«

Erneuter Applaus und eiliges Stühle verrücken, bevor die ganze Gruppe sich langsam daranmachte, den Saal zu verlassen und Samantha, der großen blondhaarigen Assistentin, die ungefähr in unserem Alter sein musste, zu folgen wie Küken ihrer Entenmama. Ich konnte es kaum abwarten, auch den Rest der Burg zu sehen.

»Glenloch Castle wurde im 15. Jahrhundert von der adeligen Familie Sinclair errichtet. Über die Jahrhunderte hinweg wurde das Schloss immer wieder der Zeit angepasst und renoviert. Die ursprünglichen mittelalterlichen Elemente wurden sorgfältig restauriert, wobei die alten Steinmauern beibehalten wurden. Heute dient Glenloch Castle als luxuriöses Retreat, das historische Architektur mit modernem Komfort vereint«, fing Samantha an zu erzählen, während wir durch die große Eingangshalle liefen. Der Fußboden bestand hier aus glänzendem Marmor, der in einer breiten Holztreppe mündete. Die Wände wurden von Gemälden in Goldrahmen geschmückt, und das Ticken einer – mit Sicherheit sehr wertvollen – Standuhr erfüllte den Raum.

»Im Obergeschoss findet ihr eure Zimmer, es gibt insgesamt zehn, das bedeutet, ihr seid immer zu zweit. Wir haben euch vorab eingeteilt, doch wenn ihr bereits jemanden kennengelernt habt, mit dem ihr euch ein Schlafzimmer teilen möchtet, machen wir das gerne möglich.«

Gracie und ich warfen uns einen verschwörerischen Blick zu, und Erleichterung machte sich in mir breit.

»Es gibt oben außerdem eine kleine Bibliothek, in der ihr Aufgaben aus den Workshops erarbeiten oder euch eine kleine Ruhepause gönnen könnt. Natürlich dürft ihr euch auch gerne jederzeit Bücher ausleihen, wir bitten euch nur darum, diese am Ende des Retreats wieder zurückzustellen.«

Mein Herz machte einen freudigen Hüpfer beim Gedanken an die Bibliothek. Da ich vor allem Klassiker und Lyrik liebte, musste ich dort unbedingt etwas stöbern. Zuerst folgten wir allerdings Samantha in den großen Salon. Es war ein wunderschöner Raum. Der Boden bestand aus schwarz-weißen Fliesen in einem schachbrettartigen Muster, versehen mit goldenen Verzierungen. In der Mitte stand ein großer Esstisch, der locker die Hälfte des Raumes einnahm und Platz für unsere gesamte Gruppe bot. Darüber hing ein silberner Kronleuchter, der das einfallende Licht im Raum tanzen ließ. Das Highlight waren jedoch die vier bodentiefen Korbbogenfenster, die eine grandiose Aussicht auf die Landschaft boten und außen von Efeuranken umrahmt waren.

»Dort hinten seht ihr den Glencoe Lochan. Er ist nur fünf Gehminuten entfernt und bietet einige sehr schöne, nicht allzu anstrengende Wanderwege.«

Normalerweise war ich nicht der größte Wanderfan, doch bei dieser Kulisse wollte selbst ich sofort loslaufen.

Der Rest des Erdgeschosses bestand aus mehreren Arbeitszimmern, einer Terrasse mit Blick auf den Glencoe Lochan, der Küche und einem gemütlichen Wohnzimmer mit mehreren Sesseln, in dem ein Kamin vor sich hin prasselte. Als wir wieder in der Eingangshalle ankamen, zeigte Samantha auf eine unscheinbare Holztür hinter der Treppe.

»Im Untergeschoss findet ihr die richtig spannenden Sachen«, sagte sie mit einem Schmunzeln. »Unten befindet sich unser großes Filmzimmer. Es ist wie ein kleiner Kinosaal mit Leinwand und Popcornmaschine, aber auch einer Bühne, auf der unsere Stargäste während des Retreats natürlich etwas vorführen werden. Seid gespannt!«

Ein aufgeregtes Raunen ging durch die Menge, gefolgt von leise gemurmelten Gesprächen, doch Samantha war noch nicht fertig und hob kurz die Hand.

»Eine letzte Sache noch, dann seid ihr mich los für heute. Unten ist nämlich nicht nur das Filmzimmer, sondern auch unser Swimmingpool. Ich finde, es ist der schönste Ort im ganzen Haus, aber wieso das so ist, müsst ihr selbst herausfinden. Handtücher und Bademäntel findet ihr auf euren Zimmern. Danke für eure Aufmerksamkeit und eine tolle Zeit wünsche ich euch allen!«

Einige klatschten, andere riefen »Danke« und wieder andere stürzten zu ihrem Gepäck und liefen sofort zum Aushang, um herauszufinden, wer mit wem in welchem Zimmer war.

»Ich klär das mal eben«, sagte Gracie lächelnd und steuerte die Liste an, bevor sie schließlich zu Samantha ging und mit ihr sprach. Bildete ich mir das ein oder wurde sie rot dabei? Samantha gestikulierte und grinste, woraufhin Gracie laut loslachte und ihr Gegenüber damit ansteckte. Ich selbst konnte mir ein Grinsen kaum verkneifen. Das musste ich auf jeden Fall im Auge behalten.

Nachdem sie Gracie noch ein letztes Mal angelächelt hatte, ging Samantha zu zwei anderen Teilnehmerinnen, um mit ihnen zu sprechen. Sobald beide nickten, zeigte sie Gracie einen Daumen hoch, woraufhin diese fröhlich angehüpft kam.

»Alles geregelt«, rief sie. Bevor wir uns auf den Weg zu unseren Zimmern machten, legten wir unsere Handys noch in eine Sammelbox, die neben der Tür zum großen Saal aufgebaut war. Es war allseits bekannt, dass Mobiltelefone beim *Cine-Stage Hills* abgegeben werden mussten, um sich besser auf die Zeit hier konzentrieren zu können. Im Notfall durften sie natürlich genutzt werden, doch ansonsten sollten unsere Köpfe möglichst frei sein. Obwohl es sicherlich eine Herausforderung werden würde, freute ich mich auch auf diese Pause. Ein Social-Media-Detox konnte ich wirklich gut gebrauchen.

Gemeinsam schleppten wir unsere Koffer die knarzende Holztreppe hoch. Der ebenfalls von Gemälden und kunstvollen Tapeten gesäumte Flur im Obergeschoss schien endlos. Ich hatte die Vermutung, dass selbst jedes kleinste Staubkorn hier auf irgendeine Art und Weise ästhetisch war. Meine Finger zuckten regelrecht, weil ich am liebsten sofort nach meinem Handy greifen und jede Kleinigkeit fotografieren wollte. Meine Galerie war ein Sammelsurium unterschiedlichster Dinge, die mir im Alltag begegneten. Ich mochte es, Erinnerungen auf diese Art zu konservieren und mich daran zu erinnern, wie schön ein Moment gewesen war. Vielleicht, weil ich durch die sorgenvolle Stimme in meinem Inneren oft das Gefühl hatte, dass ich meinem Gehirn nicht so richtig trauen konnte. Manchmal befürchtete ich, die guten Dinge in dem Chaos, das in meinem Kopf herrschte, zu verlieren oder so zu verdrehen, dass ich sie im Nachhinein nicht mehr als gut empfand.

Wir liefen an mehreren verschlossenen Holztüren vorbei und kamen schließlich vor der Tür mit einer goldenen 13 zum Stehen.

»Da sind wir«, murmelte Gracie schnaufend, während ich mir den Schweiß von der Stirn wischte. Mein Koffer war deutlich schwerer gewesen als gedacht.

Gracie öffnete die Tür schwungvoll, ich betrat das Zimmer hinter ihr, und mir blieb der Mund offen stehen. Uns entwich gleichzeitig ein »Wow«, während keine von uns wusste, wo man zuerst hinschauen sollte. Das Interieur hätte 1:1 aus einem Jane-Austen-Film stammen können, ich war wirklich hin und weg. Das Zimmer bestand aus zwei schmalen Himmelbetten, die traumhaft bequem aussahen, einem kleinen, aber sehr gemütlichen Sitzbereich inklusive Kamin und einem antiken Schreibtisch, von dem aus man durch ein hohes Erkerfenster einen wunderbaren Blick in den Garten hatte. Es war ein Platz zum Schreiben, den meine Lieblingspoetin Emily Dickinson geliebt hätte, da war ich mir absolut sicher. Staunend ließ ich mein Gepäck fallen und strich mit den Fingern über die Tapete, die in sanften Pastelltönen gehalten war. Ich spürte die leichten Erhebungen, die die dezenten Muster an die Wand malten. Auf dem Laminatboden lag ein großer Teppich, der so weich aussah, dass ich in die Hocke ging und meine Hand in das Meer aus flauschigen Fasern sinken ließ. Vor dem Kamin stand ein samtbezogenes dunkelgrünes Sofa und daneben eine Chaiselongue in derselben Farbe. Seufzend erhob ich mich, um mich auf das Sofa fallen zu lassen. Es war so bequem, dass ich nie mehr aufstehen wollte. Das Ganze wurde abgerundet durch einen Beistelltisch, der viel zu teuer aussah, als dass er nur als solcher herhalten sollte. Darauf thronte eine weiße Porzellanvase, die geschmückt wurde durch einen wunderschönen bunten Blumenstrauß und einige Disteln – der schottischen Nationalblume.

»Das ist der absolute Wahnsinn«, sagte Gracie, worauf ich nur nicken konnte. Ehe ich mich versah, öffnete sie die angrenzende Schiebetür zum Badezimmer, und ich folgte ihr eilig. Dort gab es zwei frei stehende Kupferbadewannen mit goldenen Applikationen, zwei Waschbecken und eine Regendusche mit Mosaikboden, die größer war als Siennas und mein komplettes Badezimmer in Bath.

Gracie und ich starrten uns kurz sprachlos an, bevor wir in hysterisches Gelächter ausbrachen und aufgeregt durch das Zimmer tanzten. Ich verstand jetzt, warum es ein Luxus-Retreat war, und als ich mich auf das federweiche Himmelbett fallen ließ, fühlte ich mich wie eine Prinzessin, die mitten in einem Traum aufgewacht war.

Ich schreckte hoch, als ein schrilles Klingeln mich unsanft aus dem Schlaf riss. Für einen kurzen Moment blickte ich mich orientierungslos um, bevor mir wieder bewusst wurde, wo ich war. Ich warf einen Blick auf die große Uhr, die an der Zimmerwand hing. Unsere Ankunft war bereits drei Stunden her, ich hatte also fast den kompletten Nachmittag geschlafen. Scheinbar steckten auch mir die Anreise und Aufregung in den Knochen. Aus dem Badezimmer war das Rauschen der Dusche zu vernehmen, während ich den lärmenden Wecker auf meinem Nachttisch ausschaltete.

Ich rieb mir die Augen, bevor ich aufstand, um mich ordentlich zu strecken. Anschließend entfernte ich vor dem Spiegel etwas verschmierte Wimperntusche, richtete meine Haare und trug etwas Gesichtscreme sowie Lippenpflege auf.

Das beruhigende Rauschen der Dusche wurde vom lauteren Gebläse des Föhns abgelöst. Ich nutzte die Zeit, um meinen Koffer auszupacken. Es konnte ja nicht schaden, es sich hier ein wenig gemütlich zu machen.

»Na, konntest du ein bisschen schlafen?«, fragte Gracie, die sich mittlerweile einen Pullover und eine Jogginghose angezogen hatte.

»Ja, richtig tief und fest«, entgegnete ich lachend, während auch Gracie begann, ihre Sachen auszupacken und zu verräumen. Sobald mein Koffer leer war, bewegte sich meine Hand automatisch zum Nachttisch, um mein Handy auf neue Nachrichten zu checken. Natürlich ertastete ich nur Leere. »O Gott, ich bin abhängiger von meinem Smartphone, als ich dachte.«

»Das kann ich gut verstehen. Ich hab vorhin auch schon verzweifelt danach gesucht, weil ich dachte, ich hätte es verlegt. Was tatsächlich nicht ungewöhnlich wäre, mein Bruder Graham zieht mich immer damit auf, dass ich auch meinen Kopf liegen lassen würde, wäre er nicht angewachsen.« Energisch bürstete sie ihre roten Strähnen durch. »Ja, ich weiß, meine Eltern fanden Gracie und Graham unglaublich originell«, erzählte sie und zog dabei die Nase kraus. Ich hatte schon nach der kurzen gemeinsamen Zeit gemerkt, dass Gracie viel und gern redete. Aber auch, dass ich ihr gern zuhörte.

»Ich mag die Namen«, sagte ich aufrichtig, und Gracies Mundwinkel wanderten leicht in die Höhe. »Habt ihr ein gutes Verhältnis, du und dein Bruder?«

Gracie nickte und setzte sich mir gegenüber auf die Bettkante. »O ja, und wie. Graham ist drei Jahre älter, aber wir sind wirklich unzertrennlich. Er ist schon seit meiner Kindheit mein bester Freund, ist immer für mich da und unterstützt mich bei einfach allem.« Sie senkte den Kopf und musterte ihre bunt lackierten Fingernägel, bevor ein trauriger Ausdruck über ihr Gesicht huschte. Ganz kurz und flüchtig, dennoch entging er mir nicht. »Das Verhältnis zu meinen Eltern ist nicht unbedingt ... das beste. Deshalb bin ich umso dankbarer für ihn.« Sie warf mir ein verhaltenes Lächeln zu, das in mir den Wunsch weckte, sie in den Arm zu nehmen. Stattdessen legte ich meine Hand auf ihre und drückte sie kurz.

»Ich weiß, wir kennen uns erst seit heute. Aber wenn du darüber sprechen möchtest, bin ich da, okay? Und wenn nicht, dann ist das auch mehr als in Ordnung. Wir sind jetzt ein Team und müssen zusammenhalten.«

Gracies Augen schimmerten leicht. »Okay. Dasselbe gilt aber auch für dich, ja?« Sie erwiderte den Druck meiner Finger mit ihren. »Wir sind jetzt die Thelma und Louise des *Cine-Stage Hills*.«

Ich lachte auf und war froh darüber, dass Gracie wieder strahlte. »Damit bin ich absolut einverstanden.«

»Hast du auch Geschwister?«, wollte sie wissen, während ihre Augen mich interessiert fixierten.

Schnell schüttelte ich den Kopf. »Nein. Meine Mum hat mit Anfang zwanzig gesagt bekommen, dass sie keine Kinder bekommen kann. Tja, und dann irgendwann, Überraschung, kam ich.« Grinsend legte ich die Hände unter mein Kinn, was Gracie zum Kichern brachte. »Meine Eltern waren dann einfach so froh, dass sie ein gesundes Kind bekommen hatten, dass sie es nicht weiter versucht haben.«

»Verständlich«, erwiderte Gracie mit einem Nicken. »Hättest du denn manchmal gern einen Bruder oder eine Schwester gehabt?«

Ich schüttelte den Kopf. »Eigentlich nicht. Seit ich in der Schule meine beste Freundin und auch mittlerweile Mitbewohnerin Sienna kennengelernt habe, hat mir nie was gefehlt. Sie ist wie eine Schwester.«

»Das hört sich wirklich schön an.« Sie setzte an, um noch etwas zu sagen, wurde jedoch von einem lauten Bauchgrummeln unterbrochen.

Wir prusteten beide gleichzeitig los, während sie sich den Bauch hielt. »Ich glaube, ich brauche dringend etwas zu Essen.«

Nachdem auch ich schnell geduscht hatte – und am liebsten dort eingezogen wäre, weil es so geräumig und entspannend war –, machten wir uns auf den Weg zum Abendessen. Als wir die knarzende Holztreppe hinunterliefen, stieg mir bereits ein köstlicher Duft in die Nase, der mir das Wasser im Mund zusammenlaufen ließ. Im großen Salon war ein riesiges Buffet aufgebaut worden, das keine Wünsche offenließ. Es gab eine große Auswahl an frischem Gemüse, Fisch und Fleisch, Kartoffeln und Nudeln und sogar Haggis, wobei ich auf die schottische Spezialität bestehend aus Schafsmagen sehr gut verzichten konnte. Zum Dessert gab es Sticky Toffee Pudding, buttrig-weiche Scones, die noch warm vom Ofen waren, und jede Menge Clotted Cream. Ich schlug mir den Bauch voll, trank köstlichen Cider und lernte ein paar neue Gesichter kennen. Da war z. B. Erin aus London, die im West End schon in Stücken mit Tom Hiddleston und Andrew Scott mitgespielt hatte und vom Broadway träumte. Dann gab es

Henri aus Frankreich, dessen Vater der künstlerische Leiter der Filmfestspiele in Cannes war und der selbst eines Tages ein preisgekrönter Regisseur werden wollte. Misuki, eine Tänzerin aus Tokyo, die schon ihr eigenes Stück produziert hatte, und Will, ein Filmstudent aus Edinburgh. Da war so viel Talent in einem Raum, dass ich mich plötzlich furchtbar fehl am Platz fühlte. Jeder hier schien ein aufstrebender Stern am Film-/Theater- oder Musical-Himmel zu sein, während ich mich zum wiederholten Mal fragte, was ich hier zu suchen hatte. Ich liebte die Arbeit im kleinen Kino in Bath, hoffte sogar, dass ich es eines Tages vielleicht übernehmen konnte, doch hier kam ich mir unfassbar klein vor und traute mich gar nicht, zu erzählen, dass ich »nur« in einem Kino arbeitete und Filme liebte, aber sonst keine besonderen Talente vorzuweisen hatte. Gracie beruhigte mich zwar und versicherte mir immer wieder, dass es bei ihr ja ähnlich war, doch so richtig überzeugen konnte mich das nicht – immerhin war es schon ziemlich cool, wenn man die Fähigkeiten einer Visagistin hatte.

Letztlich wunderte es mich also wenig, dass, als wir abends im Bett lagen und Gracie leise neben mir schnarchte, ich wach lag und mal wieder versuchte, gegen die Sorgenspirale in meinem Kopf anzukämpfen. Mein Körper war so erschöpft von dem Tag und all den neuen Eindrücken, doch meine Gedanken wollten einfach nicht zur Ruhe kommen. Mittlerweile gelang es mir durch Zählen, Atemtechniken oder Meditation ganz gut, meine innere Stimme zum Schweigen zu bringen, doch heute war sie einfach zu laut. Aufregung und Veränderungen verschlimmerten die Zwangsgedanken häufig, weshalb ich dann manchmal für einen kurzen Augenblick vergaß, was ich in den letzten Jahren alles gelernt und geschafft hatte. Dass ich diejenige war, die die Zügel in der Hand hielt, und nicht die Zwänge. Stattdessen hatte ich mir vorhin akribisch viermal die Hände gewaschen, weil die Vier meine Glückszahl war und mein Verstand mir vorgaukelte, dass vermutlich etwas Schlimmes passierte, wenn ich sie mir häufiger oder seltener wusch. Ich hatte meine Pantoffeln ganz gerade vor den Nachttisch gestellt und kurz unter das Bett geschaut, als Gracie schon schlief, damit sich mein Herzschlag etwas beruhigte. Und ich hatte vier tiefe Atemzüge genommen, meinen alten Teddy, der immer dabei sein musste, egal wo ich war, fest an mich gedrückt und gehofft, dass mein Kopf endlich Ruhe gab. Doch die Sorgen, sie kamen, überrollten mich wie eine Welle und zogen mich immer tiefer und tiefer hinunter.

Was, wenn ich heute Nacht laut schnarche und komische Geräusche mache, sodass Gracie dann nicht mehr mit mir auf einem Zimmer bleiben möchte und alle mich komisch finden? Was, wenn morgen sowieso alle merken, dass ich hier gar nicht hergehöre und sich über mich lustig machen und ich mich blamiere und wieder nach Hause geschickt werde? Was, wenn meine Freunde zu Hause dann auch merken, dass ich eigentlich viel zu uncool für sie bin und sie nichts mehr mit mir zu tun haben wollen? Was, wenn auch Sienna klar wird, dass in meinem Kopf noch immer irgendwas kaputt ist und ich alles wie ein Freak viermal mache und geraderücke und denke, dass ich dadurch Unheil verhindere, obwohl ich genau weiß, dass das kompletter Bullshit ist … ich es aber dennoch einfach nicht ändern kann? Was, wenn ich dann wieder zu meinen Eltern ziehen muss, weil Sienna nicht mehr mit mir zusammenwohnen möchte? O Gott, meine Eltern werden immer älter, und irgendwann sterben sie, und dann bin ich ganz allein, und wie soll ich ohne meine Eltern nur klarkommen? Was, wenn ihnen was passiert, während ich hier bin, und dann bin ich zu weit weg, um schnell genug da zu sein, und dann kann ich mich nicht mehr verabschieden, und ich werde sowieso nie bereit dafür sein, mich zu verabschieden. Ir-

gendwann werde ICH sterben, und, o Gott, das macht mir so eine Angst, dass ich kaum noch atmen kann. Hör jetzt bitte endlich auf, sei jetzt bitte endlich still, wieso machst du dir so viele unnötige Gedanken, sei doch bitte einfach normal, es geht dir doch nicht mehr so schlecht wie früher, wieso bist du so verdammt komisch?

Ich bin verrückt.

Ich bin verrückt.

Ich bin verrückt.

Ich bin verrückt.

Kapitel 4

Am nächsten Morgen fühlte ich mich wie gerädert und alles andere als erholt. Seufzend rieb ich mir über die verquollenen Augen und blickte rüber zu Gracie, die tief und fest schlief. Draußen war es dunkel, und der Wecker zeigte gerade mal 5:30 Uhr an. Es dauerte also noch zwei Stunden bis zum Frühstück. Ich beschloss trotzdem, schon aufzustehen, da ich mit Sicherheit eh nicht mehr schlafen konnte. Leise tapste ich zum Fenster und blickte hinaus auf die Berge des Glencoe, über denen der Morgendunst waberte, während die Sonne versuchte, sich den Weg nach oben zu erkämpfen. Die ganze Szenerie war so atmosphärisch, dass ich mich augenblicklich etwas besser fühlte. Als würde der Nebel in meinem Kopf von den ersten Sonnenstrahlen des Tages gelichtet werden. Ich griff nach meinem Kulturbeutel und ging ins Badezimmer, um ein ausgiebiges Bad zu nehmen und mich auf den Tag vorzubereiten. Nachdem ich mir die Zähne geputzt hatte, nahm ich schnell die kleine weiße Tablette, die mir dabei half, die Zwänge besser im Zaum zu halten, und gleichzeitig die innere Anspannung linderte, um mir so etwas psychische Stabilität zu verschaffen. Anfangs hatte ich mich strikt gegen

Antidepressiva gewehrt, mich geschämt und gelogen, dass es sich um irgendwelche Allergietabletten handelte, wenn mich jemand darauf angesprochen hatte. Heute war ich zumindest so weit, dass ich keine Probleme mehr damit hatte, wenn andere davon erfuhren. Andere Menschen nahmen ja schließlich auch Schmerztabletten oder Medikamente für ihre körperliche Gesundheit, wieso war es dann seltsam, wenn man für die seelische auch ein wenig Unterstützung benötigte?

Ich zog ein schwarzes, enges langärmeliges Sweatshirt an sowie einen meiner heißgeliebten langen weißen Boho-Röcke, der bis über die Knöchel ging. Dazu schwarze Stiefel und eine goldene Gürtelkette, an der Sonne, Mond und Sterne baumelten. Zum Schluss noch die schmale, ebenfalls goldfarbene Halskette mit der Meerjungfrauenflosse und dem kleinen Smaragdstein, die mir ein wichtiger Mensch geschenkt hatte und die ich jeden Tag trug – auch wenn diese Person nicht mehr Teil meines Lebens war. Nachdem Lidstrich und Labello aufgetragen waren, fühlte ich mich mehr wie ich selbst und bereit für diesen Tag, der sicherlich spannend und schön werden würde. Und das würde ich mir von nichts und niemandem verderben lassen – schon gar nicht von mir selbst.

»Mein Gott, ich möchte in diesen Pancakes baden!«, stieß Gracie stöhnend aus. Ich konnte ihr nur zustimmen. Genau wie beim Abendessen gab es auch zum Frühstück ein Buffet mit einer so vielfältigen Auswahl, dass man gar nicht wusste, wo man anfangen sollte. Wir hatten uns beide für Pancakes mit Früchten und Ahornsirup entschieden, was sich als großartige Entscheidung herausgestellt hatte. »Die sind wirklich gut«, murmelte ich zustimmend und nahm einen großen Schluck von meinem schwarzen Kaffee.

»Ich bewundere dich dafür, dass du den so komplett schwarz trinken kannst, ich brauche immer Tonnen an Milch dazu«, kommentierte Misuki grinsend und deutete auf mein Getränk, woraufhin Will nickte und einen ordentlichen Schuss Milch in seinen schwarzen Tee gab. Wir hatten uns gestern Abend so gut mit der Tänzerin und dem Theaterstudenten unterhalten, dass wir uns direkt wieder zusammengesetzt hatten.

Ich musste lachen und stellte die Tasse auf dem Tisch ab. »Ich weiß auch nicht, wieso, ich mag diesen puren Kaffeegeschmack einfach total gerne und brauche das morgens.«

»Das kann ich sehr gut verstehen, geht mir auch so«, sagte Gracie und machte damit auf eine weitere Gemeinsamkeit aufmerksam, die uns verband. Obwohl wir uns erst gestern begegnet waren, kam es mir so vor, als würden wir uns schon viel länger kennen. Mit ihr Zeit zu verbringen war leicht, vor allem, weil sie so etwas Helles ausstrahlte. Heute hatte sie ihre roten Haare zu zwei Zöpfen geflochten, trug einen gelben Pullover mit Gänseblümchen darauf und ein Latzkleid, das ihr bis kurz über die Knie ging. Obwohl unser Stil so unterschiedlich war, liebte ich es, wie sie sich kleidete. Wenn man Gracie ansah, war es, als würde die Sonne aufgehen und man verspürte automatisch gute Laune.

»Seid ihr auch schon so gespannt, welche bekannten Gäste diesmal dabei sein werden?«, fragte Will und schob sich einen Löffel mit Cornflakes in den Mund. Seine langen dunkelbraunen Haare waren wie gestern zu einem Dutt zusammengebunden, das dunkelgrüne Holzfällerhemd unterstrich seinen eher rustikalen Look.

»O ja«, erwiderte Misuki, während Gracie und ich nickten. »Hoffentlich ist es nicht Tom Holland, sonst kann ich mich nicht konzentrieren.« Sie kicherte, und wir stimmten mit ein.

»Ich hab gehört, dass der Fokus dieses Jahr wohl eher auf

Theater und Musical liegen soll, während es im letzten Jahr hauptsächlich um Filme ging«, sagte Will und wischte sich mit der Serviette ein wenig Milch aus dem Dreitagebart.

Leichte Anspannung machte sich in mir breit. »Meint ihr, es ist schlimm, dass ich mich in dem Bereich nicht ganz so gut auskenne? Filme liegen mir eher …«

Gracie schüttelte den Kopf. »Nein, das denke ich nicht. Wir sind alle hier, weil sie in unseren Bewerbungen etwas gesehen haben, was zum diesjährigen Retreat passt. Sonst wären wir gar nicht erst ausgesucht worden.«

»Sehe ich auch so. Ich habe gestern auch mitbekommen, dass einige aus dem Bereich Film und Fernsehen hier sind«, fügte Misuki hinzu und lächelte mich ermutigend an. »Wahrscheinlich sind die Workshops trotzdem so gestaltet, dass sie uns allen etwas bringen. Ich bin ja auch keine Expertin für Musicals.« Dass Misuki eine Tänzerin war, sah man vor allem an ihrer anmutigen Körperhaltung. Während ich mich zu oft dabei erwischte, wie ich mit vorgezogenen Schultern irgendwo saß und dabei vermutlich aussah wie ein Shrimp, hielt sich Misuki kerzengerade auf ihrem Stuhl. Ihre langen schwarzen Haare fielen ihr über den Rücken bis hinunter zur Taille, während ihr enges schwarzes Strickkleid sich an ihre Kurven schmiegte. Sie war eine echte Erscheinung mit den dunkellila geschminkten Lippen und den strahlend blauen Augen. Es war gar nicht so einfach, sich neben ihr nicht absolut unscheinbar zu fühlen, doch gleichzeitig war sie einer dieser Menschen, bei denen man ein seltsames Gefühl von Stolz verspürte, wenn sie ausgerechnet mit einem selbst Zeit verbringen wollten.

»Ihr seid lieb, danke«, entgegnete ich und versuchte, mich auf ihre Worte zu besinnen.

Gerade als ich den letzten Schluck Kaffee aus meiner Tasse nahm, betrat Evelyn Dunmuir den Esssaal. Sofort verstummten die Gespräche, und Aufregung legte sich über die ganze Gruppe. Heute war Evelyn etwas legerer gekleidet als gestern, sah mit ihrem grünen Jumpsuit aber noch immer elegant aus. »Guten Morgen, meine Lieben, ich hoffe, Sie haben alle gut geschlafen«, fing sie an und ließ ihren Blick durch den Raum schweifen. Zustimmendes Gemurmel erklang, woraufhin sie breit lächelte.

»Heute startet offiziell der erste Tag unseres *CineStage Hills* Retreats. Ich freue mich sehr darauf, Sie alle in den nächsten Tagen ein wenig besser kennenzulernen und beobachten zu können, wie Sie sich kreativ ausleben. Uns alle verbindet die Liebe zur Kunst, egal in welcher Form, und genau das werden wir feiern.«

Nun ertönte enthusiastischer Applaus, und auch ich spürte eine Welle der Vorfreude durch meinen Körper rauschen. So lange hatte ich davon geträumt, hier sein zu dürfen, und so langsam realisierte ich, dass ich es tatsächlich geschafft hatte. Die ganze Anreise über hatte ich Angst gehabt, dass meine Zusage vielleicht ein Irrtum war und man mich jede Sekunde wieder nach Hause schicken würde. Doch nun war es nicht mehr zu leugnen, dass ich dazugehörte. In diesem Augenblick entschied ich mich dazu, mir endlich zu erlauben, dieses Retreat zu genießen und mich ganz auf die Erfahrung einzulassen.

»Samantha wird Ihnen gleich die Einteilung vorlesen. Es gibt insgesamt vier Gruppen, das heißt, Sie werden immer zu fünft die verschiedenen Workshops durchlaufen. Begleitet werden Sie dabei jeweils von zwei Profis aus den Bereichen Theater und Musical. Wir haben uns intensiv mit Ihren Bewerbungen beschäftigt und Sie bewusst einzelnen Schwerpunkten zugeteilt. Wir bitten Sie deshalb auch, uns zu vertrauen und nicht die Gruppen zu tauschen. Aber keine Sorge, Sie haben am Nachmittag und Abend sowie am Wochenende immer noch genug Zeit, um sich mit den anderen Teilnehmerinnen und Teilnehmern auszutauschen.« Gracie und ich warfen uns einen enttäuschten Blick zu. Da sie sich mit Make-up bzw. Theaterschminken beschäftigte und ich im Kino arbeitete, war es vermutlich unwahrscheinlich, dass wir in derselben Gruppe landeten.

»Ich werde immer zwischen den Workshops wechseln und am Ende des Retreats auch Einzelgespräche mit Ihnen führen. Jetzt wünsche ich Ihnen aber erst einmal einen tollen ersten Tag. Wir sehen uns später wieder!«

Evelyn hob winkend die Hand, woraufhin erneut leiser Applaus ertönte, bevor Samantha mit einer Liste vortrat und sich ans Kopfende unseres Tisches setzte.

Sie strich sich ein paar blonde Strähnen aus dem Gesicht und räusperte sich kurz. Dann fing Sie an, die Gruppeneinteilung vorzulesen.

Wie erwartet war ich nicht mit Gracie in einem Team, dafür aber wenigstens mit Will. Außerdem noch mit Henri, dem Regisseur, und zwei jungen Frauen namens Alice und Sanna, mit denen ich mich bisher noch nicht unterhalten hatte. Beide wirkten auf den ersten Blick aber sehr sympathisch, weshalb ich zuversichtlich war, dass wir uns alle gut verstehen würden.

»Jede eurer Gruppen wird sich mit einem anderen Thema befassen. Die erste bleibt hier im großen Salon, die zweite geht in das Macbeth-, die dritte in das Hamlet-Arbeitszimmer und die vierte in die Bibliothek«, erklärte Samantha, ehe sie aufstand und uns viel Spaß wünschte.

Mein Herz machte einen Hüpfer bei der Vorstellung, dass mein Workshop in der Bibliothek stattfinden würde.

Will und ich verabschiedeten uns von Gracie und Misuki, bevor wir den anderen aus unserer Gruppe folgten und uns auf den Weg ins Obergeschoss machten. Die Stufen der Holztreppe ächzten unter unseren Schritten, und die Aufregung in meinem Inneren nahm stetig zu. Gleich würden wir erfahren, wer unser »Stargast« war und wer den Workshop zu welchem Thema leitete. Als wir die Bibliothek betraten, legte sich sofort ein Gefühl von Geborgenheit und Ruhe über meine angespannten Nerven. Diese Wirkung hatten Bücher immer auf mich. Überall standen dunkle, große Holzregale, gefüllt mit bunten Buchrücken und magischen Geschichten, mit schwarzen Buchstaben und farbigen Bildern, mit endlos vielen Gefühlen und Gedanken.

Ein imposanter Kristallkronleuchter hing von der hohen Decke und tauchte den Raum in ein warmes Licht. Vor einem breiten Erkerfenster stand ein runder Tisch, um den sieben Stühle aufgestellt waren und auf dem eine kleine Auswahl an Getränken und Snacks bereitstand.

»Das ist so cool«, sagte Henri mit seinem melodischen französischen Akzent, während wir uns setzten. Er hatte so was von recht.

Gerade als wir Platz genommen hatten, öffnete sich die Tür der Bibliothek erneut, und eine junge Frau mit schulterlangen hellblonden Haaren lief strahlend auf uns zu. Bei ihrem Anblick klappte mir die Kinnlade herunter. Das war Betty Garrick, eine der vielversprechendsten jungen Regisseurinnen überhaupt. Sie war letztes Jahr mit ihrem Filmdebüt für einen Oscar nominiert gewesen und hatte drei Golden Globes abgestaubt. Greta Gerwig war ihre Mentorin, Stephen Spielberg hatte sich als großer Fan von ihr geoutet, und Gerüchten zufolge sollte sie demnächst bei einem großen Filmprojekt Regie führen, zu dessen Besetzung unter anderem Florence Pugh, Margot Robbie, Leonardo DiCaprio und Chris Evans zählten. Sie war momentan auf jedem roten Teppich, jeder wichtigen Gala und Veranstaltung zu sehen, und nun stand sie im selben

Raum wie wir. Ich stellte fest, dass auch Sanna und Alice sie mit großen Augen anstarrten, während Henris' Wangen sich sogar leicht rötlich gefärbt hatten. Zum Glück schien ich nicht das einzige Fangirl im Raum zu sein. Auch Will stieß mir leicht mit dem Ellbogen in die Seite, und wir grinsten uns an. Falls Betty unsere Aufregung bemerkte, so ließ sie es sich nicht anmerken. Völlig entspannt setzte sie sich zu uns an den Tisch und sah fröhlich in die Runde. »Hallo ihr Lieben, ich hoffe, es ist okay, dass ich euch duze. Mein Name ist Betty Garrick, ich bin Regisseurin und freue mich riesig, euch kennenzulernen.« Wir murmelten verlegene Begrüßungen. Als ob wir ihren Namen nicht in den letzten zwei Jahren in Dutzenden Artikeln gelesen und ihr Gesicht überall gesehen hätten.

»Ich werde diesen Workshop leiten und hoffe, ihr seht mir nach, dass ich sehr aufgeregt bin, ich habe das nämlich noch nie gemacht.« Sie lachte auf und war mir sofort sympathisch. Betty Garrick hätte jedes Recht darauf, eingebildet zu sein, bei allem, was sie in ihrem jungen Alter bereits geschafft hatte und bei all den Stars, die zu ihren Freunden zählten. Stattdessen gab sie uns direkt das Gefühl, eine von uns zu sein. Auch die anderen schienen sich ein wenig zu entspannen, und ich wechselte mit Henri und Alice vorfreudige Blicke.

»Es wäre schön, wenn wir vielleicht gleich eine kleine Kennenlernrunde machen könnten, aber vorher wird noch jemand dazustoßen.« Betty warf uns verschwörerische Blicke zu, woraufhin sich mein Herzschlag wieder beschleunigte.

»Ich persönlich bin ein riesiger Fan unseres Gasts. Man sieht ihn zurzeit auf allen großen Bühnen der Welt, und er ist einer der beliebtesten Musicalstars überhaupt. Er lebt aktuell in Edinburgh, sein Hauptwohnsitz ist jedoch London. Zuletzt war er als Romeo im West End an der Seite von Rachel Zegler zu sehen.« Alice stieß einen schrillen Ton aus, während mir das Herz in den Bauch rutschte. Auf einen Schlag war mir eiskalt, und ich war mir ziemlich sicher, dass ich weißer war als die Wand der Bibliothek. Fuck, fuck, fuck, fuck, das durfte nicht sein, das KONNTE nicht sein, wieso hatte ich nicht in Betracht gezogen, dass das passieren könnte? Ich wollte ein Loch buddeln und darin verschwinden, hier und jetzt, ich wollte mich auflösen, ich …

»Bitte begrüßt den großartigen, talentierten und dazu noch unglaublich liebenswerten … Tristan Kingsley!«, rief Betty und imitierte mit den Fingern einen kleinen Trommelwirbel auf der Tischplatte.

Die Tür schwang abermals auf, und ich griff reflexartig nach der Kette mit der Meerjungfrauenflosse um meinen Hals. Ich drückte so fest zu, dass sich der Anhänger schmerzhaft in meine Handfläche bohrte. Da war er. Er war es wirklich.

Dunkelblonde Locken, die etwas länger waren als noch vor drei Jahren. Sie fielen ihm so verdammt perfekt in die Stirn, dass es einem den Atem verschlug. Seine Augen waren tief blau mit einem leicht hellen Schimmer, sie erinnerten mich seit jeher an ein Meer, dessen Oberfläche von sanften Sonnenstrahlen geküsst wurde. Er war schon immer groß gewesen, dennoch kam er mir jetzt gerade noch größer vor, die Ärmel seines weißen Hemdes waren hochgekrempelt und gaben den Blick frei auf seine definierten Unterarme. Aber was mich am meisten umhaute – und das schon seit ich es zum ersten Mal gesehen hatte, vor einer gefühlten Ewigkeit, damals, als ich 14 Jahre alt gewesen war –, war sein Lächeln. Wenn seine Mundwinkel nach oben wanderten und sich auf beiden Seiten Grübchen bildeten, wenn seine Augen ebenfalls lachten, sich sein ganzes Gesicht erhellte und mit ihm alles und jeder um ihn herum. Das Lächeln, mit dem er den Raum betrat, und das Lächeln, das in Rekordgeschwindigkeit in sich zusammenfiel, sobald er seinen Blick über unsere Gruppe schweifen ließ und schließlich bei mir landete. Ein Gewitter braute sich in seinen Meeresaugen zusammen, tiefschwarze Stürme, bestehend aus den verschiedensten Emotionen, zogen über sein Gesicht, doch am Ende blieb nur Schmerz übrig. Und Abneigung. So verflucht viel Abneigung, dass mir augenblicklich kotzübel wurde. Und ich konnte es ihm nicht mal verdenken.

Vor mir stand der Bruder meiner besten Freundin. Meine erste große Liebe. Der einzige Mann, dem bisher mein Herz gehört hatte. Der Mann, an den ich noch immer nicht aufhören konnte zu denken, obwohl ich alles dafür tat.

Und der Mann, dem ich vor drei Jahren das Herz gebrochen hatte.

Kapitel 5

DAMALS, Olivia, 14 Jahre alt

»Mach dir keine Gedanken, mein Schatz. Ich weiß, es ist dein erster Tag an der neuen Schule und du kennst noch niemanden. Es ist völlig normal, dass dir das Angst macht. Aber sei einfach so wundervoll, wie du bist, und du wirst im null Komma nichts neue Freunde finden.« Mum strich mir sanft über den Haarscheitel, ich schmiegte mich an ihre Hand, wollte am liebsten hier bei ihr im Auto sitzen bleiben und wieder fahren.

Vor einer Woche waren wir von Cornwall nach Bath gezogen, weil mein Dad einen neuen Job angenommen hatte. Da noch Ferien waren, war der Umzug okay gewesen, wir hatten gemeinsam alles ausgeräumt, unsere Wohnung eingerichtet, und ich war mit Mum durch die Stadt geschlendert, um unsere neue Heimat kennenzulernen. Doch heute begann das neue Schuljahr und ich würde in eine fremde Klasse kommen, müsste wieder Freunde finden und mich irgendwie zurechtfinden. Eigentlich mochte ich es, neue Menschen kennenzulernen, doch die Vorstellung, so viele auf einmal zu treffen, ohne überhaupt jemanden an meiner Seite zu haben, fand ich dann doch ziemlich angsteinflößend. Ich dachte an meine Freundinnen zu Hause, die sich auf der Wiese hinter unserer Schule trafen und sich gegenseitig erzählten, was sie in den Ferien alles so erlebt hatten, während sie über Insiderwitze lachten und mich vermutlich schon vergessen hatten. So war das mit 14, da kam man schnell über Schulfreundschaften hinweg.

»Kann ich nicht einfach so tun, als müsste ich nicht zur Schule und bei dir bleiben? Ich stör dich auch nicht bei der Arbeit, versprochen, ich bin ganz leise!«, sagte ich wenig hoffnungsvoll und warf Mum einen flehentlichen Dackelblick zu.

Doch sie lachte nur und schüttelte den Kopf. »Nichts da, du musst leider zur Schule gehen. Aber du schaffst das. Und heute Abend kocht dein Dad dir dein Lieblingsessen, während du uns bestimmt erzählen wirst, dass es gar nicht so schlimm war.«

Seufzend gab ich mich geschlagen und griff nach meiner Schultasche. »Okay, dann bis später, Mum. Hab dich lieb.« Ich öffnete die Autotür und stieg aus.

»Mach's gut, mein Engel, bis heute Abend. Ich hab dich auch lieb«, rief Mum mir aus dem Auto zu, bevor ich die Tür hinter mir zuwarf und wehmütig ihrem silbernen Ford Fiesta hinterhersah. Sobald das Auto aus meinem Sichtfeld verschwunden war, atmete ich tief durch und straffte die Schultern, bevor ich mich der Schule zuwandte.

Noch nie war mir ein Gebäude größer und einschüchternder vorgekommen. Ich wollte gerade auf die Eingangstür zulaufen, als plötzlich jemand mit voller Wucht in mich hineinlief. »Uff«, stieß ich hervor, bevor ich stolperte und mich gerade so an einem Fahrradständer halten konnte, damit ich nicht der Länge nach hinfiel. Hinter mir schepperte es, und jemand stieß ein Fluchen aus. Erschrocken drehte ich mich herum und sah ein Mädchen mit einer blonden Lockenmähne, das ungefähr in meinem Alter sein musste. Sie blickte auf den Boden, wo eine

Kuchenform lag, deren halber Inhalt – ein Marmorkuchen – auf dem Asphalt zerbröselt war. Das Mädchen sah aus, als würde es gleich in Tränen ausbrechen. Ihre Unterlippe fing bedrohlich an zu zittern, als ihr Blick hochschnellte und auf mir landete. Sie schlug die Hände vors Gesicht.

»O Gott, es tut mir so leid, ich wusste, es ist keine gute Idee, das Buch auf den Kuchen zu legen und beim Tragen zu lesen, aber das Kapitel war so gut, und jetzt … hab ich alles versaut.« Ihre Stimme klang hoch, fast schon panisch, und erst jetzt fiel mir die vergilbte und mit unzähligen Eselsohren versehene Ausgabe von *Stolz und Vorurteil* in ihrer Hand auf. Automatisch musste ich schmunzeln.

»Ist schon in Ordnung«, sagte ich schnell. »Mir tut es auch leid, ich hätte besser aufpassen sollen. Das ist übrigens mein Lieblingsbuch.« Ich zeigte auf ihre Hand, und ein Gefühl von Geborgenheit überkam mich beim Gedanken an Elizabeth Bennett und Mr. Darcy.

Ihre Augen fingen an zu leuchten, und sie zog überrascht die Augenbrauen hoch. »Wirklich? Meins auch! Ich lese es immer und immer wieder, aber ich kenne niemanden in unserem Alter, der auch gerne Klassiker liest.«

Ich nickte. »Ja, geht mir auch so. Ich habe es schon so oft gelesen und verliebe mich immer wieder in Mr. Darcy.«

Wir fingen beide an zu kichern und entdeckten so unsere erste von vielen weiteren Gemeinsamkeiten, die wir im Laufe der kommenden Jahre finden würden.

»Ich bin übrigens Sienna«, sagte das blonde Mädchen und wischte sich ein paar Krümel von der dunkelblauen Schuluniform.

»Ich bin Olivia. Heute ist mein erster Tag.«

»Ach, wirklich? Wie aufregend!«, erwiderte sie und schenkte mir ein offenes Lächeln. »In welcher Klasse bist du?«

Ich kramte die Mail von der Schulleitung hervor, die Mum gestern Abend noch ausgedruckt hatte, und überflog das Papier. »Hm, hier steht nur Raum 301 und der Lehrer Mr. Tamborelli.«

Sienna quietschte erfreut auf. »Das ist meine Klasse, ich bin auch bei Mr. Tamborelli, der übrigens ganz cool und entspannt ist.«

Erleichterung machte sich in mir breit. Sienna schien wirklich nett zu sein, und nun kannte ich zumindest schon mal eine Person aus meiner Klasse. Ich war sofort etwas weniger nervös.

Nun schien Sienna jedoch der Kuchen auf dem Boden wieder einzufallen, denn sie kniete sich hin. Ich tat es ihr gleich, sodass wir gemeinsam die Kuchenform betrachteten, in der sich noch ungefähr ein halber Marmorkuchen und ein paar Krümel befanden. Sienna seufzte. »In unserer Klasse ist es Tradition, dass am ersten Tag Kuchen mitgebracht wird. Dieses Jahr war ich dran. Aber das kann ich nun wohl vergessen.«

Ich überlegte einen Augenblick. »Habt ihr so was wie einen Snackautomaten hier an der Schule? Dann hätte ich nämlich eine Idee.«

Sienna sah mich fragend an, nickte jedoch. »Ja, komm mit, ich zeig ihn dir.« Sie griff nach der Kuchenform, und mit der anderen Hand öffnete sie die Glastür und hielt sie auf, damit ich ihr folgen konnte. Wir liefen über den langen Flur, vorbei an Spinden und Schülern, die sich nach den Ferien überschwänglich begrüßten, bevor wir schließlich rechts abbogen und vor einem großen Automaten standen. Freudig stellte ich fest, dass es genau das gab, was ich benötigte: M&Ms, Reese's und sogar Maltesers.

»Das ist perfekt«, murmelte ich und kramte ein paar Pfundstücke hervor, um sie einzuwerfen.

»Was hast du vor?«, fragte Sienna, als ich mehrere kleine Tütchen aus der Klappe fischte. Ich nahm ihr die Kuchenform ab und stellte sie behutsam auf den Boden neben dem Automaten.

»Meine Mum hat mal für einen Kindergeburtstag, zu dem ich eingeladen war, einen Kuchen gebacken«, fing ich an zu erklären, während ich die kleinen Tütchen aufriss. »Kurz bevor wir loswollten, ist mein Dad am Küchentisch hängen geblieben und hat den Kuchen mit runtergerissen. Er konnte ihn zwar noch halbwegs auffangen, aber ein großes Stück ist herausgebrochen. Meine Mum hat dann kurz überlegt und ist mit einigen Süßigkeiten, die wir noch hatten, angekommen. Die hat sie dann so drapiert, dass es aussah, als wäre das Loch im Kuchen absichtlich, damit die Süßigkeiten herausfallen können.«

Zufrieden sah ich auf den Marmorkuchen und die kleinen Schokokugeln, die nun scheinbar aus dem Kuchen herausfielen.

»Es kaschiert einen Unfall, während alle denken, es ist eine ausgefallene Rezeptidee.«

Sienna schnappte nach Luft, während ihre Mundwinkel immer weiter nach oben wanderten. »Olivia, das ist ja genial! Es sieht wirklich so aus, als wäre das Loch gewollt. Du bist meine Rettung, danke!« Als später die ganze Klasse inklusive Mr. Tamborelli über den Kuchen herfiel, blickten wir uns an – mit einem verschwörerischen Grinsen, das nur wir verstanden. Und so war ein abgestürzter Marmorkuchen der Beginn unserer Freundschaft.

Von diesem Tag an waren Sienna und ich unzertrennlich. Wir saßen in der Schule nebeneinander, aßen zusammen, meldeten uns gemeinsam für die Volleyball-AG an, nur um zu merken, dass wir beide grottenschlecht im Ballsport waren, und trafen uns fast jeden Nachmittag nach der Schule, um gemeinsam durch die Stadt zu streifen, Poster von Boybands aus Zeitschriften im Supermarkt zu klauen und bei süßem Wassereis in unserem Garten über alles Mögliche zu reden. Meine Eltern waren froh, dass ich so schnell eine Freundin gefunden hatte, und für mich fühlte es sich an, als hätten wir nie woanders gelebt. Sienna erzählte mir, dass sie irgendwann ein eigenes Hotel haben wollte, während ich davon träumte, Filmkritikerin zu werden, was für mich bedeutete, dafür bezahlt zu werden, Filme zu gucken und Popcorn essen zu dürfen. Ich zeigte Sienna meine Lieblingsfilme, die zu der Zeit sowohl aus High-School-Musicals als auch Jane-Austen-Verfilmungen bestanden. Wir gingen gemeinsam in die Bibliothek und liehen uns Bücher von Emily Dickinson, Virginia Woolf und Ernest Hemingway aus, die wir zu der Zeit noch nicht verstanden, was wir aber nicht zugaben, weil wir den süßen Jungen, der dort arbeitete, beeindrucken wollten.

An einem Nachmittag ging ich nach der Schule mit zu Sienna nach Hause. Offiziell, weil wir gemeinsam Hausaufgaben machen wollten, inoffiziell, weil Siennas Eltern einen Pool gekauft hatten, den wir vorhatten einzuweihen.

Ich hatte Siennas Eltern bisher immer nur kurz gesehen, da sie viel arbeiteten und wir die meisten Zeit über bei mir daheim verbrachten. Viel wusste ich über Siennas Familie nicht, nur, dass ihren Eltern ein Restaurant gehörte, in dem sie ab und an aushalf, und dass sie einen älteren Bruder hatte, der zwei Stufen über uns war, den ich aber noch nie bei uns an der Schule getroffen hatte.

Als wir an diesem Nachmittag bei Sienna in der Küche standen und uns Fruchtsmoothies machten, ging auf einmal die Haustür auf. Ich hörte ein weibliches Kichern, und Sienna verdrehte die Augen. »Das ist mein Bruder, Tristan«, flüsterte sie. »Er ist der Star der Theater-AG. Einfach jedes Mädchen schwärmt für ihn, und das ist nicht übertrieben. Versteh mich nicht falsch, ich hab ihn echt lieb, und wir verstehen uns gut, aber diese ganze Schwärmerei und Kicherei nerven echt. Vor allem, weil sie alle versuchen, mit mir befreundet zu sein, um bei ihm einen Vorteil zu haben.«

»Also ist er ein Aufreißer?«, fragte ich grinsend, und Sienna prustete los.

»Nein, eigentlich nicht. Er hat häufiger Dates und immer mal wieder eine Freundin, aber ich glaube, er macht ihnen nichts vor oder behandelt sie nicht gut. Zumindest habe ich noch nie jemanden schlecht über ihn reden hören.«

Sienna reichte mir die zwei Smoothie-Gläser, und ich konnte nicht leugnen, dass auch ich nun ein bisschen gespannt auf Tristan war.

»Schwesterherz, ich bin zu Hause«, rief eine relativ dunkle Stimme, ehe die Küchentür aufging. Und einfach so machte mein Herz einen Salto. Uff. Vor mir stand der mit Abstand attraktivste Junge, den ich je gesehen hatte. Ja, für mich sah er sogar besser aus als Troy Bolton, und das war damals das größte Kompliment. Mit den dunkelblonden Locken, den blauen Augen und dem verschmitzten Grübchenlächeln sah er fast genauso aus wie Heath Ledger in *10 Dinge, die ich an dir hasse*, und allein diese Erkenntnis sorgte dafür, dass ich ihn direkt noch ein bisschen attraktiver fand.

»O, du hast Besuch«, sagte Tristan und lächelte mich neugierig an, woraufhin meine Knie leicht anfingen zu zittern.

»Tristan, das ist Olivia, meine weltallerbeste Freundin, Olivia, das ist Tristan, mein weltallernervigster Bruder«, stellte Sienna uns vor. Zuneigung durchflutete mich, als sie mich »weltallerbeste Freundin« nannte.

»Freut mich, Olivia«, erwiderte Tristan, woraufhin ich nur ein krächzendes, sehr uncooles »Hi« hervorbrachte.

»Kommst du, Tristan?«, rief eine weibliche Stimme, deren Besitzerin ich ultimativ nicht ausstehen konnte, obwohl ich sie nicht kannte, obwohl ich sie noch nicht mal gesehen hatte, obwohl ich keinen Grund dazu hatte.

»Wir sind dann mal oben, viel Spaß euch.« Tristan schenkte mir einen letzten freundlichen Blick, bevor er wieder aus der Küche verschwand. Ich sah ihm hinterher, während mein Herz viel zu wild pochte.

»O nein, du hast ihn auch, den Schafblick«, sagte Sienna leicht angewidert, während sie mich von der Seite aus musterte.

»Den was?«, fragte ich verwirrt und spürte, wie meine Wangen sich leicht erhitzten.

»Den Schafblick«, wiederholte Sienna grinsend und nahm mir die beiden Gläser aus der Hand. »Wenn Mädchen meinen Bruder ansehen, schauen sie ihn alle auf diese bestimmte Weise an, die sie aussehen lässt wie ein verliebtes Schaf. Und dich hat er auch erwischt.«

Meine Wangen waren nun nicht mehr nur leicht erhitzt, sondern glühend heiß, als ich schockiert die Augen aufriss. »Was? Gar nicht wahr! Ich bin kein verliebtes Schaf!«, rief ich empört.

Sienna fing an zu lachen und rannte in Richtung Garten, wobei sie orangefarbene Tropfen unserer Smoothies wie eine Spur hinter sich auf den Fliesen verteilte. »Doch, bist du! Komm mit, verliebtes Schaf, wir weihen jetzt endlich den Pool ein.«

Lautstark protestierend rannte ich ihr hinterher. Wohl wissend, dass Sienna recht hatte. Verflucht, ich war sehr wohl ein verliebtes vierzehnjähriges Schaf.

Kapitel 6

Tristan Kingsley hasste mich. Vermutlich fiel es niemandem im Raum auf, mir sehr wohl. Während er sich bei den anderen mit einem strahlenden Lächeln vorstellte, strafte er mich mit Ignoranz und einer Kälte, die ich selbst über den langen Tisch hinweg spüren konnte.

Ich wollte am liebsten schreiend den Raum verlassen. Wie hoch war bitte die Wahrscheinlichkeit, dass wir beide zur gleichen Zeit im *CineStage Hills* Retreat waren und dann auch noch in derselben Gruppe landeten? Vor allem aber hatte ich mit Sienna ein Hühnchen zu rupfen. Tristan war ihr Bruder, und sie hatten ein enges Verhältnis, natürlich musste sie gewusst haben, dass er dieses Jahr hier sein würde. Ebenso sicher wie sie wusste, dass ich niemals hergekommen wäre, wenn ich davon gewusst hätte. Dafür, dass sie es mir offensichtlich verschwiegen hatte, wollte ich sie gleichzeitig küssen und ihr die Hölle heiß machen. Ersteres, weil sie nicht verhindert hatte, dass ich ins Retreat fuhr und diesen Traum wahr werden ließ, und Zweiteres, weil sie zugelassen hatte, dass ich Tristan nach all dieser Zeit unvorbereitet begegnete.

»So, jetzt, da wir uns vorgestellt haben, würden wir uns freuen, kurz etwas über euch zu erfahren. Wie heißt ihr, wo kommt ihr her, was macht ihr, und vor allem, wieso seid ihr hier?«, zählte Betty die einzelnen Punkte auf, während ich meine schwitzigen Handflächen an meinem Rock abwischte. Zum Glück fing Alice an, sodass ich noch ein wenig Schonfrist hatte. Sie erzählte, dass sie aus Toronto kam und dort ein Theater für Jugendliche und Kinder leitete, die aus schwierigen Verhältnissen kamen. Das Theater bot den Kindern einen Zufluchtsort, förderte ihre Kreativität und bemühte sich darum, dass sie Freunde fanden, die ähnliche Erfahrungen gemacht hatten wie sie. Sobald Sanna weitermachte, erfuhren wir, dass sie in Schweden auf die Stockholm Film School ging und davon träumte, eines Tages eine berühmte und renommierte Schauspielerin zu werden. Schon wieder waren da diese Gedanken, die versuchten, mir zu vermitteln, dass ich hier mehr als fehl am Platz war und bei all den Ambitionen, all dem Talent und den glorreichen Zukunftsplänen nicht mithalten konnte. Da Tristan früher immer mein sicherer Hafen gewesen war und mir nie das Gefühl gegeben hatte, nicht genug zu sein, suchte ich automatisch seinen Blick. Während ich die anderen ausblendete, versuchte ich ihn anzuziehen, doch es war wie ein loser Faden zwischen uns, der eigentlich schon vor langer Zeit gerissen war. Ich fand ihn nicht. Vielleicht wollte er aber auch nicht gefunden werden.

Als Bettys Blick schließlich aufgeschlossen und interessiert auf mir landete, während Tristan überallhin sah, nur nicht zu mir, wollte ich mich am liebsten auflösen. Stattdessen räusperte ich mich unbeholfen und fing mit leiser Stimme an zu sprechen. »Ich bin Olivia Yates und komme aus Bath in England. Dort arbeite ich … ähm, in einem kleinen Kino, dem CineHeaven, wir zeigen sowohl neue Blockbuster als auch alte Klassiker, Arthouse und Indie Filme.« Ich atmete kurz durch, da sich jedes Wort abgehackt anhörte. Wie von selbst schloss sich meine Hand wieder um den Anhänger an meinem Hals. »Ich liebe Filme über alles, seit … eigentlich schon immer, und ähm, ich hoffe, dass ich das Kino irgendwann vielleicht … übernehmen kann.«

Henri stieß ein amüsiertes Schnauben aus, und Scham kroch mir den Nacken hoch, was dafür sorgte, dass ich mich über mich selbst ärgerte. Normalerweise schämte ich mich nicht für meinen Job und meine Leidenschaft. Doch hier fiel es mir sehr schwer, mich nicht zu vergleichen.

»Ich habe mir das CineHeaven vorher im Internet angeschaut und finde, es sieht wirklich ganz entzückend aus«, sagte Betty, und ihre aufrichtigen, herzlichen Worte beruhigten mich etwas. »Meiner Liebe für Kinos verdanke ich meinen heutigen Job. Ich bin mir absolut sicher, dass jeder, der in der Filmbranche arbeitet, mindestens eine besondere Erinnerung an diese außergewöhnlichen Orte hat. Ich finde es also sehr schön, dass du mit deiner Arbeit dazu beiträgst, dass das so bleibt.«

Ich wollte Betty Garrick am liebsten ganz fest umarmen.

»Danke«, krächzte ich und hoffte, sie konnte sehen, wie viel mir ihre Worte bedeuteten.

Ohne es zu wollen, schnellte mein Blick zu Tristan. Sein Blick lag auf meiner Halskette, für einen kurzen Augenblick wirkte der Ausdruck darin fast … weich. Doch das änderte sich sofort, als er bemerkte, dass ich ihn ansah. Irgendwas in seinen Augen verfinsterte sich, und mein Herz zog sich schmerzhaft zusammen.

Betty erzählte ein wenig über ihre Arbeit und ihren Werdegang, doch es fiel mir schwer, mich darauf zu konzentrieren. In meinem Kopf herrschte ein wildes Gedankenchaos, während es mich all meine Kraft kostete, nicht zu Tristan zu schauen. Was jedoch zunehmend schwieriger wurde, vor allem, als er anfing zu sprechen.

»Ich bin Tristan Kingsley und arbeite als Musicaldarsteller. Zuletzt war ich Romeo am West End. Als Nächstes werde ich Fiyero Tigelaar in Wicked spielen, auch wieder in London.« Himmel, wie ich seine Stimme vermisst hatte. Diese dunkle, leicht kratzige und so markante Note, die mich in Momente zurückversetzte, in denen er mir Dinge ins Ohr geflüstert hatte. Momente, die so nie mehr stattfinden würden – diese Gewissheit zerriss mich fast.

»Ich hab Filme und das Theater schon immer geliebt, war damals in der Theater-AG und habe auch eine Zeit lang … in einem Kino gejobbt.«

Mein Blick streifte seinen, glitt über sein Gesicht, verzweifelt auf der Suche nach irgendetwas, das zeigte, dass uns etwas verband. Doch da war nichts. Keine witzige Anekdote darüber, dass wir mal zusammen im CineHeaven gearbeitet hatten, kein verschmitztes Lächeln, das verriet, dass wir mal alles füreinander gewesen waren – nichts. Es war, als existierte ich für ihn gar nicht mehr. Die Bitterkeit breitete sich in mir aus, langsam und giftig, als mir abermals bewusst wurde, dass ich selbst schuld daran war.

»Dürfte ich kurz auf die Toilette gehen?«, platzte es aus mir heraus. Sofort spürte ich sämtliche Augenpaare auf mir, sodass abermals Hitze meine Wangen hinaufkroch.

Betty lächelte warm, doch diesmal kam es nicht gegen die eisige Kälte in mir an. »Selbstverständlich. Das müsst ihr gar nicht fragen, geht einfach, wenn ihr müsst.«

Ohne eine Erwiderung schoss ich hoch, so schnell, dass mein Stuhl kippelte, ehe ich mit großen Schritten aus der Bibliothek, die sich plötzlich viel zu klein anfühlte, hinaushechtete. Ein naiver Teil von mir – der, der geprägt war von zu vielen Liebesfilmen – hoffte, dass Tristan mir vielleicht hinterherlaufen würde. Was natürlich nicht passierte.

Ich stürzte in unser leeres Zimmer und setzte mich schwer atmend auf das weiche Sofa. Nach einigen Sekunden, die sich anfühlten wie Minuten, in denen ich vor mich hin zählte, gelang es mir, meinen Atem einigermaßen zu beruhigen. Hastig griff ich in die Tasche meines Rocks, um nach meinem Handy zu greifen, bis mir einfiel, dass ich es ja abgegeben hatte.

Frustriert seufzte ich auf. Natürlich konnte ich ausgerechnet jetzt meine Freunde nicht erreichen. Und als Notfall, um mein Telefon zurückzubekommen, zählte das wohl kaum.

Ich stand auf, strich meinen Rock glatt und wanderte im Zimmer auf und ab. Erinnerungsfetzen tobten durch meinen Kopf. Und absurderweiser der Gedanke, dass Tristan ausgerechnet demnächst in *Wicked* spielen würde, was mein liebstes Musical war. Ein Wink des Schicksals, als sollte es so sein. So war es bei Tristan und mir schon immer gewesen. Bis es eben nicht mehr so sein sollte.

Den Blick auf die grüne Natur hinter den Fenstern gerichtet, war ich versucht, einfach hierzubleiben, doch das würde direkt beim ersten Workshop vermutlich nicht so gut ankommen.

Nachdem ich meinem blassen Gesicht im Spiegel ein wenig Mut zugesprochen hatte, machte ich mich schließlich wieder auf den Weg zurück in die Bibliothek. »Bereit, dem Feind zu begegnen?«, flüsterte ich das Zitat aus einem meiner Lieblingsfilme *Vier Hochzeiten und ein Todesfall*, ehe ich den Raum betrat.

Der Rest des Tages zog an mir vorbei. Mein Körper war anwesend, während mein Kopf keinen klaren Gedanken fassen konnte. Ich beteiligte mich kaum an den Gesprächen der anderen während der Mittagspause, knibbelte wie eine Besessene an meinen Fingern und musste mehrmals die anderen fragen, worum es gerade ging. Es war ein Desaster. Tristan dagegen wirkte entspannt und charmant und schien keinerlei Probleme mit meiner Anwesenheit zu haben. Zumindest ließ er sich nichts anmerken.

Umso erleichterter war ich, als Betty endlich verkündete, dass wir das Ende unseres ersten Workshoptages erreicht hatten.

»Heute ist noch nicht viel passiert, weil ich wollte, dass wir uns erst mal als Gruppe ein wenig besser kennenlernen. Aber das wird sich ab morgen ändern. Darum möchte ich euch eine ganz kleine Hausaufgabe geben.« Sie sah erwartungsvoll in die Runde. »Da wir uns hauptsächlich mit dem Thema *Emotionen vermitteln durch Film und Schauspiel* beschäftigen werden, würde ich euch darum bitten, an eure Lieblingsfilme zu denken und vielleicht drei oder vier bestimmte Szenen rauszusuchen, die euch besonders berühren oder nachhaltig im Gedächtnis geblieben sind. Darüber werden wir dann morgen sprechen und diese gemeinsam analysieren. Jetzt wünsche ich euch aber erst mal einen entspannten Abend und danke euch für einen tollen ersten Tag.«

Wir klatschten alle und bedankten uns ebenfalls bei Betty. Einige blieben noch im Raum und unterhielten sich, Sanna stürzte direkt auf Tristan zu. Bei dem Funkeln in ihren Augen, als er ihr ein strahlendes Lächeln schenkte, wurde mir schlecht. Wie oft hatte ich ihn mit diesem Ausdruck angesehen?

Will sagte irgendwas zu mir, doch ich lächelte nur abwesend, griff nach meinem Notizbuch auf dem Tisch und verließ zum zweiten Mal an diesem Tag fluchtartig die Bibliothek.

»Hallo, liebste Zimmernachbarin!«, rief Gracie fröhlich, nachdem sie den Raum betreten hatte, blieb dann jedoch abrupt stehen, als sie mich sah. Ich lag direkt vor dem prasselnden Kamin auf dem Teppich, die Hände gefaltet auf dem Bauch, und starrte ausdruckslos an die Decke.

»Geht's dir … gut?«, fragte Gracie verwirrt, bevor sie die Tür hinter sich schloss und auf mich zulief.

»Ignorier mich einfach, vielleicht löse ich mich dann auf«, erwiderte ich und stieß einen dramatischen Seufzer aus.

»Ich lege mich lieber zu dir, wenn das in Ordnung ist«, erwiderte sie. Ich konnte an ihrer Stimme hören, dass sie lächelte. Kurz danach kitzelten ihre roten Haarsträhnen mein Gesicht, und ich sah aus dem Augenwinkel, dass sie genau dieselbe Position eingenommen hatte wie ich.

Einen Moment lang schwiegen wir, einzig das Knistern des Kamins füllte den Raum, während die Wärme des Feuers uns in einen warmen Kokon hüllte.

»Mann, dieser Teppich ist echt verdammt bequem«, brach Gracie schließlich die Stille und brachte mich damit zum Lachen.

»Bequemer als mein Bett daheim«, erwiderte ich, woraufhin Gracie einstimmte. Mit ihr zu lachen bewirkte, dass sich alles etwas leichter anfühlte, so kurz der Moment auch war.

»Magst du mir erzählen, was los ist?«, fragte meine Mitbewohnerin leise und drehte mir ihr Gesicht zu. »Wenn nicht, ist das natürlich auch okay. Wir können auch einfach so hier liegen bleiben.«

Ich tat es ihr gleich, sodass ich sie ebenfalls ansehen konnte.

»Tristan Kingsley ist der *Stargast* unseres Workshops«, flüsterte ich, als würde Flüstern es weniger real machen.

»Der Musicalstar?«, fragte Gracie. Ich war froh, dass sie nicht ausflippte und sich als großer Fan outete. Das hätte ich gerade nicht verkraftet.

Ich nickte. »Ja. Aber nicht nur das. Er ist auch mein Ex-Freund.«

Gracies Augen weiteten sich, und ich verzog das Gesicht.

»Oh, shit«, murmelte sie. »Ich vermute mal, dass es … nicht gut auseinandergegangen ist?«

Mein Herz zog sich abermals schmerzhaft zusammen, und

ich wandte mein Gesicht wieder Richtung Decke, um Gracie nicht ansehen zu müssen.

»Nein, ist es nicht. Aber ich kann noch nicht darüber sprechen, tut mir leid.«

»Hey, das ist vollkommen okay. Ich bin trotzdem da, ja?«

Ihre Worte waren wie eine warme Decke, die sich über mich breitete. »Danke, Gracie.« Sie legte ihre Hand auf meine, und obwohl es mein üblicher Impuls gewesen wäre, sie nach kurzer Zeit wieder wegzuziehen, ließ ich meine Hand an Ort und Stelle. Irgendwas daran war tröstlich.

»Es ist drei Jahre her, tut aber immer noch so verdammt weh, dass ich mich heute kaum konzentrieren konnte«, brach es nun doch aus mir hervor.

Gracie setzte sich auf und sah auf mich hinunter. »Hör mal, ich weiß nicht, was zwischen euch vorgefallen ist, und ich will mir nicht mal vorstellen, wie es mir gehen würde, wenn meine Ex plötzlich hier wäre.« Ein dunkler Ausdruck huschte über ihr Gesicht, und ich stützte mich auf meine Unterarme, um sie besser ansehen zu können.

»Aber was ich weiß, ist, dass ich keine Lust darauf hätte, dass sie mir meine Zeit hier versaut. Ich hab so lange davon geträumt, und du doch auch. Also lass dir deinen Traum nicht von ihm vermiesen, sondern versuch dich trotzdem auf die Workshops zu konzentrieren. Ich will nicht, dass du dich später deshalb ärgerst.«

Ihre eindringlichen Worte waren wie ein Ruck, der durch meinen Körper ging. Sie hatte recht. Ich würde die Zeit hier nicht von dem Schmerz der Vergangenheit überschatten lassen.

Ich nickte Gracie zu und lächelte sie dankbar an. Sie beugte sich ächzend hoch, um aufzustehen, hielt jedoch kurz inne.

»Was macht ein arbeitsloser Schauspieler?«, fragte sie, während ihr rechter Mundwinkel leicht zuckte.

Verwirrt zog ich die Augenbrauen zusammen. »Ich weiß nicht?«

»Er spielt keine Rolle.«

Einige Sekunden lang herrschte Stille zwischen uns, bevor ich ein Prusten nicht zurückhalten konnte. Gracie stimmte mit ein.

»Gott, der war so schlecht, dass er schon wieder gut war.« Seufzend wischte ich mir eine Träne aus dem Augenwinkel, nachdem wir uns etwas beruhigt hatten.

Gracie klopfte mit dem Finger gegen ihre Schläfe. »Mein Gehirn ist gefüllt mit Witzen, die mindestens genauso grandios sind wie dieser. Nichts lockert eine Situation so gut auf.«

Schließlich erhob sie sich, ehe sie mir ihre Hand hinhielt. »Und jetzt lass uns zum Abendessen gehen, bevor all die guten Sachen weg sind.«

Nachdem wir uns die Bäuche wieder mit Köstlichkeiten des Buffets vollgeschlagen hatten, machten wir es uns auf unserem Zimmer bequem. Doch obwohl ich die Erschöpfung des Tages in jedem einzelnen Knochen spüren konnte, gelang es mir einfach nicht, zur Ruhe zu kommen. Rastlos wühlte ich in meinem Koffer, versuchte mich auf ein Buch zu konzentrieren, sortierte meinen Kosmetikbeutel – alles vergebens. Tristan heute so unerwartet wiederzusehen hatte so viel in mir aufgewühlt, dass ich kaum einen klaren Gedanken fassen konnte. Da spukten Szenen in meinem Kopf von uns beiden, wie wir lachten und gemeinsam über Filme diskutierten, wie wir uns berührten und küssten, wie wir über alles und nichts sprechen konnten. Doch da war auch so viel Schmerz, so viele unschöne Erinnerungen, die dafür sorgten, dass sich mein Herz verkrampfte. Es hatte nicht mal direkt etwas mit Tristan zu tun, und trotzdem verband ich eben auch ihn mit der bisher schlimmsten Zeit meines Lebens. Ich konnte jetzt nicht daran denken, *wollte* nicht daran denken.

»Ich gehe noch mal kurz an die frische Luft, bin gleich wieder da«, sagte ich zu Gracie, die es sich auf dem weichen Sofa gemütlich gemacht hatte, um in einer Zeitschrift zu blättern.

»Alles klar«, erwiderte sie.

Kurz bevor ich das Zimmer verließ, stoppte ich. »Gracie?«, rief ich über die Schulter, woraufhin sie von ihrer Zeitschrift hochsah. »Danke. Für vorhin, meine ich.«

Ihre Mundwinkel wanderten nach oben. Ihr »Jederzeit« hinterließ ein wohliges Gefühl in meinem Bauch, als ich die Tür hinter mir schloss.

Sowohl aus dem großen Salon als auch aus dem Erdgeschoss strömte mir leises Stimmengewirr entgegen. Ich war zwar neugierig auf den Filmraum und Swimmingpool, doch heute Abend war mir absolut nicht nach Small Talk. Also beschloss ich, mich nach draußen zu verziehen, in irgendeine Ecke, wo mich niemand finden würde.

Ich öffnete eine der Türen, die in den Garten führten, und schlenderte vorbei an Blumen, Sträuchern und Büschen, die durch kleine Laternen beleuchtet wurden. Von den Highlands erkannte man lediglich die Umrisse, die sich als beruhigende Linien um mein ausgefranstes Inneres legten und meine rasenden Gedanken einfingen. Hinzu kam, dass hier draußen eine so allumfassende Stille herrschte, dass sofort Ruhe in mir einkehrte. Plötzlich sah ich eine Holzschaukel, die am Ast eines großen Baumes befestigt war. Tagsüber hatte man hier sicher einen tollen Blick auf Glencoe und das darunterliegende Loch.

Ich stiefelte weiter über das leicht feuchte Gras und ließ mich schließlich auf dem kühlen Holz nieder. Der Wind kitzelte meine Wangen, als ich kurz die Augen schloss.

Ich war hier in den Highlands, auf einem wunderschönen Schloss, ein Traum von mir hatte sich erfüllt, es würde alles gut werden, ich …

Ein lautes Knacken riss mich aus den Gedanken, ich zuckte heftig zusammen. Erst jetzt bemerkte ich den dunklen Umriss einer Gestalt, die am Baum lehnte.

»Sorry, ich wollte dich nicht erschrecken«, sagte diese eine dunkle Stimme, die ich unter Tausenden wiedererkannt hätte und die dafür sorgte, dass mein Herz noch schneller pochte, als es das ohnehin schon tat.

Als meine Augen seinen dunkelblonden Haarschopf im dämmrigen Licht ausmachten, sog ich seinen Anblick regelrecht in mich auf. Es waren die ersten Worte, die er seit drei Jahren an mich gerichtet hatte.

»Schon okay«, sagte ich mit belegter Stimme, als mein Blick auf die Zigarette in seiner Hand fiel. »Seit wann rauchst du?«

»Tue ich nicht«, entgegnete er rau. Erst jetzt fiel mir auf, dass der Stängel nicht angezündet war. »Ich hab während meines ersten Musicals kurz angefangen, weil alle um mich herum geraucht haben. Aber Mum hat mir die Hölle heiß gemacht … also hab ich schnell wieder aufgehört.«

»Ja, das klingt nach Ella«, murmelte ich und konnte nicht anders, als leicht zu schmunzeln beim Gedanken an Siennas und Tristans Mum. Man musste sie einfach lieben.

»Hm, tut es«, sagte Tristan so leise, dass ich es kaum hören konnte, ehe er Anstalten machte, mit gesenktem Kopf an mir vorbeizulaufen. Als er schon fast vorbei war, rutschte mir ein heiseres »Tristan?« heraus.

Er blieb mit dem Rücken zu mir stehen, drehte sich jedoch nicht um. Mein Herz polterte so schnell, dass ich mir sicher war, es würde mir gleich aus der Brust fallen, mitten vor meine Füße.

»Wie … geht es dir?«, fragte ich leise und hasste es, wie sehr meine Stimme dabei zitterte.

Tristan schwieg. Gerade als ich sicher war, er würde gleich weitergehen, ohne zu antworten, tat er es doch.

»Das hat dich die letzten Jahre auch nicht interessiert, Olivia. Du musst nicht so tun, als hätte sich was daran geändert.«

Mit diesen Worten ließ er mein blutendes Herz und mich in der Dunkelheit stehen und verschwand im Inneren des Schlosses.

Kapitel 7

Ich saß gerädert am Frühstückstisch, während sich die anderen munter miteinander unterhielten. Es war bereits die zweite Nacht, in der ich keine Erholung gefunden hatte. Wenn das so weiterging, würde ich nach dem Retreat erst mal zwei Wochen durchschlafen müssen.

Nach der Begegnung mit Tristan gestern Abend hatte ich noch lange draußen gesessen. Der Versuch, meine Gedanken und Gefühle zu sortieren, war kläglich gescheitert. Tristan war schon immer meine Achillesferse gewesen. Wenn es um ihn ging, spielten Körper und Herz verrückt, während mein Gehirn bereit war, jede Logik über Bord zu werfen.

Danach hatte ich durchgefroren im Bett gelegen, während das Karussell in meinem Kopf nicht aufgehört hatte sich zu drehen. Irgendwann war ich dann in wirre, unruhige Träume abgedriftet, bis ich morgens schweißgebadet hochgeschreckt war. Während einer heißen Dusche stellte ich dann schockiert fest, dass ich die Hausaufgabe für den Workshop völlig vergessen hatte. Wie ein Schulkind, das vor der ersten Stunde noch schnell die Lösung bei seinem Sitznachbarn abschrieb, hatte ich eilig und lieblos die ersten Szenen, die mir eingefallen waren, aus viel zu vielen Lieblingsfilmen, auf ein Blatt Papier gekritzelt. Und mich danach schlecht gefühlt, weil ich von diesem Retreat so lange geträumt hatte, nur um mit dem Kopf nun ganz woanders zu sein und mir keine Mühe bei der Aufgabe zu geben.

»Bist du dabei, Olivia?«, fragte Misuki, woraufhin ich zusammenzuckte.

»Äh, entschuldige, wobei?« Beschämt lächelte ich sie an und schob die Pancakes auf meinem Teller appetitlos hin und her.

»Will hat heute Abend den Filmraum reserviert, wir wollen uns was anschauen. Bist du dabei?«

»O ja, gern«, erwiderte ich und versuchte, enthusiastisch zu klingen. Ich musste mich zusammenreißen, wenn ich hier nicht sofort alle verschrecken wollte. Was nicht einfach war bei der Tatsache, dass Tristan gerade am Buffet stand und ich ihm ein regelrechtes Loch in den Hinterkopf starrte. Ich fragte mich, ob seine dunkelblonden Locken noch immer nach dem Apfelshampoo rochen, das Sienna ihm damals zu Weihnachten geschenkt hatte. Er hatte so getan, als sei er zu cool dafür, doch der Duft, der seitdem in seinen Haaren hing, verriet, dass er es insgeheim mochte. Genau wie ich. Ich fragte mich, ob er noch immer die Tomaten aus jedem Salat sortierte und ob sich die Narbe an seinem Handgelenk, die dabei entstanden war, als wir zu dritt auf demselben Fahrrad hatten fahren wollen, noch immer als raue Spur auf seiner Haut abzeichnete. Vor allem aber fragte ich mich, ob ich noch irgendetwas von diesem Mann wusste oder ob die Version von ihm vor drei Jahren für immer die letzte sein würde, die ich in- und auswendig kannte.

»Ich kann immer noch nicht glauben, dass Heather Halloway Gast in unserer Gruppe ist«, sagte Misuki, während ihr Gesicht einen verträumten Ausdruck annahm. »Sie ist absolut großartig. Ich hab *jedes* Stück von ihr gesehen. Sie ist so sympathisch.«

Will nickte. »Ich hab gehört, dass sich immer mehr Filmproduktionsfirmen um sie reißen, weil sie so eine fantastische Schauspielerin ist.«

»Wundert mich nicht«, entgegnete Misuki und stopfte sich eine Erdbeere in den Mund. Dann beugte sie sich vor und warf uns einen verschwörerischen Blick zu. »Habt ihr die Gerüchte gehört, dass sie was mit Tristan Kingsley gehabt haben soll? Schon seltsam, dass die beiden nun auch ausgerechnet hier zusammen teilnehmen, nicht wahr?«

Mein Blick schnellte hoch, mein Magen verkrampfte sich. »Was?«, rutschte es mir heraus, was Misuki dazu anspornte, weiterzusprechen. Gracies alarmierten Blick nahm ich lediglich aus dem Augenwinkel wahr.

»Es gab nie ein offizielles Statement von den beiden, aber sie wurden ziemlich oft zusammen gesichtet. Ich finde, sie wären so ein Traumpaar, vielleicht machen sie es ja doch noch öffentlich.«

Nun war mir der Appetit endgültig vergangen. Natürlich war mir klar gewesen, dass Tristan in den vergangenen drei Jahren auch andere Frauen in seinem Leben gehabt haben musste. Dass er vielleicht sogar vergeben war. Doch ich hatte mich absichtlich von den sozialen Medien und Nachrichten der Musicalszene ferngehalten, um nichts mitzubekommen. Darum kannte ich Heather Halloway auch nicht. Doch wenn sie auch nur halb so schön und beeindruckend war, wie ihr Name vermuten ließ, dann konnte ich nur verlieren. Nicht, dass ich überhaupt eine Chance im Kampf um Tristan hätte. Nicht, dass ich überhaupt um ihn kämpfen würde. Verdammt noch mal, ich musste mir das alles aus dem Kopf schlagen, sonst würde ich in den nächsten zwei Wochen noch den Verstand verlieren.

Nachdem wir aufgegessen hatten, zog mich Gracie von der Seite fest an sich und drückte mir ermutigend die Hand, während sie mir einen wissenden Blick zuwarf. Noch im selben Augenblick merkte ich, dass ich diese Geste mehr gebraucht hatte, als ich zugeben wollte.

Will schien meine Nervosität zum Glück nicht zu bemerken und redete fröhlich darüber, wie sehr er sich auf den heutigen Workshop freute. Wir versammelten uns wieder alle in der Bibliothek und warteten auf Betty und Tristan.

Letzterer betrat den Raum mit gesenktem Blick, während Betty uns wieder gut gelaunt begrüßte. Sie war der Sonnenschein, während Tristan wie das personifizierte Gewitter wirkte. Dabei war er eigentlich gar nicht so. Er war viele Jahre lang mein persönlicher Sommer gewesen. Und ich der Tornado, der alles auseinandergerissen hatte.

Seine dunkelblonden Locken standen heute wild in alle Richtungen ab. Ich wusste, wie kindisch es war, dennoch ärgerte es mich, dass er so gut aussah, ohne etwas dafür tun zu müssen. Sein graues Sweatshirt saß wie angegossen, er sah so … erwachsen aus. So als hätte er sein Leben im Griff, während ich mich oftmals noch immer wie ein Kind fühlte, das sich als Erwachsene verkleidete. Andererseits … was wusste ich schon über Tristan. Ich kannte ihn nicht mehr.

»Also, ich bin sehr gespannt, was für Szenen ihr euch überlegt habt. Jeder von euch wirft gleich einfach mal die Filme und entsprechenden Szenen, die ihr euch ausgesucht habt, in den Raum. Danach splitten wir die Gruppe in kleinere Teams, und ich werde euch ein paar Aufgaben geben, um die jeweiligen Szenen genauer zu analysieren. In den ersten Tagen wird es erst mal ein bisschen theoretisch sein. Aber danach werden wir auch Übungen machen, und ihr könnt selbst spielen.«

Um nicht an meinen Fingern zu knibbeln, zupfte ich an meinem Kleid herum. Es war hellgrün mit kleinen Blumen darauf und ging bis zu den Knöcheln. Darüber hatte ich einen kuscheligen Cardigan gezogen, der die Arme wärmte. Meine Mum hatte mir mal erzählt, dass ich mit acht Jahren neben ihr gesessen hatte, als ein Konzert von Fleetwood Mac im Fernsehen lief. Wie hypnotisiert hatten meine Augen an Stevie Nicks geklebt, ehe ich lautstark verkündet hatte, dass ich auch so aussehen wollte. Bei jedem gemeinsamen Einkauf danach hatte ich darauf bestanden, nur Kleider und Oberteile zu kriegen, die aussahen wie die von Stevie. Tja, so richtig viel hatte sich daran bis heute nicht geändert. Kein Secondhand- und Vintageladen war sicher vor mir und Pinterest war meine Bibel, wenn ich nach neuen Outfitkombinationen suchte. Gedankenverloren landete mein Blick mal wieder auf Tristan, der sich scheinbar lieber eine Nackenstarre einfing, als mich auch nur minimal aus dem Augenwinkel sehen zu müssen.

Vielleicht hatte ich Glück und landete nicht ausgerechnet mit ihm in einem Team. Dann müssten wir auch nicht ganz so viel Zeit miteinander verbringen. Zumindest redete ich mir ein, dass ich mich nicht nach seiner Nähe sehnte, dass ich meine Entscheidung von damals nicht bereute und definitiv nicht darauf hoffte, mich zu entschuldigen und zu erklären, damit er mir vergab. Dabei ging es viel mehr darum, dass seine Abneigung aus der Distanz schon schmerzhaft genug war. Wenn ich nun auch noch mit ihm zusammenarbeiten musste und er mir offensiv die kalte Schulter zeigte … Ich wusste nicht, wie ich damit umgehen sollte, ohne daran zu zerbrechen. Die Angst davor war so groß, dass es mir sicherer schien, ihm aus dem Weg zu gehen. Die Frage war nur, wie lange ich das durchhielt.

Alice fing an und riss mich aus meinen Gedanken, die mal wieder abgedriftet waren. Sie nannte hauptsächlich Szenen aus Arthouse-Filmen wie *Aftersun*, *Close* und *Past Lives*. Sanna hatte einen komplett anderen Geschmack und nannte eher Romanzen oder Dramen wie *Ein ganzes halbes Jahr*, *Das Schicksal ist ein mieser Verräter* und *Notting Hill.* Während sie die Titel auflistete, gab Henri erneut ein amüsiertes Schnauben von sich und verdrehte die Augen. Diesmal konnte ich mich nicht zurückhalten. Wenn sich jemand über mich lustig machte, war das eine Sache. Bei anderen konnte ich das allerdings so gar nicht leiden.

»Hast du irgendwas zu sagen, Henri?«, rutschte es mir heraus. Ich konnte regelrecht spüren, wie sechs überraschte Augenpaare auf mir landeten.

Henri hatte sich jedoch schnell wieder gefangen und musterte mich unbeeindruckt. »Na ja, das sind halt alles diese typischen kitschigen Weiberfilme«, erwiderte er allen Ernstes, woraufhin sich heiße Wut in meinem Bauch sammelte wie ein Feuerball, der kurz davor war, zu explodieren. Er war mir schon bei unserer ersten Begegnung am Flughafen so unsympathisch gewesen, jetzt bestätigte sich mein Eindruck.

»Und fühlst du dich jetzt besser dadurch, dass du im Jahr 2024 noch immer romantische Filme als *Weiberfilme* beschimpfst und allein schon durch die Wortwahl abwertest? Oder musst du damit für deine eigenen Filme vorsorgen, weil sie nur gut sind, wenn du andere schlecht machst?«

Henris Mund klappte leicht auf, ich konnte sehen, wie ihm Röte den Hals hinaufkroch. Für einen Augenblick war es mucksmäuschenstill in der Bibliothek, nur das Ticken der Wanduhr war zu hören.

Betty räusperte sich, und ich meinte den Hauch eines Schmunzelns in ihrem Gesicht zu erkennen, was mich sehr zufrieden machte. Auch Sanna lächelte mir dankbar zu, während Alice vor sich hin grinste.

»Also, Will, welche Szenen hast du dir ausgesucht?«, fragte Betty, woraufhin Will einmal Luft holte und loslegte. Danach war Henri dran, der sich wieder gefangen hatte und natürlich *hoch anspruchsvolle, literarische* Filme aufzählte, für die wir alle zu ungebildet waren, zwinker, zwinker.

Sobald ich dran war, musste ich all meine Kraft zusammennehmen, um nicht zu Tristan zu starren. Er wusste genau, für welche ich schwärmte. Außer denen, die in den letzten drei Jahren dazugekommen waren natürlich. Wir hatten so viele davon zusammen gesehen, und ich musste wieder an diesen einen Abend im Kino denken. An den leeren Saal, der doch nicht groß genug war, um den ganzen Schmetterlingen in meinem Bauch Raum zu geben. An unsere Hände, die sich beim Griff in die Popcorntüte streiften, anfangs noch versehentlich, später mit voller Absicht. Daran, wie schwer es mir gefallen war, auf die Leinwand zu gucken, wenn ich die ganze Zeit über nur ihn anstarren wollte.

»Ich hab mir Szenen aus *Thelma & Louise*, *Vielleicht lieber morgen*, *Shawshank Redemption* und *La La Land* ausgesucht. Ich konnte mich einfach nicht für drei entscheiden«, sagte ich und konnte nicht verhindern, dass mein Blick doch wie von selbst zu Tristan wanderte. Er sah zu Boden. Enttäuschung machte sich in mir breit, kroch meinen Hals hinauf wie ein lästiger Ausschlag, den man einfach nicht loswurde.

»Tolle Filme«, kommentierte Betty meine Auswahl mit einem Lächeln, bevor sie anfing, Arbeitsblätter an uns zu verteilen. »Ich war mir noch nicht ganz sicher mit der Teamverteilung, doch nachdem ich eure Lieblingsfilme gehört habe, denke ich, dass es so ganz gut passen könnte. Die Teams wechseln immer mal wieder. Für die heutige Aufgabe habe ich euch so eingeteilt: Alice, Will und Henri, Sanna wird mit mir zusammenarbeiten und Olivia mit Tristan. Ich laufe allerdings auch immer mal zwischendurch herum und setze mich dazu.«

Bumm, Bumm, Bumm. Mein Herzschlag dröhnte durch meinen ganzen Körper, in meinen Ohren begann es zu piepen. Stresstinnitus. Im ersten Moment wollte ich aufschreien, wollte rufen, dass das nicht geht, dass so was nur im Film passiert und dass das Universum aufhören sollte, mich zu verhöhnen. Doch ich blieb still, denn es änderte nichts, außer dass ich mich blamieren würde. Ich rechnete damit, dass Tristan protestieren würde, doch auch er tat es nicht. Ich schätzte, dass auch er keine Fragen über unsere Vergangenheit beantworten wollte. Also blieben wir beide stumm, während Betty weitersprach, nichts von dem Erdbeben merkte, für das sie gerade gesorgt hatte. Ob Tristans Hände gerade ebenso sehr zitterten wie meine? Spürte er es auch, das Bauchgrummeln und Adrenalin, das meinen Körper flutete wie Wasser aus einem gebrochenen Staudamm?

»Ihr könnt euch im ganzen Schloss und auf dem Gelände für die Aufgaben verteilen, seid nur bitte so gegen 16 Uhr wieder hier. Viel Erfolg und Spaß!«

Die anderen standen auf und setzten sich in Bewegung, während Tristan und ich wie eingefroren sitzen blieben. Schließlich räusperte ich mich. »Also, ähm … wollen wir hierbleiben, oder …?«

Tristan atmete hörbar aus, ich sah die tiefe Furche, die sich zwischen seinen Augen gebildet hatte. »Da hinten ist eine Sitzecke auf der Fensterbank.« Ohne auf eine Antwort zu warten oder sich noch mal umzudrehen, lief er los.

Ich unterdrückte ein Seufzen und folgte ihm hastig. Es war ein wunderschöner Platz. Der Erker war ganz am Ende der Bibliothek, versteckt hinter hohen Bücherregalen. Die runde Fensterbank war mit einem karierten Sitzpolster bedeckt. Wenn man sich darauf niederließ, saß man direkt an der Fensterscheibe und konnte auf die tiefgrünen Highlands blicken. Ich sah mich hier mit einem Kleid sitzen, das aussah wie das einer Fee, mit einem goldenen Kerzenhalter in der Hand und Gedichte von Emily Dickinson lesend, während ich mit einer Feder dunkle Tintennotizen an den Zeilen hinterlassen würde, die mich besonders berührten. Wollte barfuß und mit einem Blumenkranz im Haar durch das taunasse Gras spazieren und mir vorstellen, dass es Magie wirklich gab in dieser Landschaft, die wie für Magie und Zauberwesen gemacht war. Vor allem aber wollte ich den Jungen mit den dunkelblonden Haaren, der vor mir saß und grimmig auf das Blatt Papier in seinem Schoß starrte, verdrängen, auch wenn das, was wir mal gehabt hatten, eigentlich zu wertvoll war, um es jemals zu vergessen.

Das Ticken der Wanduhr übertönte unser Schweigen, und mit jeder Minute, die verstrich, wurde mir klarer, dass die Kluft zwischen Tristan und mir noch viel größer war als erwartet. Und plötzlich war ich mir gar nicht mehr so sicher, ob ich wirklich Abstand halten wollte. Ob die Sehnsucht danach, sich ihm wieder anzunähern, nicht doch größer war als die Angst vor seiner Ablehnung.

»Hör zu, Tristan«, brach es schließlich aus mir heraus, woraufhin er zusammenzuckte, als hätte er vergessen, dass ich überhaupt da war. Als wäre ich Luft für ihn. »Ich weiß, du hasst mich, und glaub mir, du hast jedes Recht dazu. Du musst auch außerhalb des Workshops kein einziges Wort mit mir sprechen, aber könntest du versuchen, jetzt zumindest diese blöden Aufgaben mit mir zu bearbeiten? Mir ist dieses Retreat nämlich verdammt wichtig, ich habe so lange davon geträumt und ich fände es schön, wenn wir irgendwie versuchen würden, professionell zu bleiben. Ich möchte Betty nicht enttäuschen.« Atemlos beendete ich meinen kleinen Monolog und wusste auch ohne Spiegel, dass sich auf meinem Gesicht rote Flecken gebildet hatten. Ich glühte regelrecht.

Tristan seufzte und fuhr sich durch die Locken, die ihm daraufhin sofort wieder in die Stirn fielen.

»In Ordnung«, murmelte er nur, und Erleichterung machte sich in mir breit. Allerdings die Art, die sich eher kurzfristig gut anfühlte, nur um sich gleich darauf wie ein schmerzhafter Pfeil ins Herz zu bohren. Weil er mir nicht mehr geben konnte als diese zwei Worte. Weil er nicht mal abstritt, dass er mich hasste.

Den Rest der Zeit arbeiteten wir still vor uns hin und tauschten nur wenige Sätze aus. Damals hatten wir uns stundenlang über Filme unterhalten können, doch heute war ich dankbar für die wenigen Bemerkungen, die Tristan an mich richtete. Es war, als befände sich eine unsichtbare Mauer zwischen uns, von der ich nicht wusste, wie ich sie überwinden sollte, während Tristan mit jeder Sekunde einen weiteren Ziegelstein hinzufügte, der mir die Sicht versperrte.

Als schließlich die Tür zur Bibliothek aufging und wir die Stimmen der anderen hörten, sprang Tristan regelrecht auf, als könnte er es nicht erwarten, so schnell wie möglich von mir wegzukommen. Und das, obwohl ich den Großteil der Aufgaben allein bearbeitet hatte.

Womit ich jedoch nicht rechnete, war, dass er sich noch mal umdrehen würde. Seine mitternachtsblauen Augen trafen mich unvorbereitet, und die Traurigkeit, die in ihnen lag, fühlte sich wie eine unsichtbare Ohrfeige an.

»Ich hasse dich nicht, Liv«, sagte er so leise, dass ich ihn kaum verstehen konnte. »Könnte ich nie. Ich hab's versucht, glaub mir.« Seine Stimme klang rau, zittrig und viel zu verletzlich.

Ich starrte ihn nur an, unfähig, etwas zu sagen, da er sich im selben Augenblick wieder umdrehte und mit schnellen Schritten zurück zu den anderen ging.

Mein Herz raste, in meinen Ohren rauschte es, und mein ganzer Körper fühlte sich an wie eine Wunde, die gerade wieder aufgerissen worden war und heftiger schmerzte als je zuvor. Erst jetzt wurde mir bewusst, dass sie nie ganz verheilt war. Und ich wusste auch nicht, ob sie das je würde.

Kapitel 8

DAMALS, Olivia, 15 Jahre

»O Gott, ich bin so aufgeregt«, sagte ich zu Sienna und hüpfte nervös von einem Bein auf das andere. Ich hatte mich für einen Ferienjob in dem kleinen Kino beworben, das ich so liebte, und heute war mein erster Tag. Mindestens einmal in der Woche schaute ich mir dort einen Film an. Entweder allein oder mit Sienna, ab und zu auch mit meinen Eltern. Ich sah mir einfach alles an. Egal, ob Liebesfilm, Komödie, Actionfilm oder Thriller.

»Du wirst das richtig gut machen, da bin ich mir sicher«, sagte meine beste Freundin und schleckte an ihrem Erdbeereis. Sie hatte mich extra zum *CineHeaven* gebracht, um mir Mut zu machen. Wir standen vor der knallroten Eingangstür, während die Sonne auf uns hinabschien und mir Schweißperlen auf die Stirn trieb. »Simst du mir heute Abend?«, fragte Sienna, und ich nickte.

»Natürlich, ich werde dir alles bis ins kleinste Detail erzählen!«

Sie drückte mich noch einmal fest zum Abschied, darauf bedacht, nicht mit dem Eis zu kleckern, ehe sie mir zuwinkte, bis sie am Ende der Straße verschwunden war. »Du rockst das, Livie, ich glaub an dich!«, brüllte sie ein letztes Mal und brachte mich damit zum Grinsen. Schließlich atmete ich tief durch, umklammerte die Riemen meines Rucksacks und betrat den kühlen Vorraum des kleinen Kinos.

Mein erster Tag verlief um einiges besser als gedacht. Jude und Ellen, das Ehepaar, dem das *CineHeaven* gehörte, waren umwerfend, weshalb man gar nicht anders konnte, als sich in der Gegenwart der beiden wohlzufühlen. Sie erklärten mir den Ticketverkauf, die Kasse sowie Popcornmaschine und wo ich alles finden würde, was ich für die Arbeit benötigte. Einer der beiden war immer an meiner Seite, sodass ich jederzeit Fragen stellen konnte, mich jedoch nicht unangenehm beobachtet fühlte. Das Beste war allerdings, als sie mir sagten, dass ich für die Zeit meines Praktikums umsonst alle Filme schauen konnte und sogar Filmplakate mitnehmen durfte, die nicht mehr gebraucht wurden. Als am Nachmittag die ersten Vorstellungen begannen, war ich dann zwar aufgeregt, aber wesentlich entspannter als noch zu Beginn meiner Schicht, und so klappte alles, bis auf ein paar kleine Fehler, weitestgehend reibungslos. Am Abend war ich dann so aufgetaut, dass ich anfing, mich mit den Besucherinnen und Besuchern über Filme auszutauschen. Es war wie ein wahr gewordener Traum, und obwohl ich erst 15 war und keinen blassen Schimmer vom Berufsleben oder Erwachsensein hatte, wusste ich, dass ich nichts lieber machen wollte als genau das hier. Irgendwann, als ich ein junges Paar mit Popcorn versorgt hatte, bemerkte ich, dass Jude und Ellen in der Ecke standen und mich beobachteten.

Ellen schenkte mir ein zufriedenes Lächeln und kam auf mich zu, um mir leicht die Schulter zu tätscheln. »Du machst das großartig, Olivia, und ich finde es ganz wundervoll, wie sehr man deine Liebe zu Filmen und dem Kino spürt.« Ich strahlte sie an, denn ihr Lob sorgte dafür, dass sich Stolz in meinem Körper breitmachte und mich von Innen wärmte.

»Wenn du so weitermachst, kannst du nach der Schule direkt hier weiterarbeiten«, sagte Jude grinsend und sorgte so dafür, dass mein Herz wie wild zu schlagen anfing. Genau das wurde zu meinem Ziel.

In den kommenden Wochen war ich fast jeden Ferientag im *CineHeaven.* Tagsüber arbeitete ich, während ich die Nachmittage damit verbrachte, mir entweder allein oder mit Sienna Filme anzusehen. Es hätte ewig so weitergehen können. Über Ellen und Jude erfuhr ich, dass ihnen das Kino schon seit fast 30 Jahren gehörte und sie ebenso lang verheiratet waren. Sie hatten bereits vier Enkelkinder und wirkten noch immer so verliebt, dass sie zu meiner Definition von wahrer Liebe wurden. Ich wollte genau das, was die beiden hatten, oder gar nichts. Eigentlich lief alles super. Bis auf die … komischen Gedanken. Ich hatte noch niemandem davon erzählt und wusste auch nicht, wie ich es benennen oder erklären sollte, aber seit einiger Zeit schwirrten mir komische Dinge im Kopf herum, die ich einfach nicht loswurde. Abends konnte ich nicht einschlafen, ohne vorher unter mein Bett geschaut zu haben. Wenn ich mich hinlegte, ohne das zu machen, verkrampfte mein Kopf regelrecht. Die Sorgen, dass irgendwas oder irgendwer darunter lauern könnte, wurden so vorherrschend und laut, dass ich dem Drang nachgeben und nachschauen musste. Natürlich war nie etwas zu finden gewesen, doch nur so konnte ich beruhigt schlafen. Letztens hatte Sienna bei mir übernachtet und mich dabei erwischt. Als sie gefragt hatte, ob ich etwas suchen würde, hatte ich geflunkert und ihr erzählt, ich hätte meinen Ohrring verloren. Es war mir einfach zu unangenehm gewesen. Morgens hatte ich dann sowohl Mum als auch Dad zwingend sagen müssen, dass ich sie lieb hatte. Wenn einer von beiden bereits zur Arbeit gefahren war oder ich es vergaß, weil wir es eilig hatten, war ich den ganzen Tag lang überzeugt davon, dass einem von beiden etwas Schlimmes zustoßen würde. Manchmal war es so schlimm, dass ich von eiskalter, angstschweißgetränkter Panik übermannt wurde und irgendwann bei ihnen anrufen musste, um mich zu versichern, dass alles gut war. Diese Sachen häuften sich, und ich fragte mich, ob das normal war oder irgendwas nicht mit mir stimmte. Mussten die anderen in meiner Klasse sich auch viermal hintereinander die Hände waschen, damit kein Unglück passierte? Ich bezweifelte es und wusste nicht, wie ich damit umgehen sollte, weshalb ich schon bald beschloss, es einfach zu verschweigen, bis es irgendwann hoffentlich von selbst wegging.

Als ich an einem Samstag dem Ende meiner Schicht entgegenfieberte, weil ich mir eine der Abendvorstellungen ansehen wollte, ging plötzlich die Tür auf, und mein Herz stolperte kurz. Dieser blonde Lockenkopf brachte mein Herz viel häufiger aus dem Takt, als mir lieb war.

»Olivia?«, fragte Tristan überrascht und kam mir mit einem breiten Lächeln entgegen. Ein Kribbeln kroch meinen Hals hoch, als ich es, ohne zu zögern, erwiderte.

»Hi, was machst du denn hier?«

»Ich arbeite hier, also als Praktikantin in den Ferien«, entgegnete ich und konnte nicht verhindern, dass Stolz in meiner Stimme mitschwang.

»Ach echt? Wie cool! Kann ich dann direkt bei dir eine Karte kaufen?« Seine Stimme sorgte wie immer für eine Gänsehaut auf meinen Armen.

»Ja, klar. Was möchtest du dir anschauen?«

Er fuhr sich mit der Hand durch die Haare, und mein Blick

folgte seiner Bewegung. Ich konnte nicht anders, als mich zu fragen, wie es sich wohl anfühlen würde, wenn ich meine Finger darin vergrub.

»Ich würde gern in das Hitchcock Special, also *Das Fenster zum Hof*«, sagte Tristan etwas verlegen.

»Den wollte ich mir auch gleich anschauen, ich hab jetzt Feierabend«, erwiderte ich und druckte ihm eine Karte aus. »Es ist mein liebster Hitchcock-Film.«

Tristans Augen weiteten sich überrascht, während er mir das Geld für das Ticket hinlegte. »Wirklich? Meiner auch. Wobei ich *Der Unsichtbare Dritte* auch toll finde.«

»Den hab ich noch nicht gesehen, steht aber auf meiner Liste.«

Tristan grinste. »Den musst du dir ansehen. Cary Grant ist einfach großartig.«

»Das mache ich«, sagte ich nickend und wünschte mir insgeheim, wir würden ihn zusammen anschauen, auch wenn ich mich vermutlich nie trauen würde, ihn das zu fragen. Außerdem sah er mich wahrscheinlich eh nur als beste Freundin seiner kleinen Schwester.

»Möchtest du noch Popcorn oder was zu trinken?«, fragte ich schnell, um ihn nicht zu auffällig anzustarren.

»Eine mittlere Packung Popcorn und eine große Cola, bitte«, antwortete er, und ich machte mich an die Arbeit.

»Dann viel Spaß«, sagte ich schüchtern, als ich ihm die Snacks über den Tresen schob.

Tristan räusperte sich und kratzte sich kurz am Nacken. »Wollen wir den Film denn dann nicht vielleicht einfach zusammen gucken? Also ich meine, … wenn du ihn dir eh auch anschauen möchtest?«

Mein Haaransatz begann zu kribbeln, genau wie mein Nacken und meine Finger, eigentlich alles, aber am meisten kribbelte es in meinem Bauch. Tristan Kingsley wollte quasi mit mir ins Kino.

Bisher hatten wir immer nur wenige Worte miteinander gewechselt, wenn wir uns mal bei ihm zu Hause begegnet waren oder uns auf dem Schulflur gesehen hatten. Dennoch wusste ich, dass er zwei Jahre älter und der Star der Theater-AG war, dass er Filme liebte, sich richtig gut mit Sienna verstand und dass ungefähr jedes Mädchen auf der Schule für ihn schwärmte. Ich hatte nicht geglaubt, dass ich je eine Chance auf ein Date mit ihm haben würde, und eigentlich tat ich das auch jetzt noch nicht.

Aber nun wollte er tatsächlich Zeit mit mir verbringen, mit mir!

»Ja, also, … wenn es dich nicht stört, sehr gerne«, erwiderte ich verlegen und spürte, wie meine Wangen warm wurden.

Tristans Grübchen schoben sich als feine Linien auf seine Wangen, und ich beschloss in diesem Moment, dass ich niemandem lieber beim Lächeln zusah als ihm.

»Natürlich stört es mich nicht, sonst hätte ich ja nicht gefragt.«

Und so folgte ich Tristan nach Ende meiner Schicht in den dunklen Kinosaal, wo wir uns gemeinsam *Das Fenster zum Hof* ansahen. Wobei das nicht ganz stimmte, denn wir schauten nicht nur hin, wir analysierten ihn, tauschten uns aus und reagierten auf dieselben Szenen gleich. Ich liebte alles daran und war überrascht, wie leicht es mir plötzlich fiel, in Tristans Gegenwart ich selbst zu sein. Normalerweise ließ ich meine nerdige Filmfan-Seite nicht so raushängen, doch bei ihm hielt ich mich nicht eine Sekunde lang zurück.

Ich sog seine Gedanken zu dem Geschehen auf der Leinwand regelrecht in mich auf, und als unsere Hände gleichzeitig in die Popcorntüte langten und sich berührten, war es besser als Weihnachten, Geburtstag und ein neuer Marvel-Film zusammen.

»Das war wirklich schön«, sagte Tristan mit einem aufrichtigen Blick, als wir danach vor dem Kino standen. Ich ballte meine Hände zu Fäusten, damit er nicht sah, wie sehr sie vor Aufregung zitterten.

»Fand ich auch«, erwiderte ich und sah ihm in die Augen. Sie erinnerten mich immer an das Meer an einem heißen Sommertag, glitzernd und anziehend, man wollte regelrecht darin versinken.

»Also, dann … soll ich dich noch nach Hause bringen?«, fragte er, während er sich abermals durch die dunkelblonden Locken fuhr.

»Das wäre lieb«, antwortete ich mit rauer Stimme und räusperte mich schnell.

Eine milde Sommerabendbrise tanzte um uns herum, während wir schweigend durch die Stadt liefen. Obwohl es noch nicht ganz dunkel war, brannten bereits die Laternen auf den Bürgersteigen und umhüllten uns mit ihrem sanften goldschimmernden Licht.

»Also, Olivia Yates, was magst du sonst so außer Hitchcock-Filmen und meiner kleinen Schwester?«, fragte Tristan plötzlich. Mir wurde ein wenig schwindelig bei seinem verschmitzten Grinsen.

»Ich bin nicht sonderlich interessant«, sagte ich verlegen und beobachtete unsere Schatten auf dem Gehweg. »Ich liebe nicht nur die von Hitchcock, sondern eigentlich alle Arten von Filmen. Deshalb mache ich auch das Praktikum im Kino und möchte dort nach der Schule weiterarbeiten, wenn es klappt. Ich komme eigentlich aus Cornwall, weshalb ich das Meer und seinen Geruch sehr liebe und vermisse. Wir hatten mal einen Hund, Pebbles, er war ein Golden Retriever, und ich vermisse ihn jeden Tag. Irgendwann möchte ich wieder einen Hund. Bücher mag ich auch sehr gerne und Eis mit Fudge.«

Ich spürte Tristans Blick auf mir und sah nun doch hoch. Er musterte mich so intensiv, dass meine Wangen anfingen zu kribbeln.

»Also ich finde dich sehr interessant«, sagte er mit seiner dunklen, leicht kratzigen Stimme, während ich im Blau seiner Augen ertrank.

Kapitel 9

Es war offiziell: Ich hasste Heather Halloway. Vor allem, weil man sie einfach lieben musste. Heather war schlicht und ergreifend umwerfend. Und an den Blicken, die sie Tristan alle paar Minuten zuwarf, konnte man glasklar erkennen, dass an den Gerüchten über die beiden etwas dran war. Nachdem die Workshops für heute beendet waren, hatten sich alle Teilnehmer und Teilnehmerinnen sowie einige der Stargäste in einem der großen Aufenthaltsräume zu einem netten Beisammensein eingefunden. Es gab fruchtigen Cider, der Kamin prasselte vor sich hin und das Knistern des Feuers vermischte sich mit den Gesprächsfetzen, die aus jeder Ecke zu vernehmen waren. Doch insgeheim lagen alle Blicke auf Heather. Sie war eine Erscheinung mit ihren honigfarbenen langen Haaren, die im Schein des Kronleuchters schimmerten, ihren feinen Gesichtszügen und dem dunkelblauen Kleid, das sich wie eine zweite Haut an ihren Körper schmiegte. Wenn sie sprach, wollte man in ihrer weichen, hellen Stimme versinken, wenn sie laut auflachte, musste man sofort mit einstimmen, und sobald sie einen ansah, fühlte man sich so, als wäre man die einzige Person im ganzen Raum, der ihre Aufmerksamkeit galt. Das Schlimmste war jedoch, dass sie unglaublich sympathisch war. Nein, falsch, das Schlimmste war diese zarte Zuneigung in ihren saphirblauen Augen, wann immer ihr Fokus auf Tristan landete. Und das passierte leider ziemlich häufig. Ich traute mich nicht, den Raum nach Tristan abzusuchen, denn ich wusste, es würde mich umbringen, wenn er sie genauso ansah.

Ich zählte die Minuten, bis wir endlich in den Filmraum gehen würden, und wartete sehnsüchtig darauf, dass Gracie mit neuem Cider zurückkehrte. Normalerweise trank ich kaum Alkohol, doch heute mochte ich das leicht beschwipste Gefühl, das sich in meinem Körper ausbreitete und dafür sorgte, dass sich all das gar nicht mehr so schlimm anfühlte.

»Du blutest«, erklang plötzlich eine dunkle Stimme neben mir, und ich zuckte so heftig zusammen, dass mein Getränk runterfiel und sich der letzte Schluck der dunkelroten Flüssigkeit auf dem Holzlaminat ausbreitete. O Gott, hoffentlich war der Boden nicht allzu teuer gewesen.

»Ups«, machte ich unbeholfen und hob schnell das Glas auf. Wenigstens war es nicht zerbrochen.

Als ich aufschaute, erkannte ich Tristan neben mir, dessen Blick auf meine Hand gerichtet war.

Ich tat es ihm gleich und erkannte, dass zwei meiner Finger um die Nägel herum gerötet waren. Ich hatte bei einem davon so heftig geknibbelt, dass er leicht blutete.

Hastig kramte ich ein Pflaster aus meiner Rocktasche und klebte es um den Finger. Mittlerweile hatte ich immer Pflaster dabei, weil ich leider viel zu häufig welche benötigte.

»Blöde Angewohnheit«, stammelte ich mit rauer Stimme und starrte beschämt zu Boden. Heather Halloway hatte bestimmt perfekt manikürte Hände und knibbelte nicht so lange an ihrer Nagelhaut, bis sie blutete, verdammt noch mal.

»Es gibt so … Entspannungsringe mit kleinen Kügelchen dran, an denen man drehen kann, statt zu knibbeln«, erwiderte Tristan, womit er mich dazu brachte, doch den Kopf zu heben und ihn anzusehen.

Sein Ausdruck war ungewohnt weich, mein Herz fing schon wieder hoffnungsvoll an zu flattern. Dieser Tristan wirkte, als läge ihm tatsächlich noch etwas an mir, er wirkte, als ob er mir vielleicht eines Tages verzeihen könnte. Er erinnerte mich so sehr an *meinen* Tristan, dass meine Hand automatisch zu meiner Halskette wanderte.

Kaum hatte ich geglaubt, dass alles irgendwie besser werden könnte, da zogen sie sofort wieder auf, die Gewitterwolken in seinem Gesicht. Ich wollte die Person von eben festhalten, wollte ihn nicht loslassen, doch als er sich mit finsterem Blick abwandte, wusste ich, dass ich ihn wieder verloren hatte.

Ob wir je wieder ein normales Gespräch würden führen können? Oder würde es nun für immer so zwischen uns sein? So abweisend, so kalt, ab und zu mal lauwarm, aber nie mehr auch nur annährend so, wie es früher mal gewesen war? Würde Tristan Frieden mit meiner Entscheidung von damals schließen, auch wenn ich ihm nie wirklich erklärt hatte, wie es zu unserer schmerzhaften Trennung gekommen war? Konnte *ich* darüber hinwegkommen und auch mir selbst verzeihen, wenn ich mich nie bei ihm entschuldigt und erzählt hatte, was vor drei Jahren wirklich passiert war?

Heather warf Tristan ein strahlendes Lächeln zu, während sie von ihrer Zeit am Broadway berichtete, und als er es erwiderte – als er sie ansah, wie er mich mal angesehen hatte –, da zerbrach etwas in mir, von dem ich wusste, dass ich es vielleicht nie mehr würde reparieren können.

Der Alkohol machte mich emotionaler, als ich eh schon war. Ich spürte, wie der Raum zu eng, die Luft zu dick und der

Druck in meiner Brust zu groß wurden. Ich konnte kaum noch atmen, alles drehte sich, inklusive meiner viel zu schnell vorbeirauschenden Gedanken.

Schnell stellte ich mein Glas auf dem großen Massivholztisch ab und hastete aus dem Zimmer. Vorbei an Gracie, die gerade mit zwei Flaschen Cider den Raum betrat und mir verwundert hinterherrief, während ich quer durch die Eingangshalle direkt durch die Tür flüchtete, die hinunter zum Filmraum und Swimmingpool führte. Mit jedem Schritt, den ich die Treppe hinuntertrat, fiel es mir ein wenig leichter zu atmen. Die Ruhe legte sich wie eine schützende Decke über die Gänsehaut, die mich hatte zittern lassen.

Ich lief den indirekt beleuchteten Gang entlang, stand schließlich vor einer hohen Holztür, an der ein Schild befestigt war. Darauf stand in verschnörkelten goldenen Lettern: Glenloch Cove.

Vorsichtig drückte ich die Klinke hinunter und betrat den Raum. Überrascht riss ich die Augen auf – noch nie hatte ich einen schöneren Pool gesehen.

Die Steinwände waren fast überwiegend grün, überall wuchs Efeu und sogar vereinzelt sonnenscheingelber Ginster. Der Pool befand sich in der Mitte des Raumes, auf dessen leicht hin und her wiegender Oberfläche sich das Licht unzähliger Lichterketten spiegelte. Der Boden des Beckens bestand aus bunten Mosaiksteinen, die wie eine Discokugel vor sich hin glitzerten. An der Wand hinter dem Pool war ein weiteres Rundbogenfenster, durch das man tagsüber vermutlich ebenfalls einen wundervollen Blick auf die Highlands hatte. Nun spiegelte sich nur das Licht in ihnen, das aussah wie Glühwürmchen, die in der Dunkelheit tanzten. Ich wischte mir über die Wangen, die, wie ich nun bemerkte, tränennass waren. Schniefend lief ich auf den Pool zu und setzte mich im Schneidersitz auf den Boden. Sofort spürte ich, wie mein bodenlanger Rock sich mit Feuchtigkeit vollsog, doch das war mir in diesem Moment egal. Wie hypnotisiert starrte ich auf das Wasser, während ich versuchte, nicht in der Vergangenheit zu ertrinken.

»Olivia?«, erklang Gracies Stimme plötzlich hinter mir, ich drehte mich jedoch nicht um. Ich hörte, wie die Tür vorsichtig geschlossen wurde und Gracie langsam auf mich zukam. Sie setzte sich neben mich und stellte die Flaschen mit Cider klirrend vor uns ab.

»Hey«, flüsterte sie. Ich spürte, wie meine Unterlippe schon wieder anfing zu zittern. Verfluchter Alkohol.

Sobald ich den Blick hob und in ihre besorgte Miene sah, konnte ich mich nicht stoppen. Unschöne laute Schluchzer brachen ungehemmt aus mir hervor, genau wie die Worte, die sich mehr nach Würgen als Sprechen anhörten.

»Er ... hasst mich, und ich ... hab es so versaut. Ich dachte, ich wäre drüber hinweg, aber wenn ich ihn anschaue, dann fühl ich alles ... was ich früher gefühlt habe, und er hat immer noch diese schönen Augen, und Heather Hallodingsbums ist so viel hübscher als ich und sie wird ihm bestimmt nicht wehtun, und ich will einfach nur nach Hause, dabei ist das mein Traum, und ich hasse mich dafür.« Die Worte blubberten unkontrolliert aus mir hervor, ich schnappte heftig nach Luft.

»Shhh«, machte Gracie beruhigend und legte ihren Arm um mich. Ich ließ meinen Kopf auf ihre Schulter fallen und weinte noch ein bisschen weiter, so lange, bis meine Schluchzer von einem Schluckauf abgelöst wurden.

»Wenn man für jemanden mal sehr tiefe Gefühle hatte und der Abschied dann auch noch schmerzhaft und vielleicht sogar ungewollt war, dann gehen diese Gefühle nicht sofort weg. Es ist doch klar, dass wieder alles hochkommt, wenn du diese

Person plötzlich wiedersiehst«, flüsterte Gracie und streichelte mir sanft über den Kopf.

»Aber ich … will das nicht mehr fühlen«, entgegnete ich mit erstickter Stimme und schniefte einmal laut.

»Weißt du«, fing Gracie erneut an. »Ich hab schon relativ früh gemerkt, dass es Mädchen sind, die bei mir für Schmetterlinge im Bauch sorgen, und nicht Jungs. Meinem Bruder hab ich es zuerst erzählt, und er hat überhaupt keine große Sache daraus gemacht, fand es völlig normal und hat mich ohne auch nur mit der Wimper zu zucken unterstützt. So wie er das immer getan hat und immer tut. Meine Eltern dagegen … Na ja, das ist eine andere Geschichte.«

Gracie atmete tief aus, und ich hob den Kopf, um sie anzusehen. Diesmal war sie diejenige, die auf die Wasseroberfläche starrte, während ihre roten Haare im warmen Licht schimmerten.

»Jedenfalls … eines Tages stand *sie* vor unserer Haustür. Ellis. Sie war einfach umwerfend. Nicht nur, dass sie das schönste Mädchen war, das ich je gesehen hatte, wir haben uns auch so gut verstanden. Ich weiß, es klingt kitschig, aber ich war sechzehn und verliebt in die Liebe und auch sofort Hals über Kopf in sie.«

Ein trauriges Lächeln umspielte Gracies Lippen, während ich geduldig darauf wartete, dass sie weitersprach.

»Es stellte sich nur leider heraus, dass sie nicht grundlos vor unserer Haustür stand, sondern zu meinem Bruder wollte. Sie hatten ein Date an dem Tag. Natürlich war sie überglücklich, dass sie sich mit der Schwester ihres Schwarms direkt auch so gut verstand. Tja, und jetzt sind sie verlobt, wohnen im selben Haus, und ich sehe sie seit sechs Jahren fast jede Woche, genau wie all die schrecklich verliebten Pärchenfotos, die mein Bruder postet.«

Da war so viel Schmerz in Gracies Stimme, dass sich mein Magen zusammenzog. Ich legte meine Hand auf ihre und fühlte mich plötzlich merkwürdig nüchtern.

»Oh, Gracie«, flüsterte ich, als sie einen tiefen Seufzer ausstieß.

»Was ich damit sagen will, ist, dass ich tatsächlich weiß, wie es ist, wenn man seine Gefühle für jemanden nicht abschalten kann. Ich liebe meinen Bruder über alles und bin so, so glücklich für ihn. Und ich habe mich damit abgefunden, dass ich nie die Person an der Seite von Ellis sein werde. Das heißt aber nicht, dass es mir nicht immer noch ein wenig das Herz zerreißt, wenn ich die beiden zusammen sehe. Und glaub mir, ich fühle mich jedes Mal wie die schlimmste Schwester auf der ganzen Welt.«

Ich musterte diesen wunderschönen Menschen vor mir, der mir in der kurzen Zeit, die wir uns kannten, nun schon so viel von sich preisgegeben hatte und mir so eine gute Freundin gewesen war, und verspürte eine überwältigende Zuneigung für sie. Ohne darüber nachzudenken, zog ich sie in eine feste Umarmung, die sie sofort erwiderte. »Danke, dass du mir das erzählt hast«, flüsterte ich. »Aber denk bitte niemals, dass du die schlimmste Schwester auf der Welt bist, Gracie«, sagte ich bestimmt, nachdem wir uns aus der Umarmung gelöst hatten. »Man kann sich nun mal nicht aussuchen, in wen man sich verliebt, und du darfst fühlen, was auch immer du fühlst. Das macht dich menschlich, und was Gefühle angeht, ist halt nicht immer alles nur Schwarz und Weiß.«

Gracie lächelte.

»Ich bin froh, dass wir uns hier getroffen haben«, erwiderte sie und zog damit auch meine Mundwinkel in die Höhe.

»Das bin ich auch. Aber ich glaube, den Cider lasse ich für heute lieber weg.«

Lachend blieben wir noch einen Moment am Pool sitzen, verharrten in unserer eigenen kleinen Blase und genossen diesen zarten Beginn einer neuen Freundschaft.

Kapitel 10

»O Mann, das ist echt schwierig, und ich bin so müde«, stöhnte Gracie und lehnte den Kopf gegen die Lehne.

»Wem sagst du das, meine Schläfen pochen so sehr«, murrte ich. Das Weinen und der Cider waren nicht spurlos an uns vorübergegangen. Da es heute für einen Tagesausflug nach Edinburgh ins *Playhouse Theatre* ging, hatten wir uns alle in aller Frühe aus den Betten und in den Bus quälen müssen – oder zumindest meine Mitbewohnerin und ich, wenn man unsere blassen Leidensmienen betrachtete. Doch auch wenn ich müde war und mir der gestrige Abend noch immer zu schaffen machte, überwog die Vorfreude auf Edinburgh. Obwohl ich mir vermutlich nicht allzu viel von der Stadt würde anschauen können, hatte ich herausgefunden, dass der Calton Hill ganz in der Nähe des Theaters war. Die Sicht von dort wollte ich mir definitiv nicht entgehen lassen, sie musste atemberaubend sein, das versprachen so viele Bilder im Internet.

Zumindest war es das, worauf ich mich freute, während wir uns unserer Aufgabe für die Fahrt widmeten. Obwohl ich auch ein bisschen dankbar dafür war, so zumindest nicht die ganze Zeit über Tristan und Heather nachzudenken, die ganz vorne saßen und sich angeregt unterhielten und lachten, bereitete der Auftrag nicht nur Gracie Kopfzerbrechen.

»Einen Brief an seine Lieblingsfilmfigur zu schreiben, schön und gut, aber WIE soll ich mich überhaupt erst für eine entscheiden?«, fragte Gracie und starrte auf die leere Word-Seite auf ihrem Tablet.

»Ich nehme Spencer Hastings aus *Pretty Little Liars*. Sie ist zwar aus einer Serie, dafür aber einfach eine meiner allerliebsten«, sagte ich, woraufhin Gracie ein kleines Quietschen ausstieß.

»Oh, ich liebe Spencer. Sie ist großartig«, erwiderte Gracie und seufzte auf. »Ich fürchte, ich muss noch mal die Liste meiner Lieblingsfilme durchstöbern.«

»Mach das. Ich fange schon mal an, tipp mich einfach an, wenn was ist, ja?« Kurz wartete ich ab, bis sie nickte, ehe ich mir meine Kopfhörer in die Ohren steckte, um mich ein bisschen von Taylor Swifts *folklore: the long pond studio sessions* entspannen zu lassen.

Ich verlor mich in der Musik und den Gedanken an eine meiner absoluten Lieblingsserien, und ehe ich mich versah, hatte ich einen halben Roman geschrieben. Mein Text glich schon fast einem Tagebucheintrag, und ich würde definitiv ein paar Stellen kürzen müssen, falls wir es vorlesen mussten, doch gerade fühlte es sich einfach nur gut an.

»O mein Gott, schau, da ist schon das Edinburgh Castle«, sagte Gracie plötzlich aufgeregt und stupste mich mit dem Ellbogen in die Seite. Sofort blickte ich aus dem Fenster und blieb an dem beeindruckenden Anblick hängen.

Wir fuhren durch volle Straßen mit bunten Souvenirshops und dunklen Gassen. Überall standen Menschen, die Fotos machten, dennoch fühlte man sich ein bisschen wie in eine andere Zeit zurückversetzt. Edinburgh war eine düstere

Schönheit mit seinen von Rauch geschwärzten Steinfassaden. Die Gebäude sahen alt aus, fast verwunschen, als lauerten Magie und Geheimnisse in jeder versteckten Gasse. Ich liebte es. Hoffentlich hatten wir nachher noch ein wenig Freizeit, um die Stadt zu erkunden. Schließlich passierten wir auch die berühmte Victoria Street, die aussah wie ein kleiner Regenbogen mit den farbigen Fassaden der Läden. Türkis, Blau, Gelb, Dunkelrot und Grün gestrichene Fensterrahmen, verschnörkelte Buchstaben und ebenso bunte Fähnchen, die über der Straße im Wind wehten.

Und dann, etwa zehn Minuten später, sah ich es: das *Edinburgh Playhouse*.

Es war vielleicht nicht das größte, beeindruckendste oder prächtigste Theatergebäude, doch es ließ mein Herz trotzdem höherschlagen. Es bestand ebenfalls aus einem angeschwärzten altmodischen Mauerwerk, mit hohen Fenstern und drei großen Glastüren im Eingangsbereich, an denen goldene Türklinken im Sonnenlicht funkelten. Weiße Buchstaben, die das Wort »Playhouse« ergaben, thronten über dem Eingang, unter dem Plakate der aktuellen Stücke, Musicals und Shows prangten.

Nachdem wir einmal um den Block gefahren waren, parkten wir hinter dem Theater und folgten Sam durch einen der hinteren Bühneneingänge. Ihr blonder Zopf wippte vor uns auf und ab, während sie uns ein paar Fakten über das Theater erzählte. Ich hörte ihr jedoch nur halbherzig zu, als ich bemerkte, dass Tristan und Heather hinter einer Seitentür verschwanden. Zum Glück nicht als Einzige, sondern zusammen mit den anderen Schauspielerinnen und Schauspielern, die als Stargäste unser Retreat besuchten.

»Wir haben uns heute etwas für euch überlegt, über das ihr euch hoffentlich genauso freuen werdet wie wir«, verkündete

Sam, sodass ich ihr wieder meine Aufmerksamkeit zuwandte. Genau wie Gracie, die ihr mit leicht geröteten Wangen regelrecht an den Lippen hing.

»Du solltest sie später ansprechen«, flüsterte ich, woraufhin Gracie mich aus geweiteten Augen ansah.

»Ich?«, fragte sie erschrocken und schüttelte heftig den Kopf. »Niemals. Sie ist viel zu cool, und ich weiß gar nicht, ob sie sich überhaupt für mich interessieren würde.«

Ich hakte mich bei ihr unter. »Also den Blicken zufolge, die sie dir bereits am ersten Tag zugeworfen hat und auch heute immer wieder, gehe ich ganz stark davon aus, dass das der Fall sein könnte. Wie könnte sie auch nicht?«

Gracie warf mir einen schüchternen, wenn auch hoffnungsvollen Seitenblick zu. »Meinst du wirklich?«

Ich nickte und grinste sie an. »Aber so was von.« Genau in dem Moment erwischten wir Sam dabei, wie sie Gracie intensiv musterte, und konnten nicht anders, als beide zu kichern.

Wir verstummten allerdings sofort, als Sam eine graue Doppeltür aufstieß und wir plötzlich vor der Bühne standen. Sofort umhüllte er uns, der Zauber eines jeden Theater- und Kinosaals. Ein roter schwerer Samtvorhang, gepolsterte Klappstühle im selben Farbton und Wände so hoch, dass sie geradewegs zum Himmel zu führen schienen. Sowohl an der Decke als auch den Geländern und über der Bühne erkannte ich aufwendige Stuckverzierungen, die teilweise sehr in die Jahre gekommen aussahen. Auch hier fragte ich mich wieder, was dieses Gemäuer wohl schon alles gesehen und gehört hatte, welche Träume auf dieser Bühne geboren und welche geplatzt waren, welche Beziehungen sich angebahnt und welche zerbrochen waren. So viele Geschichten und Geheimnisse, die dieser Raum hütete und doch nie preisgeben würde. So viele verstummte Stimmen, die in den Erinnerungen zwischen den Steinen für immer weiterleben würden. Ich bekam jedes Mal Gänsehaut, wenn ich in so einem Saal stand.

»Verteilt euch gern im Saal, vorne im Eingangsbereich findet ihr ein paar Snacks, die wir bereitgestellt haben. In einer Viertelstunde geht es dann los«, erklärte Sam und erntete ein freudiges Raunen von unserer Gruppe.

»Soll ich was holen, und du sicherst uns gute Plätze?«, fragte Gracie, und ich nickte ihr mit einem Lächeln zu, das noch breiter wurde, als ich bemerkte, dass sie in dieselbe Richtung verschwand wie Sam.

Nachdem ich mich kurz umgesehen hatte, steuerte ich zwei Plätze mittig in der dritten Reihe an. Da ich nur ungern vorne saß, waren die hier perfekt, um immer noch eine großartige Sicht zu haben.

Bedächtig sank ich in das weiche Polster und ließ die Atmosphäre auf mich wirken. Eine Mischung aus Melancholie und Heimweh breitete sich in mir aus. Ich vermisste das kleine Kino, das wie ein zweites Zuhause für mich war, doch noch mehr vermisste ich Momente wie diese, die ich mit einem ganz bestimmten Menschen geteilt hatte. Die vielen Filme, die wir gemeinsam gesehen hatten, die vielen Gespräche, die wir auf roten Samtsesseln wie diesen geführt hatten, die vielen zarten Gefühle, die nicht nur auf der Leinwand existiert hatten. Doch genau das war der Punkt. Existiert *hatten.* Präteritum, Vergangenheit, all das war gewesen und vergangen, genau wie die Staubkörner, die eben noch vor meiner Nase getanzt hatten und nun nicht mehr zu sehen waren. Und zumindest bis ich Tristan wiedergesehen hatte, dachte ich auch, dass ich mich inzwischen damit abgefunden hätte. Doch ich war scheinbar noch weit davon entfernt. Tristan wiederzusehen hatte mir bewusst gemacht, wie sehr er mir fehlte und wie dringend ich ihn wieder in meinem Leben haben wollte, auch wenn ich meine damalige Entscheidung, mich von ihm zu trennen, nach wie vor vernünftig fand. Ich sehnte mich nach unseren Gesprächen, seinem Humor und dieser ganz besonderen Geborgenheit, die ich nach ihm bei niemandem je mehr gespürt hatte. Es gab vielleicht Menschen, über die man eines Tages hinwegkam, die man gehen lassen konnte. Doch Tristan war definitiv keiner davon.

»Da bin ich wieder«, erklang Gracies helle Stimme und riss mich aus meinen Gedanken. Sie hatte einen Eimer Popcorn in der Hand und zwei rot-weiß gestreifte Pappbecher. Hinter ihr standen Misuki und Will, die sich ebenfalls mit Snacks eingedeckt hatten.

»Du bist die Beste«, sagte ich zu Gracie, als sie mir das Popcorn reichte und die Becher vorsichtig auf dem Boden abstellte. Dann ließ sie sich neben mir auf dem Platz nieder und seufzte auf. »Hach, das ist noch viel besser als ein Workshop.«

»Daf shimmt«, nuschelte Will, der sich bereits eine ganze Hand Popcorn in den Mund gestopft und neben Gracie gesetzt hatte.

»Misuki isst salziges Popcorn lieber, kannst du dir das vorstellen?«, fragte Gracie, woraufhin wir gleichzeitig angewidert das Gesicht verzogen.

»Ihr habt einfach keinen Geschmack«, entgegnete Misuki grinsend und fing genüsslich an, ihr Popcorn zu essen.

Ich wollte gerade protestieren, als mit einem Mal das Licht erlosch und sich die schweren Samtvorhänge langsam in Bewegung setzten. Als ich das Bühnenbild sah, war mir sofort klar, welches Stück wir heute sehen würden. Ein Balkon mit Rosen, im Hintergrund eine wunderschöne Landschaftskulisse, die eindeutig nach Italien aussah, genau genommen: Verona. Natürlich.

Tristans letztes Engagement war *Romeo und Julia* gewesen, und wenn ich richtig mitbekommen hatte, waren auch einige der anderen Stargäste in die Inszenierung involviert gewesen, also ergab es Sinn, dass sie uns genau das vorführten. Und natürlich, NATÜRLICH spielte Heather die Julia. Ihr engelsgleiches Haar fiel ihr in sanften Locken über die Schultern, und auf ihrem Scheitel thronte ein bunter Blumenkranz. Ein schlichtes, aber doch wunderschönes weißes Kleid mit floralen Applikationen schmeichelte ihrer Figur und schwebte bei jeder ihrer Bewegungen. Leider war sie absolut großartig und zog mich von der ersten Zeile an in den Bann. Genau wie all die anderen, die es mit Leichtigkeit schafften, uns in eine völlig andere Welt zu transportieren.

Dennoch war keiner von ihnen so eine Erscheinung wie Tristan. Seine blonden Locken schimmerten im Scheinwerferlicht beinahe golden, während er in dem weißen Leinenhemd wie ein gefallener Engel aussah – und wenn ich ehrlich war, nicht mal diese vor Kitsch triefende Beschreibung ihm gerecht wurde.

Sobald er auf der Bühne stand, war er so in seinem Element, dass er regelrecht leuchtete. Er lebte seine Rolle, und ich war mir sicher, dass nichts und niemand es schaffen würde, ihn davon abzulenken.

»Der Liebe leichte Schwingen trugen mich, kein steinern Bollwerk kann der Liebe wehren; und Liebe wagt, was irgend Liebe kann, drum hielten deine Vettern mich nicht auf«, hallte Tristans dunkle Samtstimme durch den Saal. Ich spürte, wie sich die Härchen auf meinen Armen aufrichteten. Sein Gesichtsausdruck war eine Mischung aus wilden und stürmischen Emotionen, da waren Schmerz und Liebe und Verzweiflung und so viel Leidenschaft.

In diesem Moment hätte ich ihm einfach alles geglaubt. Ich nahm nur noch ihn wahr. Tristan war schon immer ein guter

Schauspieler gewesen, seine Stimme schon immer stark. Doch mittlerweile war er eine Wucht, er war schlicht und ergreifend grandios. Und alles, woran ich denken konnte, war, wie stolz der Junge damals in der Schule auf der kleinen Bühne der Theater AG auf diesen Tristan von heute wohl wäre. Allerdings kam ich auch nicht umhin, mich zu fragen, ob er all diese Emotionen so greifbar und authentisch darstellen konnte, weil er wirklich gut geübt hatte oder weil er sie selbst nur allzu gut kannte. Besonders den Schmerz. Den Liebeskummer. Der Gedanke versetzte mir einen Stich, den ich nicht so leicht abschütteln konnte.

Kapitel 11

DAMALS, Olivia, 15 Jahre

»Großer Bruder im Anmarsch«, verkündete Sienna grinsend, woraufhin ich mich sofort ein bisschen aufrechter hinstellte.

»Hab ich was zwischen den Zähnen?«, zischte ich und hielt Sienna meinen geöffneten Mund hin. Sie kniff die Augen zusammen und begutachtete meine Zähne.

»Hm ja, da und da und …« Ich warf ihr einen gespielt bösen Blick zu, als sie losprustete.

»Hi, ihr beiden«, ertönte die Stimme, die mein Herz seit Wochen zum Flattern brachte und ich drehte mich um. Die glanzlosen blauen Spinde im Schulflur sowie die dreckiggelben Wände verschwammen, meine Augen waren nur fokussiert auf ihn, er nahm mein ganzes Sichtfeld ein.

Tristan trug ein weites graues T-Shirt und hatte seine Sporttasche über der Schulter hängen. Auf seinem Gesicht lag ein breites Lächeln, das man automatisch erwidern musste. Gott, dieser Junge schien immer zu strahlen, und niemand tat das heller als er.

»Na, Bruderherz«, entgegnete Sienna, während ich nicht mehr als ein heiseres »Hey« herausbrachte.

»Habt ihr schon Schluss?«, fragte er und nahm einen Schluck aus seiner Trinkflasche. Ich starrte erst seinen Kehlkopf an, der dabei auf und ab hüpfte, nur um von seinen Lippen abgelenkt zu werden, die nun leicht feucht schimmerten. *O mein Gott, reiß dich zusammen, Olivia!*

Hastig räusperte ich mich. »Ja, Mrs. Pitrelli ist krank, deshalb fällt die letzte Stunde aus.«

»Ich muss aber noch zum Schwimmtraining«, stöhnte Sienna und setzte ihren Rucksack auf. »Hab heute überhaupt keine Lust. Ich geh dann auch los, telefonieren wir nachher?«

»Ja, na klar, viel Spaß«, erwiderte ich und umarmte sie zum Abschied. Sie zwinkerte uns beiden zu, hob die Hand und lief den Flur runter in Richtung Schwimmhalle.

Mit wackeligen Knien drehte ich mich wieder zu Tristan um. »Hast du auch schon Schluss?«

Er schüttelte den Kopf. »Nein, wir haben gleich noch Theater-Probe, die Premiere ist schon in zwei Wochen.«

»O wow, fühlt sich an, als wäre gestern erst das Vorsprechen gewesen.«

»Ja, oder?« Mit der Hand fuhr er sich durch die leicht nassen Haare und räusperte sich. »Also, hast du vielleicht Lust, mitzukommen und danach … gemeinsam einen Film zu schauen oder so? Wir müssen ja noch einiges von unserer Liste abarbeiten.«

Meine Mundwinkel wanderten nach oben, während die Schmetterlinge in meinem Bauch einen Looping nach dem anderen vollführten.

Seit wir vor ein paar Wochen den Hitchcock-Film zusammen im Kino gesehen hatten, war Tristan fast jede Woche im Kino gewesen. Immer zu einer der Vorstellungen, die nach Ende meiner Schicht liefen, sodass wir sie uns zusammen anschauen konnten. Meist sprachen wir über das Gesehene, doch immer häufiger auch über private Dinge. Vor einigen Tagen hatten wir dann eine Liste mit Filmen erstellt, die wir unbedingt gemeinsam sehen wollten. Entweder Lieblingsfilme, die wir dem jeweils anderen zeigen wollten, oder welche, die wir beide noch nicht kannten. Ich war zwar nicht unbedingt schüchtern, dennoch empfand ich die Gesellschaft anderer meist als erschöpfend. Doch bei Tristan fühlte es sich eher umgekehrt an. Was komisch war, weil das sonst eigentlich nur bei Sienna und meiner Familie der Fall war. Ich genoss die Zeit mit ihm und liebte es, mehr über ihn zu erfahren. In vielerlei Hinsicht war er ganz anders als seine Schwester, wenn auch beide ein gutes Herz hatten. Und genau wie Sienna schlich sich Tristan mehr und mehr in das meine.

»Okay, ja, das fände ich schön«, sagte ich schnell, nachdem ich ihn mit Sicherheit viel zu lang angestarrt hatte.

Er grinste, und mein Herz hüpfte, als wir gemeinsam zum Probenraum der Theater-AG schlenderten. Dabei entgingen mir nicht die Blicke, die uns auf dem Schulflur immer wieder zugeworfen wurden. Genau wie die Tatsache, dass mein Begleiter alle fünf Schritte von jemandem gegrüßt oder angesprochen wurde.

Alle liebten Tristan Kingsley, und was ihn noch liebenswerter machte, war, dass er es nicht mal zu bemerken schien.

Plötzlich fiel mir wieder ein, dass mein Chef Jude mich gebeten hatte, Tristan etwas auszurichten.

»Ach, übrigens, wegen der Schule arbeite ich ja jetzt nur noch ab und zu am Wochenende im Kino, und Jude meinte, dass sie nach weiteren Aushilfen suchen. Und Zitat: Da der Junge ja eh ständig hier ist, möchte er vielleicht auch mithelfen.« Ich lächelte verlegen und strich mir eine braune Haarsträhne hinters Ohr.

Tristans Augen weiteten sich leicht, und ich konnte in seinem Gesicht lesen, dass er sich über die Anfrage freute.

»Super gerne, ich hätte richtig Lust«, meinte er enthusiastisch, während er seine Nase freudig kraus zog. Eine weitere liebenswerte Angewohnheit, bei der ich jedes Mal einen Kuss auf seine Nasenspitze drücken wollte. »Wäre das denn in Ordnung für dich?«

Meine Wangen erhitzten sich, als ich nickte. »Ja, natürlich. Ich fänd es sehr schön, mit dir zu arbeiten.«

Er grinste, und das Blau seiner Augen war so intensiv, dass mir schwindelig wurde.

»Ich werde mich bei Jude melden«, erwiderte er. Den restlichen Weg zum Probenraum liefen wir schweigend, aber lächelnd nebeneinander her.

Tristan auf der Bühne zuzusehen war eine der schönsten Sachen auf diesem Planeten. Das beschloss ich in der Sekunde, in der er als Robin Hood über die Bühne lief und jeden in diesem stickigen Raum dabei mitriss wie ein Wirbelwind.

In einer Szene, in der Tristan nicht dran war, nutzte ich die Chance und huschte schnell zu den Mädchentoiletten.

Nachdem ich fertig war, spülte ich ab und verließ die Kabine, um mir die Hände zu waschen. Gerade als ich den Wasserhahn wieder ausgeschaltet hatte und nach den Papiertüchern greifen wollte, war sie wieder da. Die Stimme, die mir mittlerweile fast täglich Magenschmerzen bereitete.

Du solltest dir noch mal die Hände waschen.

Seufzend schloss ich die Augen und atmete tief durch. Nein, das würde ich nicht noch mal tun, weil das überhaupt nicht nötig war. Alles war gut.

Aber was, wenn du dir nicht die Hände wäschst und deine Eltern deshalb nachher einen furchtbaren Autounfall haben und sterben?

Mein Herzschlag beschleunigte sich und begann in meinen Ohren zu rauschen. Ich presste die Lippen fest aufeinander.

Wieso sollten meine Eltern einen Unfall haben, nur weil ich mir nicht noch ein zweites Mal die Hände wusch? Das war doch komplett bescheuert, ich wusste ganz genau, dass diese beiden Dinge absolut nichts miteinander zu tun hatten.

Aber was, wenn doch?

Was, wenn sie nun doch einen Unfall haben und du hättest es verhindern können? Stell dir die Schuldgefühle vor, die du dein Leben lang haben wirst. Komm schon, du solltest dir wirklich noch mal die Hände waschen, da ist doch nichts dabei. Sicher ist sicher.

Mein Kiefer schmerzte, weil ich die Zähne so fest aufeinanderbiss. Dann gab ich nach. Ich *wusste*, dass es sinnfrei war, dennoch *konnte* ich es einfach nicht riskieren. Meine Eltern zu verlieren war meine größte Angst, weshalb allein der Gedanke daran mich zerfraß. Also drehte ich den Wasserhahn erneut auf, wusch mir die Hände und drehte den Hahn zu. Okay, geschafft, ich …

Mach es noch mal. Los, wasch sie dir ein weiteres Mal.

Was?! Aber das hatte ich doch schon, was sollte jetzt noch passieren?

Na ja, die Vier ist deine Glückszahl, also ergibt es durchaus Sinn, dir viermal die Hände zu waschen. Wenn du es viermal machst, bringt es Glück, weißt du? Geh lieber auf Nummer sicher.

Ich atmete laut durch die Nase aus und spürte, wie ich immer angespannter wurde. Mir wurde wärmer, ich fing an zu schwitzen, und die Angst in meinem Bauch wurde stetig größer. Am schlimmsten war jedoch mein verdammtes Gehirn. Es fühlte sich völlig verknotet und verdreht an, auch wenn mir klar war, dass das nicht möglich war, nur konnte ich es nicht besser beschreiben. Es fühlte sich verkrampft an und schrie auf mich ein, bis ich wusste, ich musste nachgeben, auch wenn das alles komplett absurd war.

Also wusch ich mir die Hände ein drittes Mal und ein viertes

Mal und auch ein fünftes Mal, weil ich es beim vierten Mal nicht richtig gemacht hatte, und als beim sechsten Mal plötzlich die Tür aufging, zuckte ich heftig zusammen. Zwei Mädchen unterhielten sich und verschwanden in separaten Kabinen, während ich auf meine knallroten rissigen Hände starrte.

Scham, so heiß und dickflüssig wie Lava, kochte hoch und breitete sich in jedem einzelnen Winkel meines Körpers aus.

Gott, wie ich mich schämte. Ich war absolut durchgeknallt.

Mit schnellen Schritten verließ ich die Toilette und wischte mir die nassen Hände an meiner Jeans ab. Wieder im Probenraum angekommen, setzte ich mich leise zurück auf meinen Platz und versuchte, mir nicht anmerken zu lassen, wie aufgewühlt ich war. Tristan stand nach wie vor auf der Bühne, sein Blick fand meinen, und er lächelte mir zu.

Ich zwang mich, sein Lächeln zu erwidern, doch alles, was mir durch den Kopf ging, war:

Würde er mich auch so anlächeln, wenn er wüsste, dass ich nicht mehr alle Latten am Zaun habe?

»Sorry, dass es jetzt doch etwas länger gedauert hat«, sagte Tristan entschuldigend, als wir uns am frühen Abend auf den Weg zu mir nach Hause machten.

»Alles gut, es hat Spaß gemacht, euch zuzuschauen«, erwiderte ich und war insgeheim froh, dass ich mehr Zeit gehabt hatte, um mich wieder zu beruhigen. Den Moment auf der Toilette vorhin versuchte ich mit aller Kraft zu verdrängen. Diese Gedanken würden sicherlich weggehen, wenn ich ihnen keine Beachtung schenkte, ich musste sie einfach ignorieren. »Du könntest dich auch in der Theater-AG anmelden und mitmachen«, schlug Tristan mit einem verschmitzten Lächeln, das mein Herz weich werden ließ, vor und stupste mir mit dem Ellbogen in die Seite.

Ich lachte auf. »Oje, ich glaub, die Bühne ist nicht so meins. Du hingegen bist dafür gemacht, ehrlich. Man kann nicht aufhören, dich anzuschauen.« Erst als ich es ausgesprochen hatte, wurde mir bewusst, wie kitschig das geklungen hatte, und ich musste mich zusammenreißen, um nicht mein Gesicht zu verziehen.

Doch Tristan schenkte mir nur ein aufrichtiges, umwerfendes Schmunzeln und kratzte sich verlegen am Hinterkopf. »Es bedeutet mir wirklich viel, dass du das sagst.«

Wir liefen auf dem Bürgersteig nebeneinander, irgendwo zirpte leise eine Grille, und die untergehende Sonne tunkte die Häuserfassaden Baths in ein warmes, bernsteinfarbenes Licht, das sie noch schöner aussehen ließ, als sie ohnehin schon waren. Tristan sprach weiter über das Stück und die Proben, darüber, wie gern alle den Lehrer hatten und dass sie mittlerweile wie eine kleine Familie waren. Ich hörte ihm zu, dabei immer unsere Hände im Blick, die mit jedem weiteren Schritt kurz davor waren, sich zu berühren. Es war einer dieser Momente, von denen man nicht wollte, dass sie je endeten.

»Weißt du, ich träume davon, eines Tages auf den großen Bühnen der Welt zu stehen und als Musicaldarsteller mein Geld zu verdienen. Ich weiß, das klingt vermutlich verrückt, aber ich kann mir nicht vorstellen, später irgendwas anderes zu machen.«

Ich musterte intensiv sein Profil. Die ganz leicht gekrümmte Nase, die von einem Basketball stammte, den Sienna ihm als Kind aus Versehen ins Gesicht geworfen hatte. Die bogenförmige Oberlippe und die etwas schmalere Unterlippe in Zartrosa war der Teil seines Gesichts, an dem mein Blick zu oft hängen blieb. Die blonden geschwungenen Wimpern und seine Augen, die mich an einen kristallklaren, unergründlichen See erinnerten.

»Also, ich finde nicht, dass das verrückt klingt«, erwiderte ich, und mein Brustkorb zog sich kurz, aber intensiv zusammen, als sich unsere Hände streiften, Haut an Haut, ein kribbelnder Funkentanz. »Es klingt eher nach einem richtig schönen Traum. Und wenn ihn jemand Wirklichkeit werden lassen kann, dann du. Ich glaube an dich, Tristan.«

Wir waren mittlerweile am Royal Crescent angelangt, den berühmten dreißig halbkreisförmig aneinander gebauten Häusern, die zusammen wie ein Halbmond aussahen. Davor befand sich eine große grüne Wiese, auf der vor allem im Sommer immer Menschen saßen, sich unterhielten, Sport machten oder auf dem Gras liegend ein Buch lasen.

»Wollen wir uns einen Moment hinsetzen?«, fragte Tristan, und ich nickte lächelnd. Er legte seine Jacke ins Gras, damit wir darauf Platz nehmen konnten, Schulter an Schulter. Mein Herz pochte so heftig, dass ich Angst hatte, er würde es hören.

»Danke, dass du an mich glaubst, Liv«, sagte er mit rauer Stimme. »Meine Eltern denken, ich sollte mir lieber einen Beruf aussuchen, der sicherer ist, aber ich … muss das einfach versuchen. Und es ist schön zu hören, dass das jemand versteht.«

Ich spürte, dass sein Blick auf mir lag, und sah hoch. Unsere Gesichter waren sich noch nie zuvor so nah gewesen, ich traute mich kaum zu atmen. Ich hatte noch nie jemanden geküsst, wusste gar nicht, wie das ging und ob es sich auch wirklich so gut anfühlte, wie Filme und Bücher es einem immer weiszumachen versuchten, aber jetzt gerade wollte ich nichts lieber, als genau das mit Tristan Kingsley auszuprobieren.

»Was ist dein Traum?«, fragte er, während er mich aufmerksam betrachtete.

Ich überlegte einen Augenblick, obwohl ich eigentlich tief drinnen wusste, was mein Traum war. Nur hatte ich ihn noch nie zuvor ausgesprochen, weil ich stets dachte, dass er viel zu unspektakulär und langweilig war. Alle träumten von großen Dingen, davon, die Welt zu sehen, berühmt zu werden, Leben zu retten und zu verändern, doch ich wollte nur …

»Ich würde gerne eines Tages das *CineHeaven* übernehmen«, antwortete ich so leise, dass man es kaum hören konnte. »Es ist … für mich ist das Kino einfach ein magischer Ort, und die Arbeit dort macht mir so viel Spaß. Ich bin nirgends lieber«, fügte ich hinzu, weil ich das Gefühl hatte, mich rechtfertigen zu müssen.

Doch in Tristans Gesicht war keine Spur von Belustigung oder Unverständnis zu sehen. Im Gegenteil. Da war eine Zuneigung in seinem Blick, die ich nicht genau definieren konnte und die dafür sorgte, dass sich mein Herz auf die schönste Art und Weise zusammenzog. Dann hob er seine Hand und strich mir sanft eine Strähne aus dem Gesicht. Eine Geste, die ich immer für viel zu kitschig gehalten hatte, jetzt jedoch wollte, dass er sie immerzu wiederholte.

»Ich glaube, das ist einer der schönsten Träume, von denen ich je gehört habe.« Eine milde Brise brachte seine blonden Locken durcheinander und trug fröhliches Kinderlachen von einer Familie, die ein paar Meter entfernt auf der Wiese Platz genommen hatte, zu uns herüber.

»Das *CineHeaven* ist auch einer meiner liebsten Orte, und ich kann gut verstehen, dass du dort arbeiten möchtest. Ich freue mich schon darauf, demnächst mit dir gemeinsam dort zu jobben.«

Meine Mundwinkel zuckten, bis ich nichts gegen das breite Lächeln in meinem Gesicht tun konnte.

»Wenn du so lächelst, hast du kleine Grübchen, die ich ewig anschauen könnte«, sagte Tristan leise, und ich. Wusste. Nicht. Mehr. Wie. Atmen. Funktionierte.

Ganz langsam kam sein Gesicht näher, ich beugte mich vor, ganz leicht, bis sich unsere Nasenspitzen berührten und wir genau so verharrten. »Darf ich … darf ich dich küssen, Olivia?«, flüsterte er, und dass er mich überhaupt fragte, ließ mein Herz noch höherschlagen.

»Darfst du«, sagte ich mit zittriger Stimme. Sein Lächeln war für mich in diesem Augenblick das Kostbarste auf der ganzen Welt.

Als seine Lippen endlich auf meine trafen und ich die Augen schloss, fühlte es sich an wie tausend kleine Brausetabletten, die mein komplettes Nervensystem zum Prickeln brachten. Wir küssten uns schüchtern, ein bisschen unbeholfen und zurückhaltend. Unsere Zungen tasteten sich vorsichtig aneinander heran, bis sich die Spitzen trafen und damit meinen ganzen Körper zum Beben brachten. Es war ein Gefühl, das ich noch nie zuvor verspürt hatte. Ich konnte mir keinen schöneren ersten Kuss vorstellen.

Als wir uns schließlich voneinander lösten, strich Tristan vorsichtig mit seiner Nasenspitze über meine und fuhr mit dem Daumen zärtlich über das Grübchen neben meinem rechten Mundwinkel.

»Ich möchte dich von jetzt an immer zum Strahlen bringen und eigentlich nie mehr aufhören, dich zu küssen«, sagte er, und ich glaubte ihm. Jedes einzelne Wort.

Damals wusste ich noch nicht, dass nicht er derjenige sein würde, der dieses Versprechen nicht einhielt. Ich wusste nicht, dass ich diejenige war, die sein Strahlen stehlen und ihm das Herz brechen würde.

Kapitel 12

Nach der Vorführung hatte sich die gesamte Gruppe des Retreats im Backstagebereich versammelt. Bei Häppchen und kühlen Getränken war die Begeisterung über das Gesehene der letzten Stunden im ganzen Raum zu spüren.

Die Darstellerinnen und Darsteller wurden mit Komplimenten überschüttet, und es wurde sich darüber ausgetauscht, eines Tages auch so spielen zu können. Ich stand in einem Kreis mit Gracie, Will und Misuki, die jede Szene des Stücks analysierten. Dennoch hörte ich kein einziges Wort, denn ich sah nur Tristan, der in einer Ecke saß und sich die Schminke aus dem Gesicht wischte. Es war, als traute sich niemand, ihn anzusprechen, und ich wusste, ich sollte es ebenfalls lassen. Aber ich konnte nicht, ich konnte einfach nicht.

»Entschuldigt mich kurz«, sagte ich bereits halb abgewandt zu den anderen und lief auf Tristan zu.

Er hob erst den Kopf, als ich direkt vor ihm stand und mich räusperte. »Hi«, brachte ich mit krächzender Stimme hervor. *Wow, sehr einfallsreich, Olivia.*

»Hi«, erwiderte er nur und sah mich ausdruckslos an. Dann fuhr er damit fort, sein Gesicht sauber zu machen.

»Du warst großartig, ihr alle wart das. Ich … ich glaube, dein jüngeres Ich wäre sehr stolz auf dich. Das wollte ich nur sagen.«

Ich redete mich um Kopf und Kragen, mein Brustkorb hob und senkte sich viel zu schnell, während ich mich so sehr nach einem Gespräch mit ihm sehnte, dass jede Faser meines Körpers schmerzte.

Tristan musterte mich für eine Millisekunde und nickte kurz. »Danke«, sagte er, bevor er aufstand und ohne ein weiteres Wort zum Rest der Crew hinüberging. Es fühlte sich an, als würde jemand immer und immer wieder auf mein Herz einstechen. In diesem Moment wurde mir klar, dass Tristan Kingsley mich nie mehr so ansehen würde wie der Teenager in meiner Erinnerung. Ich musste das verdammt noch mal endlich akzeptieren. Auch wenn ich gleichzeitig schreien und aufstampfen wollte wie ein bockiges Kind, weil es nicht fair war. Ich wusste, ich hatte ihm wehgetan. Seit drei Jahren fühlte ich mich schlecht deshalb. Aber ich hatte ihn nicht verletzt, weil ich irgendwelche bösen Intentionen gehabt hatte oder ihn nicht mehr liebte. Im Gegenteil: Ich hatte ihn verletzt, weil ich kaputt und verkorkst war und nicht gleichzeitig unsere Beziehung und mich hatte retten können. Doch ich wusste, dass ich ihm das nicht vorwerfen konnte, weil er es nicht wusste. Und weil ich trotz all der harten Arbeit an mir noch immer nicht in der Lage war, vernünftig über das zu sprechen, was vor drei Jahren passiert war.

»Alles okay?«, erklang Gracies Stimme neben mir, und mir fiel auf, wie oft sie mich das in der wenigen Zeit, die wir uns nun schon kannten, hatte fragen müssen. Also riss ich mich zusammen, versuchte das, was in mir brodelte, wie immer in die hinterste Ecke zu schieben und zu verdrängen, denn darin war ich richtig gut. Zumindest so lange, bis ich irgendwann explodierte.

Ich atmete tief durch, straffte die Schultern und kleisterte mir ein unverfängliches Lächeln aufs Gesicht. Schließlich wollte ich nicht, dass sie sich von mir abwandte, sobald sie merkte, dass ich ständig befangen oder niedergeschlagen war.

»Ja, alles super«, erwiderte ich und hakte mich bei ihr unter. »Lass uns zu den anderen gehen.«

Sam teilte uns mit, dass wir nun noch den ganzen Nachmittag Zeit zur freien Verfügung hatten, damit wir Edinburgh ein wenig erkunden konnten. Erst gegen Abend würden wir uns wieder auf den Weg nach Glencoe machen.

Misuki und Will wollten die Schauplätze für Harry-Potter-Fans abklappern, während Gracie und ich beschlossen, uns die Umgebung hier und den Calton Hill anzuschauen. Ich freute mich auf die Zeit mit Gracie allein, denn so musste ich mich nur auf sie konzentrieren, nicht alles ständig im Blick haben oder mir darüber Gedanken machen, wie ich mich gegenüber so vielen unterschiedlichen Personen verhielt.

»O schau, da ist ein Buchladen!«, rief Gracie, als wir das Theater verlassen hatten, und zeigte auf ein hübsches anthrazitfarbenes Gebäude mit hellblau gestrichenen Schildern, auf denen *Topping & Company Booksellers* stand. Vor dem Laden war ein Geländer, an dem mehrere schwarze Tafeln hingen. Mit bunter Kreide waren liebevoll die nächsten Lesungen aufgeschrieben worden, dazu kleine Zeichnungen, die zu den jeweiligen Büchern passten.

Gracie zog mich in den Laden, und als ich mich umsah, beschloss ich, dort einziehen zu wollen.

Überall fand ich Holzregale gefüllt mit Büchern, so hoch, dass Leitern davorstanden, damit man bis an die obersten Regale kam. Büchertische mit signierten Erstausgaben, Neuerscheinungen, aber auch alten Schätzen und Klassikern. Ich wusste gar nicht, wo ich anfangen sollte.

Gracie verschwand zwischen den Fantasyregalen, während ich die knarzende Holztreppe hochlief, um in die Lyrik-Abteilung zu gelangen. Schnell wurde ich fündig und fand gleich mehrere wunderschöne Ausgaben der Werke meiner liebsten Dichterin Emily Dickinson.

Ich zog die Bücher aus den Regalen und stöberte noch ein bisschen durch das Obergeschoss, drei Romane nahm ich mit, ehe ich mich auf eine der gepolsterten Bänke zwischen zwei Buchregalen setzte und meine Funde begutachtete.

Zuerst schlug ich eine wunderschöne Ausgabe der gesammelten Werke von Emily Dickinson auf. Das Cover war in einem Sonnenuntergangsorange gehalten und war mit dunkelgelben und weißen Blütenmustern veredelt. Unten in der Ecke saß ein kleiner Vogel mit weiß-blauen Federn und einem grauen Köpfchen. In einer schnörkeligen Schrift stand über das ganze Cover geschrieben »Hope Is The Thing With Feathers« – mein liebstes Gedicht von Emily Dickinson. Eines, das mir immer Hoffnung schenkte und gleichzeitig mein Herz schwer werden ließ. Es erinnerte mich an kahle Wände, lange Flure und eine weiße Bettdecke, die zu kurz war. An das große Foto vom Big Ben, das ich krampfhaft fixierte, um meine Tränen zurückzuhalten, an vollgeschriebene Notizbücher und die Filmabende, die zweimal die Woche stattfanden und meine Rettungsleine waren. Es erinnerte mich an viel Schmerz, aber auch Heilung, vor allem aber daran, dass Worte leider nicht so leicht wie Federn waren, egal, wie sehr ich mir das zu der Zeit auch gewünscht hatte. Dann hätte ich ihn nicht verloren. Vielleicht wären wir dann sogar heute noch zusammen.

»Da bist du ja, hast du was gefunden?«, riss mich Gracie aus meinen tristen Erinnerungen.

»Ja, hab ich«, sagte ich, entschlossen, mir dieses eine Buch zu kaufen.

Nachdem wir den Buchladen verlassen hatten, machten wir uns auf den Weg zum Calton Hill, der von hier aus nur zehn Minuten zu Fuß entfernt war. Graue Wolken hatten sich an Edinburghs Himmel ausgebreitet, vom Sonnenschein heute Vormittag war nichts mehr zu sehen. Dennoch passte es irgendwie auch zu der Stimmung, Edinburgh bei trübem Wetter war fast noch atmosphärischer und gemütlicher. Die Lichter der Läden und Lokale spiegelten sich im Schlierenregen und schraffierten als feine Goldfäden die Kulisse. Wir stiegen die Treppen hoch und liefen aufwärts, immer weiter, bis wir schließlich das berühmte Dugald Stewart Monument passierten, das wie ein steinerner Pavillon mit seinen fast griechisch anmutenden Säulen über den Dächern von Edinburghs Altstadt thronte. Von hier aus hatte man einen atemberaubenden Blick über die Stadt.

»Ist das schön«, stellte Gracie schnaufend fest. Ich konnte ihr nur nickend zustimmen. Wir ließen uns für ein paar Minuten auf einem Stein nieder und sogen Edinburghs Schönheit voll und ganz in uns auf. Die dunklen, verrußten Gebäude, die eine ganz besondere, geheimnisvolle Atmosphäre ausstrahlten, das Edinburgh Castle, das sich majestätisch über der Stadt erhob, und die grünen Berge, die als feine Umrisse am Horizont daran erinnerten, dass man im Land der Highlands war. Ich nahm mir fest vor, ganz bald wiederzukommen. Ich konnte nun verstehen, dass Tristan sich diese Stadt vorübergehend als sein neues Zuhause ausgesucht hatte. Ja, ich liebte Bath, doch Edinburghs Charme, dieses Gefühl, in einer anderen Zeit angekommen zu sein, die Geschichte, die hier in jedem einzelnen Stein zu stecken schien und regelrecht greifbar war, wickelten einen definitiv um den Finger.

Nachdem wir auch das National Monument sowie das Nelson Monument angeschaut hatten, entdeckten wir schließlich auch den Arthur's Seat. 251 Meter hoch ragte der Gipfel dieses beeindruckenden Bergmassivs, das mit Grün gesäumt war. Ich fühlte mich plötzlich ganz klein und unbedeutend neben dieser riesigen Naturschönheit, die all den Veränderungen, die Menschheit und das Wetter mit sich brachten, trotzte.

»Wollen wir ein Selfie machen?«, fragte ich Gracie, und sie nickte begeistert. Wir stellten uns in Position, sie legte ihren Kopf auf meiner Schulter ab, und wir strahlten beide in die Kamera. Ich klickte mehrfach auf den Auslöser, damit wir eine kleine Auswahl an Fotos hatten.

»Hey, könnt ihr auch ein Bild von uns machen?«, fragte eine glockenklare Stimme, die ich von nun an vermutlich in meinen Albträumen hören würde. Ich drehte mich um und erblickte Heather. Sie lächelte uns mit ihren strahlend weißen Zähnen an, während ihre honigfarbenen Haare schimmerten und trotz des Windes noch immer perfekt lagen. Hinter ihr stand Tristan, der um jeden Preis meinen Blick zu meiden schien. Ich konnte mir wirklich Schöneres vorstellen, als Pärchenfotos von meinem Ex, für den ich noch immer Gefühle hatte, und seiner neuen, umwerfenden Freundin zu machen. Stattdessen sagte ich mit zusammengebissenen Zähnen »Klar« und nahm ihr die Einwegkamera aus der Hand.

Gracie hüstelte nervös neben mir, mit einem Mal konnte ich ihre Hand auf meinem Rücken spüren. Geborgenheit und Sicherheit fluteten mich bei dieser Geste, Dankbarkeit machte sich wohlig um mein Herz herum breit.

Tristan und Heather stellten sich vor Arthur's Seat, und ich begab mich in Position, darauf bedacht, mir nicht anmerken zu lassen, wie sehr meine Hände zitterten. Heather legte ihre Arme um Tristans Oberkörper und schmiegte sich mit geschlossenen Augen breit lächelnd an ihn, während auch seine Mundwinkel nach oben wanderten. Der Ausdruck erreichte nicht ganz seine Augen, aber vielleicht war ihm auch einfach nur unangenehm, dass ausgerechnet ich das Foto machte. Wenn Sienna uns jetzt nur sehen könnte … Wir, die drei Musketiere, zwischen denen früher alles so einfach gewesen war, während sich nun zwei davon nicht mal mehr in die Augen schauen konnten. Wehmütig dachte ich an diese Zeit, wünschte sie mir mehr zurück als alles andere.

»Cheese«, sagte ich wenig überzeugend mit kratziger Stimme, während in meinem Kopf *I Can Do It With A Broken Heart* von Taylor Swift in Dauerschleife lief und ich mich nicht wirklich wie ein *real tough kid* fühlte.

Klick, machte der Auslöser und zwang mich dazu, ein »Ist bestimmt schön geworden« zu stammeln.

»Kannst du auch noch eins von mir allein machen?«, fragte Heather und stellte sich mit dem Rücken zu mir, ausgebreitete Arme und im Wind flatternde Haare.

Tristan ging zur Seite, für eine Millisekunde blieben unsere Blicke aneinander hängen. Kurz meinte ich, Wehmut und Schmerz darin zu erkennen, doch innerhalb weniger Sekunden fuhr er seine Mauern wieder hoch, ließ nichts anderes zu als Kälte.

Ich sah, wie er schluckte, und wollte ihm so. Viel. Sagen.

Ich wollte ihm erzählen, was in den letzten Jahren alles passiert war. Dass sich Jude und Ellen mehr und mehr aus dem Kino zurückzogen und ich meinem Traum, das *CineHeaven* eines Tages zu übernehmen, langsam näher kam. Ich wollte ihm erzählen, dass mich keine Marvel-Verfilmung seit *Avengers: Endgame* so richtig gecatcht hatte und es die Eisdiele, in der wir jeden Sommer gewesen waren, nicht mehr gab. Dass meine Eltern wieder öfter in Cornwall waren und ich vor allem meine Mum Tag vermisste, ohne es ihr zu sagen, weil ich nicht wollte, dass sie sich Sorgen machte. Ich wollte ihm sagen, dass ich seinen dunkelgrauen Hoodie von der *University of Bristol* noch immer trug, ihn sogar dabeihatte, obwohl er schon lange nicht mehr nach ihm roch, ich mir aber einbildete, dass er es noch immer tat. Dass Sienna stets den Raum verließ, wenn er anrief, und es mich nach wie vor zerriss, dass sie über den wichtigsten Menschen in ihrem Leben nicht mehr mit mir sprechen konnte. Ich wollte ihm sagen, dass ich bei seinem allerersten Stück am West End dabei gewesen war und weinend in der letzten Reihe gesessen hatte. Vor allem aber wollte ich ihm sagen, dass es mir leidtat. Dass damals nicht mit ihm zu sprechen der schlimmste Fehler war, den ich je begangen hatte. Dass ich es jeden Tag seitdem bereute, die bisher schönste Verbindung in meinem Leben so aufs Spiel gesetzt und verloren zu haben. Dass ich ihn so sehr geliebt hatte und es vermutlich noch immer tat und es niemanden nach ihm gegeben hatte.

Meine Gedanken waren so laut, dass ich mir sicher war, er könnte sie hören.

Alles, was ich stattdessen in seinen Augen lesen konnte, war: *Es ist zu spät.* Zu spät für eine zweite Chance, zu spät für Erklärungen und Vergebung, zu spät für Olivia und Tristan, zu spät für ein Uns.

»Super, danke dir. Viel Spaß euch noch!«, rief Heather fröhlich und riss mir die Kamera aus der Hand. Tristan senkte den Blick, und erst da fiel mir auf, dass ich gar kein Foto von Heather gemacht hatte. Dennoch schwieg ich und sah den beiden stattdessen hinterher, bis sie um die Ecke verschwunden waren. Ich ließ Tristan gehen, ohne ihn aufzuhalten. Mal wieder. Ließ ihn nicht wissen, dass er dabei jedes Mal mein Herz mitnahm und nichts als Schmerz zurückließ. Dass ich am liebsten wie Clementine in dem Film *Eternal Sunshine Of The Spotless Mind* all meine Erinnerungen an unsere gemeinsame Zeit auslöschen lassen wollte, damit es nicht mehr so wehtat, und mir gleichzeitig bei dem Gedanken daran, die

Momente unserer Vergangenheit zu verlieren, so übel wurde, dass ich mich kaum auf den Beinen halten konnte.

Wortlos legte Gracie ihre Arme um meine Taille und ihren Kopf auf meine Schulter. Ich ließ meinen Kopf gegen ihren sinken, kastanienbraune und feuerrote Haarsträhnen vermischt, zwischen uns Schweigen, doch eine Umarmung, die in diesem Moment so viel mehr sagte als tausend Worte.

Kapitel 13

Am nächsten Morgen wachte ich wieder mit pochenden Kopfschmerzen auf, und das, obwohl ich gestern Abend keinen Cider getrunken hatte. Ich blieb noch eine Weile im Bett liegen und ließ den gestrigen Tag Revue passieren. Die Aufführung war wirklich großartig gewesen, und ganz vielleicht hatte ich von Tristan als Romeo geträumt.

Heute stand wieder der Workshop an, und mir graute davor, Tristan wiederzusehen.

Ich schleppte mich aus dem Bett, gönnte mir eine heiße Dusche und zog mir dann eine gemütliche olivgrüne Leggins an. Kurz überlegte ich, ob ich Tristans Hoodie anziehen sollte, einfach um irgendeine Reaktion aus ihm hervorzukitzeln. Und dann tat ich genau das, auch wenn es vielleicht kindisch war. Der Stoff fühlte sich vertraut an, nach einer längst vergessenen Zeit, die ebenso wie der Duft zwischen den einzelnen Fasern verloren gegangen war. Früher hatte der Pullover nach Tristan gerochen, mittlerweile haftete nur noch mein blumiges Parfüm daran. Die Wirkung jedoch war dieselbe – wie eine Umarmung von Tristan. Und jetzt wo er mir sie selbst nicht mehr gab, brauchte ich den Hoodie mehr denn je. Meine Haare band ich zu einem hohen Pferdeschwanz, die Curtain Bangs ließ ich heraushängen und wellte sie mit dem Glätteisen ein wenig. Auf Lippenstift hatte ich heute keine Lust, aber Eyeliner und Wimperntusche durften nicht fehlen. Ohne die beiden Sachen fühlte ich mich irgendwie nackt und nicht bereit, mich der Welt zu stellen, als würde ich durch die zusätzlichen Striche selbst mehr an Kontur und Bedeutung gewinnen.

Gracie war bereits unterwegs, weil sie sich früh mit Sam zum Joggen verabredet hatte, und da meine soziale Batterie ziemlich leer war und ich möglichst niemandem begegnen wollte, wartete ich bis kurz vor Beginn des Workshops, um mir etwas zum Frühstücken zu holen.

Eilig kippte ich eine Tasse Kaffee hinunter, bevor ich hoch zur Bibliothek lief. Als die Tür wie immer mein Kommen mit einem Quietschen ankündigte, drehten sich alle Köpfe in meine Richtung. Sanna, Alice und Will winkten mir zu, Henri kritzelte konzentriert auf seinem Notizblock herum, während Betty mir ein fröhliches »Hi, Olivia« zurief. Tristan starrte erst mich an, ehe er meinen Hoodie fixierte. Bis dato dachte ich immer, es sei übertrieben, wenn man sagte, dass ein Blick düster wurde. Doch Tristans Blick wurde *wirklich* düster. Seine Augen zwei schmale Schlitze, seine Stirn zusammengezogen. Doch hinter dieser abweisenden Fassade lag auch etwas anderes. Etwas, von dem ich mir nicht sicher war, ob er wollte, dass ich es sah: Verletzlichkeit. Vielleicht sogar Sehnsucht? Möglicherweise löste der Pullover Erinnerungen bei ihm aus. Erinnerungen, die scheinbar noch immer etwas mit ihm machten. Denn seine gerade noch so harte, angespannte Miene, war auf einmal ganz weich, während in seinen Augen ein trauriger Glanz lag. Und das zeigte mir wiederum, dass es ganz, ganz vielleicht ja doch noch nicht zu spät war. Vielleicht gab es ja doch noch eine Chance auf Vergebung und … ein

Uns? Er biss die Zähne aufeinander, das konnte ich an seinem angespannten Kiefer sehen. Es wirkte fast, als wolle er nicht, dass ich ihm seine Gefühle ansah. Dass ich es dennoch konnte, flutete mich mit Hoffnung. Denn es bedeutete, dass Tristan kein Fremder für mich geworden war. Mein Herz war kurz wie beflügelt.

Als Betty in die Hände klatschte und uns signalisierte, dass sie mit dem Workshop starten wollte, wandte ich eilig den Blick ab und setzte mich auf meinen Platz.

»So«, fing Betty an, und ich beschloss, mich auf ihr freundliches Gesicht zu konzentrieren statt auf die grimmige Miene neben ihr, die mich verunsicherte und traurig machte. »Ich hoffe, ihr habt alle den Brief an eure liebste Filmfigur geschrieben, denn damit wollen wir heute arbeiten. Allerdings habe ich mir überlegt, dass wir, statt hier in der Bibliothek zu sitzen, ein bisschen wandern gehen, denn wenn wir schon mal hier sind, müssen wir diese traumhafte Landschaft auch nutzen, nicht wahr?«

Wir nickten alle begeistert, und mein Herz machte einen freudigen Hüpfer beim Gedanken an die Highlands. Etwas frische Luft, die das Chaos in meinem Kopf durchpusten würde, hörte sich genau nach dem an, was ich jetzt brauchte. Außerdem konnte ich es kaum abwarten, die Natur hier in Glencoe weiter zu erkunden.

»Ich würde euch also darum bitten, euch schnell Laufschuhe und Regenjacke anzuziehen, und dann treffen wir uns in zehn Minuten unten.«

In Windeseile flitzte ich auf mein Zimmer und zog mir die Wanderschuhe über, die ich extra für diesen Trip gekauft hatte. Dann zog ich mir meine dunkelgrüne Regenjacke über und packte meine Sachen in einen kleinen Rucksack, ehe ich wieder nach unten zu den anderen lief. Bis auf Sanna und Henri waren alle vor dem Glenloch Castle versammelt. Heute war das perfekte Wetter für eine Wanderung in den Highlands. Der Himmel war blau, die Wolken tanzten wie Schäfchen umher, und eine frische Brise wehte mir um die Haare. Kurz schloss ich die Augen, genoss das Rauschen der Blätter, das endlich das in meinem Kopf übertönte.

Sobald Sanna und Henri unten ankamen, setzten wir uns in Bewegung. Ich hielt genügend Abstand zu Tristan, der mit Betty vorausging, und bildete zusammen mit Will und Sanna das Ende der Gruppe. Bis zum Glencoe Lochan war es nicht weit, so dass wir schon nach wenigen Minuten das schimmernde tiefblaue Wasser sehen konnten. Ich hatte kaum Worte dafür, wie atemberaubend schön das war. Die Sonne reflektierte auf der Oberfläche des Sees, während im Hintergrund die riesigen grün bewachsenen Berge in den Himmel ragten. Ich fühlte mich wie ein winzig kleiner Punkt im Universum und verspürte eine Mischung aus Ehrfurcht, Freiheit und innerem Frieden. Es war etwas, das ich noch nie zuvor verspürt hatte. Es war ein mystischer, magischer Ort, der eine so einzigartige Schönheit in sich trug, dass man kaum glauben konnte, dass er tatsächlich existierte. Ich konnte nun nachvollziehen, wieso hier so viele Sagen, Märchen und Mythen entstanden waren. Die Highlands verleiteten einen dazu, an Wunder zu glauben.

Ich schoss immer mal wieder ein paar Fotos, auch wenn mir bewusst war, dass keins davon diese Kulisse je adäquat wiedergeben könnte. Und trotzdem wollte ich sie haben, als Beweis und Erinnerung daran, dass ich tatsächlich hier gewesen war und mir das nicht alles nur eingebildet hatte. Denn das bedeutete auch, dass ich wirklich hier war und meinen Traum lebte. Dass ich mich viel weiter entwickelt hatte, als mir oft bewusst war. Noch vor ein, zwei Jahren hätte ich mir niemals zugetraut, an einem fremden Ort mit fremden Menschen weit weg von zu Hause zu sein, geschweige denn, meine Zwangsgedanken so weit unter Kontrolle zu haben.

Es war eine Landschaft, bei der man gar nicht mehr aufhören wollte zu laufen. In einem Moment, in dem ich mich unbeobachtet fühlte, wanderte mein Blick zu Tristan, der so friedlich und glücklich aussah beim Anblick der Berge, dass mein Herz anfing schmerzhaft zu flattern, weil ein Teil von mir sich so sehr wünschte, er würde mich so ansehen.

Wir liefen weiter, immer weiter durch das schier endlose Grün und dieses niemals endende Bergmassiv. Immer mal wieder passierten wir kleine Wasserstellen, und ich war so auf meine Umgebung fokussiert, dass ich die schmerzenden Knie und die Zeit völlig vergaß.

Als wir eine kleine Pause machten, ließen wir uns auf der Wiese an einem Berghang nieder. Um uns herum war nichts außer Schottlands grüne Riesen. Es herrschte eine Stille, wie ich sie nie zuvor erlebt hatte – keine Autos, keine Gesprächsfetzen anderer Menschen, kein Handyklingeln, nur der Wind und unsere leisen, erschöpften Atemzüge. Ich ließ meinen Blick über die moosbewachsenen Felsen schweifen, die im glänzenden Morgentau glitzerten, schloss kurz die Augen und legte meinen Kopf in den Nacken. Der Wind blies mir ins Gesicht und fegte all die Unruhe und Anspannung aus meinen müden Gliedern, sodass da nichts mehr war bis auf mich und diesen einen Augenblick.

Plötzlich spürte ich ein leichtes Kribbeln im Nacken, es war das Gefühl, beobachtet zu werden. Ich öffnete die Augen, schaute über die Schulter und bemerkte, dass Tristans Blick auf mir lag. Für eine Millisekunde war der Ausdruck darin so weich, dass es sich wie früher anfühlte. Als würden seine Mundwinkel jeden Moment verschmitzt nach oben wandern, ehe er aufstehen und mich in seine Arme ziehen würde. Ich warf ihm ein zaghaftes Lächeln zu, in der Hoffnung, dass er es erwiderte, dass wir einen Schritt nach vorn machen würden. Gott, jede Minute, die wir gemeinsam in diesen Retreat waren, ließ mich seine Nähe mehr und mehr vermissen. Mittlerweile war ich an einem Punkt angelangt, an dem ich jeden noch so kleinen Brotkrumen von ihm annahm, weil ich nicht glauben wollte, nicht glauben *konnte*, dass er nie mehr Teil meines Lebens sein würde. Ich brauchte diese Zuversicht wie die Luft zum Atmen. Als er stattdessen den Blick wieder senkte und seine Wasserflasche musterte, sah auch ich weg und ignorierte das schmerzhafte Ziehen in meinem Herzen. Es sah nicht so aus, als würde ich viel von ihm kriegen, das meinen Glauben an eine zweite Chance für uns hochhielt.

Betty stand auf und räusperte sich. Ohne weitere Aufforderung versammelten wir uns alle in einem kleinen Kreis um sie herum.

»Also, wenn das nicht das richtige Setting ist, um eure Briefe vorzulesen, dann weiß ich auch nicht«, sagte sie und klatschte begeistert in die Hände. Nervosität machte sich in mir breit. O Gott, wir mussten unsere Briefe also tatsächlich vorlesen. Ich war nicht gut darin, vor einer Gruppe zu sprechen, und der Gedanke daran, gleich auch noch so persönliche Sätze mit den anderen teilen zu müssen, trieb mir Schweißperlen auf die Stirn.

»Wer möchte anfangen?«, fragte Betty in die Runde, woraufhin kurz Schweigen herrschte, bevor sich Alice schließlich meldete. Sie stand auf, öffnete ihr Notizbuch und holte tief Luft.

»Liebe Jo March«, setzte sie an, und ich musste lächeln. Auch eine meiner liebsten Filmfiguren. Gebannt hörten wir ihr zu, und ich bewunderte Alice dafür, wie gut sie mit Worten umgehen konnte. »Deshalb danke ich dir – dafür, dass du mich immer wieder dazu inspirierst, meine Träume zu verfolgen und mich dabei nicht vom Patriarchat kleinmachen zu lassen. Dafür, dass du mir gezeigt hast, dass ich nicht schwach bin, wenn ich Gefühle zeige. Und dafür, dass du mir klargemacht hast, dass ich nicht weniger unabhängig, stark und selbstständig bin, wenn ich mich nach jemandem an meiner Seite sehne.«

Will hatte seinen Brief an Sherlock aus der gleichnamigen Serie gerichtet, und ich war froh, dass auch er sich für eine Serienfigur entschieden hatte. Sein Brief war wunderbar humorvoll, gleichzeitig aber auch tiefgründig, und wir applaudierten alle laut, als er fertig war.

Sannas Brief war an Louisa Clark aus *Ein ganzes halbes Jahr* gerichtet und so emotional, dass meine Augen feucht wurden. Ihre Stimme zitterte bei den Worten, und man konnte zwischen den Zeilen lesen, dass auch sie jemanden verloren hatte, den sie liebte. Der Schmerz war regelrecht greifbar.

»Du hast mir in einer sehr dunklen Zeit mein Lachen zurückgegeben sowie den Willen, mir endlich wieder die Freude am Leben zu erkämpfen. Lou, du hast mir geholfen zu sehen, dass keine Dunkelheit ewig währt, auch wenn man glaubt, die Sonne nie mehr strahlen zu sehen. Ohne dich hätte ich mich selbst verloren.«

»Das war sehr bewegend, vielen Dank dafür«, sagte Betty mit rauer Stimme. Als Sanna neben mir Platz nahm, griff ich instinktiv nach ihrer Hand, um sie kurz zu drücken. Auch wenn wir uns eigentlich nicht kannten, so hatten ihre Worte etwas ganz tief in mir bewegt. Ich kannte diese scheinbar nicht enden wollende Dunkelheit, von der sie sprach, wenn auch vielleicht in einem anderen Kontext. Und ich wusste, wie es war, wenn ein Film, eine Serie oder auch ein Buch wie ein

Rettungsanker war. Sie schenkte mir ein dankbares Lächeln, und für einen kleinen Moment war da diese Verbundenheit zwischen uns, die man nicht sehen, dafür aber umso deutlicher spüren konnte.

Nachdem Henri fertig war, konnte ich mich nicht länger drücken und stand schließlich mit wackeligen Beinen auf. Mein Bauch gab ein leises Grummeln von sich, während ich das Zittern meiner schweißnassen Hände nicht unterdrücken konnte. Ich sah zu Sanna, die mir einen aufmunternden Blick zuwarf. Es war wie ein stummes »Du schaffst das, ich glaub an dich«, das mir Mut machte und schlussendlich vermutlich der ausschlaggebende Punkt war, wieso ich schließlich nach einem tiefen Atemzug anfing, vorzulesen.

»Liebe Spencer Hastings«, setzte ich an und hörte, wie Henri zum wiederholten Mal amüsiert schnaubte. Ich stockte, spürte, wie mir Röte den Hals hinaufkroch, während sich der Laut wie ein Knoten in meinem Bauch festsetzte, neben all der Angst, die sich ohnehin schon dort breitgemacht hatte. Als ich meinen Blick hob, sah ich, dass Alice ihn vernichtend anfunkelte, was ihn zum Schweigen brachte. *Du schaffst das, Olivia. Es ist nur ein Brief. Keiner außer Henri macht sich über dich lustig, und was dieser Typ von dir denkt, kann dir völlig egal sein.*

»Liebe Spencer Hastings«, fing ich erneut an und atmete noch einmal tief durch. Meine Stimme war dünn, klang eher nach einem Krächzen, doch ich versuchte mich zusammenzureißen und weiterzumachen. Ich hatte schon so viel schlimmere Dinge gemeistert. »Es gibt so viele großartige Film- und Serienfiguren, und doch bist du die, die mir sofort eingefallen ist, als wir diese Aufgabe bekommen haben. Du fragst dich jetzt sicherlich, wieso, und ich habe viel darüber nachgedacht. Zum einen, weil ich dich bewundere. Du bist unglaublich klug, schlagfertig und stark, lässt dich nie unterkriegen, obwohl du so viel durchmachst. Du bist eine gute Freundin und hast ein großes Herz, obwohl dich so viele Menschen verletzt haben. Doch nicht nur dafür bewundere ich dich. Du hast auch Ecken und Kanten, und davon nicht zu wenig. Spencer, du hast mit deinen ganz eigenen Dämonen zu kämpfen und bist daran fast kaputtgegangen. Du hast Menschen, die du liebst, deshalb von dir gestoßen und verletzt, aber irgendwie hast du dich immer wieder aufgerappelt und es in Ordnung gebracht. Und das bedeutet mir die Welt. Durch dich fühle ich mich gesehen und verstanden, ich fühle mich weniger kaputt, ich fühle mich menschlicher. Du machst mir Mut und warst in vielen Momenten für mich da. Vor allem in den ganz dunklen habe ich mir immer gesagt, dass ich das schaffen kann, wenn Spencer Hastings es auch geschafft hat. Deshalb wende ich mich auch immer wieder an dich, egal ob es mir gut oder schlecht geht. Danke, dass es dich gibt. Deine Olivia«

Mein Brief war wesentlich kürzer gewesen als die der anderen, ich hoffte dennoch, dass er gut meine Gefühle widerspiegeln konnte. Vielleicht verstand es nicht jeder, doch da war eine tiefe Dankbarkeit in mir für die Kraft, die Spencer Hastings mir gegeben hatte. In einer Zeit, in der ich mich so verloren gefühlt hatte, war die Serie ein Zufluchtsort gewesen. Und eine Erinnerung daran, dass ich nicht allein war mit all dem Chaos in meinem Kopf. Verlegen sah ich mich um und atmete ein wenig auf, als ich sah, dass mir nur freundliche Gesichter entgegenblickten. Henri und Tristan natürlich ausgenommen. Wobei Tristan mich ausnahmsweise mal nicht grimmig anschaute. Eher fragend, besorgt, so als wollte er mich etwas fragen, ehe er sich dafür entschied, es doch für sich zu behalten. Enttäuschung machte sich in mir breit. Ich hätte es dennoch gern gehört.

»Danke Olivia, das war sehr schön«, sagte Betty, und ich

hörte Aufrichtigkeit in ihrer Stimme. Sanna griff nun ebenfalls nach meiner Hand, so wie ich es bei ihr getan hatte, und drückte sie. Ich drückte zurück und ließ sie nicht los.

»Ich danke euch dafür, dass ihr in euren Briefen so schonungslos ehrlich wart und eure Gefühle mit uns geteilt habt. Das ist nicht selbstverständlich. Diese Aufgabe läuft immer ganz unterschiedlich ab. Ich habe schon mit Gruppen gearbeitet, die das Ganze eher auf humorvolle Weise angegangen sind, und dann wieder welche wie ihr, die sehr persönliche Dinge und Gefühle dabei teilen«, erzählte Betty, während der Wind heulte und an unseren Jacken zerrte. »Eure Briefe haben gezeigt, dass Film- und Serienfiguren eine sehr wichtige Bedeutung für uns haben können. Sie spiegeln unsere eigene Gefühlswelt oder unsere aktuelle Lebenssituation wider, rufen Erinnerungen in uns hervor und sprechen das aus, was wir uns vielleicht nicht trauen, selbst auszusprechen. Sie können ein Kanal für uns sein, ein Spiegel, ein Vorbild, eine Inspiration oder sogar ein Weckruf. Daran ist die Geschichte beteiligt, aber auch die Schauspielerin beziehungsweise der Schauspieler. Sie sind diejenigen, die es schaffen müssen, uns durch die Leinwand oder den Bildschirm hindurch zu berühren und glaubhaft zu wirken. Wenn sie oder er das nicht schafft, dann kann die Geschichte noch so gut sein, sie berührt uns nicht. Und genau das wollen wir in den nächsten Tagen üben. Dann dürft ihr nämlich eure Schauspielkünste auspacken und euch ein bisschen ausprobieren.«

Will und ich warfen uns einen Blick zu, während ich leicht das Gesicht verzog. Immerhin waren wir beide keine Schauspieler. Wenn mich gerade schon das Vorlesen des Briefes so viel Überwindung gekostet hatte, wollte ich mir gar nicht erst das Bauchgrummeln vorstellen, sobald ich auf der Bühne stand. Trotzdem war ich neugierig auf die Aufgaben, die Betty sich überlegt hatte, auch wenn ich noch nicht so richtig wusste, ob ich mich darauf freuen sollte.

»Jetzt laufen wir aber erst mal wieder zurück zum Castle, denn es sieht ziemlich nach Regen aus.«

Ich sah hoch und stellte überrascht fest, dass Betty recht hatte. Mir war gar nicht aufgefallen, dass dunkle Wolken aufgezogen waren und mittlerweile ein leichter Dunst über den Bergen lag. Wir packten unsere Snacks und Notizbücher wieder ein und machten uns auf den Weg.

Wir waren eine Dreiviertelstunde gelaufen, als mir ein dicker Regentropfen auf die Nase platschte. Auf einen folgte ein weiterer und auf noch einen folgten viele. Keine zwei Minuten später regnete es in Strömen. Zum Glück konnte man das Schloss schon schemenhaft ausmachen, wir mussten also nicht mehr weit laufen. Bei diesem Wetter wirkten die Highlands fast bedrohlich, doch immer noch unendlich faszinierend. Für einen kurzen Augenblick sah ich hoch zur Bergspitze, es waren vielleicht zwei Sekunden, die ich abgelenkt war, doch das reichte. Im nächsten Moment fuhr ein stechender Schmerz durch meinen Knöchel.

Kapitel 14

»Ich vermute jetzt mal, dass er gestaucht ist, aber genau sagen kann ich das natürlich nicht«, murmelte Betty, während sie meinen Fuß vorsichtig abtastete. Er war bereits angeschwollen und pochte schmerzhaft. »Das muss sich unser Doc gleich genauer anschauen. Es ist zwar nicht mehr so weit, aber das sieht echt ziemlich schmerzhaft aus. Kannst du noch laufen?«

»Bestimmt«, murmelte ich verlegen und trat mit dem Fuß auf, nur um ihn zischend wieder hochzuheben, weil mir der pochende Schmerz Tränen in die Augen trieb.

»Okay, nein, Olivia, das geht so nicht«, sagte Betty kopfschüttelnd. »Wir müssen dich irgendwie gemeinsam zum Schloss kriegen, ohne das noch mal einer von uns stürzt.«

Der Regen prasselte unnachgiebig auf uns nieder und machte es einem schwer, überhaupt was sehen zu können. Zusätzlich dazu peitschte uns der Wind in die Gesichter, und vermutlich war den anderen trotz Regenkleidung genauso kalt wie mir.

»Ich stütze sie«, sagte Tristan plötzlich bestimmt, und mein Blick schnellte überrascht zu ihm. Er verzog keine Miene, sah nur auf meinen Fuß und dann zu Betty. Verwirrung durchzuckte mich, dann keimte Hoffnung auf, es war wie ein

Karussell der Gefühle, das sich so schnell drehte, dass ich keine Ahnung hatte, was ich empfinden sollte.

»Ach, Tristan, das wäre großartig, ich danke dir«, entgegnete Betty und half mir auf die Beine. Sofort kam Tristan, dem die klatschnassen Locken ins Gesicht hingen, und griff nach meinem Arm, um ihn sich über die Schultern zu legen. Mein Herzschlag beschleunigte, als ich seinen vertrauten Duft einatmete. So nah war ich ihm seit über drei Jahren nicht mehr gewesen. Ob sein Puls auch so raste wie meiner? Er legte seinen Arm um meine Taille und sah mich fragend an. »Ist das okay so?«

Hastig nickte ich, konnte dennoch nicht verhindern, dass mein »Ja, alles gut, danke« etwas atemlos klang.

Vorsichtig liefen wir die ersten Schritte los, was eher schlecht als recht funktionierte, da ich mich nicht so richtig traute, mich komplett auf Tristan zu stützen.

»Du kannst dich ruhig an mir festhalten, Liv«, sagte er, und ich zuckte kurz zusammen bei der Erwähnung meines Spitznamens. Ich konnte nicht anders, als daran zu denken, wie oft er mir diesen Spitznamen zärtlich ins Ohr geflüstert hatte, wie er ihn atemlos geseufzt hatte, nachdem unsere Lippen sich berührt hatten, oder ihn freudig gerufen, wann immer er mich auf ihn zukommen gesehen hatte. Traurig versuchte ich die Erinnerungen mit einem leichten Kopfschütteln abzutun. All das spielte jetzt keine Rolle mehr. Und würde es vermutlich auch nie wieder.

»Danke«, murmelte ich erneut, während wir weiter den anderen folgten. Der Regen und die Nässe machten es uns jedoch nicht leichter, und so schlitterte ich gefühlt alle zwei Schritte. Doch Tristan hielt mich so fest, dass ich einfach wusste, dass ich nicht noch mal fallen würde. Ich versuchte mich nur auf den Weg zu konzentrieren und nicht darauf, wie sehr ich Tristans Nähe vermisst hatte. Gott, er hatte mir so verdammt gefehlt. Der Duft seiner Haare, den der Wind zu mir herübertrug und der mir verriet verriet, dass er noch immer das verflixte Apfelshampoo benutzte. Die Kuhle zwischen Hals und Schulter, in die mein Kopf immer so perfekt gepasst hatte. Der warme Griff seiner Arme, der mir immer ein Gefühl von Sicherheit und Geborgenheit vermittelt hatte.

»Dein Brief war schön«, sagte Tristan irgendwann so plötzlich, dass ich fast wieder ins Schlittern geriet.

»Freut mich, dass er dir gefallen hat«, erwiderte ich mit rauer Stimme und wischte mir über das nasse Gesicht.

»Ich dachte mir schon, dass du deinen an Spencer schreibst.« Diesmal klang seine Stimme genauso rau wie meine, und ich wollte die Luft anhalten, um dieses scheinbar erste einigermaßen normale Gespräch nicht zu zerstören. Ich fühlte mich wie auf einer sehr dünnen Eisfläche, bei der ich jeden Schritt sorgfältig überdenken musste, damit ich nicht ins kalte Wasser stürzte. Oder in dem Fall den kalten, abweisenden Tristan wieder zum Vorschein brachte.

»Ja, Sienna und ich haben die Serie vor Kurzem bestimmt zum fünfzigsten Mal wieder angefangen«, sagte ich und musste beim Gedanken an meine beste Freundin lächeln.

Tristan schwieg, und ich hoffte, dass er nicht wieder dichtmachte. Wir waren beinahe angekommen, doch mit einem Mal wünschte ich mir trotz Regen und Schmerz, dass sich unsere Ankunft noch etwas hinauszögerte.

»Hättest du immer noch an Red geschrieben?«, fragte ich, darauf hoffend, ihn immer noch etwas zu kennen, auch wenn er jetzt so anders wirkte. Ich dachte daran, wie er mir zum ersten Mal seinen Lieblingsfilm *Shawshank Redemption* gezeigt hatte, kurz nach unserem ersten Kuss. Zwei Dinge, die ich vermutlich immer miteinander verbinden würde.

»Natürlich hätte ich das«, sagte er so leise, dass ich ihn kaum verstehen konnte.

»Weißt du, ich hab das signierte Plakat , das du mir gegeben hast, bevor du nach London gegangen bist immer noch über meinem Bett hängen«, rutschte es mir heraus, und ich wollte mir am liebsten gegen die Stirn schlagen. Hoffentlich hatte ich damit nicht einen Schritt zu schnell gemacht und das Eis damit zum Einbrechen gebracht.

Tristan schwieg, und der Regen klatschte uns weiterhin in die Gesichter. Als ich nicht mehr damit rechnete, dass er noch etwas erwidern würde, tat er es doch.

»Du hast auch noch meinen Hoodie und die Kette.«

Ich sah ihn an, doch er starrte geradeaus. Seine Stimme klang dunkel und traurig, sorgte dafür, dass sich mein Magen schmerzhaft zusammenzog.

»Natürlich«, sagte ich leise, während mir das Herz bis zum Hals schlug.

Wieder Schweigen, nur Regenprasseln, der Wind und das schmatzende Geräusch, das unsere Füße bei jedem Schritt auf dem matschigen Gras hinterließen.

Abrupt blieb Tristan stehen, sodass ich fast stolperte. Wir waren mittlerweile wieder am Glencoe Lochan, was bedeutete, dass es nicht mal mehr zehn Minuten bis zum Schloss waren. Die anderen waren schon ein ganzes Stück weiter als wir, drehten sich aber alle paar Meter herum, um sich zu vergewissern, dass wir noch da waren.

»Warum?«, fragte Tristan und sah mir dabei so intensiv in die Augen, dass mir schwindelig wurde.

»Warum was?«, krächzte ich.

Der Regen rann ihm wie ein Wasserfall übers Gesicht, während seine Locken sich von der aufgesaugten Flüssigkeit dunkel verfärbten. Trotzdem sah er umwerfend aus. Er war die erwachsenere Version von dem Jungen, den ich so geliebt hatte, die ich unbedingt kennenlernen wollte.

»Warum hast du das Poster und den Hoodie und die Kette noch?«, fragte er, und ich wollte in seine Augen eintauchen wie in einen kühlen See an einem heißen Sommertag. Sie waren hypnotisierend.

»Weil mir die Sachen wichtig sind«, setzte ich an und erschrak darüber, wie kratzig meine Stimme klang. »Weil sie mich an Momente erinnern, die mir wichtig sind und an … dich.«

Ich war mittlerweile so durchgenässt, dass es sich ein bisschen wie Ertrinken anfühlte.

Tristans Blick wanderte über mein Gesicht, und ich wünschte mir in dem Moment nichts mehr, als seine Gedanken lesen zu können. Empfand er dieselbe Sehnsucht, die ich verspürte, seit er die Bibliothek betreten und ich ihn zum ersten Mal wiedergesehen hatte? Dachte er auch ununterbrochen daran, dass wir zwei mal so verdammt gut zusammen gewesen waren?

»Davon habe ich in den vergangenen drei Jahren nicht wirklich was gemerkt«, erwiderte er. Seine Worte klangen nicht so scharf wie die Bedeutung, die sich dahinter verbarg und mich zusammenzucken ließ, als hätte er mich geschlagen.

»Das bedeutet nicht, dass es nicht wahr ist«, sagte ich, diesmal mit fester Stimme und viel Nachdruck. Ich holte kurz Luft, bevor ich weitersprach. »Ich würde so gern mit dir darüber sprechen, was …«

Doch weiter kaum ich nicht. Tristan atmete geräuschvoll aus und schüttelte den Kopf. »Ich will das nicht hören, Olivia. Lass uns weitergehen, das hier ist sowieso sinnlos.«

Mein Mund klappte auf und ich wollte schreien. Ich wollte ihn festhalten und schütteln und ihm sagen, dass unsere Geschichte nicht sinnlos war. Sie war alles. Sie *bedeutete* alles. Doch mir war auch klar, dass ich nicht auf ihn wütend sein durfte. Die einzige Person, die meinen Frust verdiente, war ich selbst.

Dafür, dass ich es überhaupt hatte so weit kommen lassen, nur weil ich nicht in der Lage gewesen war, auszusprechen, was so wichtig gewesen wäre. Dafür, dass ich drei Jahre gebraucht hatte, um endlich den Mut zu finden, mit ihm zu sprechen. Auch wenn ich immer noch nicht wusste, ob ich die richtigen Worte finden würde. Wie sollte ich ihm erklären, dass ich damals geglaubt hatte, er könne seinen Traum nur verfolgen, wenn er mich nicht wie einen Klotz am Bein hätte? Dass ich mir sicher gewesen war, zu kaputt für ihn zu sein, und nicht fähig dazu, ihm zu erklären, was in mir vorging? Ich wollte diese Kluft zwischen uns überwinden. Wollte seine Helligkeit in meinem Leben, seine Arme um meinen Körper und die Gewissheit, dass er da war und mich immer stützen würde, sollte ich wieder mal straucheln. Ich brauchte seinen Optimismus, der eine Leere in mir hinterlassen hatte und nach dem ich mich jeden einzelnen Tag seit unserer Trennung sehnte. Weil er alles so viel leichter gemacht hatte, selbst meine Gedanken, die manchmal zentnerschwer wiegen konnten. Auch wenn ich all das nicht hatte sehen wollen, so verstärkte die Nähe zu ihm den Wunsch danach, ihn wieder in meinem Leben zu haben, mehr und mehr. Und selbst wenn es bedeutete, dass wir nur Freunde sein würden, wäre das immer noch besser als gar nichts, weil Tristan immer genug sein würde. All das wollte ich sagen, stattdessen benahm ich mich wie ein trotziges Kind, als ich sagte: »Ich weiß, du hast ja jetzt Heather Halloway.« Jedes einzelne Wort triefte vor Eifersucht wie giftgrüner Schleim, und ich schämte mich bereits in dem Moment, in dem der Satz meinen Mund verlassen hatte. Ich war eine wandelnde Katastrophe, die sich selbst nicht im Griff hatte.

»T…tut mir lei…«, setzte ich stammelnd an, doch da wirbelte Tristan schon herum.

»Verdammt, Olivia, du hast nicht das Recht dazu, eifersüchtig zu sein.« Er schrie zwar nicht, doch sein gehetzter Ausdruck, die geblähten Nasenflügel, die verspannten Schultern – all das deutete darauf hin, dass er es am liebsten getan hätte. Zum ersten Mal war da keine Mauer zwischen uns, die seine Gefühle verbarg. Sein Gesicht war schmerzverzerrt, er wirkte wütend und verzweifelt.

»Nicht, nachdem du mir das verfickte Herz gebrochen hast. Nein, du hast es nicht gebrochen, du hast es mir aus der Brust gerissen und so lange darauf herumgetrampelt, bis nichts mehr übrig war. Ich habe dich *so* sehr geliebt, Liv. Ich hätte alles für dich getan, und das weißt du.« Er spie mir die Worte regelrecht entgegen, bis ich nicht mehr wusste, ob die Sturzbäche, die meine Wangen hinunterliefen, wirklich nur Regentropfen waren oder Tränen.

Es war einer dieser Momente, in denen man den Schmerz körperlich spürte. Wenn sich der Magen verkrampft und sich die Brust zusammenzieht und es sich anfühlt, als würde ein tonnenschweres Gewicht auf einem liegen, das einen runterzieht und einem die Luft zum Atmen raubt.

»Ich …«, fing ich an, doch Tristan war noch nicht fertig.

»Ich glaube, du weißt gar nicht, *wie* verdammt weh du mir getan hast. Wie sehr ich gelitten habe und wie lange es gedauert hat, bis ich wieder einigermaßen klargekommen bin. Dass ich mich immer noch schwer damit tue, Menschen an mich heranzulassen und zu vertrauen. Bis heute weiß ich nicht, wieso du das getan hast und ob du mich überhaupt jemals wirklich geliebt hast. Denn das tut man jemandem, der einem wichtig ist, nicht an. Also komm mir jetzt nicht mit Eifersucht, das ist ein Privileg, das du verloren hast.« Schwer atmend fuhr er sich durch die nassen Locken. »Und jetzt lass uns endlich weitergehen.«

Ich wusste nicht, ob das Herz wirklich bluten konnte, und

falls ja, ob man es spürte, aber in diesem Moment … Ich hätte schwören können, dass etwas in mir starb.

Den Rest des Weges legten wir, den Umständen entsprechend, in fast schon rasender Geschwindigkeit zurück. Alle paar Meter spielte ich mit dem Gedanken, doch noch etwas zu sagen, aber sein versteinerter Gesichtsausdruck hielt mich jedes Mal davon ab.

Zu gern hätte ich ihm gesagt, dass ich mit meiner Entscheidung damals nicht nur ihm, sondern auch mir das Herz gebrochen hatte. Dass ich nicht gewollt hatte, dass wir zwei Fremde wurden, die nichts weiter außer Erinnerungen und Schmerz miteinander teilten. Stattdessen versuchte ich mir bewusst zu machen, dass das zwischen uns vielleicht nie wieder so sein würde wie vorher. Die Wunden, die ich uns beiden zugefügt hatte, waren zu tief, als dass ein einziges Wortpflaster ausgereicht hätte. Als wir in der Ankunftshalle zu den anderen stießen, ließ mich Tristan so schnell los, als bereite ihm jede Berührung zwischen uns qualvolle Schmerzen. Was vermutlich sogar der Wahrheit entsprach. Ich dagegen sehnte mich schon im selben Moment, in dem er sich von mir löste, nach der Wärme seines Armes um meinen Körper.

Die Abschlussworte von Betty zogen an mir vorbei, ohne dass ich etwas davon mitbekam, und als sie fertig war, stürmte Tristan davon.

Und ich tat das, was ich scheinbar am besten konnte: schweigen. Weil Worte in meinem Fall nicht leicht wie Federn waren, sondern eher wie getrockneter Zement.

Kapitel 15

DAMALS, Olivia, 15 Jahre

»Eins, zwei, drei, vier«, murmelte ich vor mich hin, während ich die abgezählten Eiswürfel in die Gläser warf. Danach goss ich gekühlte Zitronenlimonade hinein und zuckte kurz zusammen, als die Klingel schrill hinter mir ertönte. Ich atmete tief durch und strich mein Kleid glatt, mein Pferdeschwanz und die Schleife saßen immer noch, ebenso wie der schimmernde Lipgloss – alles gut. Es war nun einen Monat her, seit Tristan und ich uns zum ersten Mal auf der Wiese geküsst hatten. Die Ferien waren vorüber, das neue Schuljahr hatte begonnen, und alles fühlte sich an wie ein Traum, der nie enden sollte. Seit Tristan im Kino arbeitete, sahen wir uns noch häufiger, vor allem, weil wir immer dieselbe Schicht hatten. Manchmal fragte ich mich, ob es Zufall war, doch Ellens wissendes Schmunzeln bestätigte mir, dass wir nicht so gut im Verheimlichen waren, wie wir dachten.

Sienna hatte zum Glück total gelassen darauf reagiert, dass Tristan und ich nun mehr oder weniger … zusammen waren. Auch wenn wir es bisher nicht benannt hatten. Doch obwohl wir noch nicht darüber gesprochen hatten, was genau wir jetzt waren, verliebte ich mich jeden Tag mehr in Tristan. Am Anfang war es mehr eine Schwärmerei gewesen, doch meine Gefühle für ihn wurden von Tag zu Tag stärker. Manchmal sah ich Liebesfilme an und dachte: »Ja, genau das ist es, was ich für Tristan empfinde«, und dann schwoll mein Herz jedes Mal ein bisschen an. Ich hoffte nur, dass es ihm auch so ging.

Bisher waren wir immer bei ihm zu Hause gewesen, da ich meine freie Zeit eh ausschließlich mit ihm oder seiner Schwester verbrachte, doch heute hatte ich ihn zum allerersten Mal zu mir eingeladen. Meine Eltern waren bei einem Geschäftsessen und hatten mir gesagt, dass sie vermutlich nicht vor Mitternacht wieder da sein würden.

Als ich mich auf den Weg zur Tür machte, schlug mir das Herz bis zum Hals. Hoffentlich mochte Tristan mein Zimmer und fand es nicht zu kindisch. In der Schule bemerkte ich manchmal, dass die anderen mich belächelten, wenn ich mit Tristan händchenhaltend durch die Flure lief. Vermutlich fragten sie sich, was er ausgerechnet mit mir wollte, dem unscheinbaren Mauerblümchen, das meist nur mit ihrer besten Freundin abhing. In solchen Momenten kam ich mir jedes Mal richtig uncool vor, obwohl Tristan mir nie das Gefühl gab. Letzte Woche hatte Kirstie Callahan mich gefragt, was ich machen würde, wenn Tristan nächsten Sommer fertig mit der Schule wäre und mich vermutlich verlassen würde. Ich hatte keine Antwort darauf gehabt. Vielleicht versuchte ich aber auch nur, das mit aller Kraft auszublenden. Denn noch war er ja hier. Wir hatten noch den ganzen Herbst, der sich langsam durch die ersten bunt gefärbten Blätter ankündigte, den Winter und Frühling. Und ich hatte vor, jede Minute davon zu genießen. Erst danach würde ich mir Gedanken darüber machen.

»Du siehst wunderschön aus«, begrüßte Tristan mich mit einem strahlenden Lächeln.

»Du auch«, rutschte es mir heraus, und Hitze stieg mir in die Wangen. Dennoch meinte ich es so. Seine Haare waren nun, nach seinem Friseurtermin, etwas kürzer, er trug ein dunkelblaues T-Shirt, das seine blauen Augen noch intensiver wirken ließ.

Tristan kam einen Schritt auf mich zu und legte seine Hände an meine Taille. Dann beugte er sich vor und drückte einen hauchzarten Kuss auf meine Lippen. Wie jedes Mal, wenn er das tat, stand mein ganzer Körper unter Strom, jede Zelle, jedes Härchen, jeder Zentimeter Haut schien zu kribbeln und war so empfindlich, dass die kleinste Berührung zur Explosion führte. Es war das beste Gefühl auf der ganzen Welt.

»Mmh, du schmeckst nach Kirsche«, flüsterte Tristan an meinen Lippen grinsend. »Gefällt mir.«

Ich musste lachen und zog ihn zu mir heran. In den letzten Wochen war ich selbstbewusster geworden in seiner Nähe, traute mich mehr. Ich liebte die Version meiner Selbst, die er aus mir hervorkitzelte, denn sie war mutig und unbeschwert, dachte kaum an irgendwelche Zwänge oder Ängste. Ich wünschte, ich könnte immer diese Olivia sein.

Meine Lippen öffneten sich langsam, wie von selbst, und seine Zunge tastete nach meiner, bis sie sich fanden und eng umschlungen miteinander tanzten. Hitze stieg in mir auf, und mein Unterleib zog sich sehnsuchtsvoll zusammen. Plötzlich entwich Tristan ein leises Stöhnen, und es fühlte sich an wie tausend Brausetabletten, die sich prickelnd in meinem Körper auflösten.

Nachdem wir eine gefühlte Ewigkeit so im Flur verharrt hatten und uns nur voneinander lösten, um Luft zu holen, pochten mein Herz, meine Lippen, mein alles.

»Möchtest du was trinken?«, fragte ich und grinste wie ein Honigkuchenpferd beim Anblick seiner Lippen, die durch mein Lipgloss dunkelrot schimmerten.

»Das wäre großartig«, erwiderte er, sein Grinsen war mindestens genauso breit.

Mit kühler Limonade ausgestattet, machten wir uns schließlich auf den Weg ins Obergeschoss. Nervös öffnete ich die Tür zu meinem Zimmer und streckte unbeholfen den Arm aus. »Willkommen in meinem Reich.«

Tristan betrat den Raum und sah sich um. Ich ließ meinen Blick ebenfalls schweifen, versuchte, mein Zimmer so zu betrachten, als sähe ich es zum ersten Mal.

Die unzähligen Film- und Serienposter an den Wänden, meinen weißen Kleiderschrank mit der Sternchenlichterkette am Spiegel, das schmale Bücherregal, in dem hauptsächlich Gedichtbände zu finden waren, die Kommode mit Schminkspiegel, mein Schreibtisch, auf dem Schulsachen verstreut waren, und mein Bett mit der geblümten Bettwäsche und … meine Kuscheltiere, die ich eigentlich noch hatte wegräumen wollen. Peinlich berührt beobachtete ich Tristan, dessen Blick nun auf meinen alten Winnie Pooh gefallen war. Statt laut loszuprusten, lächelte er und machte einen Schritt auf mein Bett zu. »Darf ich?«, fragte er in Richtung des Teddybären. Ich nickte und setzte mich auf die Bettkante.

»Es war das erste Plüschtier, was ich je hatte, deshalb sieht er so aus«, erklärte ich, während Tristans Finger sanft über das struppige Fell fuhren.

»Ich finde, man sieht ihm an, wie sehr er geliebt wird«, sagte er und der zärtliche Ausdruck in seinem Gesicht sorgte mal wieder für einen ganzen Schwarm Schmetterlinge in meinem Bauch. »Ich habe einen Plüschhasen, der genauso aussieht.«

Nun musste auch ich schmunzeln. »Und ich hatte noch überlegt, ob ich meine Kuscheltiere verstecken soll.«

Tristans Augen weiteten sich, während er Winnie an seine Brust drückte. »Niemals! Wer kein Kuscheltier hat oder Kuscheltiere peinlich findet, der hat ein Herz aus Stein.«

Ich lachte auf und erwischte mich dabei, wie ich hoffte, dass mein Teddybär nun ein bisschen nach ihm riechen würde. »Ja, das stimmt.«

Tristan legte seine Hand auf meine und sah mich eindringlich an. »Außerdem musst du nichts vor mir verstecken, okay? Ich mag alles an dir, und ich hoffe, du weißt, dass du dich in meiner Gegenwart nie verstellen musst.«

Mein Herz pochte, pochte, pochte, und gleichzeitig fragte ich mich, ob Tristan das immer noch sagen würde, wenn er *wirklich* all meine Seiten kennen würde.

»Dasselbe gilt für dich«, sagte ich leise und hauchte ihm einen schnellen Kuss auf die Lippen.

Er legte Winnie Pooh zurück auf mein Kopfkissen, und mein Herz zog sich zusammen, weil mir sofort durch den Kopf schoss, dass er ihn nicht neben die anderen Kuscheltiere gelegt hatte. Mein erster Impuls war, sofort nach dem Teddy zu greifen und ihn an die richtige Stelle zu setzen, doch ich unterdrückte ihn krampfhaft, trotz der Unruhe, die sich in mir ausbreitete. Tristan schien davon zum Glück nichts zu bemerken, denn er war aufgestanden und stand nun vor dem Regal mit meiner DVD-Sammlung. Ich nutzte den Moment und platzierte meinen Teddybär wieder an seinem ursprünglichen Platz.

»Wow, du hast so viele davon«, sagte Tristan und riss mich aus den Gedanken. »Und ich dachte, meine Filmsammlung wäre beeindruckend.«

Stolz durchfuhr mich, während meine Wangen heiß wurden. Da mir meine gesammelten Werke unglaublich wichtig waren, freute es mich umso mehr, dass Tristan sie ebenfalls zu schätzen schien.

»Ich wünsche mir eigentlich zu jedem Geburtstag DVDs und habe mein Taschengeld schon für viel zu viele ausgegeben, deshalb hat sich einiges angesammelt.«

Er lächelte wieder sein Tausendwatt-Lächeln, das meinen Bauch einfach immer zum Kribbeln brachte.

»Und deine Lieblingsserie scheint *Pretty Little Liars* zu sein«, stellte er fest, als er nicht nur die einzelnen Hüllen, sondern auch noch die Box sah. Es war die einzige Serie, von der ich alle Staffeln hatte.

»Ja, ich hab Sienna damit angesteckt. Ich hab es schon so oft gesehen, schaue es mit ihr aber gerade noch mal.« Langsam lief ich auf ihn zu und schlang beide Arme um seinen Oberkörper. »Hast du auch eine Serie, die du immer wieder schaust?«

Er legte seine Hände auf meine, überlegte einen Augenblick. »Hm, ich glaube, bei mir ist es ein Film. Den gucke ich mir so oft an, dass es schon fast ungesund ist.«

»Ist das der, den wir heute schauen?«, fragte ich, während er sich umdrehte und mich in eine liebevolle Umarmung zog. Gott, er roch so gut.

»Ja genau. *Shawshank Redemption.*«

»Komm«, sagte ich und zog ihn an der Hand zu meinem Bett. »Ich hab alles vorbereitet.«

Während er sich auf die Matratze setzte, was erneutes Kribbeln durch jedes einzelne meiner Körperteile sandte, eilte ich schnell runter in die Küche und holte zwei Schüsseln mit Popcorn und Chips.

Als ich wieder hochkam, hatte Tristan es sich bequem gemacht – ich hätte mich an den Anblick gewöhnen können. Mit leicht zittrigen Fingern stellte ich die Schüsseln auf meinem Nachttisch ab und griff nach der DVD, die Tristan mitgebracht und auf die Matratze gelegt hatte. »Das wahre Highlight meines Zimmers kennst du ja noch gar nicht«, sagte ich grinsend und zeigte auf die freie Fläche an der Wand gegenüber vom Bett, an der eine Lichterkette ein Rechteck bildete.

Tristan hob fragend die Augenbrauen, während ich die DVD einlegte und meinen Wandprojektor startete. Das Bild erschien nun im Rahmen der Lichterkette, und ich grinste Tristan an, während ich mit der Hand stolz darauf deutete.

»Wow, wie cool ist das denn«, stieß er hervor und lächelte mich begeistert an. »Du hast quasi dein eigenes kleines Kino.« Mein Herz machte einen Hüpfer, weil er genau verstanden hatte, was ich mit dem Projektor erreichen wollte.

»Mein Dad hat ihn mir letztes Jahr zum Geburtstag geschenkt«, erklärte ich und setzte mich neben ihn.

Als der Film anfing, legte Tristan seinen Arm um mich und zog mich an sich. Mein Kopf ruhte auf seiner Schulter, während er mit seiner Hand sanft meinen Oberarm streichelte und einen wohligen Schauer nach dem anderen durch meinen Körper sandte.

Obwohl ich nicht gedacht hätte, dass Tristans Nähe es mir erlauben würde, hatte mich die Geschichte von Andy Dufresne innerhalb weniger Minuten in ihren Bann gezogen. Ich fühlte mit Andy, hasste den Direktor abgrundtief, schloss Red und Brooks in mein Herz und verstand mit jeder weiteren Szene, wieso es Tristans Lieblingsfilm war. Als schließlich der Abspann lief, atmete ich zittrig aus, noch immer vollkommen fasziniert von dem Film, die Wangen tränennass. Und als ich zu Tristan blickte, konnte ich sehen, dass es ihm ähnlich ging. Auch seine Wangen glänzten im sanften Schein der Lichterketten. Im Nachhinein war ich mir sicher, dass das der Moment war, in dem ich mich endgültig in ihn verliebt hatte.

»Ich bin eine richtige Heulsuse, sorry«, sagte Tristan schniefend und lachte auf. Vorsichtig beugte ich mich vor küsste jede einzelne Träne, die über seine Wangen rann, weg.

»Du musst dich nicht dafür entschuldigen«, flüsterte ich und strich durch seine Locken. »Ich finde es toll, dass du Gefühle zeigst.«

Tristan schmiegte sein Gesicht in meine Handfläche, für ein paar Sekunden verharrten wir so.

»Also, wie hat dir der Film gefallen?«, fragte er mit einem Mal.

Ich setzte mich aufrechter hin. »Ich fand ihn großartig, wirklich«, fing ich begeistert an und fuchtelte dabei mit den Händen, um meine Worte zu unterstreichen. »Das ist mit absoluter Sicherheit einer der besten Filme, die je gemacht wurden. Die Geschichte, die Tragik, die Hoffnung, der Schmerz, vor allem aber die Freundschaft zwischen Andy und Red … Hach, es zerreißt einen, es heilt einen, alles gleichzeitig, und ich möchte ihn am liebsten direkt noch mal schauen, und das, obwohl ich immer noch total emotional erschöpft bin.«

Tristan starrte mich an, ohne etwas zu sagen, dafür aber so intensiv, dass mein Puls anfing zu rasen. Meine Wangen wurden heiß, und kurz hatte ich Angst, dass ich etwas Falsches gesagt hatte. War ich vielleicht zu begeistert oder zu enthusiastisch gewesen? Doch ehe ich weiter darüber nachdenken konnte, nahm er meine Hand in seine und atmete tief ein.

»Liv, ich glaub, ich liebe dich«, sagte er mit zitternder Stimme, und es war das erste Mal in meinem Leben, dass es sich so anfühlte, als würde mein Herz vor lauter Glück explodieren. Er sah so verletzlich aus, fast schon ängstlich, als befürchte er tatsächlich, dass ich seine Gefühle nicht erwidern würde.

Ich konnte nichts gegen das breiteste Lächeln tun, das sich auf meinem Gesicht abbildete, und drückte seine Hand.

»Tristan, ich glaub, ich liebe dich auch«, flüsterte ich. Die Art, wie sich sein Gesicht nach diesen Worten veränderte, wie seine Ozeanaugen anfingen zu leuchten, wie die Grübchen in seinen Wangen hervorstachen, weil seine Mundwinkel so weit nach oben wanderten, war schlicht und ergreifend alles. Er war alles. Wir waren alles.

Kapitel 16

Als ich am nächsten Morgen durch unser Zimmer humpelte, tat mir alles weh. Mein Knöchel, mein Körper, vor allem aber mein Herz. Immer wieder hörte ich Tristans Stimme, spürte die Kälte in meinen Knochen, für die der Regen, aber vor allem unser missglücktes Gespräch gesorgt hatte. Ich sehnte mich so sehr danach, mit Sienna zu telefonieren, Tasha und Cooper zu schreiben und das Gesicht meiner Mum über einen verpixelten Bildschirm zu sehen, dass ich fast darüber nachdachte, jemanden zu bestechen, um mein Handy zurückzubekommen.

»Guten Morgen, wie geht's deinem Fuß?«, fragte Gracie und ließ sich neben mir auf das samtweiche Sofa sinken. Sie hatte ihre roten Haare heute leicht gelockt und trug denselben bunt gestreiften Pullover wie bei unserem ersten Treffen in der Ankunftshalle des Flughafens. Kaum zu glauben, dass das Wochenende nahte und sich die erste Woche im Retreat schon fast dem Ende zuneigte. Und dass ich es bisher gefühlt kaum hatte genießen können.

»Es geht schon«, sagte ich. Mein Lächeln fühlte sich irgendwie schief an. »Tut noch weh, und ich kann nicht auftreten, aber es fühlt sich immerhin nicht mehr ganz so dick an wie gestern.«

Gracie nickte, auch wenn sie nicht sehr überzeugt aussah.

»Was ist da gestern passiert zwischen Tristan und dir?«, fragte sie vorsichtig.

Augenblicklich zog sich mein Herz zusammen. Ich seufzte und ließ den Kopf auf die Rückenlehne sinken. »Sagen wir so, wir hatten einen kurzen Annäherungsmoment, und dann habe ich es direkt wieder verkackt«, erwiderte ich trocken. Ich schloss die Augen und sah erneut Tristans verletzten Gesichtsausdruck vor mir, seine Worte bohrten sich wieder und wieder und wieder in meine Seele. *Ich habe dich so sehr geliebt, Liv.*

»Olivia, ich kenne dich noch nicht so lange, aber …« Gracie überlegte einen Moment, ich traute mich nicht, sie anzusehen. »Aber ich hatte schon von Anfang an das Gefühl, dass du ein wirklich gutes Herz hast und niemand bist, der andere leichtfertig verletzt. Du musst nicht mit mir darüber sprechen, aber ich kann mir gar nicht vorstellen, was du gemacht haben sollst, dass er so … wütend auf dich ist.«

Ich öffnete die Augen und drehte meinen Kopf zu ihr. Sie sah so ehrlich interessiert und einfühlsam aus, dass ich ihr plötzlich alles erzählen wollte. Die ganze verdrehte, traurige und bittere Geschichte.

»Ich habe Tristan damals …«, setzte ich an, als mich ein lautes Klopfen an der Tür unterbrach und wir beide synchron zusammenzuckten.

»Guten Morgen, hier ist Will, darf ich reinkommen?«, erklang es dumpf, und der Moment war vorbei.

»Ja, komm rein«, rief ich und war tief im Inneren dankbar dafür, Gracie nun doch nicht erzählen zu müssen, was zwischen Tristan und mir passiert war. Zumindest vorerst.

Will öffnete die schwere Holztür und betrat das Zimmer. »Hey, ihr beiden«, begrüßte er uns fröhlich und strich sich eine dunkelbraune Strähne, die sich aus seinem Man-Bun gelöst hatte, aus dem Gesicht. »Was macht der Fuß?«

»Ach, na ja, es geht schon. Wird wieder«, sagte ich abwinkend.

Er nickte nur lächelnd und zeigte in Richtung Flur.

»Wir frühstücken heute alle draußen bei dem schönen Wetter, wollt ihr auch kommen? Die Workshops starten wohl auch etwas später.«

»O ja, unbedingt«, rief Gracie freudig und stand auf. Sie reichte mir die Hand und warf mir einen Blick zu, der deutlich sagte: »Wir sind noch nicht fertig«. Ich verzog das Gesicht, wusste aber, dass ich um das Gespräch wohl oder übel nicht herumkommen würde. Ich hatte nur wieder ein bisschen Zeit gewonnen.

Ächzend erhob ich mich aus dem Sofa und hakte mich dankbar bei Gracie unter. Gemeinsam mit Will machten wir uns auf den Weg nach unten in den Garten. Jede Treppenstufe fühlte sich an wie ein kleiner Marathon, sodass ich unten angekommen völlig erschöpft war. Wandern würde wohl in den nächsten Tagen schwierig werden.

Wir folgten Will in den Garten, wo wir einen großen, reichhaltig gedeckten Tisch vorfanden, an dem alle Teilnehmer und Teilnehmerinnen inklusive Eveyln Dunmuir und Samantha saßen. Ich atmete erleichtert aus, als ich feststellte, dass Tristan und die anderen Stargäste nicht anwesend waren. Nach gestern brauchte ich ein bisschen Herzschmerzpause. Will ließ sich auf einem der leeren Stühle neben Misuki nieder, während Gracie meinen Stuhl zurückschob und sich anschließend neben mich setzte. Sam, die auf der anderen Seite neben ihr saß, warf ihr ein fröhliches Lächeln zu und begann sofort, sie in ein Gespräch zu verwickeln. Gracies Wangen färbten sich leicht rötlich, was wiederum meine Mundwinkel nach oben wandern ließ. Wenn ich schon kein Glück in der Liebe hatte, dann wenigstens Gracie. Außerdem tat es gut, mal nicht über mich selbst nachdenken zu müssen.

Ich belud meinen Teller mit einer großen Portion Pancakes, frischen Früchten und jeder Menge Ahornsirup. Zufrieden nippte ich an meinem schwarzen Kaffee und ließ die Szenerie auf mich wirken. Obwohl ich mich nicht in das Gespräch einbrachte und hauptsächlich die anderen beobachtete, fühlte ich mich plötzlich eigenartig erfüllt. Es war so schön, von Menschen umgeben zu sein, die dieselbe Leidenschaft hatten wie ich oder zumindest eine sehr ähnliche. Misuki und Will unterhielten sich enthusiastisch darüber, welcher der beste Horrorfilm aller Zeiten war, Sam erzählte Gracie gerade, dass hier in der Nähe einige Szenen von *James Bond: Skyfall* gedreht worden waren, und auch bei den anderen ging es entweder um Filme, das Theater, liebste Musicals oder Schauspielerinnen und Schauspieler, die man bewunderte. Um uns herum blühte der Ginster in einem sonnigen Gelb, und die imposanten Highlands wachten im Hintergrund über uns. Es war ein Traum.

»Olivia?«, sprach mich plötzlich eine junge Frau mit lavendelfarbenem Haar an, die mir gegenübersaß. »Ich bin Kiera, hi, ich habe mitbekommen, dass du in einem Kino in Bath arbeitest?«

Ich stellte meine Tasse ab und lächelte sie an. »Hi Kiera, ja, genau, ich arbeite im *CineHeaven*.«

»Nicht dein Ernst!« Sie stieß ein begeistertes Quietschen aus und beugte sich ein wenig in meine Richtung über den Tisch, damit ich sie besser verstehen konnte. »Weißt du, ich komme gebürtig aus Bradford-on-Avon und bin früher immer am Wochenende mit meinem Grandpa in die Nachmittagsvorstellung dort gegangen. Ich studiere mittlerweile in Bristol, und mein Grandpa ist leider vor drei Jahren von uns gegangen, aber wann immer ich mal wieder daheim bin, ist ein Kinobesuch mit meinem kleinen Bruder Jason ein Muss!« Ihre Augen funkelten, und ich konnte sehen, dass es eine Mischung aus Wehmut, Schmerz und dem Gedanken an geliebte Erinnerungen war.

Wärme füllte meinen Brustkorb. »Wahnsinn, wie klein die Welt doch ist! Kiera, das ist so schön, wirklich. Ich freue mich total, dass dir das *CineHeaven* so viel bedeutet und für immer mit Erinnerungen an deinen Grandpa verbunden sein wird.« Ich atmete tief durch und dachte kurz nach. »Weißt du, das ist genau das, was ich mir immer erhoffe, wenn die Menschen unser kleines Kino besuchen. Nicht nur, dass sie sich wohlfühlen, eine gute Zeit haben und einen Moment lang die Realität ausblenden können. Sondern auch, dass sie wiederkommen und irgendwann Erinnerungen mit dem Ort verbinden, die sie für immer in ihrem Herzen tragen werden. Sorry, falls das ein bisschen kitschig klingt.« Verlegen lachte ich auf, doch Kiera sah keineswegs aus, als wollte sie sich darüber lustig machen. Im Gegenteil. Ihre Augen schimmerten feucht, und sie nickte, scheinbar in Erinnerungen schwelgend.

»Ich finde das gar nicht kitschig, sondern so wahr«, sagte sie und legte die Hand auf ihr Herz. »Mein Grandpa hat immer gesagt, dass Kinos wie ein magisches Portal in eine andere Welt sind und dass wir dafür sorgen müssen, dass diese Portale immer geöffnet bleiben.«

»Das ist wunderschön«, sagte ich mit rauer Stimme und war so bewegt, dass sich mein Herz ein wenig zusammenzog. »Versprich mir, dass du unbedingt Hallo sagst, wenn du das nächste Mal in Bath bist, ja?«

Kiera nickte eifrig. »Das mache ich auf jeden Fall. Vielleicht können wir dann einen Kaffee zusammen trinken oder so.«

»Das fände ich toll«, erwiderte ich und war ganz glücklich bei dem Gedanken daran, vielleicht in Zukunft eine weitere filmbegeisterte Freundin in meiner Nähe zu haben.

»Ich komme dann auch mal vorbei, eines Tages, wenn ich ein weltberühmter Regisseur bin«, rief mir Henri mit einem selbstgefälligen Grinsen über den Tisch hinweg zu. »Dann schaue ich mir bei euch meinen oscarprämierten Film an, und du kannst mir eine Tüte Popcorn servieren.« Er brach in schallendes Gelächter aus, ich verzog das Gesicht. Mann, er hatte wirklich ein Talent dafür, schöne Momente zu ruinieren.

»Weißt du, Henri, du solltest dankbar sein, wenn sie deinen Film überhaupt in ihrem Kino zeigen«, entgegnete Kiera und funkelte ihn an. Ich beschloss, dass der Kaffee, den wir zusammen trinken gehen würden, definitiv auf mich ging.

Henri hob eine Augenbraue, sein viel zu großes Ego sichtlich angekratzt. »Was spielt ihr euch denn alle wie so Heilige auf, wenn es um dieses popelige Kino geht? Als ob wir uns nicht alle fragen, was sie hier macht.« Er zeigte auf mich und zuckte mit den Schultern. »Während wir anderen Film studieren, auf der Bühne stehen und Filme drehen, serviert sie Softdrinks und pappige Nachos.« Henri schnaubte, bevor er seinen Kaffee auf Ex runterkippte und wie ein trotziger Junge die Arme vor der Brust verschränkte.

»Gott, ich verstehe nun eindeutig, wieso du hinter der Kamera stehst und nicht davor, bei dem Müll, den du von dir gibst«, zischte Gracie. Ich spürte ihre Hand auf meinem Knie. Dankbar drückte ich sie, während mein Gesicht sich heiß anfühlte.

Aus dem Augenwinkel bemerkte ich, dass mich jemand ansah, und hob automatisch den Kopf. Mein Blick traf den von Evelyn Dunmuir, die mich mit einem Ausdruck musterte, den ich nicht deuten konnte. Ich spürte, dass mein Gesicht, wenn möglich, noch heißer wurde, und versuchte mich an einem zittrigen Lächeln, bevor ich schnell wieder die Pancakes auf meinem Teller fixierte. Der Hunger war mir nun vergangen, am liebsten hätte ich Henri mein Frühstück in seine arrogante Visage gedrückt. Ich hasste ihn dafür, dass ich mich für einen Job, den ich über alles liebte, durch seine Worte schämte, und er es schaffte, dass ich mich klein fühlte. Ja, ich wusste, dass er ein Idiot war, dessen Meinung für mein Leben absolut keine Relevanz hatte und den ich einfach ignorieren sollte. Würde er so mit Gracie sprechen, verdammt, ich würde ihn zum Teufel jagen. Ich war normalerweise jemand, der durchaus schlagfertig sein konnte, und auch wenn ich eher introvertiert war, so war ich nicht extrem schüchtern oder zurückhaltend. Doch Henri traf einen Nerv, der mich zutiefst verunsicherte und erstarren ließ, sodass ich zu keiner Erwiderung fähig war. Und nun hatte Evelyn Dunmuir das Ganze auch noch mitbekommen. Ob sie sich jetzt auch fragte, wieso sie mich eingeladen hatte, und bemerkte, dass ich eigentlich nicht hierhergehörte? Ob sich die anderen tatsächlich insgeheim darüber wunderten, dass ich hier war? Um mich herum waren alle längst zu anderen Gesprächsthemen übergangen, Gelächter ertönte, genau wie das Klappern von Tellern, während ich meine Finger inspizierte und ein loses Stückchen Haut sah. Ich fing an zu knibbeln, fokussierte meine Konzentration darauf, dachte über nichts anderes mehr nach und spürte den vertrauten stechenden Schmerz an meiner Nagelhaut – kurze Erleichterung, gefolgt von dem ebenso vertrauten Schamgefühl, das meinen Körper flutete, als ich auf die kleine pochende Wunde an meinem Finger blickte.

Der Tag startete genauso gut, wie der gestrige geendet hatte.

Kapitel 17

»Und deshalb werden wir heute meine liebste Schauspielübung ausprobieren: das Impro-Theater.« Betty klatschte begeistert in die Hände, ich zuckte leicht zusammen. Ich hatte nichts von dem, was sie vorher gesagt hatte, mitbekommen. Wenn ich ehrlich war, graute es mir heute regelrecht vor dem Workshop. Ziemlich absurd, wenn man bedachte, wie lange ich von diesem Retreat geträumt hatte. Vermutlich hatte ich die Zeit hier zu sehr romantisiert und gedacht, ich würde in einer Art Camp Rock landen. Stattdessen saß ich hier nun mit verstauchtem Knöchel, schmerzendem Herzen und einem Traum, der gegen all die anderen hier ungefähr so beeindruckend schien wie ein Reiskorn.

»Ich habe mir eine Ausgangssituation überlegt und werde jedem von euch eine Rolle zuteilen. Viel mehr als ein paar wenige Informationen gibt es aber auch nicht.« Betty hielt einen Stapel mit Umschlägen in der Hand, die sie verteilte. Sobald sie mir lächelnd einen reichte, entdeckte ich meinen Namen. »Lest euch die Stichpunkte zu eurer Rolle durch und verinnerlicht sie kurz. Wir gehen dann gleich nach unten in den Filmraum und legen los mit unserem kleinen Impro-Stück.«

Alle folgten der Anweisung, ich tat es ihnen gleich. Konzentriert las ich die gedruckten Zeilen auf dem Papier:

Du bist Stella, Medizinstudentin und die langjährige Freundin von Cory. Du bist heute bei seiner Familie eingeladen, weil seine Eltern Hochzeitstag feiern. Zwischen dir und Cory ist die Stimmung angespannt, da du ihm etwas verheimlichst. Du versuchst mit aller Kraft, die Fassade aufrechtzuerhalten, doch im Verlauf des Abends bemerkst du, dass du nicht die Einzige mit einem Geheimnis bist. Es wird eine Familienfeier, mit der wohl niemand gerechnet hat ...

Mit einem leisen Stöhnen stopfte ich das Blatt wieder in den Umschlag und überlegte, wie ich diese Rolle mit meinem nicht vorhandenen Schauspieltalent umsetzen sollte.

Nachdem auch die anderen fertig waren, liefen wir nach unten in den Filmsaal. Erst jetzt stellte ich fest, dass es der einzige Raum im Schloss war, den ich noch nicht gesehen hatte. Genau wie alles andere, was ich bisher in diesem Schloss gesehen hatte, war auch dieser Saal wieder ein bisschen Magie. Und vor allem der Traum für jeden Filmliebhaber. Es gab fünf Reihen mit jeweils zehn gepolsterten Kinosesseln, die so gemütlich aussahen, dass man vermutlich nicht mehr aufstehen wollte, sobald man sich erst mal hingesetzt hatte. An der Wand gegenüber hing eine Kinoleinwand mit roten Samtvorhängen, davor war eine kleine Bühne. An den Wänden, die ebenso samtig aussahen wie die Vorhänge, hingen unzählige Sterne, die leuchteten und den Saal in einen Nachthimmel verwandelten. Würde ich das *CineHeaven* nicht so lieben, wäre das vermutlich der schönste Ort, den ich je gesehen hatte.

»So, dann kommt mal alle auf die Bühne«, rief Betty, die

bereits daneben stand und so enthusiastisch wirkte, dass man sie keinesfalls enttäuschen wollte.

Ich folgte Sanna und Alice, stellte mich zwischen Letztere und Will, in der Hoffnung, dass ich nicht viel mit Henri zu tun haben würde. Womit ich jedoch nicht gerechnet hatte – und ja, mir war bewusst, wie idiotisch das war, angesichts der Tatsache, dass er ein erfahrener Schauspieler war und wir von ihm lernen sollten –, war, dass Tristan ebenfalls die Bühne betrat. Wie immer würdigte er mich keines Blickes und wie immer tat das mehr weh, als ich zugeben wollte.

»Ihr habt das Szenario alle gelesen und wisst, welche Rollen ihr spielt. Ich würde euch nun darum bitten, euch ganz kurz in eurer Rolle vorzustellen«, sagte Betty und sah Alice erwartungsvoll an.

Diese räusperte sich und wandte sich zu uns. »Ich bin Mrs. Flinch, die Mutter von Cory und Paul.«

Will lächelte unsicher. »Ich bin Mr. Flinch, der Vater von Cory und Paul.«

Mir wurde schlagartig kalt. Nein, nein, nein, das bedeutete, dass entweder Henri oder Tristan die Rolle des Cory hatten.

»Ich bin Kelly, die beste Freundin von Paul«, sagte Sanna und strahlte schon jetzt eine Bühnenpräsenz aus, die uns alle in den Schatten stellte.

»Ich bin Stella, die Freundin von Cory«, krächzte ich mit gesenktem Blick und traute mich nicht, zu Henri oder Tristan zu sehen.

»Ich bin Paul, der Sohn von Mr. und Mrs. Flinch, der Bruder von Cory und der beste Freund von Kelly«, sagte Henri mit selbstbewusster Stimme, und ich fragte mich, wieso das Universum mich scheinbar so abgrundtief hasste.

Weil mir nichts anderes übrig blieb, blickte ich nun doch hoch zu Tristan, der mit stoischer Miene seine Worte aufsagte.

»Ich bin Cory, ebenfalls der Sohn von Mr. und Mrs. Flinch, der Bruder von Paul und der Freund von Stella.« Als er den Namen meiner Rolle sagte, zuckte sein Kiefer leicht, was mir verriet, dass er sich genauso darauf freute, ein Paar mit mir zu spielen, wie ich.

»Super!«, rief Betty und klatschte begeistert in die Hände. »Dann können wir ja loslegen. Ich würde sagen, vielleicht starten die Eltern, und die Gäste trudeln langsam ein, aber den Rest überlasse ich euch.«

Sie ließ sich auf einen der Kinosessel in der ersten Reihe sinken. In diesem Moment wollte ich nichts lieber, als es ihr gleichzutun.

»Wir schauen einfach mal, wie weit wir kommen, setzt euch nicht unter Druck, sondern versucht, einfach Spaß zu haben und aufeinander einzugehen. Es geht hier heute nicht darum, wer am besten schauspielert, ihr könnt euch ganz zwanglos ausprobieren.« Betty warf uns ein aufmunterndes Lächeln zu und klatschte erneut in die Hände, wodurch das Licht im Saal gedimmt wurde und ein Scheinwerfer über der Bühne anging.

Ich atmete tief durch, straffte die Schultern und versuchte, Stella zu werden.

Es war eine Katastrophe. Na ja, die anderen nicht, jeder hier machte einen absolut großartigen Job, nur ich stammelte vor mich hin und zeigte allen, wieso ich Popcorn verkaufte, statt auf der Leinwand zu sehen zu sein. Einzig Will, der die ganze Zeit über knallrot war und kaum etwas sagte, gab mir ein wenig Sicherheit, und so warfen wir uns die ganze Zeit über hilfesuchende Blicke zu.

Wir saßen mittlerweile alle auf dem Bühnenboden, was eine Szene am Esstisch imitieren sollte. Ich war so angespannt, dass ich Schweißtropfen meinen Rücken hinunterlaufen spürte.

Tristan saß neben mir und war durch nichts aus der Ruhe zu bringen. Wobei unsere Rollen eigentlich auch nicht schwer waren, denn unsere Beziehung war ja auch im echten Leben so angespannt, dass man sie mit der stumpfesten Schere der Welt hätte zerschneiden können.

»Es ist so schön, mal wieder alle Lieben am Tisch beisammenzuhaben«, sagte Alice in einer hohen Singsang-Stimme und tat so, als würde sie uns Essen auf die Teller füllen.

»Eure Mutter redet seit Wochen von nichts anderem«, fügte Will hinzu, wobei er wie ein Brummbär klang. »Aber jetzt erzählt doch mal, Kinder, was gibt es Neues bei euch?«

Sanna fing an, von einem imaginären BWL-Studium zu erzählen, und hörte sich dabei so überzeugend an, dass man glatt vergaß, dass sie nicht wirklich Kelly war. Sobald Henri anfing zu sprechen, warf sie ihm schmachtende Blicke zu, die es unbestreitbar machten, dass sie eines Tages eine große Schauspielerin werden würde.

»Und ihr beiden Turteltauben, wie läuft es bei euch? Können wir bald eine Verlobung erwarten?«, fragte Henri plötzlich und warf mir ein süffisantes Lächeln zu. Ich kniff die Augen zusammen und funkelte ihn böse an.

»Ach, weißt du, wir haben momentan beide viel zu tun und lassen uns noch ein bisschen Zeit«, erwiderte Tristan, wofür ich dankbar war.

»Wie«, setzte Sanna an, doch Henri fuhr ihr schamlos über den Mund.

»Es kriselt doch nicht etwa zwischen euch, oder?«

»Nein, tut es nicht«, rutschte es mir energisch heraus. Noch im selben Augenblick spürte ich, wie meine Wangen heiß wurden. Henri grinste triumphierend, scheinbar erfreut darüber, dass seine Provokation Wirkung zeigte. Gott, ich wusste, dass Gewalt niemals die Lösung war, aber gerade wollte ich ihm sein selbstzufriedenes Grinsen ganz dringend aus dem Gesicht schlagen.

»Bruderherz, vernachlässigst du deine Freundin auch nicht?«, bohrte Henri weiter, und ich spürte deutlich, wie Tristan sich anspannte.

»Nein, tue ich nicht«, erwiderte er ruhig. »Mum, könnte ich noch etwas Soße haben?«

»Aber sicher«, rief Alice überschwänglich, scheinbar ebenso erfreut über den schnellen Themenwechsel wie ich. Erleichtert atmete ich aus, hoffte, dass Henri es nun gut sein ließ und seine Aufmerksamkeit auf etwas anderes lenkte. Was er natürlich nicht tat.

»Bist du dir sicher?« Henri beugte sich vor, sein Blick herausfordernd und unangenehm. »Stella scheint, als würde sie etwas bedrücken. Komm, du kannst es uns sagen, wir sind doch eine Familie.« Er breitete einladend die Arme aus und zwinkerte mir zu. Ich wollte mich übergeben, jetzt sofort, hier auf der Stelle.

»Tja, da weiß ich leider nicht mehr als du«, erwiderte Tristan mit bitterer Stimme, mein Mund klappte auf.

»Bitte was?«, fragte ich, empört darüber, dass er mir in den Rücken fiel. Auch wenn er eigentlich nichts weiter tat, als seine Rolle zu spielen, fühlte sich das hier weitaus persönlicher an. Vielleicht bildete ich mir das aber auch nur ein.

»Na ja, viel sprichst du mit mir ja auch nicht über deine Gefühle«, gab Tristan mit einem schnippischen Unterton zurück. Okay, ich bildete es mir doch nicht ein.

»Es gibt Dinge, bei denen fällt es einem halt einfach nicht so leicht, darüber zu sprechen«, zischte ich und blendete die anderen um uns herum völlig aus. In diesem Moment gab es nur Tristan und mich und alles, was sich in den letzten Jahren zwischen uns angestaut hatte.

»Ja, das verstehe ich auch. Aber es wundert mich, wie einfach es einem fallen kann, die Person, die man angeblich liebt, komplett mit Schweigen zu strafen.« Die Wut und der Schmerz, die er mir in den letzten Tagen so oft entgegengebracht hatte, schrien mir in diesem Moment besonders laut zwischen den gesprochenen Silben entgegen.

Und ich wusste, dass ich es verdient hatte. Doch in den letzten Jahren hatte ich auch so viel Schmerz in mir getragen, dass sich nun ebenfalls Wut bemerkbar machte. Musste er das, was zwischen uns passiert war, nun hier vor den anderen ausdiskutieren? Na schön, was er konnte, konnte ich auch. Ich ballte die Hände zu Fäusten.

»Hast du schon mal darüber nachgedacht, dass mir das überhaupt nicht leichtgefallen ist und auch ich gelitten habe?«, spie ich ihm entgegen. »Dass es Gründe gab, die nichts mit dir zu tun hatten und mich fast zerrissen haben?«

Er zuckte zurück, als hätte ich ihn geschlagen.

»Natürlich habe ich darüber nachgedacht«, sagte er mit kratziger Stimme. »Ich habe so viel nachgedacht, dass es mich wahnsinnig gemacht hat.«

Mein Brustkorb hob und senkte sich in einem schnellen Rhythmus, während die Wut aus meinem Körper entwich wie Luft aus einem Ballon. Die tiefe Traurigkeit in seinen Augen spiegelte die meine exakt wider, und ich wollte ihn umarmen, so lange festhalten, bis er mir verzieh und die Gewitterwolken aus seinen Augen verschwanden. Vor allem aber wollte ich *endlich* mit ihm sprechen.

»Es tut mir leid«, flüsterte ich kraftlos. Es war das erste Mal, dass ich diese Worte laut aussprach. Kein Wunder, dass er mich mittlerweile verabscheute. Ich verabscheute mich ja selbst, und das seit Jahren. Seine Augen schimmerten glasig, und ich spürte, dass sich auch in meinen Tränen sammelten.

Ihn so zu sehen, zerriss mich innerlich. »Es tut mir so leid, Tristan.«

Meine Stimme war nicht mehr als ein Hauchen, und trotzdem war es der schrille Alarmton, der uns wieder in die Realität holte. Erst jetzt wurde mir bewusst, wo wir uns befanden und dass wir so was von aus unseren Rollen gefallen waren. Was ich endgültig dadurch besiegelt hatte, dass ich Tristan mit seinem Namen angesprochen hatte.

Der Bann war gebrochen, ich blickte mich beschämt um. Henri starrte uns grinsend an, als wären wir Zootiere, die ihm eine Sondervorstellung geboten hatten, Sanna und Will starrten verlegen auf den nicht existenten Tisch, Alice war mit den Ringen an ihren Fingern beschäftigt, während die lauteste Stille zwischen uns herrschte, die ich je gehört hatte.

Sie wurde erst durch ein erlösendes Räuspern von Betty unterbrochen, die von ihrem Kinosessel aufstand und zu uns herantrat. O Gott, war das unangenehm. Ich traute mich nicht mal, sie anzusehen, und knibbelte peinlich berührt an meinen Fingern.

»Tja, äh, ihr Lieben, danke euch für diese … interessante Vorstellung«, fing Betty unbeholfen an und ließ mich wünschen, im Boden versinken zu können. »Danke, dass ihr euch darauf eingelassen und es ausprobiert habt, ich denke, für heute reicht es. Heute Abend findet im großen Saal eine Art Panel mit den anderen Regisseuren und mir statt, also kommt gern vorbei. Ansonsten sehen wir uns morgen wieder. Habt noch einen schönen restlichen Tag!«

Sie winkte uns zu, wobei mir der fragende Blick, den sie Tristan zuwarf, nicht entging. Ich wagte es nicht, ihn anzusehen.

»Na, das war ja mal eine Show«, warf Henri ein, und ich eilte, nein, flüchtete regelrecht runter von der Bühne, raus aus dem Filmsaal, die Rufe von Sanna und Alice ignorierend. Ich blieb erst stehen, als ich in der Sicherheit meines Zimmers angelangt war, ließ mich aufs Bett sinken und fragte mich, wie aus dem Trip meiner Träume so ein Desaster hatte werden können.

Kapitel 18

DAMALS, fast 17 Jahre

»Das werden die besten Weihnachten aller Zeiten«, rief Sienna jubelnd und fiel mir um den Hals. Ich konnte nicht anders, als breit zu lächeln. Arm in Arm tanzten wir durch mein Zimmer, bis wir nicht mehr konnten und uns auf mein Bett fallen ließen.

»Ich kann nicht glauben, dass unsere Familien die Feiertage tatsächlich zusammen verbringen werden. Und dann auch noch in Cornwall, am Meer!«, sagte Sienna atemlos. Sie drehte ihren Kopf, zeigte mit dem Finger auf mich und sah mich aus zusammengekniffenen Augen an.

»Du wirst aber auch Zeit mit deiner besten Freundin verbringen und nicht ununterbrochen in irgendwelchen dunklen Ecken mit meinem Bruder knutschen, oder?«

»Sienna!«, kreischte ich und hielt mir die Hände vors Gesicht, woraufhin sie in gackerndes Gelächter ausbrach. Allein beim Gedanken daran, mit Tristan in irgendwelchen *dunklen Ecken zu knutschen*, wurde mir so warm, dass ich kaum atmen konnte.

Sobald wir uns wieder beruhigt hatten, drehte ich mich zu Sienna um. »Natürlich werde ich Zeit mit dir verbringen.

Du warst schon im Club meiner Lieblingsmenschen, ehe ich Tristan kannte.«

Meine beste Freundin grinste breit und schlang wieder ihre Arme um mich.

»Ach Liv, ich freu mich so!«

Den restlichen Nachmittag verbrachten wir damit, eine Liste aufzustellen, was wir alles in den Weihnachtsferien unternehmen wollten. Unsere Eltern hatten ein Ferienhaus gemietet am The Lizard, einer Halbinsel und Englands südlichster Spitze in Cornwall. Ich konnte mein Glück kaum fassen. Nicht nur, dass ich mit meinen Eltern ans Meer fuhr, was nach Dads arbeitsreichen letzten Jahren fast nie möglich gewesen war und schon allein ein Geschenk für mich wäre. Nein, ich würde auch noch meine zwei anderen Lieblingsmenschen bei mir haben. Ich konnte mir nichts Schöneres vorstellen. Heute war der letzte Schultag gewesen, und Sienna war direkt nach dem Unterricht mit ihren gepackten Koffern hergekommen. Tristan hatte heute Abend noch Probe, weshalb die Kingsleys uns morgen ganz früh mit ihrem Mini-Van abholen würden. Ungefähr vier Stunden Fahrt lagen dann vor uns, und ich fühlte mich ganz kribbelig vor lauter Vorfreude. Das würden wirklich die besten Weihnachtsferien aller Zeiten werden.

»Ich kann das Meer sehen, da ist das Meer!«, rief ich aufgeregt und klebte mit der Nase regelrecht an der Fensterscheibe. Tristans Locken kitzelten mein Gesicht, als er sich rüberbeugte, um ebenfalls etwas sehen zu können.

»Schau, wie schön es aussieht«, murmelte ich und lehnte meinen Kopf gegen seinen.

»Ja, es ist schön, aber nicht so schön wie das, was ich gerade sehe«, flüsterte er, und ich spürte seinen Fokus auf mir. Hitze kroch mir die Wangen hoch, dennoch drehte ich den Kopf in seine Richtung. In seinem Blick lag so viel Zuneigung, dass mir schwindelig wurde. Ich hatte definitiv zu wenig Schlaf gehabt, war ungeschminkt, und mein Dutt war als solcher nicht mehr zu erkennen, doch Tristan sah mich immerzu an, als wäre ich das Schönste, was er je gesehen hatte. Jeden Tag wollte ich mich kneifen, weil ich nicht fassen konnte, was für ein Glück ich hatte. Als ob es dieses Gefühl, von dem in Büchern und Filmen erzählt wurde, wirklich gab.

»Ich liebe dich«, sagte ich, meine Stimme kaum mehr als ein Hauchen, doch Tristans ganzes Gesicht fing an zu strahlen.

»Ich dich auch.«

Er beugte sich vor und drückte mir einen Kuss auf die Lippen, der sanfte Schauer meinen Rücken hinunter sandte.

Ein ungewöhnlich lautes Räuspern erklang durch den ganzen Van, woraufhin wir auseinanderstoben wie ein aufgeregter Vogelschwarm. Sogar Sienna schreckte aus dem Schlaf hoch, riss sich die rosa Schlafmaske von den Augen und blickte sich orientierungslos um. »Was ist passiert?«

»Wer singt mit den alten Vätern ein paar Weihnachtslieder?«, rief Dad, und Mr. Kingsley drehte sich erwartungsvoll zu uns um.

Sienna rollte mit den Augen. »Dafür habt ihr mich geweckt?«

Tristan und ich warfen uns ein Grinsen zu, während unsere Mütter begeistert jubelten, sichtlich angeheitert vom Glühwein in der Thermoskanne, den meine Mum mit auf die mittlere Sitzbank geschmuggelt hatte. Sie und Mrs. Kingsley versuchten uns allerdings noch immer felsenfest davon zu überzeugen, dass es Kinderpunsch war.

»Mach *Wham!* an. Evan, wir wollen *Last Christmas*!«, rief Mrs. Kingsley schrill, und als wenige Sekunden später das Intro erklang, fingen sie und Mum laut an zu kreischen.

Mein Prusten ging in ihrem schiefen Gesang unter, Tristan warf mir ein hilfesuchendes Grinsen zu, und Sienna schlug die Hände über dem Kopf zusammen.

»Wo bin ich hier nur gelandet?«, rief sie, woraufhin ihre Mum ihr ein »Sei nicht so eine Spaßbremse, Sienna« zurief.

»Ja, Schwesterherz, sei nicht so eine Spaßbremse.«

Tristan legte den Arm um die Schultern meiner besten Freundin und fing an, inbrünstig mitzusingen. Natürlich hörte sich das bei ihm auch noch verdammt gut an. Meine Knie wurden butterweich.

Sienna protestierte, gab jedoch auf, als ich mich ebenfalls gegen die beiden lehnte, bis der ganze Wagen aus dem chaotischsten und gleichzeitig liebenswertesten Weihnachtschor bestand, den die Welt je erlebt hatte.

Nachdem wir noch mehr gesungen, noch mehr gelacht und sogar ein bisschen von Mums Glühwein, ähm, Kinderpunsch abbekommen hatten, verkündete Dad endlich, dass wir da waren.

Wir stiegen nacheinander aus dem Auto, ich streckte mich, während Sienna laut gähnte. Unsere Väter und Tristan machten sich daran, die schweren Koffer zum Haus zu tragen, während wir anderen Geschenktüten, Proviant und den ganzen Kleinkram mitbrachten. Das Ferienhaus war wunderschön.

Es war hell gestrichen, hatte ein dunkles Schieferdach, zwei Stockwerke und unzählige hohe Fenster.

Wenn man das Haus betrat, stand man direkt in einem hellen und weitläufigen Wohnbereich. Es gab eine offene Küche, einen großen Esstisch, der umgeben war von deckenhohen Fenstern, durch die man die Aussicht genießen konnte, und einen gemütlichen Wohnzimmerbereich mit einer riesigen Couch sowie zwei Sesseln. Im Obergeschoss gab es mehrere Schlafzimmer und Bäder, alles in maritimen Farben gehalten.

Das wahre Highlight war jedoch die Lage des Hauses. Von der Terrasse aus konnte man nämlich direkt das Meer sehen. Lief man über die Wiese, kam man an eine kleine, mit Gras überwachsene Steinmauer und ein hölzernes Gartentor. Dahinter war quasi direkt die Klippe, sodass man einen wirklich atemberaubenden Blick hatte. Vor einem lag das scheinbar endlose türkisfarbene Meer Cornwalls, das regelrecht hypnotisierend war. Ich kam mir vor, als stünde ich am Ende der Welt, wo nur noch Wasser und Freiheit existierten.

Der Rest des Tages zog wie ein Rausch an mir vorbei. Wir bezogen unsere Zimmer (Sienna und ich natürlich zusammen, Tristan direkt gegenüber), packten alles aus und dekorierten das Haus weihnachtlich, während die Väter den Weihnachtsbaum abholten. Unsere Socken hängten wir über den Fernseher, da es keinen Kamin gab, und als endlich der Weihnachtsbaum stand, wir ihn alle gemeinsam dekorierten und dabei lauthals *Christmas Tree Farm* von Taylor Swift schmetterten, da fühlte es sich wahrhaftig nach den Feiertagen an.

Nachdem wir alle gemeinsam gegessen hatten, packte Mum eine große Kiste mit Brettspielen aus. Der Abend vor Weihnachten war bei uns immer Spieleabend. Sienna, Tristan und ich spielten gegen unsere Eltern, und schon bald tat mir der Bauch vor Lachen weh. Tristan und Mrs. Kingsley hatten sich mit Sienna und Dad bei Twister verheddert, und als plötzlich Tristans Hose riss, brachen wir alle fast zusammen. Das Haus war gefüllt mit Wärme, Gelächter und Liebe, und ich konnte mich nicht daran erinnern, mich zuletzt so erfüllt gefühlt zu haben.

Um kurz nach Mitternacht verabschiedeten sich unsere Eltern ins Bett. Tristan, Sienna und ich blieben zurück, in Decken gehüllt, auf der Terrasse sitzend, um dem Wellenrauschen zu lauschen.

»Könnt ihr glauben, dass das Jahr fast rum ist?«, fragte Sienna seufzend. »Kommt mir vor, als wäre gestern erst Silvester gewesen.«

Ich schüttelte den Kopf. »Für mich ist der Gedanke, dass ich euch all die Silvester in Cornwall noch gar nicht kannte, noch viel verrückter«, erwiderte ich, und meine Mundwinkel wanderten in die Höhe. Die Zeit vor Bath fühlte sich jetzt schon an wie ein ganz anderes Leben – was es in gewisser Hinsicht auch war.

Tristan legte seine Arme um mich, ich kuschelte mich in seine schützende Umarmung. Sein vertrauter Duft kitzelte in meiner Nase, während die üblichen Schmetterlinge in meinem Bauch umhertanzten. Ich stellte fest, dass es keinen Ort gab, an dem ich mich sicherer fühlte, als in Tristans Armen, traute mich jedoch nicht, es auszusprechen, aus Angst, dass es vielleicht zu kitschig klingen würde.

»Ich kann mir mein Leben und die Schule gar nicht mehr ohne dich vorstellen. Du bist einfach so schnell zu meinem partner in crime geworden«, sagte Sienna grinsend und füllte meinen Bauch so mit Wärme. Ich streckte meine Hand aus, sie ergriff sie. »Gleichfalls.«

Tristan drückte mir einen sanften Kuss auf den Scheitel, und ich wusste, dass das seine Art war, mir zu sagen, dass es ihm ähnlich ging.

»Wie fühlt es sich an, dass du nächstes Jahr einfach schon deinen Abschluss machst?«, fragte Sienna plötzlich an ihren Bruder gewandt, was dazu führte, dass mein Herz schwer wurde. Tristans Abschluss war eine Sache, die ich in den letzten Monaten erfolgreich verdrängt hatte, doch seit einigen Wochen war sie immer präsenter geworden. Er hatte angefangen, sich an Universitäten und Schauspielschulen zu bewerben, wollte seinen Traum von der großen Bühne wahr werden lassen. Am liebsten wollte er auf die *Royal Academy of Dramatic Art* in London. Tom Hiddleston, Cynthia Erivo, Faye Dunaway, Anthony Hopkins und Donald Sutherland waren nur einige der großen Namen, die dort studiert hatten. Und ich hatte keinerlei Zweifel daran, dass die *RADA* Tristan aufnehmen würde, auch wenn er selbst noch nicht so richtig daran glaubte. Von Bath nach London war es wirklich keine Weltreise. Mit dem Zug brauchte man nicht mal zwei Stunden, was Tristan immer wieder erwähnte, wenn wir darüber sprachen. Und trotzdem würde er weg sein. Ein ganz anderes Leben führen, neue Menschen kennenlernen, während ich weiterhin in Bath zur Schule ging und in meiner kleinen Blase lebte. Ich glaubte Tristan, wenn er sagte, dass wir eine Fernbeziehung überstehen würden. Aber ich wusste auch, dass Menschen einfach auseinanderdrifteten, wenn sie sich nicht mehr regelmäßig sehen konnten und ihr Alltag komplett unterschiedlich war. Zumindest hatte ich das schon in unzähligen Filmen und Serien gesehen. Also musste da auch was dran sein, oder? Es war nicht zu leugnen, dass ich tierische Angst davor hatte, Tristan zu verlieren.

»Aber es ist ja noch ein bisschen Zeit bis dahin«, sagte dieser nun, und ich bemerkte, dass ich mal wieder so in Gedanken gewesen war, dass ich den ersten Teil seiner Antwort gar nicht gehört hatte.

Als es immer kälter und unsere Augen immer schwerer wurden, beschlossen wir letztendlich, auch ins Bett zu gehen. Ich gab Tristan einen Gute-Nacht-Kuss, machte mich bettfertig und hüpfte dann zu meiner besten Freundin unter die warme Decke.

»Es ist so schön, hier zu sein«, flüsterte ich.

Sienna griff nach meiner Hand. »Finde ich auch. Ich bin so froh, dass ich am ersten Schultag mit meinem Kuchen in dich reingerannt bin.«

Wir kicherten beide beim Gedanken an den verunglückten Marmorkuchen.

»Das bin ich auch. Du bist die beste Freundin, die ich je hatte.«

Sienna drückte meine Finger. »Du auch. Versprich mir, dass wir uns niemals verlieren, ja?«

»Ich verspreche es.«

Mein Herz schwoll regelrecht an vor Zuneigung. Es war der Moment, in dem ich lernte, dass die Liebe, die man für seine Freunde empfand, genauso tief gehend und bedeutend sein konnte wie die zur Familie oder zu einem Partner.

Hand in Hand schliefen wir ein, umhüllt von der Melancholie und Magie der Weihnachtsnacht.

»Aufgestanden, der Weihnachtsmann war da!«, trällerten unsere Mums synchron, während das Klingeln einer Glocke ertönte. Sienna und ich sprangen in Rekordzeit aus dem Bett und schlüpften in kuschelige Socken, bevor wir uns ein Sprintduell nach unten lieferten. Wenn es um Weihnachten ging, waren wir doch irgendwie alle noch kleine Kinder, und ich liebte alles daran.

Dad war gerade dabei, Kaffee zu kochen, während Mrs. Kingsley Spiegeleier in der Pfanne zubereitete. Tristan saß mit einer dampfenden Tasse auf der Couch und sah so umwerfend aus, dass sich mein Brustkorb zusammenzog. Seine blonden Locken waren verwuschelt, auf seiner Wange prangte ein Kissenabdruck, und er hatte, genau wie der Rest von uns, einen rot-weiß-karierten Pyjama an. Meine Mum hatte darauf bestanden.

Als er mich sah, hoben sich seine Mundwinkel, und das brachte auch mein Herz dazu, sich ein bisschen schwerelos zu fühlen.

Ich ging auf ihn zu, nahm sein Gesicht zwischen meine Hände und küsste ihn zärtlich. »Frohe Weihnachten«, flüsterte ich.

Er zog mich auf seinen Schoß, und mein ganzer Körper kribbelte.

»Frohe Weihnachten, Liv«, erwiderte er und strich mir eine kastanienbraune Strähne aus dem Gesicht.

»Wer möchte Frühstück?«, rief Mum, und ehe ich mich versah, saßen wir alle am Tisch und schlemmten.

Danach folgte die Bescherung, wobei Tristan und ich beschlossen hatten, dass wir uns unsere Geschenke nachher bei einem Spaziergang geben würden.

Sienna hatte für uns Freundschaftsarmbänder gebastelt, die wir direkt anlegten und uns schworen, sie nie mehr abzulegen. Ich hatte ihr einen Star-Wars-Pullover besorgt, über den sie sich so sehr freute, dass sie mich mit ihrer Umarmung umriss und wir beide über den Boden kullerten. Von Mum und Dad bekam ich einen Kinogutschein und mehrere Kleinigkeiten, Mrs. Kingsley hatte mir den weichsten Schal gestrickt, den ich je gesehen hatte. Es war die schönste Bescherung überhaupt, was vor allem daran lag, dass all die Menschen, die ich am meisten liebte, hier in diesem Raum saßen.

Danach klinkten Tristan und ich uns aus, um unsere eigene kleine Bescherung zu machen. Wir schlüpften in unsere Wintermäntel, gefütterte Stiefel, stülpten uns Mützen über und wickelten uns die selbst gestrickten Schals von Mrs. Kingsley um den Hals. Hand in Hand und mit zwei Geschenktüten beladen stiefelten wir los zu den Klippen, bis wir eine schöne Bank mit direktem Blick aufs Meer gefunden hatten.

»Okay, du musst zuerst auspacken«, sagte ich aufgeregt und hielt Tristan sein Geschenk hin. Mit kribbelndem Bauch beobachtete ich, wie er sich neugierig daranmachte, das Geschenkpapier aufzureißen. Als er die Rolle schließlich aufgewickelt hatte, klappte ihm der Mund auf.

»Liv, was?! O mein Gott, wie …?!«

Ich quietschte auf und klatschte erfreut in die Hände. Mithilfe von Jude und seinen vielen Kontakten in die Kinobranche hatte ich es tatsächlich geschafft, ein von Tim Robbins und Morgan Freeman signiertes Originalplakat von *Shawshank Redemption* aufzutreiben.

»Liv, das ist unglaublich«, sagte Tristan und rollte das Plakat sorgfältig wieder ein, bevor er mir schließlich um den Hals fiel und mich so stürmisch küsste, dass meine Wangen fast Feuer fingen. »Ich glaube, nein, ich weiß, dass das mit Abstand das beste Geschenk ist, was ich je bekommen habe.«

Dabei waren sein Lächeln sowie das Funkeln in seinen Augen schon jetzt das schönste Weihnachtsgeschenk, das ich je bekommen hatte, da war ich mir sicher.

»So, jetzt aber du«, sagte er und hielt mir eine kleine grün schimmernde Tüte entgegen.

Ich öffnete sie und zog eine dunkelblaue samtige Schatulle hervor, die ich mit zitternden Händen aufklappte.

Als ich den Inhalt sah, setzte mein Herz für eine Sekunde aus.

»O Tristan«, flüsterte ich und holte die Kette vorsichtig heraus. Sie war golden, ganz fein und hatte einen Anhänger in Form einer Meerjungfrauenflosse, in die unten ein kleiner blauer Stein eingelassen war, der im Licht schimmerte.

»Du hast mir doch mal erzählt, dass du früher, wenn du traurig warst, immer diese Meerjungfrauenserie geschaut hast«, erklärte Tristan und sah dabei fast ein wenig verlegen aus. »Und, na ja, du meintest auch mal, dass dich meine Augen an das Meer erinnern, und da dachte ich, so bin ich zum einen immer bei dir, und zum anderen hast du mit der

Flosse etwas, das dich an was erinnert, das dich glücklich macht.«

Ich starrte Tristan nur an und versuchte zu verarbeiten, dass dieser umwerfende, fürsorgliche, aufmerksame und bedachte, für mich perfekte Mensch, der vor mir saß, mich tatsächlich liebte und mein Freund war.

»Sie gefällt dir nicht, oder?«, fragte Tristan und fuhr sich unbeholfen durch die Haare. »Ah, ich wusste, dass es einfach zu kitsch…« Weiter kam er nicht, denn ich nahm sein Gesicht zwischen meine Hände und brachte ihn mit einem Kuss, in den ich all meine Gefühle für ihn legte, zum Schweigen.

Er war kurz perplex, doch dann zog er mich an sich und erwiderte den Kuss, seine Zunge traf auf meine, und wir verschmolzen miteinander.

Sobald ich mich schließlich von ihm gelöst hatte, lehnte ich meine Stirn an seine. »Es ist perfekt«, sagte ich leise. »Sie ist perfekt, du bist perfekt, und ich hab noch nie ein schöneres Geschenk bekommen.«

Tristan strahlte übers ganze Gesicht, mein Herz vollführte einen Salto. Schnell wickelte ich mir den Schal vom Hals und drehte ihm den Rücken zu.

»Legst du sie mir um?«

Einen Atemzug später strich Tristan mir vorsichtig die Haare aus dem Nacken, bevor er einen sanften Kuss auf meiner Haut hinterließ. Ein wohliger Schauer lief mir über den Rücken, während die Stelle leicht kribbelte.

Er legte die goldene Kette um meinen Hals, verschloss sie und schob meine Haare wieder zurück an Ort und Stelle.

Ich drehte mich wieder zu ihm um und umschloss den Anhänger mit zwei Fingern. »Ich werde sie nie wieder ablegen«, versprach ich, woraufhin er mir seine Grübchen zeigte, die ich wie immer mit der Fingerspitze nachzeichnen wollte.

Gerade als ich mich vorbeugte, um ihn erneut zu küssen, rieselte etwas Weißes auf uns hinab, das sich in seinen blonden Locken verfing. Tristan sah nach oben und streckte die Hand aus.

»Es schneit!«, rief ich aufgeregt und richtete den Blick ebenfalls in Richtung Himmel. Schneeflocken tanzten durch die kühle Winterluft, ich sprang von der Bank auf. Jauchzend drehte ich mich im Kreis, Tristan tat es mir gleich, und wir tanzten, als wären wir in unserer eigenen kleinen Schneekugel.

Atemlos kamen wir nach einer Weile zum Stehen, und mein Freund legte seine Arme um mich. Rote Nasenspitze an roter Nasenspitze standen wir voreinander, sein Atem war eine feine Rauchwolke, die nach oben stieg.

»Weißt du, ich bin nicht perfekt«, setzte er an, »aber ich finde, dieser Moment ist es.«

Und das war er.

Es war dieser Abend, an dem es mir wieder schlechter ging. Sienna war noch im Bad, die anderen bereits in ihren Zimmern, und als ich das unsere betrat, wusste ich, dass ich heute nicht würde einschlafen können, ohne unter unser Bett zu schauen. Das verriet mir die Unruhe, die beim Gedanken daran, es nicht zu machen, in mir aufkeimte. Seufzend kniete ich mich auf den Boden und sah nach, obwohl mich wie immer nur Staub und gähnende Leere begrüßten. Die Kette von Tristan baumelte vor mir, augenblicklich spürte ich sie wieder, die Scham, die meinen Nacken hinaufkroch und sich unangenehm in meinem ganzen Körper ausbreitete.

»Was machst du da, suchst du was?«, fragte Sienna belustigt, und ich erschrak so sehr, dass ich heftig zusammenzuckte.

»Ähm, ja, ich, äh, dachte, ich hätte was auf den Boden fallen hören, aber da war nichts«, erwiderte ich peinlich berührt.

Schnell stand ich auf und kuschelte mich unter die Bettdecke. Sienna ließ sich neben mich aufs Bett fallen und stöhnte erleichtert auf. »Ah, endlich«, stieß sie hervor, ehe sie innerhalb weniger Minuten leise vor sich hin schnarchte.

Währenddessen startete in meinem Kopf wieder die übliche Sorgenspirale, die sich unerbittlich ausbreitete und wie ein unzerstörbares Spinnennetz festsetzte.

Wie eine Tennisballmaschine feuerte mein Gehirn Gedanken ab, denen ich nicht ausweichen konnte und die mich immer wieder trafen, wobei die Schläge immer härter und schmerzhafter wurden.

Ich dachte darüber nach, dass das Jahr bald vorbei sein und Tristans Abschluss damit näher rücken würde, dass er ein neues Leben beginnen und mich vergessen würde, dass ich eh nur eine Verrückte war, die immer verrückter wurde, während alle um mich herum erwachsener wurden und ihr Leben in den Griff bekamen und ich dagegen unter meinem Bett nach Monstern suchte und alle Dinge viermal tun musste, damit niemandem in meinem Umfeld was passierte, mir die Haut um die Finger abriss, bis sie bluteten. Ich dachte darüber nach, dass übernächstes Jahr auch ich meinen Abschluss machen und sich dann alles verändern würde, dabei konnte ich mit Veränderungen doch so schlecht umgehen. Ich würde ausziehen und mein Leben selbst auf die Reihe kriegen müssen, mich dann um alles selbst kümmern, um Arztbesuche und Banksachen und die Steuererklärung, und vielleicht würde Sienna wegziehen, eine neue beste Freundin finden, sodass ich nicht nur Tristan, sondern auch sie verlieren würde, ohne je wieder neue Freunde zu finden und einen neuen Partner erst recht nicht. Dann hätte ich nur noch meine Eltern, und die wurden auch immer älter, und das war etwas, was mich so in Panik versetzte, dass ich kaum noch atmen konnte. Ich dachte darüber nach, dass Mom und Dad nicht für immer so bleiben würden wie jetzt, sie würden alt und gebrechlich werden, die Zeit würde rasen, und irgendwann würde ich mich von ihnen verabschieden müssen, dabei konnte ich nicht ohne sie leben, wie sollte das bitte gehen? Ich konnte nicht ohne Dads schlechte Witze und sein verbranntes French Toast, ohne die Gespräche mit Mum und ihre warmen Umarmungen leben, sie waren das Wichtigste auf der ganzen Welt für mich. Zu wissen, dass sie endlich waren, brachte mein Herz zum Rasen. *Bumm, Bumm, Bumm, Bumm, Bumm.* Mein Hals schnürte sich zu, meine Augen wurden feucht, und als ich dann auch noch darüber nachdachte, dass auch ich eines Tages sterben würde und nicht wusste, was dann kam, ob ich dann für immer und endlos einfach ein schwarzes Nichts war, dass nichts mehr mitbekam und nie mehr etwas sehen, fühlen, hören können würde, einfach für immer und komplett ausgelöscht sein würde, da sprang ich aus dem Bett und hastete ins Bad. Ich schloss die Tür hinter mir, bevor ich mich schwer atmend neben die Kloschüssel sinken ließ, während mir kalter Angstschweiß auf der Stirn stand. Verzweifelt versuchte ich, mich auf meinen Atem zu konzentrieren, während mein Bauch sich mehr und mehr verkrampfte und mir heiße Tränen über die Wangen liefen. Ich krallte meine Fingernägel ins Gesicht, so sehr, dass es schmerzte, und wollte schreien, so lange, bis die Gedanken in meinem Kopf endlich verstummten.

»Hör auf, so zu sein, hör auf, so zu sein, hör auf, so zu sein«, schluchzte ich und zog mir mein Shirt übers Gesicht, bevor ich einen lautlosen Schrei ausstieß, der mich fast zerriss.

Was stimmte nicht mit mir? Was war falsch mit mir? Wieso zum Teufel war ich so? Wieso konnte ich nicht einfach ein normaler Mensch sein, der seine Gedanken kontrollieren konnte und ihnen nicht ausgeliefert war? Ich wollte nicht so sein, ich wollte nicht diese irre Person sein, die nachts auf der Toilette weinte und keine Luft bekam, während alle anderen seelenruhig schliefen, weil es der schönste Tag gewesen war.

Ich starrte auf meine Finger und bemerkte plötzlich mehrere lose Hautfetzen, die ab mussten. Meine Finger waren gerade wieder verheilt, und ich wollte nicht wieder alles ruinieren, aber meine innere Unruhe steigerte und steigerte sich, und ich wusste, ich musste die Hautfetzen abknibbeln, dann würde es besser werden. Wie besessen widmete ich mich einem Finger nach dem anderen, zufrieden über jedes lose Stück Haut, voller Scham über jeden schmerzenden, blutenden und pochenden Finger.

»Liv, o mein Gott, was machst du da, was ist los, hör auf damit!«, ertönte plötzlich eine verschlafene Stimme, ehe ich in das besorgte Gesicht meiner besten Freundin blickte.

Sienna stand in der Badezimmertür und sah auf mich und meine blutenden Finger hinab. Ich hatte mich in meinem ganzen Leben noch nie so sehr geschämt.

Bevor ich etwas sagen konnte, kam sie auf mich zugestürzt und kniete vor mir auf dem Boden. Sie nahm mein Gesicht in ihre Hände, ihr Blick war eindringlich. »Olivia, was ist passiert? Bitte rede mit mir!« Ihre Stimme zitterte, sie klang verwirrt und flehend. Statt einer Antwort blubberten ein Schluchzen und Tränen aus mir heraus, so viele, dass ich das Gefühl hatte, in ihnen ertrinken zu müssen.

Meine beste Freundin fragte nicht weiter nach, sondern zog mich in ihre Arme und hielt mich. Sie hielt mich wie ein Kind ganz fest, streichelte mir über den Kopf und wiegte uns sanft vor und zurück, während sie durchgehend »Sssh« flüsterte. Die Scham wurde durch Dankbarkeit ersetzt, und der Gedankennebel in meinem Kopf lichtete sich langsam, ganz langsam. Als meine Tränen versiegt waren, stand Sienna wortlos auf und durchforstete die Schränke im Bad, bis sie einen Erste-Hilfe-Kasten gefunden hatte. Sie packte Desinfektionsmittel und Pflaster aus, bevor sie sich wieder zu mir auf den Boden kniete. Dann versorgte sie sorgfältig jeden Finger, an dem ich geknibbelt hatte, inklusive Wundsalbe. Die ganze Zeit über sprachen wir kein Wort, und mein Herzschlag beruhigte sich mit jeder Minute, die verging. Als sie fertig war, stellte sie den Erste-Hilfe-Kasten zurück, hielt mir ihre Hand hin und half mir auf. Sie schob mich zurück in unser Zimmer, wartete, bis ich mich hingelegt hatte, und deckte mich dann zu. Nachdem sie sich ebenfalls hingelegt und das Licht ausgeschaltet hatte, atmete sie tief durch.

»Ich frage dich jetzt nicht noch mal, was da eben passiert ist, aber ich möchte, dass du weißt, dass du mit mir darüber reden kannst, wann immer du so weit bist«, sagte sie leise in die Dunkelheit hinein. »Ich würde dich niemals für irgendwas verurteilen und bin immer für dich da, egal was ist.«

»Danke«, flüsterte ich, während in meinem Kopf die Frage hämmerte, wie ich ihr das je erklären sollte. Wie sollte man jemandem etwas klarmachen, was man selbst nicht verstand? Wie sollte man mit jemandem über etwas reden, für das man keine Worte fand? Wie sollte man von etwas erzählen, für das man sich so sehr schämte, dass man sich nicht mal annähernd vorstellen konnte, dass andere einen danach noch mit denselben Augen betrachteten?

Einen Moment lang herrschte Stille, nur das Rauschen der Wellen und das Rascheln der Bettdecke waren zu vernehmen. Es war eine Stille, von der ich mir wünschte, sie einfangen und in meinen Kopf stecken zu können, wann immer die Gedanken wieder so laut waren, dass es mich schier erdrückte.

»Sienna?«, flüsterte ich, die Umrisse meiner besten Freundin anstarrend.

»Ja?«

»Du darfst meinen Eltern und Tristan nichts hiervon verraten, okay? Versprich es mir.«

Sienna schwieg, Nervosität wallte in meinen Gliedern auf. Ich wollte nicht, dass noch irgendwer erfuhr, dass etwas mit mir nicht stimmte. Es war schlimm genug, dass es nun überhaupt jemand wusste, und die Angst, dass Sienna mich womöglich für verrückt halten konnte, würde mich in den kommenden Nächten mit Sicherheit wachhalten.

»Ich verspreche es. Aber nur, wenn du mich nicht ausschließt und mir Bescheid gibst, wann immer es dir nicht gut geht«, erwiderte sie nach einer gefühlten Ewigkeit.

Mein Herz zog sich zusammen. »Okay«, sagte ich leise.

Ich drehte mich auf die andere Seite und machte mich ganz klein. Wie ein Embryo lag ich dort, fühlte mich klein und verletzlich und so, so verloren. Plötzlich spürte ich die Wärme eines anderen Körpers hinter mir und einen Arm, der sich um mich schlang. Meine Augen wurden feucht, und das, obwohl ich überzeugt davon war, dass ich so viel geweint hatte, dass keine Flüssigkeit mehr übrig sein konnte. Tränen liefen mir über die Wangen, während ich der kleine Löffel war und meine beste Freundin der große.

In dieser Nacht rettete mich Sienna zum ersten Mal vor dem Ertrinken. Damals ahnte ich nicht, dass dies nur eine leichte Brise gewesen war und was für eine Sturmflut mir noch bevorstand.

Kapitel 19

An diesem Samstag konnte ich nicht glauben, dass die erste Woche im Retreat schon fast vorbei war. Am Wochenende fanden keine Workshops statt, weshalb ich um halb zwölf noch immer im Bett lag, während ich die Tapete anstarrte, darauf hoffend, noch mal einschlafen zu können. Nach der Blamage bei unserem Impro-Workshop hatte ich kein Interesse daran, den anderen heute unter die Augen zu treten. Vor allem einer ganz bestimmten Person nicht.

Ich wusste, dass ich dringend mit Tristan reden musste. Er verdiente nach all den Jahren eine Erklärung für das, was damals passiert war. Nur hatte ich heute keine Kraft dafür.

Heute wollte ich einfach hier liegen und mich ein bisschen in Selbstmitleid suhlen.

Ein leises Klopfen ertönte, bevor die Holztür quietschend aufgeschoben wurde. Gracie betrat das Zimmer, in der einen Hand eine dampfende Tasse, in der anderen einen Teller mit Pancakes.

»Hier kommt Wohlfühl-Spätstück«, flüsterte sie, heute in einem senffarbenen Strickkleid und einer dunkelbraunen Strumpfhose mit aufgedruckten Gänseblümchen.

»Hab ich dir schon gesagt, dass du ein Engel bist?«, fragte ich gerührt, während sich die Gegend um mein Herz mit Zuneigung füllte.

»Ja, aber du kannst es gerne öfter tun«, erwiderte Gracie kichernd und stellte das Frühstück auf dem kleinen Tisch vor dem Kamin ab. »So, um das zu kriegen, musst du aufstehen und zu mir auf die Couch kommen.«

Ich seufzte und erhob mich schwerfällig, zog mir einen kuscheligen Cardigan über und schlurfte schließlich zu meiner Mitbewohnerin. Ächzend ließ ich mich auf die weichen Polster sinken. Hunger hatte ich so gut wie gar nicht, aber den Kaffee konnte ich gebrauchen.

»Danke, Gracie«, sagte ich leise, nachdem ich einen Schluck genommen hatte, und lächelte sie schief an. Ich traute mich kaum zu fragen, was ihr durch den Kopf ging, tat es aber doch. »Haben die anderen … über gestern geredet?«

Gracie verzog leicht das Gesicht, was mir schon reichte. Also ja.

»O Gott, das ist so unangenehm«, murmelte ich, das Gesicht verborgen hinter meinen Händen.

»Sie haben nicht viel darüber gesprochen, ehrlich«, sagte Gracie beschwichtigend, und ich sah zwischen den Fingern hindurch zu ihr. »Will meinte, dass nun natürlich alle wissen, dass ihr euch kennt, und ahnen, dass ihr eine gemeinsame Vergangenheit habt, aber dass es ansonsten kein großes Gesprächsthema in der Gruppe war. Henri hat wohl wie üblich versucht herumzusticheln, aber Sanna und Alice haben ihn zurechtgewiesen.«

Erleichtert ließ ich die Hände sinken. »Okay, das hört sich nicht ganz so schlimm an, wie ich dachte.«

»Bist du sicher, dass du heute Abend nicht mit zum Lagerfeuer kommen möchtest?«, fragte Gracie und sah mich dabei mit einem Welpenblick an, der mich fast schwach werden ließ. Aber nur fast.

Ich griff nach ihrer Hand. »Sei mir nicht böse, aber ich möchte heute wirklich niemanden sehen, und nach Feiern ist mir auch nicht zumute.«

Heute Abend fand für alle Teilnehmerinnen und Teilnehmer eine Party mit Lagerfeuer am Glencoe Lochan statt. Unter normalen Umständen hätte ich mich darauf gefreut, aber heute … na ja. Eher weniger.

Ich wollte wütend auf Tristan sein, weil er meine Zeit im Retreat ruinierte, aber das wäre nicht fair gewesen, denn letztendlich war ich schuld daran, dass die Situation so war, wie sie war.

»Als ob ich dir deshalb böse wäre«, entgegnete Gracie verständnisvoll und drückte meine Hand. »Aber dafür machst du jetzt einen Filmmarathon mit mir!«

Zum ersten Mal an diesem Tag musste ich lachen. »Nichts lieber als das.«

Wir schoben unsere Betten aneinander, kuschelten uns in die Decken ein für einen *Die-Tribute-von-Panem*-Marathon. Wir fieberten mit Katniss mit, fluchten über das Capitol und schmachteten Josh Hutcherson an. Allerdings stellten wir auch fest, dass man, je älter man wurde, mehr und mehr zu Haymitch tendierte. Weshalb wir uns auch umso mehr freuten, dass er seinen eigenen Teil bekommen würde. Wir diskutierten stundenlang, wer den jungen Charakter spielen könnte, und waren uns einig, dass wir bei den Hungerspielen keine sonderlich guten Überlebenschancen haben würden. Gracie war beeindruckt, dass ich bei allen drei Filmen mehr als die Hälfte mitsprechen konnte, und ich war froh darüber, dass sie nicht genervt davon schien.

Es war ein Samstag gefüllt mit Wärme, guten Gesprächen

und jeder Menge Realitätsflucht. Genau das, was ich gebraucht hatte.

Als es draußen so langsam dämmerte und Gracie sich für das Lagerfeuer verabschiedete, beschloss ich, ein bisschen durch das Schloss zu laufen. Nun, da alle zusammen waren, würde es vermutlich schön leer sein. Ich machte mir nicht die Mühe, etwas anderes als die gemütlichen Klamotten, die ich den ganzen Tag über angehabt hatte, anzuziehen, und schlich die knarzende Holztreppe hinunter. Kurz lauschte ich, doch meine Vermutung bestätigte sich. In Glenloch Castle herrschte Totenstille. Es war fast gespenstisch. Die perfekte Kulisse für ein Liebesdrama aus der Regency-Zeit oder einen Mysterythriller. Oder einen Geisterfilm.

Ich streifte ein bisschen umher, erst durch den großen Saal, dann durch die Arbeitszimmer, bevor es mich wie von selbst wieder nach unten zog. Türkisfarbenes Licht schimmerte mir entgegen, als ich den Raum betrat, in dem sich der Swimmingpool befand. Der Geruch nach Chlor umhüllte mich, ich atmete tief durch. Seltsamerweise war es ein Duft, den ich schon immer gemocht hatte. Vielleicht, weil er mich an die Kindheit und viele unbeschwerte Stunden im Freibad erinnerte. Nachdem ich die Tür wieder geschlossen hatte, war es so still, dass ich meinen eigenen Herzschlag hören konnte. Es war himmlisch.

Ich streifte meine Schuhe ab, genauso wie meine Jogginghose, bevor ich, nur in einem oversized T-Shirt bekleidet, zum Beckenrand tapste.

Vorsichtig setzte ich mich auf den Fliesenboden und streckte einen Fuß aus. Zu meiner Überraschung war es im Pool warm, weshalb ich sofort beide Füße baumeln ließ. Ich seufzte entspannt auf. Wasser hatte schon immer eine beruhigende Wirkung auf mich gehabt. Die Leichtigkeit, wenn man darin trieb, das Gefühl einer Umarmung, wenn es einen umhüllte und sanft hin und her wog. Mit der Hand umfasste ich die Kette um meinen Hals, die ich seit diesem einen Weihnachtsfest nie abgelegt hatte. Dieser erste und letzte Kurztrip unserer beider Familien schien eine Ewigkeit her zu sein.

In Gedanken versunken verlor ich meinen Fokus in der glänzenden Oberfläche und spielte mit dem Anhänger, als plötzlich die Tür aufging. Ich zuckte zusammen.

»Oh … hi«, sagte Tristan und schien ebenso überrascht wie ich. »Sorry, ich dachte, es wären alle beim … Lagerfeuer.« Er fuhr sich verlegen durch die Haare, ich konnte den Blick nicht von ihm abwenden. Das türkisfarbene Licht tanzte über seine Gesichtszüge und ließ seine Augen noch blauer wirken. Er trug ein weißes T-Shirt und dunkle Shorts, seine blonden Locken waren wie immer leicht verwuschelt. Ich ballte eine Hand zur Faust, um den kribbelnden Wunsch, ihn zu berühren, zu unterdrücken.

»Ja, äh, mir war nicht so danach«, erwiderte ich unsicher, die Füße noch immer im Wasser baumelnd.

Tristan nickte und schien einen Augenblick zu überlegen. Ich war mir sicher, dass er wieder gehen würde, doch er überraschte mich.

»Darf ich mich … zu dir setzen?«, fragte er zögerlich, und mein Herz machte einen Satz.

»Sicher, ähm, klar«, stammelte ich, woraufhin er die Tür hinter sich schloss und auf mich zulief.

Ich starrte wieder auf das Wasser, spürte jedoch seine Wärme, als er sich direkt neben mich setzte. Plötzlich fiel mir das Atmen schwer, und ich hielt ganz still, aus Angst, dass er wieder gehen würde, wenn ich auch nur eine falsche Bewegung machte. Er streifte seine Sneakers ebenfalls ab und hielt die Füße ins warme Wasser. Einige Atemzüge lang schwiegen wir, saßen nur nebeneinander und beobachteten das Farbenspiel der Mosaiksteine auf dem blau erleuchteten Grund.

»Es tut mir leid«, setzte Tristan auf einmal an und räusperte sich. »Dass ich bei unserem Impro-Stück so aus der Rolle gefallen bin. Ich hätte diese Sachen nicht zu dir sagen sollen, und schon gar nicht vor den anderen.«

Überrascht sah ich zu ihm auf, musterte seine leicht geröteten Wangen, während er das Wasser fixierte.

»Du musst dich nicht entschuldigen, Tristan«, sagte ich leise, mit einem Mal versucht, nach seiner Hand zu greifen, traute mich jedoch nicht. »Mir tut es leid. Und nicht nur das, was während des Stücks passiert ist. Mir tut alles leid. Ich kann dir gar nicht sagen, wie sehr. Ich würde alles dafür tun, um die Zeit zurückzudrehen und es ungeschehen zu machen.«

Nun sah Tristan auch hoch, Schmerz blitzte in seinen Augen auf, in meinem Kopf eine Diashow all unserer gemeinsamen Momente.

»Wieso, Liv?«, flüsterte er, seine Stimme war so gebrochen, dass es mein Herz in tausend Teile zertrümmerte. »Wenn es dir leidtut, dann … sag mir bitte endlich, wieso.«

Ich atmete zitternd aus und schloss kurz die Augen. Es war noch nie meine Stärke gewesen, über meine Gefühle zu sprechen. Für Filme, die ich liebte, fand ich so viele Worte, konnte stundenlang darüber sprechen. Doch wenn es um mich ging, verstummte ich, dann wurde meine Zunge bleischwer, der Kopf leer. Doch ich wusste, dass ich Tristan eine Erklärung schuldig war. Damals schon und heute noch viel mehr. Außerdem war ich mittlerweile an einem Punkt angelangt, an dem ich nichts mehr zu verlieren hatte. Denn ich hatte das Beste in meinem Leben bereits vor drei Jahren verloren.

»Ich war in einer Klinik«, sprach ich nun endlich nach all der Zeit die Worte aus, vor denen ich mich so gefürchtet hatte.

Sie hingen zwischen uns in der Luft, während ich mich auf das Wasser fokussierte, als wollte ich es hypnotisieren. Ich musste Tristan nicht mal ansehen, spürte auch so, wie sich sein Blick regelrecht in meine Haut brannte.

»Was?«, fragte er. In seiner Stimme schwangen Schock und tausend ungestellte Fragen mit.

»Ich war in einer psychiatrischen Klinik in Bath. Sechs Wochen lang. Ich habe mich so sehr geschämt, ich war völlig am Boden. Deshalb habe ich mich nicht mehr gemeldet.«

Nun blickte ich ihn doch an, seine Augen waren geweitet, während mir das Herz fast aus der Brust sprang. »Liv … ich … was?«

»Ich habe seit meiner Kindheit eine Zwangsstörung, die über die Jahre immer schlimmer geworden ist. Als wir damals zusammengekommen sind, war es schon schlimm, aber ich konnte es immer noch verstecken, hab nicht darüber geredet und war mir sicher, dass es irgendwann von selbst aufhören würde. Aber das hat es nicht. Im Gegenteil. Als du nach London gegangen bist, konnte ich kaum noch meinen Alltag bewältigen, bis ich dann irgendwann den totalen … Tiefpunkt erreicht hatte«, erzählte ich, während der Kloß in meinem Hals immer weiter anschwoll. Auf der einen Seite fühlte es sich so befreiend an, Tristan endlich alles zu erzählen. Auf der anderen waren die Erinnerungen so schmerzhaft und nach wie vor so schambehaftet, dass ich voller Angst vor Zurückweisung und Verurteilung neben ihm saß.

»Wieso … wieso hast du mir denn nichts gesagt?«, fragte Tristan und fuhr sich mit den Händen übers Gesicht. »Wusste Sienna davon?«

Ich nickte, senkte wieder den Blick. »Ja, aber auch nur, weil sie mich in den zwei schlimmsten Situationen erwischt hat. Sie war diejenige, die schließlich mit mir zu meinen Eltern gegangen ist, die bis dahin auch nichts davon wussten. Von allein hätte ich ihr vermutlich nichts erzählt. Sie … sie musste mir versprechen, dass sie dir nichts sagt.«

»Fuck«, stieß Tristan aus und raufte sich die Haare, schüttelte dabei immer wieder ungläubig den Kopf, die Hände zu Fäusten geballt.

»Ich wollte dir schreiben und mich bei dir melden, ich war so oft davor, dich anzurufen, das musst du mir glauben«, beteuerte ich ebenso hilflos, wie er klang.

»Und wieso hast du es dann nicht getan?«, rief er aufgebracht, Tränenglanz schimmerte in seinen Augen, und mein Herz. Tat. So. Weh.

»Am Anfang waren da so viel Scham und Verzweiflung in mir. Du warst gerade so richtig angekommen in deinem neuen Leben, an der Schauspielschule deiner Träume, hattest neue Freunde gefunden und warst so glücklich. Ich wusste, du würdest alles hinschmeißen und zurück nach Bath kommen, wenn Sienna dir erzählt, wie es mir geht«, erklärte ich, wobei ich immer schneller sprach, als hinge mein Leben davon ab. Tristan war mittlerweile aufgestanden und tigerte durch den Raum, seine Hände über dem Kopf zusammengeschlagen. »Ich wollte nicht deine gestörte Freundin in der Psychiatrie sein, ich wollte, dass du mich so in Erinnerung behältst, wie ich es vorher war. Und je mehr Zeit vergangen war, desto mehr fehlten mir die Worte, bis ich irgendwann einfach die Chance verpasst hatte, mich bei dir zu melden.«

»Scheiße, ich glaub das einfach nicht«, flüsterte Tristan und ging in die Hocke, während er sein Gesicht erneut hinter seinen Händen verbarg.

»Ich weiß, ich hätte dir davon erzählen sollen, aber es war dein Traum und …«, setzte ich an, doch er unterbrach mich.

»Verdammt, Olivia, DU warst mein Traum«, erwiderte Tristan aufgebracht, und ich zuckte zusammen. »Du hättest mir die Wahl lassen müssen, was mir wichtiger ist, und nicht einfach über meinen Kopf hinweg entscheiden dürfen. Ich weiß, wir waren jung, aber ich hab dich so sehr geliebt, du warst mein absoluter Lieblingsmensch. Meinst du nicht, ich hätte das Recht gehabt, mitreden zu dürfen? Du hast einfach bestimmt, dass es vorbei war, dass ich nicht mehr Teil deines Lebens sein sollte, und hast mich ohne Erklärung und mit gebrochenem Herzen dastehen lassen. Und jetzt höre ich auch noch, dass es dir so schlecht ging und ich nicht für dich da sein konnte. Du hast zugelassen, dass ich dich verabscheue, obwohl wir gemeinsam deine Krankheit hätten bekämpfen sollen. Wieso hast du mich nicht verdammt noch mal für dich da sein lassen?«

Jedes seiner Worte traf wie eine Pfeilspitze in mein Herz.

»Aber weißt du, was ich fast noch schlimmer finde? Dass du tatsächlich dachtest, du könntest dich mir nicht anvertrauen. Dass ich dich verurteilen würde und jemand wäre, der Menschen mit psychischen Erkrankungen für gestört hält. Als ob das irgendwas daran geändert hätte, wie wichtig du mir warst. Hast du mir das tatsächlich zugetraut?«

Ich atmete zittrig aus, während ich angespannt meine Hände knetete. »Tristan nein, du warst perfekt, wirklich. Ich … ich war nur so in meinem Kopf gefangen, dass ich nicht klar denken konnte. Alles war schwarz und pessimistisch, und da waren so viele Zweifel, Ängste und Sorgen. Außerdem musste ich erst lernen, dass man sich für eine psychische Erkrankung nicht schämen muss. Das war ein verdammt harter und langer Weg«, endete ich schließlich kraftlos.

Tristan schwieg, nur das leise Plätschern des Wassers und unser beider Atem waren zu hören. Ohne dass ich etwas dagegen tun konnte, lief eine einzelne Träne über meine Wange, ich wischte sie schniefend mit dem Handrücken weg.

Ich wusste nicht, womit ich gerechnet hatte, doch sicherlich nicht damit, dass sich Tristan wieder neben mich setzen und nach meiner Hand greifen würde. Seine Haut auf meiner sowie die Wärme, die von ihm ausging, das alles erfüllte meinen ganzen Körper mit einer schmerzhaften Sehnsucht. Ich hatte ihn *so* sehr vermisst. Hatte seine Berührung vermisst. Hatte die Gespräche mit ihm vermisst.

Ich blickte auf unsere Hände, von dort aus hoch in Tristans Gesicht, das nicht weit von meinem entfernt war. Seine Berührung ließ Hoffnung in mir aufflammen. Hoffnung, dass wir vielleicht eines Tages wieder mehr als Fremde sein konnten. Die Hoffnung war winzig klein, wie eine Pflanze, die gerade erst die Erde durchbrochen hatte. Sie traute sich noch nicht so recht, aufzublühen und sich weiter vorzuwagen, aber sie war da.

»Ich wünschte nur, ich hätte für dich da sein können«, sagte er leise, ohne meine Hand loszulassen. Traurige Schatten huschten über sein Gesicht, und ich hasste es, dass ich der Grund dafür war.

»Es tut mir so leid, Tristan«, flüsterte ich mit erstickter Stimme. »Ich weiß, ich bin schuld daran, aber es hat auch mein Herz gebrochen. Es hat niemals daran gelegen, dass ich dich nicht geliebt habe. Du warst das Beste in meinem Leben, und es zerreißt mich noch immer jeden Tag, dass ich dich verloren habe.«

Ich verlor mich in seinen blauen Kornblumenaugen und wollte ihm noch so viel mehr sagen. Wollte ihm von all dem erzählen, was in den letzten Jahren passiert war. Wollte ihm verständlich machen, dass ich nie aufgehört hatte, an ihn zu denken. Dass ich ihn noch immer liebte und nicht wusste, wie ich je damit aufhören sollte. Doch bevor ich auch nur dazu kam, einen Atemzug zu nehmen, spürte ich seine Arme, die sich schützend um mich legten.

Ich atmete seinen vertrauten Duft ein, hörte seinen Herzschlag und spürte seine Wärme. Und dann, einfach so, weinte ich an seiner Brust. Ich weinte um das, was wir gehabt hatten, um das, was wir verloren und verpasst hatten, und um das, was wir hätten sein können.

Kapitel 20

Ich lag im Bett, starrte an die Decke und versuchte auch nach Stunden, diesen Abend zu verarbeiten, der sich mehr nach Traum als Realität anfühlte. Noch immer konnte ich Tristans Umarmung spüren, mein T-Shirt roch sogar ein wenig nach ihm. Er hatte mich gehalten, bis die Tränen versiegt waren und mich eine bleierne Müdigkeit überkam. Als er dann auch noch gefragt hatte, ob wir uns morgen wieder am Pool treffen würden, um zu reden, hatte ich mich zusammenreißen müssen, um nicht wieder loszuweinen. Es standen noch immer so viele offene Fragen zwischen uns, doch auch abseits dessen war ich einfach nur froh, wieder in seiner Nähe sein zu können. Ich konnte es kaum erwarten, mehr darüber zu erfahren, was in den letzten drei Jahren alles bei ihm passiert war. Dass wir wieder miteinander sprachen und diese riesige Mauer zwischen uns zumindest ein Stück weit kleiner geworden war, bedeutete mir mehr, als ich in Worte fassen konnte.

Das zwischen uns war zwar noch fragil, aber immerhin war da wieder etwas. Und das war mehr, als ich in den letzten Jahren zu hoffen gewagt hatte.

Ein Kichern hinter unserer Zimmertür riss mich aus den

Gedanken, gefolgt von einem leisen Klirren und Gracies Stimme, die »Psssht« machte. Ich setzte mich auf, konnte jedoch außer Getuschel nicht mehr hören. Was ich jedoch ausmachen konnte, war eine andere weibliche Stimme, die mir sehr bekannt vorkam. Ein Schmunzeln schlich sich auf meine Lippen. Scheinbar hatten Gracie und Sam einen schönen Abend am Lagerfeuer gehabt.

Einige Minuten vergingen, bevor unsere Zimmertür schließlich leise geöffnet wurde und Gracie hereinschlich. Genau in dem Moment, in dem sie die Tür hinter sich schloss, knipste ich meine Nachttischlampe an. »Na, na, wer kommt denn da mitten in der Nacht heim?«, fragte ich mit einem so breiten Grinsen, dass es vermutlich an die Grinsekatze aus *Alice im Wunderland* erinnerte.

Gracie zuckte zusammen und stieß ein erschrockenes Quietschen aus, während sie sich eine Hand aufs Herz legte.

»Hast du mich erschreckt!«, rief sie empört, und ich lachte laut los, als sie mir eins der Zierkissen von der Couch an den Kopf warf.

»Hab ich da etwa gerade Sams Stimme gehört?«, fragte ich neugierig und wackelte vielsagend mit den Augenbrauen.

Eine hauchzarte Röte schlich sich auf die Wangen meiner Mitbewohnerin. »Eventuell …«

Aufgeregt schlug ich mit der flachen Hand auf die Matratze neben mir. »Erzähl mir alles.«

Gracie streifte sich die Schuhe von den Füßen, bevor sie sich kichernd neben mich aufs Bett fallen ließ.

»Sam und ich haben uns den ganzen Abend lang über alles Mögliche unterhalten, und es war so schön, Liv, das glaubst du gar nicht«, fing sie an zu erzählen, ein glückliches Funkeln in den Augen. »Wir haben so viele Gemeinsamkeiten, man kann so leicht mit ihr sprechen, und sie bringt mich ständig zum

Lachen.« Sie seufzte mit verträumtem Blick. »Und ganz eventuell haben wir uns auch geküsst«, fügte sie mit einem Grinsen hinzu, woraufhin ich einen begeisterten Schrei ausstieß.

»O mein Gott, Gracie, das klingt großartig! Ich freue mich so sehr für dich.« Sie sah so glücklich aus, dass ich sie einfach fest umarmen musste. Schon im nächsten Augenblick waren wir ein kicherndes, verknotetes Knäuel. Es war einer dieser kleinen Momente, die unscheinbar wirkten und einem doch für immer im Gedächtnis bleiben würden.

Als wir uns voneinander lösten, ließ sich Gracie in eins der Kissen sinken und seufzte. Plötzlich huschte ein nachdenklicher, fast trauriger Ausdruck über ihr Gesicht.

Ich stützte mich auf den Ellbogen und musterte sie. »Was ist los?«

Sie wandte den Kopf zu mir. »Ach weißt du, wir sind nur noch eine Woche hier, und danach werde ich wieder in Boston sein. Während sie hier in Schottland ist. Das ist eine halbe Weltreise …«

Ein Gefühl der Schwere überkam mich. Ende nächster Woche würden auch Gracie und ich wieder Welten voneinander entfernt sein. Ich hatte sie in dieser kurzen Zeit so sehr in mein Herz geschlossen. Es machte mich traurig, nicht zu wissen, wann und ob ich sie wiedersehen würde.

Dennoch warf ich ihr einen aufmunternden Blick zu. »Ich weiß, aber da denken wir jetzt noch nicht drüber nach. Wir genießen die gemeinsame Zeit, die noch bleibt, und über den Rest machen wir uns am nächsten Wochenende Sorgen, okay?«

Ich hielt ihr meinen kleinen Finger hin für einen Kleiner-Finger-Schwur, wie Sienna und ich ihn immer machten.

Ein Lächeln schlich sich auf Gracies Lippen, als sie ihren in meinen einhakte. »Okay.«

»Und jetzt sagst du mir bitte, wieso du nicht mehr ganz so

niedergeschlagen wirkst wie vorhin noch«, forderte Gracie und sah mich aus zusammengekniffenen Augen an.

Nun war ich diejenige, deren Wangen warm wurden. »Na ja, vielleicht … haben Tristan und ich endlich miteinander gesprochen.«

Die Situation von eben wiederholte sich, nur dass nun Gracie aufschrie und diejenige war, die mich in eine stürmische Umarmung zog.

Und in diesem Augenblick beschloss ich, dass ich mich Gracie anvertrauen und die ganze Geschichte zwischen Tristan und mir erzählen wollte. Und genau das tat ich dann auch. Ungeschönt, offen und absolut ehrlich. Meine Therapeutin wäre stolz auf mich.

Am nächsten Morgen traute ich mich wieder zum Frühstück und war erleichtert, dass die anderen den missglückten Impro-Workshop nicht mit einem Wort erwähnten. Henri saß nicht am Tisch, und Will erzählte mir, dass er sich wohl ziemlich zurückgezogen hatte, nachdem ihn Sanna wegen seines Verhaltens zusammengestaucht hatte. Ich mochte die Menschen hier immer lieber. Tristan saß bei den anderen Stargästen am Tisch und unterhielt sich gerade mit Betty, doch das vorsichtige Lächeln, das er mir hin und wieder zuwarf, brachte mein Herz jedes Mal aufs Neue kurz zum Stolpern. Mir entging auch nicht der finstere Blick, mit dem Heather mich musterte und der wiederum Bauchgrummeln bei mir verursachte. Wusste sie, dass Tristan und ich eine gemeinsame Vergangenheit hatten? Könnte sie dieses fragile Etwas zwischen uns gefährden?

Der restliche Tag flog regelrecht an mir vorbei sowie eigentlich die ganze Zeit hier im Retreat. Ich wollte sie anhalten und konservieren, doch die Minuten glitten mir durch die Finger. Einerseits freute ich mich auf jeden weiteren Tag, da die Workshops genau so waren, wie ich es mir erhofft hatte, doch gleichzeitig wollte ich die Uhr anhalten, damit ich mich nicht so schnell wieder vom Retreat und den Menschen verabschieden musste.

Da sonntags nichts auf dem Plan stand, machte ich mit Gracie, Misuki, Will und Sanna einen Spaziergang zum Glencoe Lochan, wo wir auf einer Picknickdecke fast den ganzen Tag verbrachten. Ich verliebte mich immer mehr in die Landschaft, diese unendlichen Weiten, die Stille, das satte Grün und die raue Natur, die ihre ganz eigene Magie zu beinhalten schien. Eines Tages musste ich unbedingt mit Sienna in die Highlands. Vielleicht sogar mit Tasha und Cooper. Die schottischen Highlands waren ein Ort, an den man immer wieder zurückkehren wollte, wenn man mal dort gewesen war. Es gab einfach so viel zu entdecken, und ich verspürte eine unbändige Faszination der Landschaft sowie ihrer Geschichte gegenüber.

Wir knipsten jede Menge Fotos mit den Einwegkameras, die wir zu Beginn des Retreats bekommen hatten, und einigten uns darauf, dass wir am Ende unbedingt eine gemeinsame WhatsApp-Gruppe machen mussten, um in Kontakt zu bleiben. Wir tauschten uns über unsere Lieblingsfilme aus, überlegten, welche Schauspieler und Schauspielerinnen wir sofort heiraten würden, und lachten, bis uns die Bäuche wehtaten. Es war einer der wenigen Momente des Retreats bisher, in denen ich vollkommen unbeschwert und uneingeschränkt glücklich darüber war, ein Teil davon sein zu dürfen. Ich hoffte, dass die kommende Woche noch mehr solcher Augenblicke bereithalten würde.

Als so langsam die Dämmerung einsetzte, packten wir unsere Sachen zusammen und liefen zurück zum Schloss. Während die anderen sich zusammen einen Film anschauen wollten, sich auf die Terrasse setzten oder einen Spieleabend veranstalteten, machten Gracie und ich uns in unserem Zimmer fertig. Sie war heute Abend mit Sam in der Bibliothek verabredet, sodass die Aufregung wie eine Wolke über uns schwebte.

Nach einer festen Mut machenden Umarmung machte ich mich schließlich auf den Weg zum Swimmingpool. Aus dem Filmzimmer erklangen lautes Gelächter, Gesprächsfetzen und dramatische Musik. Hoffentlich war beim Pool nicht so viel los, damit Tristan und ich ein bisschen Ruhe hatten.

Als ich vor der Holztür zum Stehen kam, fiel mein Blick auf ein Pappschild, das daran befestigt war.

»Heute wegen Reinigungsarbeiten geschlossen«, murmelte ich leise vor mich hin und runzelte die Stirn. Enttäuschung durchflutete mich, während ich mich fragte, ob ich dennoch hier auf Tristan warten oder ihn direkt oben abfangen sollte. Nach kurzem Zögern öffnete ich die Tür trotzdem einen ganz, ganz kleinen Spalt, um zu sehen, ob man sich vielleicht dennoch dort aufhalten konnte oder ob die Reinigungsarbeiten in vollem Gange waren. Und hielt überrascht inne, als ich Tristan im Pool Bahnen ziehen sah. »Was machst du da?«, rutschte es mir heraus, woraufhin er anhielt, sich zu mir umdrehte und auflachte.

»Ich dachte, es wäre ganz schön, wenn wir unsere Ruhe haben, komm rein«, erklärte er und winkte mich zu sich.

»Das Schild ist von dir?«, fragte ich und schloss die Tür schnell hinter mir.

Er nickte. »Gute Idee, oder?«

»Du bist unmöglich«, sagte ich grinsend. Erst jetzt fiel mir auf, dass er im Pool stand mit nichts weiter bekleidet als einer schwarzen Badehose. Mein Mund wurde trocken. Seine blonden Locken waren nass und hingen ihm in die Stirn, während Wassertropfen über seinen nackten Oberkörper perlten.

Er hatte keinen super durchtrainierten Körper, aber über die vergangenen Jahre schon ein paar Muskeln bekommen, und ganz ehrlich, ich hatte nie einen attraktiveren Mann gesehen.

»Willst du mit reinkommen oder soll ich raus?«, fragte er mit einem Lächeln, das meine Knie weich werden ließ.

Kurz überlegte ich. Ich hatte keinen Bikini an, konnte jedoch durchaus auch einfach in Unterwäsche schwimmen. Fakt war, dass ich es natürlich wollte. Jede Chance, ihm näher zu kommen, musste genutzt werden. Ich konnte gar nicht anders.

»Ich komme rein«, sagte ich schnell. Tristan tauchte wieder unter und schwamm in die andere Richtung, während ich mir mein T-Shirt über den Kopf und die Jogginghose von den Beinen streifte. Sorgfältig legte ich sie auf eine kleine Holzbank neben der Tür und sah kurz an mir herunter. Immerhin hatte ich heute eins meiner schöneren, wenn auch nicht sehr reizvollen Sets an. Es war ein ganz normaler dunkelgrüner BH mit passender Unterhose, die bis kurz unter den Bauchnabel ging.

Als ich mich zum Pool drehte, war Tristan wieder aufgetaucht. Mir entging nicht, dass er seinen Blick über meinen Körper wandern ließ, auch wenn er hastig wieder wegsah. Hitze stieg mir in die Wangen, während ich langsam zum Beckenrand tapste.

Als ich mich in das angenehm warme Wasser gleiten ließ, entwich mir ein wohliges Seufzen. Diesmal war es Tristan, dessen Wangen einen leichten Rotton annahmen, was wiederum ein hoffnungsvolles Kribbeln durch meine Glieder sandte.

»Hi«, sagte er verlegen, fast schon schüchtern, als ich schließlich vor ihm stand.

»Hi«, wiederholte ich mit kratziger Stimme und konnte nicht anders, als auf seine Lippen zu starren, die noch immer dieselbe anziehende Wirkung auf mich hatten wie vor drei

Jahren. Ich wollte so gerne nachgeben. Wollte mich vorbeugen, ihn spüren, ihn berühren. Die Sehnsucht danach zerriss mich fast.

Doch dann dachte ich daran, dass wir uns noch immer auf ganz dünnem Eis bewegten und ich das fragile Band zwischen uns nicht sofort wieder zerreißen wollte. Außerdem war da auch ein kleiner eifersüchtiger, verunsicherter Teil in mir, der an Heather Halloway dachte. Immerhin wusste ich noch immer nicht, wie die beiden zueinander standen.

Also tauchte ich schnell unter und begann, mit klopfendem Herzen das Becken zu durchqueren. Tristan tat es mir gleich, sodass wir für einige Bahnen still nebeneinander her schwammen. Einzig unsere Atemzüge und das Plätschern des Wassers erfüllten den Raum.

Ich hätte ewig so weitermachen können.

Als wir irgendwann nebeneinander am Beckenrand standen, atmete ich tief durch. »Ich war damals bei der Premiere deines ersten Stücks am West End.«

Tristan sah mich überrascht an. »Du warst da? Bei *Much Ado About Nothing*?«

Ich nickte, ein trauriges Lächeln auf den Lippen. »Ich konnte mir doch deinen ersten großen Auftritt nicht entgehen lassen. Ich bin mit Sienna dort gewesen, nur dass sie in der ersten Reihe saß und ich in der letzten. Du warst großartig und hast nur das bestätigt, was ich schon seit der ersten Probe in der Schulaula gedacht hatte: Dass aus dir ein Star werden würde.«

»Ich wünschte, ich hätte das alles gewusst, Liv«, flüsterte er traurig. Der raue Ton seiner Stimme hinterließ eine Gänsehaut auf meinen Armen. »So viele Dinge wären dann heute vielleicht anders.«

»Vielleicht aber auch nicht«, setzte ich aufmunternd an, ein kläglicher Versuch, mein eigenes Bedauern zu überspielen. »Du warst in London und hattest dort so ein spannendes Leben, vielleicht hätte es auf Dauer sowieso nicht geklappt. Vielleicht war es ja für irgendwas gut. Immerhin scheinst du ja auch jemanden gefunden zu haben.«

»Glaubst du das wirklich?«, fragte Tristan trocken, und die plötzliche Kälte in seiner Stimme ließ mich schaudern.

Ich schwieg und sah beschämt auf den Boden.

»Wie geht es Ellen und Jude?«, fragte Tristan. Ich war dankbar für den Themenwechsel.

»Ihnen geht es gut. Sie ziehen sich mehr und mehr aus dem Kino zurück, sind aber trotzdem noch regelmäßig da, du kennst ja Jude, ohne das Kino kann er nicht.« Ich lachte auf, und auch Tristans Mundwinkel hoben sich. »Ich hab zwei neue Kollegen, Tasha und Cooper, sie sind großartig und echt gute Freunde geworden. Wir organisieren regelmäßig Events, um die Leute ins Kino zu ziehen, was wirklich viel Spaß macht.«

»Das freut mich«, erwiderte er mit einem aufrichtigen Lächeln. »Manchmal vermisse ich die Arbeit dort tatsächlich etwas.«

»Wir vermissen dich auch«, sagte ich, während all die Bilder an die gemeinsamen Schichten, die Tristan und ich erlebt hatten, an meinem inneren Auge vorbeizogen. Sie waren jedes Mal gefüllt mit Gelächter, Gesprächen und heimlichen Küssen.

»Liv, kann ich dich etwas fragen?« Tristan sah mir auf eine Art in die Augen, die mein Herz nicht nur einen doppelten, sondern einen dreifachen Salto machen ließ.

»Na klar.« Meine Stimme klang heiser, und ich war froh, dass ich meine zitternden Hände unter Wasser verstecken konnte.

»Bist du glücklich?«

Seine Frage traf mich unvorbereitet. Ich wusste nicht, was ich erwartet hatte, aber das sicherlich nicht.

Während er mich intensiv musterte, ging ich in mich. War ich glücklich? Ich liebte meinen Job, check. Meine Freunde waren die besten, die ich mir wünschen konnte, check. Durch die Therapie und die Tabletten hatte ich meine Zwangsstörung einigermaßen im Griff, check. Als ich Tristans Blick erwiderte, zog sich mein Magen dennoch sehnsuchtsvoll zusammen. Tja, Liebesleben … eher weniger check.

»Ich … ich denke schon«, stammelte ich mit rauer Stimme. Und obwohl es in vielen Bereichen stimmte, fühlte es sich trotzdem nach einer Lüge an. *Nein, denn ich vermisse dich so sehr, dass es wehtut. Nein, denn mein Liebesleben ist seit drei Jahren quasi nicht existent. Nein, weil ich dich unbedingt küssen will, aber nicht weiß, ob ich das je wieder tun darf.*

Natürlich sagte ich mal wieder nichts davon und hätte mich am liebsten selbst geschüttelt, denn wieso verdammt konnte ich meine Gedanken einfach nicht aussprechen?

Wieso fiel es mir so verflucht schwer, über meine Gefühle zu sprechen, obwohl das hier Tristan war, den ich in- und auswendig kannte und dem ich hundertprozentig vertrauen konnte?

Tristan nickte langsam, seine Miene unergründlich. »Okay, das ist … gut. Ja, wirklich, das freut mich.«

»Bist du es denn? Glücklich?«, fragte ich und wusste nicht, auf welche Antwort ich hoffte.

»Ich weiß es nicht, Liv«, sagte er wie aus der Pistole geschossen, ohne auch nur eine Sekunde zu überlegen.

Den restlichen Abend verbrachten wir mit oberflächlichen Gesprächen über Filme und Serien, die wir in letzter Zeit gesehen hatten, mit Dingen, die Tristan an London gefielen und welche eher weniger, und damit, dass wir still gemeinsam unsere Bahnen zogen. Alles daran fühlte sich seltsam und fremd an und so gar nicht danach, wie es früher gewesen war. Und als wir uns irgendwann verabschiedeten, ich Tristan hinterhersah und dann ebenfalls auf mein Zimmer ging, da wurde mir klar, dass ich endlich offen mit ihm sprechen musste. Sonst würde ich ihn wieder verlieren, und ich wusste nicht, ob ich das ein zweites Mal ertrug.

Also setzte ich mich auf mein Bett, griff nach einem Blatt Papier und schrieb.

WORDS I WISH I HAD SAID

Lieber Tristan,

scheinbar bin ich trotz meiner Therapie noch immer nicht in der Lage, über meine Gefühle zu sprechen. Deshalb schreibe ich dir jetzt diesen Brief, um dir von all dem zu erzählen, was mir schon lange auf dem Herzen liegt. Dinge, die ich dir vor drei Jahren ebenso wie in den letzten Tagen hätte sagen sollen. Erinnerst du dich an mein Lieblingsgedicht von Emily Dickinson? Hope is the thing with feathers. *Als ich es die Tage in einem Buchladen in Edinburgh noch mal gelesen habe, kam mir der Gedanke, wie schön es wäre, wenn Worte wie Federn wären. Leicht und schwerelos. Nicht schwer und so erdrückend, dass sie es kaum über die Lippen schaffen. Ich habe mich auch gefragt, wie es sein kann, dass diese Worte in deiner Gegenwart so hart auszusprechen sind, und das, obwohl eigentlich alles immer ganz leicht ist, wenn ich mit dir zusammen bin. Ich glaube, es liegt daran, dass deine Meinung mir einfach so unfassbar wichtig ist. Aus Angst, dich zu verlieren, habe ich dir meine Probleme verschwiegen – und dich dadurch letztendlich verloren. Was für eine verdammte Ironie des Schicksals, nicht wahr?*

Ich habe dir das nie erzählt, aber meine Tante, die Schwester meines Vaters, leidet an starken Depressionen. Seit ich mich erinnern kann, wird ihre Krankheit in unserer Familie totgeschwiegen. Es ist, als ob Tante Carol überhaupt nicht existiert. Außer bei Familienfeiern, zu denen sie natürlich nie eingeladen wird, weil sie ja sowieso nur die Stimmung vermiesen würde. Dort wird immer schön über sie hergezogen. Meine Eltern haben sich zum Glück nie daran beteiligt, doch der Rest der Familie schon. Es wird darüber gesprochen, dass sie faul ist und verrückt und vor allem selbst schuld an ihrem Zustand. Darüber, was für eine Schande sie für die Familie doch ist, während die eigentliche Schande die Familie selbst ist, die so übereinander spricht. Na ja, und ich schätze, so wie man als Kind oder Teenager denkt, wollte ich einfach nie die Tante Carol der Familie werden. Ich wollte nicht, dass auf Familienfeiern so über mich gesprochen wird, dass man in der Schule über mich lästert oder mich auslacht und dass ich so lange totgeschwiegen werde, bis ich nicht mehr existiere. Was den Umgang mit psychischen Erkrankungen angeht, wusste ich es einfach nicht besser.

Aber was ich hätte besser wissen müssen, ist, dass du mich niemals so behandeln würdest. Dass ich mich dir hätte anvertrauen können. Und das ist etwas, was ich mir niemals verzeihen werde. Ich war feige und ängstlich, geprägt von meiner Familie und von Sorgen zerfressen. Ich weiß, das entschuldigt nicht, dass ich dich einfach von heute auf morgen ausgeschlossen habe. Als ich damals in dieser Klinik war … erschien mir alles so trostlos, so grau, so als wäre ich nicht in der Lage, mich je wieder normal fühlen zu können. Das konnte und wollte ich dir einfach

nicht zumuten. Mir fällt es noch immer schwer, über die Zeit dort zu sprechen, aber wenn du mich lässt, dann möchte ich das irgendwann tun.
Es lag niemals an dir, Tristan. Du warst das Beste, was mir je passiert ist. Jeder, der dich in seinem Leben hat, kann sich so glücklich schätzen. Ich kenne niemanden, der so ein großes Herz hat, der so gut zuhören und trösten kann, mit dem man sich so gut stundenlang unterhalten kann, ohne dass die Themen ausgehen, bei dem man sich so geliebt und geborgen und beschützt fühlt. In den letzten drei Jahren habe ich niemanden kennengelernt, der auch nur annähernd so ist wie du, und ich glaube, das werde ich auch nie.
Die Zeit in der Klinik war so hart und schmerzhaft, dass ich dachte, nichts würde je da herankommen. Aber danach ist mir bewusst geworden, dass das nicht stimmte.
Dich zu verlieren, war schlimmer.
Ich weiß nicht, ob du mir je verzeihen wirst, und ich hätte volles Verständnis dafür, wenn du es nie tust. Aber dich hier in diesem Retreat wiederzusehen, erscheint mir wie eine zweite Chance. Und die möchte ich nutzen.
In den vergangenen drei Jahren habe ich nie aufgehört, an dich zu denken. So oft war ich kurz davor, dich anzurufen, dir zu schreiben oder an deine Wohnungstür in London zu klopfen. Aber ich dachte einfach, dass ich kein Recht mehr dazu hätte, ein Teil deines Lebens zu sein. Das denke ich heute zwar immer noch, aber ich muss es trotzdem versuchen. Denn wenn ich dich einfach wieder so nach London ziehen lasse, ohne je etwas gesagt zu haben, dann gibt es noch eine zweite Sache, die ich mir nie verzeihen würde, und das ertrage ich einfach nicht.
Ich schätze, was ich mit alldem sagen möchte, ist, dass

ich dich liebe, Tristan Kingsley. Ich habe dich damals geliebt, und ich tue es heute. In den letzten Tagen ist mir schmerzhaft klar geworden, dass ich nie damit aufgehört habe. Du warst es, du bist es und du wirst es immer sein. Gott, ist das kitschig, es tut mir leid, du weißt, eigentlich bin ich so nicht. Aber es ist die Wahrheit.

Deine Olivia

Kapitel 21

DAMALS, 17 Jahre

Der Winter verging, wurde vom Frühling abgelöst, und ehe ich mich versah, hatten wir schon wieder Sommer. Die Zeit verflog, während ich zunehmend das Gefühl hatte, nicht mithalten zu können. Fast jeden Tag verbrachte ich mit Tristan oder Sienna, manchmal auch mit beiden zusammen, sog die gemeinsamen Momente regelrecht auf. Denn sie waren endlich.

Vor einigen Wochen hatte Tristan wie erwartet eine Zusage für die *Royal Academy of Dramatic Art* erhalten und war überglücklich. Sienna und ich hatten gemeinsam mit seinen besten Freunden eine Überraschungsparty für ihn geschmissen. Ich freute mich so sehr für ihn, dass es mich fast zerriss. Nicht nur aufgrund der Tatsache, dass er es absolut verdient hatte, sondern auch, weil es nun langsam real wurde und Tristan nach dem Sommer weg sein würde. Hinzu kam, dass die Stimmen in meinem Kopf immer lauter wurden. Ich verbrachte abends mittlerweile mindestens eine Stunde damit, meiner Routine nachzugehen und Dinge wieder und wieder zu machen, weil mein Hirn sonst keine Ruhe gab. Immer häufiger hatte ich

Bauchschmerzen und ging nicht zur Schule, weil die Sorge davor, dass den anderen auffiel, wie seltsam ich mich verhielt, zu groß war. Es schien kaum noch ein Entkommen zu geben. Sienna und ich hatten seit dem Vorfall an Weihnachten nicht mehr darüber gesprochen. Sie hatte es mehrmals versucht, doch ich blockte immer wieder ab. Ich hatte zu viel Angst davor, dass es noch realer werden würde, sobald ich darüber sprach. Davor, dass sich unsere Freundschaft veränderte und sie mich mit anderen Augen sehen würde. Davor, dass die Menschen um mich herum mich so behandeln würden wie Tante Carol. Allein beim Gedanken daran wurde mir schlecht. Also versuchte ich mich in Gegenwart meiner Freunde so normal wie möglich zu verhalten und das Chaos in meinem Kopf zu verstecken. Auch wenn es von Tag zu Tag schwieriger wurde.

»So, wir können«, rief Sienna und schloss ihre Zimmertür hinter sich. »Ich bin so aufgeregt!«

Quietschend fiel sie mir um den Hals, sodass wir lachend durchs Zimmer wirbelten.

»Ich auch«, sagte ich grinsend, während ich Sienna in Richtung Schminktisch schob. »Endlich werden sich die ganzen Tutorials, die wir in den letzten Wochen angesehen haben, auszahlen.«

Heute Abend fand der Abschlussball statt, weshalb wir uns schon früher getroffen hatten, um uns gemeinsam fertig zu machen. Dabei war es natürlich nicht unser Abschlussball, sondern der von Tristan. Mit Kribbeln im Bauch erinnerte ich mich daran, wie er mich gefragt hatte, ob ich seine Begleitung sein wollte. Sienna und ich hatten wochenlang gespart, damit wir uns schöne Abendkleider kaufen konnten, alles für diesen besonderen Anlass. Wir ließen laut Taylor Swift durch das Haus schallen, sangen schief mit, während wir uns schminkten, frisierten und schließlich die Kleider anzogen, die dafür sorgten, dass wir uns wie Prinzessinnen fühlten.

»Wow, ich glaube, ich sah noch nie in meinem Leben so gut aus«, sagte Sienna staunend, als wir uns schließlich in ihrem großen Spiegel musterten.

Meine beste Freundin hatte ihre blonden Locken vor einigen Tagen kürzer schneiden lassen, sodass sie ihr nun nur noch bis zu den Schultern reichten. Sie trug ein dunkelgrünes Kleid mit Blumenapplikationen, das sich eng an ihren Körper schmiegte und erst ab den Knöcheln ein wenig weiter wurde. Die Verkäuferin hatte uns gesagt, dass man dieses Design Meerjungfrau nannte, und es stand Sienna ausgezeichnet. Dazu hatte sie Pumps in der gleichen Farbe an sowie smaragdfarbene Ohrringe, die im einfallenden Licht schimmerten.

»Du siehst wunderschön aus«, bestätigte ich lächelnd, Stolz durchfuhr mich, während ich meine beste Freundin betrachtete.

Sienna legte ihren Arm um mich und grinste. »Na, und du erst, meinem Bruder werden die Augen aus dem Kopf fallen.«

Die Schmetterlinge in meinem Bauch fühlten sich angesprochen und fingen an, nervös herumzuflattern.

Meine braunen Haare waren hochgesteckt, wobei einzelne Strähnen mein Gesicht umrahmten. Das Kleid, das sich an meinen Körper schmiegte, war bordeauxrot mit Carmen-Trägern, die wie kleine Flügel auf meinen Schultern auflagen. Bis zur Taille war es eng geschnitten und mit kleinen funkelnden Steinchen besetzt, bevor es in einen weiten Tüllrock überging, der bei jeder Bewegung um mich herum hin und her wog und bis zu den Knöcheln reichte. Ich trug goldene Absatzschuhe mit zarten Riemen und gleichfarbige Creolen. Natürlich farblich passend zu der Kette, die Tristan mir an Weihnachten geschenkt hatte und die ich nur zum Duschen und Schlafen ablegte.

Wir machten noch ein paar Fotos mit unseren Handys, bevor Siennas Vater schließlich von unten rief, dass es an der Zeit sei, sich auf den Weg zu machen.

Meine beste Freundin hakte sich bei mir unter, ehe wir gemeinsam in den Flur im ersten Stock traten.

Als wir die Treppe betraten und mein Blick wie von selbst auf Tristan landete, der unten stand und zu uns hochsah, stockte mir der Atem. Er sah atemberaubend gut aus in seinem schwarzen Smoking und mit den blonden Locken, die er mit Gel nach hinten zu bändigen versucht hatte, was allerdings nur so mäßig geklappt hatte. Hinter ihm standen seine Eltern, die sich ebenfalls schick gemacht hatten und stolz lächelten. Neben Tristan wartete sein bester Freund Cody, den Sienna begleitete. Er war lieb, witzig und heillos in meine beste Freundin verliebt, auch wenn sie mir das nicht glauben wollte.

Sobald wir unten angekommen waren, streckte mir Tristan seine Hand entgegen. Kaum hatte ich sie ergriffen, zog er mich sanft, aber bestimmt an sich. Mein Herz setzte einen Schlag aus, bevor es anfing zu sprinten und sich meine Haut anfühlte, als tanzten Tausende von Federn auf ihr.

»Du siehst einfach umwerfend aus«, hauchte er mir ins Ohr und sandte damit einen Schauer über meinen Rücken.

»Das kann ich nur zurückgeben«, flüsterte ich, ehe ich ihm einen zarten Kuss auf die Wange drückte.

»O, wie schön ihr alle ausseht«, rief Mrs. Kingsley begeistert und klatschte in die Hände. »Bevor wir fahren, möchte ich unbedingt noch ein Foto von euch machen.«

Wir vier stellten uns nebeneinander, Sienna und ich in die Mitte, die Jungs links und rechts neben uns, und zeigten unser breitestes Lächeln.

Anschließend stiegen wir alle in den Mini-Van der Familie und machten uns auf den Weg zur Schule.

Der Abschlussball fand in der Turnhalle statt, was man jedoch prompt vergaß, sobald man eintrat. Das Organisationsteam hatte regelrecht gezaubert.

Von der Decke hingen Blumen in allen Farben sowie Efeuranken und Lichterketten. Es gab ein langes Buffet mit allerlei Köstlichkeiten, eine Tanzfläche und verschiedene Fotospots, vor denen man posieren konnte. Da waren eine Holzschaukel, die unter einem Blumenrahmen stand, eine Wand mit goldenem Konfetti, auf der das Abschlussjahr stand und witzige Szenen aus Kindheitsserien. Die Halle sah aus wie einer Kinoleinwand entsprungen, genauso schön wie die Bälle, die immer in *Pretty Little Liars* stattfanden und bei denen ich mir stets sicher gewesen war, dass ich sie nie erleben würde. Nun wusste ich, dass ich falschgelegen hatte.

Wir stürzten uns zuerst auf das Buffet, tranken süße Bowle und unterhielten uns mit einigen von Tristans Freunden. Natürlich mussten wir sowohl Gruppenfotos als auch Pärchenfotos machen, dabei brachten uns Hintergründe wie Spongebob neben seiner Ananas zum Lachen oder die Kutsche von Cinderella zum Träumen.

»Ich möchte auch noch eins mit meiner besten Freundin«, rief Sienna lachend, die Wangen bereits leicht rosig von der Bowle. Wir schlangen die Arme umeinander und strahlten in die Kamera, während Tristan an der Seite stand und uns mit so viel Liebe in den Augen musterte, dass mir das Herz aus der Brust springen wollte. Ich hätte mir keinen schöneren Abend wünschen können.

»Möchtest du tanzen?«, fragte Tristan, nachdem wir unsere Fotosession beendet hatten, ich nickte hastig.

»Ich dachte schon, du fragst nie!«

Zuerst lief ein schnelles Lied, weshalb wir gemeinsam in den wildesten Verrenkungen über die Tanzfläche sprangen und lachten, bis uns die Bäuche schmerzten. Ich liebte es, mit Tristan zu albern, einfach ich sein zu können, so leicht, als würde jede Schwere zumindest für den Augenblick von mir abfallen.

Als schließlich *Baby Can I Hold You* anfing, blieb ich atemlos stehen. Tristan tat es mir gleich, machte schließlich einen Schritt auf mich zu und schlang seine Arme um meine Taille. Ich wiederum legte meine um seinen Hals, bis wir uns so nah waren, dass kein Blatt Papier zwischen uns passte. Vorsichtig ließ ich meinen Kopf auf seine Schulter sinken, er lehnte seinen dagegen. Ich schloss die Augen, genoss seine Wärme, atmete seinen vertrauten Geruch ein und versuchte, mir diesen Moment für immer einzuprägen. Als ich daran dachte, dass wir nicht mal mehr den ganzen Sommer zusammen hatten, weil Tristan für seine Vorbereitungskurse schon früher wegmusste, überkam mich eine tiefe Traurigkeit. Schwere breitete sich in meiner Magengegend aus, während sich mir der Hals zusammenschnürte.

Ich hob den Kopf und sah Tristan an, seine Ozeanaugen und die Grübchen, die mich vom ersten Tag an verzaubert hatten.

»Was ist los? Du siehst so bedrückt aus«, fragte er und rieb seine Nase kurz an meiner.

»Ich bin so glücklich, dass du in London angenommen wurdest, aber ich werde dich dennoch schrecklich vermissen.«

»Liv, ich werde dich auch vermissen. Jeden verdammten Tag.«

Er hörte auf zu tanzen, nahm mein Gesicht in beide Hände und küsste mich. Leidenschaftlich und stürmisch, voller Verzweiflung und Sehnsucht. Meine Knie wurden weich, und ich krallte mich in sein Jackett, damit meine Beine nicht nachgaben. Wenigstens für einen Augenblick hörte ich auf zu denken, und der Knoten in meiner Brust löste sich ein wenig.

»Wollen wir gehen?«, fragte er mit einem Mal, ich sah ihn überrascht an.

»Jetzt schon? Aber es ist doch dein Abschlussball.«

»Und ich möchte ihn mit niemandem lieber als dir verbringen«, sagte er, und der Schmetterlingsschwarm in meinem Bauch kriegte sich gar nicht mehr ein.

Meine Mundwinkel wanderten nach oben. »Dann los.«

»Möchtest du was trinken?«, fragte Tristan, nachdem wir das Haus der Kingsleys betreten hatten. Er schaltete überall das Licht an, ehe er sein Jackett vorsichtig über die Sofalehne legte.

»Ich würde eine Cola nehmen, bitte«, antwortete ich und legte meine Handtasche daneben auf dem weichen Polster ab.

Mit den Gläsern in der Hand liefen wir nach oben in Tristans Zimmer, wo er ebenfalls das Licht einschaltete. Ich streifte meine Schuhe ab und rutschte ganz nach hinten auf sein Bett, um mich anlehnen zu können. Tristan tat es mir gleich und setzte sich neben mich.

Er starrte schweigend auf das Getränk in seiner Hand, erst da bemerkte ich den traurigen Ausdruck in seinem Gesicht.

»Hey«, sagte ich leise und stupste ihn vorsichtig an. »Jetzt bist du derjenige, der bedrückt aussieht.«

Er versuchte sich an einem Lächeln, was jedoch kläglich schiefging und wenig überzeugend wirkte. »Ich muss dir was sagen, Liv.« Seine Stimme klang kratzig, und ein ungutes Gefühl breitete sich in meinem Bauch aus.

»Was ist denn los?«, stammelte ich, während meine Finger das Glas fester umschlossen.

Nun sah er mich an, sein Blick getrübt, als braute sich in seinen Augen ein Wirbelsturm zusammen. Mein Bauch grummelte unruhig, wie immer, wenn ich nervös war. Ich schluckte.

»Ich hab heute Morgen erfahren, dass die Vorbereitungskurse am 15. August beginnen.«

Ich hätte schwören können, dass mein Herz für einen Augenblick direkt in meinen Magen rutschte.

»Aber … das ist ja schon übernächste Woche«, krächzte ich und versuchte zu verarbeiten, was er mir gerade gesagt hatte.

Er seufzte, fuhr sich durch die blonden Locken, die nun wieder wild in alle Richtungen abstanden. Dann legte er seine Hand auf meine und sah erneut hoch.

»Ja, ich muss schon nächstes Wochenende nach London.«

Ich verschränkte den linken Arm vor meinem Bauch, während meine rechte Hand zu meinem Mund wanderte. Hastig rutschte ich auf die Bettkante, wandte mich von Tristan ab und versuchte, meine Atmung zu kontrollieren.

Nach einer gefühlten Ewigkeit spürte ich Tristans Hand sanft an meinem Oberarm. »Liv, sag doch was, bitte.«

»Ich dachte, wir hätten wenigstens noch den Sommer«, flüsterte ich und fuhr mir übers Gesicht, ohne darüber nachzudenken, dass ich womöglich mein Make-up dabei verwischte.

Tristan schwieg eine Weile, doch als er wieder sprach, klang er so entschlossen, wie ich ihn noch nie zuvor gehört hatte. »Ein Wort von dir reicht, und ich lasse die Vorbereitungskurse sausen. Es nehmen bestimmt nicht alle daran teil, was soll's, dann starte ich halt erst zum Semesterbeginn.«

Ich schloss die Augen und atmete tief durch. Alles in mir sehnte sich danach, ihn darum zu bitten, dass er blieb. Dass er den Sommer mit mir hier in Bath verbrachte und erst im Herbst nach London ging. Aber ich wusste, dass es egoistisch war. Es wurden nur so Wenige an der *Royal Academy of Dramatic Art* angenommen, dass es sicherlich keinen guten Eindruck machen würde, wenn man nicht an den Vorbereitungskursen teilnahm. Außerdem war es Tristans Traum, und es wäre nicht fair gewesen, ihn davon abzuhalten. Also öffnete ich die Lider, riss mich zusammen, drehte mich zu ihm um und setzte ein breites, falsches, aber hoffentlich glaubwürdiges Lächeln auf.

»Tristan, nein«, sagte ich kopfschüttelnd und nahm sein Gesicht in meine Hände. »Ich möchte, dass du zu den Vorbereitungskursen fährst, dass du deinen Traum lebst.«

Er musterte mich eindringlich, schien mit sich selbst zu hadern und zu entschlüsseln, ob er meinen Worten Glauben schenken sollte. »Liv, ich kann wirklich hierb…«, setzte er an, doch ich unterbrach ihn, indem ich ihm einen Finger auf die Lippen legte.

»Nein, keine Widerrede. Du fährst nächstes Wochenende nach London. Und die Zeit bis dahin werden wir gemeinsam noch voll und ganz auskosten.«

Ein paar Sekunden lang konnte man nur unseren Atemzügen lauschen, dann beugte Tristan sich vor und sah mir so tief in die Augen, dass mir von der Intensität, die in seinem Blick lag, schwindelig wurde.

»Ich liebe dich, Olivia. Und du kannst mir glauben, dass ich jeden Tag in London an dich denken werde und die Sehnsucht nach dir mich schier umbringen wird. Ich werde nicht zulassen, dass die Distanz irgendwas an unserer Beziehung verändert, das verspreche ich dir.«

Ich wusste, dass mich spätestens ab morgen die Zweifel zerfressen würden. Dass ich morgen Abend in meinem Bett liegen würde, fest davon überzeugt, dass ich Tristan an sein neues Leben in London verlor.

Doch heute Abend wollte ich ihm glauben, wollte die leise Stimme in meinem Kopf verdrängen und daran glauben, dass wir das schaffen würden. Dass unsere Liebe stärker war als alle Hindernisse, all die Distanz und all das Chaos in meinem Kopf.

Und so küsste ich ihn, als hinge mein Leben davon ab. Nur ganz kurz ließ ich von ihm ab.

»Ich liebe dich auch«, flüsterte ich. Und als er seine Arme erneut um mich schlang, mich hielt, als sei ich das Wertvollste für ihn, da wusste ich, dass ich ihm heute Nacht alles von mir geben wollte.

Ohne meine Lippen von seinen zu lösen, fing ich an, sein weißes Hemd aufzuknöpfen. Meine Finger zitterten vor freudiger Aufregung, und ich konnte nicht fassen, dass ausgerechnet ich, die immer vor allem Angst hatte, jetzt mutiger war als je zuvor. Noch nie hatte ich etwas so sehr gewollt. Als ich ungefähr bei der Mitte angelangt war, hielt er mich zurück.

»Bist du dir sicher?«, fragte er atemlos, die Wangen erhitzt, die Lippen gerötet und dennoch zu einem unsicheren Lächeln verzogen.

Ich nickte. »Ich war mir nie sicherer.«

Wieder trafen unsere Münder aufeinander, Knopf für Knopf lösten sich, bis ich ihm endlich das Hemd vom Oberkörper streifen konnte. Sanft küsste ich seinen Hals, wanderte hinunter, verteilte hauchzarte Küsse auf seiner Brust. Seine Haut war weich und warm, und in meinen Augen war er absolut perfekt. Er stieß ein leises Stöhnen aus, das ein kribbeliges Gefühl in meinem Unterleib auslöste. Es war berauschend, das Neue und dennoch so Vertraute, weil es eben mit dieser einen Person war, die mir die Welt bedeutete und die mich besser kannte als irgendjemand sonst.

»Darf ich dein Kleid ausziehen?« Seine Stimme war rau, der Blick lustverhangen, ein Adrenalinschub fuhr durch meine Adern, und beim Gedanken daran, dass ich das in ihm auslöste, fühlte ich mich wie berauscht. Zu sehen, welche Wirkung ich auf ihn hatte, machte mich seltsam stolz und noch süchtiger nach seiner Berührung.

»Ja«, flüsterte ich und drehte mich um.

Millimeter für Millimeter öffnete er den Verschluss, seine Atemzüge, zusammen mit den sanften Küssen, die er immer wieder auf meinem Nacken hinterließ, sandten wohlige Schauer durch meinen ganzen Körper. Seine kühlen Fingerkuppen strichen über meine erhitzte Haut, während er mir den seidigen Stoff von den Schultern zog. Erst eine, dann die andere, dabei lag sein Blick die ganze Zeit auf meinem, ließ mich keine Sekunde lang los. Vermutlich war es genau das, was mir die Sicherheit gab, um seinen Gürtel zu umfassen, ihn aufzuziehen, mich an den einen Knopf an seiner Hose zu wagen, der mein Herz zum Rasen brachte. Und ehe ich mich versah, standen wir in nichts weiter als Unterwäsche bekleidet voreinander.

Verlegen verschränkte ich die Arme vor dem Bauch, während mir Hitze in die Wangen stieg und ich nicht anders konnte, als mich zu fragen, ob er meinen Körper wohl anziehend fand. Ich war ein Sportmuffel, war nicht durchtrainiert und hatte durchaus das ein oder andere Speckröllchen.

»Verflucht Liv, du bist so schön. Ich frage mich wirklich, womit ich dich verdient habe«, sagte Tristan mit nichts als aufrichtiger Zuneigung in seinen Zügen. In diesem Augenblick verliebte ich mich noch mal in ihn. Weil er mich so liebte, wie ich war und stets dafür sorgte, dass ich keinerlei Zweifel in Bezug darauf hatte.

Ich stieg wieder auf das weiche Bett, ließ meinen Kopf in das Kissen sinken. Tristan beugte sich über mich, Körper an Körper, Haut an Haut, zwei pochende Herzen. Seine Zunge traf auf meine, jeder Zentimeter von mir schien in Flammen zu stehen, vor allem, als er anfing, sich an mir zu reiben. Mein Unterleib zog sich sehnsuchtsvoll zusammen, ich wollte ganz dringend mehr, wollte alles von ihm spüren. Als ich meine

Finger unter den Bund seiner Boxershorts schob, um sie runterzuschieben, hielt Tristan erneut inne.

»Bist du dir wirklich, wirklich sicher? Wir können uns auch noch Zeit lassen.«

Ich lächelte ihn an, mein Herz schwoll an, vor lauter Liebe für ihn, Zuneigung, Leichtigkeit.

»Ich will das, ich will dich. Wirklich. Mehr als alles andere.«

Das Lächeln, das daraufhin in seinen Zügen erschien, war so bezaubernd, dass ich es mit einem Finger nachzeichnen musste. Ich strich über seine weichen Lippen, die feinen Lachfältchen um seine Augen, seine rosigen Wangen, zeigte ihm mit jeder federleichten Berührung, wie viel mir das hier bedeutete.

»Okay, aber du kannst jederzeit sagen, wenn du es dir doch anders überlegst, ja?«

Statt einer Antwort zog ich seinen Kopf wieder zu mir, um ihn zu küssen. Ich schmeckte die fruchtige Bowle, die wir vorhin getrunken hatten, und fuhr mit der Zunge sanft über seine Unterlippe. Das Stöhnen, das ihm daraufhin entwich, ließ Hitze durch meinen Körper schießen. Langsam, und doch ohne zu zögern, ließ ich meine Hände wieder zu seinen Boxershorts wandern. Als er quälend langsam den Verschluss meines BHs löste und ihn mir über die Schultern zog, war da kein Platz mehr für Scham oder Zweifel, sondern pure Sicherheit.

»Gott, Liv, wie kann deine Haut nur so verdammt weich sein?«, raunte er, während er meinen Hals küsste und seine Locken mich dabei kitzelten. Seine warme Handfläche wanderte über meine Seite zu meinem Bauchnabel, immer weiter hinunter bis zum Bund meines Slips, hinterließ eine Spur aus Ungeduld und Verlangen, die mich die Hände zu Fäusten ballen ließ. Seine Berührung zu spüren, während er mich von dem Stoff befreite, ließ mich erneut erschauern, auf eine intensive, fast schon berauschende Weise. Er betrachtete meinen nackten Körper wie ein Kunstwerk, ließ keinerlei Platz für irgendwelche Selbstzweifel in meinem Kopf.

Als Tristan schließlich den Kopf drehte, um in seiner Nachttischschublade nach einem Kondom zu suchen, schien mein ganzer Körper wie elektrisiert vor Anspannung. Zum einen war da Vorfreude in mir und Sehnsucht, der Gedanke, ihn gleich in mir zu spüren, war beinahe überwältigend. Auf der anderen Seite war da auch ein ganz klein wenig Angst davor, dass es vielleicht wehtun würde und sich nicht schön anfühlte. Dass ich irgendwas falsch machte oder vielleicht gar keine Freude daran haben könnte.

Doch ich wusste, dass ich Tristan vertrauen konnte. Und dass es niemanden gab, mit dem ich mein erstes Mal lieber erleben wollte als mit ihm.

In dieser Nacht liebten wir uns. Es war vorsichtig und verlegen, etwas unangenehm und ungewohnt. Wir stießen mehrmals mit den Köpfen zusammen und brauchten mehrere Anläufe, bis Tristan richtig in mich eindringen konnte. Es tat ein bisschen weh, und ich fand keinen Höhepunkt, sodass Tristan im Anschluss noch etwas mit seinen Fingern nachhelfen musste. Aber es war auch wunderschön, weil ich es mit dem Menschen erlebte, den ich liebte und der das ebenfalls für mich empfand. Es war roh und echt, ein bisschen unbeholfen, nicht wie im Film oder im Buch, dafür war es zärtlich und liebevoll, und als ich irgendwann in Tristans Armen einschlief, da konnte ich mich nicht daran erinnern, wann ich zuletzt so glücklich gewesen war.

Kapitel 22

Ein lautes, unnachgiebiges Klopfen an der Tür riss mich aus dem Schlaf, erschrocken setzte ich mich auf.

»Was ist denn da los?«, fragte Gracie mit verschlafener Stimme, die Schlafmaske noch immer auf den Augen.

»Ich schaue nach«, sagte ich mit pochendem Herzen und zog mir eilig einen Cardigan über, bevor ich schlaftrunken zur Tür taumelte.

Vorsichtig öffnete ich sie einen kleinen Spalt, um zu sehen, wer da so einen Lärm machte.

»Tristan?«, fragte ich verwirrt und war bei seinem Anblick plötzlich hellwach. »Was machst du hier, mitten in der Nacht?«

Seine Haare standen wild in alle Richtungen ab, als hätte er viel Zeit damit verbracht, sie zu raufen, seine Wangen waren gerötet, und sein Brustkorb hob und senkte sich deutlich.

»Könnten wir uns kurz irgendwo unterhalten?«, fragte er, ich konnte seine Miene nicht deuten. Seine Schultern waren angespannt, die Augen leicht geweitet, die Sorgenfalte zwischen seinen Brauen nicht zu übersehen. Und dann fiel es mir wie Schuppen von den Augen: mein Brief!

Der, den ich ihm nach unserem Treffen im Pool völlig

übermüdet und aus einer emotionalen Stimmung heraus geschrieben und vor dem Schlafengehen unter seiner Tür durchgeschoben hatte. O Gott, er musste ihn gelesen haben, und so wie er aussah, war er nicht gerade erfreut darüber.

»Ähm, klar, äh, wollen wir vielleicht in die Bibliothek?«, stammelte ich, während ich die Tür hinter mir vorsichtig zuzog. Er nickte, raufte sich erneut die Haare und lief dann vor.

Mit einem mulmigen Gefühl im Bauch folgte ich ihm. In meinem Kopf spielte sich ein Worst-Case-Szenario nach dem anderen ab. Er wollte mich nicht in seinem Leben haben, nie mehr ein Wort mit mir sprechen oder meine Hilfe dabei, den Brief zu verbrennen. Und obwohl ich meine Worte nicht bereute, so fragte ich mich nun doch, ob es die richtige Entscheidung gewesen war, sie zu schreiben. Hatte ich damit das fragile Etwas zwischen uns sofort wieder zerstört?

Als wir in der Bibliothek ankamen, stürmte Tristan ohne ein weiteres Wort in die Erkerecke, in der wir Anfang der Woche zusammen an den Aufgaben gearbeitet hatten.

Auch hier schloss ich die Tür wieder hinter mir, bevor ich ihm folgte und mich nervös auf die gepolsterte Sitzbank vor dem Fenster setzte. Tristan tigerte stattdessen vor mir auf und ab, was mich noch nervöser machte, als ich es ohnehin schon war.

»Das geht so nicht, Liv«, sagte er plötzlich, ohne mich dabei anzusehen. »Das geht so einfach nicht.«

Verwirrung machte sich in mir breit. »Wie meinst du das? Was geht so einfach nicht?«

Er stieß ein tiefes Seufzen aus, das fast schon verzweifelt klang, bevor er endlich stehen blieb und mich ansah.

»Du kannst mir solche Dinge nicht schreiben. Du *darfst* mir solche Dinge nicht schreiben«, stieß er hervor. »Nicht, dass du die letzten Jahre jeden Tag an mich gedacht hast, nicht, dass ich das Beste war, was dir je passiert ist, und erst recht nicht, dass du mich noch immer liebst. Das geht verdammt noch mal einfach nicht.«

Er redete, als hinge sein Leben davon ab, während ich bei jedem Wort zusammenzuckte. Tristan sah aus, als bereite ihm das Gesagte Schmerzen, und das schlechte Gewissen, dass ich die alten Wunden wieder aufgerissen hatte, machte sich in Form eines Kloßes in meinem Hals breit.

»Tristan, es tut mir leid, ich hätte das nicht wieder alles hochbringen sollen«, setzte ich beschwichtigend an und stand auf, um ihn besser ansehen zu können. »Ich fand einfach, dass du es verdienst, eine Erklärung für all das zu bekommen, aber wenn ich dabei zu weit gegangen bin, wenn es wegen Heather ist, dann tu …«

»Warte, wegen Heather?«, unterbrach mich Tristan verwirrt. »Was bitte hat sie damit zu tun?«

»Na ja, ich dachte, weil ihr beide vielleicht … also … zusammen seid und du sie liebst und es deshalb … unpassend ist?«, stotterte ich verlegen vor mich hin, knetete nervös meine Hände.

»Du denkst, dass ich Heather liebe?«

Ich räusperte mich. »Es gab da so … Gerüchte und äh … so, wie sie dich ansieht und weil ihr so viel Zeit miteinander verbringt, ich dachte einfach … ja, ich weiß auch nicht, was ich dachte.«

Tristan stieß ein heiseres Lachen aus, das allerdings alles andere als fröhlich klang.

»Gott, Liv …« Er rieb sich mit den Händen übers Gesicht, ehe er wieder anfing, auf und ab zu laufen.

Plötzlich blieb er stehen, drehte sich um und lief auf mich zu, bis er ganz nah vor mir stand und ich seinen Atem auf meinem Gesicht spüren konnte, während mir mein eigener wegblieb. Ich war so gebannt von der Situation, dass ich völlig vergaß auszuweichen. Und eigentlich wollte ich ja auch gar nicht ausweichen. Er stützte sich mit der rechten Hand direkt neben meinem Kopf an der Steinwand in meinem Rücken ab und sandte allein durch seine plötzliche Nähe ein elektrisierendes Kribbeln durch meinen Körper. Ich krallte die Finger in meinen Cardigan, um sie nicht nach ihm auszustrecken.

»Es geht nicht um Heather. Sondern um dich. Es geht darum, dass ich die letzten drei Jahre krampfhaft versucht habe, dich zu vergessen, nur damit du hier auftauchst und alles, einfach alles wieder durcheinanderwirbelst. Dabei kostet es mich eh schon all meine Selbstbeherrschung, Abstand zu wahren, und das doch nur, weil ich es einfach nicht überstehen würde, wenn du mir ein zweites Mal das Herz brechen würdest. Wieso machst es mir so verdammt schwer? Und dann sagst du mir auch noch, dass du mich liebst, und ich … ich will einfach nur …« Er atmete geräuschvoll aus und schüttelte den Kopf, als wollte er sich davon abhalten, den Gedanken auszusprechen.

»Was willst du?«, fragte ich mit heiserer Stimme, während mein Herz so laut pochte, dass ich fürchtete, er könnte es hören.

Tristan öffnete den Mund, sein Blick war mit einem Mal dunkel und unergründlich. Er schluckte, dabei konnte ich nicht anders, als auf seinen Kehlkopf zu starren, der sich dabei bewegte.

»Dich küssen, Olivia. Dich packen und küssen und nie mehr loslassen.« Seine Stimme klang rau und zittrig zugleich, bescherte mir eine Gänsehaut. Moment … hatte ich das richtig verstanden? Er wollte mich küssen? Mich nicht direkt wieder von sich stoßen oder meinen Brief mit mir in den Kamin werfen, sondern … mich verdammt noch mal küssen? Mein

Herz machte einen Salto, während mein Verstand noch damit beschäftigt war, zu realisieren, was Tristan gerade gesagt hatte.

Ein paar Atemzüge lang starrten wir uns einfach nur an, flirrende Anspannung zwischen uns in der Luft.

Und dann … dann geschah alles ganz schnell.

Ohne weiter darüber nachzudenken, nahm ich Tristans Gesicht in meine Hände und küsste ihn. Er schien kurz perplex zu sein und reagierte nicht, doch dann öffnete er endlich seine Lippen, seine Zunge kam meiner entgegen, und wir verschmolzen regelrecht miteinander. Tristan legte seine Hände zuerst an meine Taille, dann wanderten sie herunter, bevor er mich schließlich hochhob und ich meine Beine um seinen Oberkörper schlang. Mir entwich ein Keuchen, als er mich auf einem der Holztische absetzte, sich zwischen meine Beine stellte, sodass unsere Oberkörper keinen Luftzug mehr durchlassen würden.

Seine Härte drückte sich gegen meinen Schritt, und ich wollte ihn so sehr, dass es mich fast umbrachte. Mein Unterleib zog sich sehnsuchtsvoll zusammen, während meine Beine vor Lust zitterten. Wann immer seine Zunge auf meine traf, war mein Körper wie ein Glas Wasser, in dem man eine Brausetablette auflöste – alles kribbelte und explodierte, und ich zerfiel in tausend kleine Einzelteile, die schwerelos und frei waren.

Ohne meine Lippen von seinen zu lösen, nestelte ich fahrig an dem Gummibund seiner Jogginghose herum. Er verstand das Zeichen und streifte sie sich ab, während ich mein Schlafshirt über den Kopf zog und seins folgen ließ.

Unsere Kleidung lag verteilt auf dem Bibliotheksboden, und Tristan atmete zischend ein, als ich nun, nur mit meinem Slip bekleidet, vor ihm saß. »Du bist so wunderschön«, raunte er, bevor er sanfte Küsse auf meinem Hals verteilte und mit jeder einzelnen Berührung weiter nach unten wanderte. Als sich seine Lippen um meine Brustwarzen schlossen und diese sanft liebkosten, seufzte ich laut auf, ließ den Kopf nach hinten fallen und beugte mich ihm entgegen. Mein ganzer Körper stand unter Strom, es war, als flogen Funken, wann immer er mich küsste, jede Stelle war empfindlich, jede Liebkosung ließ mich erzittern.

»Tristan, ich brauche dich jetzt«, drängte ich atemlos und hakte meine Finger unter den Bund seiner Boxershorts. Schnell zog er sie hinunter, bevor er meinen Slip abstreifte und seine Lippen wieder die meinen fanden.

»Ich hab kein Kondom bei mir«, brummte er und sah sich um, als würde hier in der Bibliothek irgendwo eins herumliegen.

»Ist nicht schlimm, ich nehme die Pille«, erwiderte ich und kam ihm entgegen. Ich hielt es nicht eine Sekunde länger aus.

»Gott sei Dank«, sagte er, und als Tristan endlich in mich eindrang, mich ausfüllte und sich erst vorsichtig, dann immer drängender in mir vor und zurück bewegte, war es wie ein Puzzleteil, das endlich am richtigen Platz war. Jeder Stoß sandte eine Welle der Lust durch meine Adern, ließ mich erbeben und vertrieb jeden Gedanken aus meinem Kopf. Ich sah und fühlte und schmeckte nur noch Tristan, Tristan, immer nur Tristan.

Ich krallte meine Hände in seine Schulterblätter, drückte meinen Mund wieder auf seinen, wollte ihn an jedem Zentimeter meines Körpers spüren. »Du fühlst dich so wahnsinnig gut an«, murmelte ich stöhnend und konnte mich kaum aufrecht halten, weil alles so intensiv kribbelte.

»Und ich hab dich so sehr vermisst«, entgegnete er, ich konnte seinen heißen Atem spüren, und die Worte ließen meine Mundwinkel nach oben wandern.

Die Spannung in meinem Körper wurde immer größer,

während wir uns in einem Takt bewegten und er meinen empfindlichsten Punkt mit der Spitze seines Glieds berührte.

»Komm für mich, Liv«, flüsterte er mit rauer Stimme und lieferte damit den letzten Tropfen, der mich zum Überlaufen brachte. Ich hielt mir die Hand vor den Mund, während die Hitze in meiner Mitte in einem dumpfen Schrei siedete. Sternchen tanzten vor meinen geschlossenen Augen, während mich der Höhepunkt überrollte und meinen ganzen Körper erzittern ließ. Mein Brustkorb hob und senkte sich schnell, ich lehnte meine Stirn gegen Tristans Schulter, genoss die Nachwirkungen des Orgasmus. All die Anspannung wich aus meinen Gliedern, ich war so leicht und wie betrunken, nur dass ich betrunken von ihm war. Tristan bewegte sich noch eine Sekunde weiter in mir, bevor er schließlich laut aufstöhnte und sich langsam, schwer atmend auf meinem Oberkörper niederließ. Mehrere Augenblicke lang lagen wir einfach nur da, während wir den Schlägen unserer Herzen nachfühlten. Und dann, einfach so, schloss ich meine Arme um ihn, vergrub die Finger in seinen Locken am Hinterkopf. Wir blieben eine Weile so liegen, einzig unsere Atemzüge waren in der Stille der Bibliothek zu vernehmen.

»Stell dir vor, die Retreatleitung Evelyn Dunmuir wüsste, dass wir gerade auf diesem antiken, sicherlich unglaublich wertvollen Holztisch Sex hatten«, sagte Tristan trocken und brachte mich damit zum Lachen.

»Ich bin sehr froh, dass sie es nicht weiß.«

Tristan schob den Kopf ein Stück zurück, um mich anzusehen. »Möchtest du noch mit auf mein Zimmer kommen?«

Lächelnd nickte ich. »Das würde ich sehr gern.«

Wir schlüpften schnell wieder in unsere Anziehsachen, bevor Tristan meine Hand nahm und wir gemeinsam über den Flur in sein Einzelzimmer huschten. Nachdem ich kurz zur

Toilette verschwunden war, kuschelte ich mich anschließend neben ihm ins Bett. Er legte seinen Arm um mich, ich bettete meinen Kopf auf seinen Oberkörper, während er mit seinen Fingern Muster auf meinen Arm malte.

»Wie fühlt sich das an, diese … Zwangsstörung?«, fragte er plötzlich. »Natürlich nur, wenn du darüber sprechen magst. Ich würde es nur gern verstehen können.«

»Es ist gar nicht so einfach, das zu erklären«, setzte ich an und überlegte einen Augenblick. »Zwangsstörungen äußern sich oft ganz unterschiedlich. Ich hab damals in der Klinik einige Menschen getroffen, deren Gedankengänge und Probleme ganz anders waren als meine. Also kann ich nur erklären, wie es sich für mich anfühlt«, fuhr ich fort, die Berührungen seiner Hand waren beruhigend.

»Kannst du dich noch an diese Kettenbriefe erinnern, die in unserer Kindheit oft per Mail rumgegangen sind?«, fragte ich ihn. »Diese, in denen stand, dass ein schlimmes Unglück passieren würde oder man für sechs Jahre vom Pech verfolgt oder einen geliebten Menschen verlieren würde, falls man den Brief nicht an zehn Menschen weiterleitet?«

»Ja, das weiß ich noch«, sagte Tristan, während er mich noch ein wenig enger in seine Arme zog.

»Logisch betrachtet weiß man ganz genau, dass diese Drohungen Unsinn sind. Dass sie absolut nichts damit zu tun haben, was einem passiert, und dass man sie getrost löschen kann. Aber dann ist da dieses ganz leichte Ziehen im Bauch, diese leise Stimme hinten in deinem Kopf, die flüstert: *Was, wenn es doch kein Unsinn ist? Was, wenn ich den Brief jetzt nicht weiterleite und eben doch etwas Schlimmes passiert und ich es dann mein Leben lang bereuen werde?*«, erklärte ich. »Bei manchen Menschen ist diese Stimme so leise, dass sie ihr keine Bedeutung beimessen, sie einfach ignorieren und die Nachricht in den Papierkorb verschieben. Bei anderen Menschen wiederum wird sie immer lauter und penetranter, bis sie den Kettenbrief dann eben doch weiterleiten, damit ihre Gedanken Ruhe geben. So fühlt sich eine Zwangsstörung an. Nur deutlich öfter und häufig auch bei viel banaleren Dingen. Und sehr, sehr, sehr viel schlimmer.«

»O Liv«, flüsterte Tristan, hielt mich fest umschlungen. »Das hört sich furchtbar anstrengend und sehr schmerzhaft an. Es tut mir so leid, dass du das durchmachen musst. Und noch mehr, dass ich nicht für dich da sein konnte.«

Nun hob ich doch den Kopf und sah ihn an. Behutsam legte ich meine Hand an seine Wange, in die er sich mit geschlossenen Augen schmiegte.

»Ich hab dir ja gar keine Chance gegeben, für mich da zu sein. Selbst bei Sienna und meinen Eltern ist es mir so schwergefallen, glaub mir.«

»Gott, ich war so lange sauer auf meine Schwester, weil sie mir einfach nichts erzählen wollte und nach unserer Trennung mit dir befreundet geblieben war«, sagte er schnaubend. »Ich wollte so unbedingt, dass sie auf meiner Seite ist, weil du mir doch das Herz gebrochen hattest und es so viel einfacher war, dich als die Böse zu sehen. Aber sie hatte immer nur gesagt, dass du mir deine Gründe eines Tages selbst erklären müsstest und dass ich es dann verstehen würde.«

Wohlige Zuneigung breitete sich in meinem Inneren aus, als ich an meine beste Freundin dachte. Ich wusste, dass es nicht leicht für sie gewesen sein musste, zwischen den beiden wichtigsten Menschen in ihrem Leben zu stehen.

»Sie ist die Beste«, stellte ich lächelnd fest, was Tristan ein leises Lachen entlockte.

»Ja, das ist sie wirklich. Sie hat es nicht leicht mit uns.«

Ich stützte meinen Kopf auf dem Ellbogen ab, damit ich

Tristan besser anschauen konnte, und fuhr mit dem Finger die Konturen seines Gesichts nach.

»Ist dein Leben in London so, wie du es dir erträumt hast?«

Er küsste zärtlich meine Fingerspitze, bevor er antwortete.

»Am Anfang war es schon ziemlich überfordernd. Ich hatte Heimweh, Liebeskummer und so viele Selbstzweifel. In die Fußstapfen all dieser großen Schauspielerinnen und Schauspieler zu treten, fühlte sich wie die größte Hürde und irgendwie auch unmöglich an. Ich war überzeugt davon, dass sie nach wenigen Tagen merken würden, dass ich nicht gut genug war und mich wieder nach Hause schicken.«

»Aber das haben sie nicht«, entgegnete ich mit einem stolzen Lächeln und dachte daran, was er seitdem alles erreicht hatte.

»Nein, haben sie nicht«, stimmte er zu, während seine Mundwinkel abermals nach oben wanderten. »Aber ich war an dem Wochenende nachdem du den Kontakt abgebrochen hattest in Bath, weißt du«, fügte er hinzu, und sein Blick wurde traurig.

Ich setzte mich auf und sah ihn verwundert an. »Du warst in Bath?«

»Ja, ich wollte dich unbedingt sehen. Hab verzweifelt alle Orte abgeklappert. Dein Zuhause, meins, das Kino, die Schule. Ich war überall, doch du warst wie vom Erdboden verschluckt, und niemand konnte oder wollte mir sagen, wo du bist.«

Da war es wieder: das schlechte Gewissen, das mir das Atmen erschwerte. »Da war ich schon in der Klinik. Nur Sienna und meine Eltern wussten Bescheid, und ich hatte … ich hatte sie darum gebeten, dass sie niemandem davon erzählen.«

»Aber ich verstehe immer noch nicht, wieso … Liv, ich …«, setzte er an, doch ich unterbrach ihn.

»Tristan … hättest du in London alles stehen und liegen

lassen und wärst zurück nach Bath gekommen, wenn du es erfahren hättest?«, fragte ich.

»Ja, natürlich hätte ich das«, erwiderte er, ohne auch nur eine Sekunde zu zögern.

»Und genau deshalb wollte ich nicht, dass du es weißt. Mein Leben war zu dem Zeitpunkt ein einziger Scherbenhaufen. Ich wusste nicht, wie lange es dauern würde, bis es mir besser ging, und ob es mir überhaupt eines Tages besser gehen würde. Ich wusste nicht, ob ich weiter hätte im Kino arbeiten können, nachdem ich aus der Klinik kommen würde. Meine Zukunft war so grau und ungewiss. Ich wollte, dass wenigstens einer von uns seinen Traum leben kann. Und das konntest du nur ohne mich.«

Tristan schwieg. Er wusste, dass ich recht hatte, das konnte ich ihm ansehen.

»Natürlich rechtfertigt das mein Verhalten nicht und macht es auch nicht weniger falsch. Aber damals dachte ich, es wäre das Richtige.«

Tristans Blick fiel auf die Kette um meinen Hals, vorsichtig nahm er den Anhänger in die Hand.

»Dieses Weihnachten damals mit dir … war mit das schönste, das ich je erlebt hatte«, flüsterte er und sandte damit eine Welle der Nostalgie durch meine Brust.

»Ja, das war es«, flüsterte ich wehmütig und spürte, wie mich langsam die Müdigkeit überkam. »Ist es okay, wenn ich heute hier schlafe?«

»Natürlich«, antwortete Tristan. Ich brauchte kein Licht, um das Lächeln in seiner Stimme zu hören. Er hauchte mir einen Kuss auf den Scheitel, bevor wir uns in seine Decke einkuschelten, ich auf der Seite, er direkt hinter mir. Tristans Arm lag um meine Taille, seine Wärme ließ alles still werden, während ich in den Schlaf abdriftete.

Kapitel 23

Das Klingeln eines fremden Weckers riss mich unsanft aus dem Schlaf. Für einen kurzen Augenblick wusste ich nicht, wo ich war. Zumindest so lange, bis ich den schweren Arm um meine Taille spürte und die Locken, die meinen Hals kitzelten.

Sofort wanderten meine Mundwinkel nach oben, ich drehte mich vorsichtig um. Tristan sah wunderschön aus, wie er da lag, oberkörperfrei, mit geschlossenen Augen, seinen weichen Gesichtszügen und dem blonden Haar.

»Guten Morgen«, flüsterte ich, ehe ich ihm einen sanften Kuss auf die Nasenspitze hauchte. »Schläfst du noch oder tust du nur so, um nicht aufstehen zu müssen?«

Ein leises Brummen ertönte, während Tristan seinen Kopf in meiner Halsbeuge bettete. »Ich schlafe tief und fest.«

»Das ist schade, denn ich hatte so auf einen Guten-Morgen-Kuss gehofft«, sagte ich seufzend.

»Ach, weißt du, was, ich bin doch hellwach«, rief Tristan mit einem Mal lauter und beugte sich über mich, ein verschmitztes Grinsen im Gesicht.

Ich lachte auf, ehe wir uns zärtlich küssten.

»Guten Morgen«, flüsterte er an meinen Lippen und sandte damit ein wohliges Kribbeln durch meinen Körper.

»Ist das gestern wirklich passiert?«, fragte ich leise, während ich ihm durch das blonde Haar strich. »Fühlt sich an wie ein viel zu schöner Traum.«

»Es ist passiert«, erwiderte Tristan, ehe er mir einen Kuss aufs Schlüsselbein hauchte. »Und wir sind beide hellwach.«

»Und zu spät zu Bettys Workshop, wenn wir uns jetzt nicht beeilen«, stellte ich zerknirscht nach einem kurzen Blick auf die Uhr an der Wand fest. Eilig sprang ich auf und zog mir das verknitterte Shirt über, das irgendwann letzte Nacht auf dem Boden gelandet war.

Tristan murrte und sah mich mit einem Schmollmund an. »Können wir nicht einfach liegen bleiben?«

»Könnten wir schon, aber vergiss nicht, dass du der Stargast mit der Vorbildfunktion bist.« Ich grinste ihn an, bevor ich einen schnellen Blick in den Spiegel warf, um mich zu vergewissern, dass mich gleich auf dem Flur niemand mit einem Schlossgespenst verwechseln würde.

»Argh, du hast ja recht«, erwiderte Tristan seufzend und setzte sich auf. »Wenigstens sehe ich dich während des Workshops.« Da war es wieder, das verschmitzte Grinsen, das mein Herz jedes Mal zum Flattern brachte.

»Ich jedenfalls werde mich kaum konzentrieren können«, sagte ich schmunzelnd und beugte mich vor, um ihm einen letzten Kuss zu geben.

Als unsere Lippen sich berührten, fühlte es sich an, als durchzuckten tausend kleine Stromschläge meinen Körper. Ich hätte ewig so weitermachen können.

»Bis später«, flüsterte ich und gab ihm einen kleinen Kuss auf die Nasenspitze, hielt kurz inne, um den Moment so intensiv wahrzunehmen, wie nur möglich.

Tristan warf mir einen Luftkuss zu, bevor er im Bad verschwand. Mein leises Kichern hallte durch den ganzen Flur, als ich zurück zu meinem Zimmer lief.

»Olivia Pamela Elizabeth Gertrud Wilhelmina Yates, ja, ich weiß, das ist nicht dein Name, aber es soll wütend klingen, denn das bin ich. Wo zum Teufel warst du? Weißt du, was ich mir für Sorgen gemacht habe?«

Gracie stand in der Mitte des Raums, die Arme in die Seiten gestemmt, zusammengezogene Brauen, und warf mir einen Blick zu, der vermutlich bedrohlich wirken sollte, mich jedoch eher schmunzeln ließ. Sie sah aus wie ein Hundewelpe, der versuchte böse auszusehen.

»Gracie, es tut mir wirklich leid, ich hätte dir Bescheid geben sollen«, entschuldigte ich mich trotzdem mit ernstem Blick und wollte auf sie zugehen. Doch ehe ich dazu kam, streckte sie den Arm aus und hob mahnend die Hand.

»So leicht kommst du mir nicht davon, Fräulein. Wo hast du dich mitten in der Nacht rumgetrieben, während ich mir alle möglichen Worst-Case-Szenarien ausgemalt habe, inklusive Entführung durch Aliens?«

Ihre Mundwinkel zuckten, und auch mir fiel es zunehmend schwer, nicht in schallendes Gelächter auszubrechen.

»Na ja, eventuell … habe ich … woanders übernachtet«, stammelte ich mit einem verlegenen Grinsen und spielte nervös mit dem Saum meines T-Shirts.

»Woanders übernachtet? Wo hast du die… O MEIN GOTT!« Gracie stieß einen schrillen Schrei aus, und ich spürte, wie meine Wangen heiß wurden. »Du hast doch nicht etwa? Hast du? Nein, oder? Hast du etwa bei Tristan übernachtet?«

Sie fächerte sich aufgeregt Luft mit den Händen zu und hüpfte dabei auf und ab wie ein menschlicher Flummi.

»Nein, ich hab bei Henri übernachtet«, sagte ich mit todernster Stimme, woraufhin Gracie so blass wurde wie die Wand hinter ihr. »Du … was?«

»War nur Spaß, natürlich war ich bei Tristan.« Ich konnte mir ein Kichern nicht verkneifen.

»Ich hab fast einen Herzinfarkt bekommen, mach doch so was nicht!« Sie knuffte mir empört in die Seite, bevor ihr Grinsen zurückkehrte. »So, jetzt will ich aber alles wissen!«

In Rekordgeschwindigkeit machten wir uns fertig, während ich Gracie von den Vorkommnissen der vergangenen Nacht berichtete. Sie kicherte, als ich ihr von unserem ersten Kuss erzählte, und ein warmes Gefühl der Zuneigung durchflutete mich, weil sie so mitfieberte.

»Hach, das klingt schöner als jede Filmszene, ich freu mich so für dich«, stieß sie seufzend aus, nachdem ich fertig war.

Ich zog mir einen olivfarbenen Crop-Pullover und einen langen weißen Rock an sowie schwarze Boots und band meine Haare zu einem hohen Pferdeschwanz, wobei ich nur die Curtain Bangs in meine Stirn fallen ließ.

»Machst du mir einen Lidstrich? Du kannst das so perfekt«, bat Gracie mich, als ich mir gerade die Lippen in bordeauxrot geschminkt hatte.

Ich nickte lachend. »Na klar, komm her.«

Sie beugte sich vor, und ich versuchte meine Hand so still wie möglich zu halten, während ich präzise erst über das eine und dann das andere Lid einen feinen Strich zog. »So, fertig. Steht dir so gut!«

»Danke«, erwiderte Gracie lächelnd und hakte sich bei mir unter. Plötzlich sah ich im Spiegel, wie sich ihr Gesichtsausdruck änderte und betrübt, fast schon wehmütig wurde.

»Was ist los?«, fragte ich und drehte mich zu ihr, um sie besser anschauen zu können.

»Es ist nur … es ist schon unsere zweite Woche hier im Retreat, und die Zeit verfliegt. In ein paar Tagen fliege ich wieder nach Boston.« Sie sah so traurig aus, dass mich in Sekundenschnelle dasselbe Gefühl überkam. »Ich hab dich so in mein Herz geschlossen, und du wirst mir einfach schrecklich fehlen.«

»Ach, Gracie«, murmelte ich und zog sie in eine feste Umarmung. »Du wirst mir auch fehlen, ich kann mir gar nicht mehr vorstellen, dich nicht jeden Tag zu sehen. Aber weißt du, was?«

Ich schob sie ein Stück von mir weg und sah sie mit einem aufmunternden Blick an. Sie schüttelte den Kopf.

»Dafür gibt es ja Social Media und Facetime und Flugzeuge. Und ich hab vor, alles davon zu nutzen, damit du Teil meines Lebens bleibst.«

Gracies Mundwinkel hoben sich. Sie nickte hastig, sodass ihre roten Haare wild umhertanzten.

»Ich lass dich auf jeden Fall nicht mehr gehen«, sagte sie, ehe ich sie erneut in meine Arme schloss. Und obwohl wir uns erst seit so kurzer Zeit kannten, fühlte sich das mit uns nach einem Für-immer an.

»Heute hab ich keine Übung für euch, sondern eine andere Aufgabe, die ich bei jedem Workshop, den ich leite, durchführen lasse und die mir sehr am Herzen liegt.«

Betty hatte uns heute in den großen Saal bestellt, in dem wir vor mittlerweile fast zwei Wochen zur Willkommensrede gesessen hatten. Auf dem Boden verteilt lagen bunte Plakate, Stifte in allen möglichen Farben und Dutzende von Zeitschriften.

Wir saßen im Schneidersitz um die Materialien herum, und ich konnte meinen Blick nicht von Tristan abwenden, der mir direkt gegenübersaß. Seine blonden Locken waren verwuschelt, er trug ein blaues Sweatshirt, das seinen Augen schmeichelte, sowie eine graue Stoffhose. Er sah umwerfend aus. Alles an ihm zog mich an wie ein Magnet, und meine Fingerspitzen kribbelten regelrecht, weil ich ihn so unbedingt wieder berühren wollte.

Dass Tristan mich alle zwei Minuten anlächelte, machte es nicht unbedingt besser.

»Wir werden heute eine Art Vision Board machen«, fing Betty an zu erklären und deutete mit einer ausladenden Geste auf all die Sachen auf dem Boden. »Ich möchte, dass ihr auf dem Vision Board euren Traum verbildlicht. Was ist euer Ziel in Bezug auf diese Branche? Auf welcher Bühne möchtet ihr stehen? Was wollt ihr erreichen? Was würde euch glücklich machen?« fuhr sie fort. »Eurer Kreativität und Fantasie sind keine Grenzen gesetzt, alles ist erlaubt, und ihr habt den ganzen Vormittag Zeit dafür. Heute Nachmittag werden wir eure Vision Boards hier aufhängen und einen kleinen Rundgang machen. Ihr könnt dann ein paar Worte zu eurer Arbeit sagen, bewertet wird das Ganze aber natürlich nicht. Viel Spaß, ich bin schon sehr gespannt auf die Ergebnisse!«

Geschäftigkeit breitete sich im Saal aus, während alle aufstanden und ihre Sachen zusammensuchten. Ich griff nach einem hellgrünen Plakat, goldenen Glitzerstiften und einigen Zeitschriften, in denen es um Kinos ging.

»Ich bin schon sehr gespannt auf dein Vision Board«, flüsterte eine dunkle Stimme hinter mir, die dafür sorgte, dass sich mir die Härchen im Nacken aufstellten.

Sofort breitete sich ein Schmunzeln auf meinem Gesicht aus. »Machst du auch eins?«, fragte ich und drehte mich um.

Tristan schüttelte den Kopf. »Nein, aber es gibt ohnehin nur eine Sache, die mich momentan besonders glücklich macht, die ich sowieso nicht auf dem Vision Board präsentieren könnte.«

Unsere Gesichter waren sich so nah, dass ich seinen Atem spüren konnte. Mein Blick haftete auf dem geschwungenen Amorbogen seiner Lippe, während ich mich wie so oft im Blau seiner Augen verlor. Der fruchtige, so vertraute Duft nach Apfel vermischte sich mit einem leicht holzigen, frischen Geruch, den ich nicht ganz identifizieren konnte, aber gierig einsog.

»Ach ja?«, fragte ich mit einem ganzen Schwarm Schmetterlingen im Bauch. Ich wollte ihn so dringend küssen, doch ich wusste, dass ich mich vor den anderen zurückhalten musste. Das zwischen Tristan und mir war noch zu frisch und fragil, ging niemanden außer uns etwas an.

Sein »Ja« war nicht mehr als ein Hauchen, das jedoch reichte, um mir unter die Haut zu gehen und diese am ganzen Körper zum Kribbeln brachte.

Wir tauschten einen letzten intensiven Blick aus, bevor ich schweren Herzens einen Schritt zurücktrat und Tristan wieder zu Betty und den anderen Mentoren schlenderte. Mit federleichtem Herzen folgte ich Gracie zu den anderen und fing an zu basteln.

Kapitel 24

DAMALS, 17 Jahre

Tristan war seit drei Wochen in London, die Sommerhitze machte der Stadt zu schaffen, und ich war absolut überzeugt davon, dass ich langsam, aber sicher den Verstand verlor. Ich verbrachte mittlerweile fast jeden Tag nach der Schule im Kino, weil es der einzige Ort war, der mich einigermaßen erdete und von dem Chaos in meinem Kopf ablenkte. Dad war ständig auf Geschäftsreise, meiner Mum versuchte ich aus dem Weg zu gehen, weil ich jedes Mal, wenn ich sie sah, kurz davor war, in Tränen auszubrechen und ihr alles zu erzählen. Von den Gedanken, die mich mittlerweile Tag und Nacht wachhielten, die mich dazu brachten, Dinge zu tun, die ich nicht wollte, aber tun musste und die mich mehr und mehr an meinem eigenen Verstand zweifeln ließen. Aber ich konnte nicht. Erst letztes Wochenende hatte ich bei Mums Geburtstagsfeier gehört, wie Grandpa und mein Onkel Phil sich über Tante Carol unterhalten hatten. Es waren Worte wie »Irrenanstalt«, »Versagerin«, »Hoffnungsloser Fall« und »Enttäuschung« gefallen. Worte, mit denen ich nicht assoziiert werden wollte. Nicht von meinen Eltern, nicht vom Rest meiner Familie, nicht von meinen Freunden und mit Sicherheit nicht von Tristan. Ich konnte die Vorstellung, dass hinter vorgehaltener Hand über mich geredet wurde und die abwertenden Blicke, die folgen würden, nicht ertragen.

Und scheinbar gab es ja auch keine Hilfe. Sonst würde es Tante Carol mittlerweile besser gehen. Ich musste die Fassade aufrechterhalten, die Gedanken verdrängen, und vielleicht, mit ganz viel Glück, würde es ja eines Tages aufhören. Ich hoffte darauf – mit allem, was ich hatte.

»Livie, Engel, möchtest du nicht langsam Feierabend machen?«, fragte Ellen und riss mich damit aus meinen tristen Gedanken. Sanft tätschelte sie mir die Schulter. »Du bist mittlerweile häufiger hier als Jude und ich.« Sie lachte auf, dennoch konnte ich die Besorgnis in ihrer Stimme hören.

»Ja, du hast recht, ich muss sowieso noch ... Hausaufgaben machen«, erwiderte ich wenig überzeugend und lächelte sie an. »Aber ich komme morgen nach der Schule wieder, wenn das in Ordnung ist?«

»Natürlich, was würden wir nur ohne dich machen.«

Ellen zog mich in eine herzliche Umarmung, die sich so sehr nach Geborgenheit anfühlte, dass mir plötzlich ganz schwer ums Herz wurde. Die Wärme, die sie ausstrahlte, und der feste, aber doch liebevolle Griff, mit dem sie mich hielt, machten etwas mit mir. Mein Bauch verkrampfte sich, mein Brustkorb zog sich schmerzhaft zusammen, ehe ich wieder dieses verräterische Brennen in meinen Augen spürte: Tränen. Die Tränen, die ich viel zu häufig zurückhielt und erst in der dunklen Einsamkeit meines Zimmers freiließ. Ich hatte das Gefühl, dass mich momentan jede Kleinigkeit emotional machte, mein Nervenkostüm hing an einem verdammten seidenen Faden.

Schnell löste ich mich aus der Umarmung. Ich wollte nicht riskieren, dass Ellen mir Fragen stellte, auf die ich keine

Antworten hatte. Oder dass sie mich womöglich entließ, weil sie merkte, dass es mir nicht gut ging und sie sich vielleicht nicht mehr auf mich verlassen konnten. »Also dann, einen schönen Feierabend später und bis morgen«, sagte ich betont fröhlich und griff nach meiner Tasche.

Ellen, die bereits den nächsten Kunden an der Theke bediente, winkte mir lächelnd zu. Sie sah nicht, dass ich zwar das Kino verließ, durch den Hintereingang jedoch wieder hineinschlüpfte. Sie sah nicht, dass ich mich wie jeden Abend in Saal 4 schlich, in dem die alten Klassiker gezeigt wurden. Ebenso wenig, wie sie sah, dass ich mich ganz nach hinten, auf den Platz in der Ecke verkroch, meine Jacke als Decke über meinen Beinen ausgebreitet.

Und dann, als *Ein Herz und eine Krone* anfing, mit Audrey Hepburn und Gregory Peck, die flimmernd über die Leinwand durch Rom spazierten, da spürte ich ihn endlich: den Zauber des Kinos, der die Realität sofort verblassen ließ und mich damit rettete. Abend für Abend. Tag für Tag.

»Schatz? Wir müssen heute etwas eher los, ich muss vor der Arbeit noch schnell zur Werkstatt.« Mums Stimme klang dumpf durch die Zimmertür, ihre simplen Worte brachten mein Herz dennoch zum Rasen. »Tu mir einen Gefallen und sei in einer Viertelstunde abfahrbereit, ja?«

»Ja«, rief ich, während sich Unruhe in mir breitmachte. Eine Viertelstunde? Das reichte nicht. Normalerweise hatte ich um die Zeit noch mindestens eine halbe Stunde. Ich hatte mich noch nicht fertig geschminkt, meine Haare waren unordentlich, ebenso wie mein Bett. Dabei waren das Dinge, die ich unbedingt erledigen musste. Vorher konnte ich auf gar keinen Fall das Haus verlassen, sonst würde mich die Unruhe den ganzen Tag verfolgen. Eilig schüttelte ich mein Kopfkissen und die Bettdecke aus, strich das Laken glatt, sodass keine Falten zu sehen waren, und legte meine Kuscheltiere an den richtigen Platz. Keines von ihnen durfte auch nur einen Zentimeter schief sitzen. Alles musste seine Ordnung haben.

Das war das Erste, was ich mit der Zeit gelernt hatte: Ordnung im Zimmer, Ruhe im Kopf.

Als ich mit dem Bett fertig war, setzte ich mich vor meinen Spiegel und kramte die Schminktasche hervor, gefolgt von einer Haarbürste. Weil heute Sport auf dem Stundenplan stand, wollte ich mir einen Pferdeschwanz machen.

Vorsichtig kämmte ich meine Haare und entwirrte Knoten, bevor ich sie zusammenfasste und zu einem hohen Zopf band. Kritisch beäugte ich mich im Spiegel, konnte die kleinen Dellen, die sich in meinen Haaren gebildet hatten, einfach nicht übersehen. Seufzend löste ich das Haargummi und kämmte alles erneut, diesmal versuchte ich sie mit ein wenig Schaumfestiger besser zu glätten. Wieder musterte ich meine Frisur, bis mir auffiel, dass ich eine dicke Haarsträhne übersehen hatte, die nun neben dem Zopf hing. Verzweiflung und Unruhe fingen an, sich schleichend in mir auszubreiten, wie eine Badebombe, die Stück für Stück das Wasser färbte. Ein Blick auf die Uhr sorgte dafür, dass sich mein Puls beschleunigte und meine Handflächen langsam feucht wurden. Ich hatte nur noch fünf Minuten und war noch nicht mal geschminkt. Gott verdammt, wieso konnte ich nicht einfach wie ein normaler Mensch sein, der das Haus auch ohne makellose Frisur und perfektes Make-up verlassen konnte?

Mit leicht schmerzenden, angestrengt erhobenen Armen fing ich also erneut an, meine Haare zu kämmen. Ungeduld und Wut auf mich selbst vermischten sich, Ärger über meine verfluchten Haare, die einfach nicht saßen, wie sie sitzen sollten. Grob fuhr ich mit der Bürste durch die einzelnen Strähnen, ignorierte das Ziepen und den ziehenden Schmerz.

Dieses Mal funktionierte es endlich. Erleichtert und erschöpft zugleich betrachtete ich meinen Zopf, bevor ich mich meinem Gesicht widmete.

Ich hatte gerade nach drei Versuchen einen Lidstrich auf beiden Seiten gezogen, ehe Mums Stimme von unten ertönte. »Schatz, wir müssen los!«

Fuck, fuck, fuck. »Ich komme gleich«, rief ich mit zitternder Stimme, während ich hektisch nach der Wimperntusche griff.

Da die steigende Nervosität meine Hand beben ließ, landete die dunkle Farbe gefühlt überall, außer auf meinen Wimpern, und als ich auch noch den Lidstrich verwischte, wollte ich laut aufschreien. Tränen stiegen mir in die Augen, während ich mich dafür hasste, dass ich meinen eigenen Körper, meine eigenen Gedanken, *mich* nicht kontrollieren konnte.

»Wieso klappt das denn heute alles nicht?«, fragte ich mein Spiegelbild verzweifelt, während ich den Eyeliner und die Mascara so aggressiv wegwischte, dass die Haut um mein Auge ganz rot wurde und brannte.

Ich atmete tief durch und versuche mich irgendwie zu beruhigen, um einen neuen Versuch zu wagen. Auch wenn es zum Scheitern verurteilt war, da ich eigentlich keine Zeit mehr hatte. Ich würde es nie schaffen, beide Augen zu schminken, Lippenstift aufzutragen und noch mal auf die Toilette zu gehen. Die Tatsache, dass ich meine morgendliche Routine nicht würde durchführen können und gleichzeitig wusste, dass ich ohne sie nicht das Haus verlassen konnte, trieb mir Angstschweiß auf die Stirn, mein Puls raste, dennoch konnte ich nicht aufhören, als wäre ich von einer äußeren Kraft getrieben, die sich einfach nicht abschütteln ließ.

»Olivia!«, rief Mum ungeduldig, und ich erschrak so sehr, dass ich abrutschte und eine schwarze Spur auf dem halben Gesicht hinterließ.

Frustriert schrie ich auf und pfefferte die Mascara in die Decke auf meinem Bett. Es fühlte sich an, als stünde mein Kopf kurz vor dem Platzen. Vereinzelte Tränen liefen mir über die Wangen, schniefend wischte ich mir die schwarzen Schlieren aus dem Gesicht.

Mein Körper befand sich in absoluter Alarmbereitschaft. Ich war so gestresst, so panisch, als würde mich ein verdammter Löwe verfolgen, dabei war es nur ein Morgen, der nicht genau so ablief wie sonst.

Aber das muss er, sonst passiert was Schlimmes, er muss so ablaufen, sonst passiert was Schlimmes, er muss so ablaufen, sonst passiert was Schlimmes, er muss so ablaufen, sonst passiert was Schlimmes, er muss so ablaufen, sonst …

»Schätzchen, wo bleibst du denn?«, erklang die Stimme meiner Mum, während sie die Tür öffnete. Als sie mich sah, wurde ihre Ungeduld durch Besorgnis abgelöst.

Ich musste ein elendiges Bild abgeben, wie ich auf dem Boden saß, meine Knie mit den Armen umschlungen, und mich immer wieder vor- und zurückwiegend mit tränenfeuchtem Gesicht und geröteten Augen.

»Was ist denn los, geht es dir nicht gut?« Mum beugte sich hinunter und hielt ihre Hand zuerst an meine Wange, dann an meine schweißnasse Stirn. »Ach herrje, du bist ja nassgeschwitzt und ganz heiß. Hast du etwa Fieber? Und dein Gesicht ist so blass.«

»Ich fühle mich nicht gut, kann ich heute zu Hause bleiben?«, fragte ich mit krächzender Stimme.

»Aber natürlich, mein Schatz, leg dich zurück ins Bett«, sagte sie und half mir hoch. »Ich rufe in der Schule an und mach dir einen Tee. Dann fahre ich schnell zur Werkstatt und danach in die Apotheke. Und anschließend komme ich wieder, um dir eine schöne Krankensuppe zu machen, in Ordnung?«

»Danke, Mum«, sagte ich kraftlos, ehe ich wieder in meinen Schlafanzug und schließlich unter die Bettdecke schlüpfte. Die Erleichterung darüber, dass sie dachte, ich hätte eine Grippe oder Erkältung, war so groß, dass ich wieder in Tränen ausbrechen wollte. Sie hielt mich nicht für verrückt. Ich war nicht verrückt. Ich hatte nur Fieber. Das hörte sich so viel besser an, damit konnte ich leben.

Ordnung im Leben, Ordnung im Kopf.

»Livie? Es ist Tristan«, sagte Mum, woraufhin ich den Kopf hob. Seit Stunden saß ich eingemummelt in eine Decke auf der Couch, während vor mir *Pretty Little Liars* über den Bildschirm flimmerte. Eine leere Schüssel Suppe auf dem Wohnzimmertisch, eine dampfende Kanne Tee und mein Kopf, der noch immer pochte.

Ich streckte die Hand nach dem Telefon aus, Mum gab es mir, bevor sie wieder in der Küche verschwand.

Mit einem nasalen »Hallo« meldete ich mich, in der Hoffnung, dass ich mich nicht so furchtbar anhörte, wie ich mich fühlte.

»Liv, hi, ich bin's.« Tristans Stimme klang warm und vertraut und so … fröhlich. So frei. Schmerzhafte Sehnsucht machte sich in mir breit, ich spürte ein Ziehen in meinem Herzen, das mir signalisierte, wie sehr er mir fehlte. Doch nicht nur er fehlte mir, auch die Leichtigkeit, die ich in seiner Nähe meistens empfand. Denn auch sie schien gerade meilenweit entfernt. Als hätte er alles Gute in meinem Leben mit sich nach London genommen.

»Deine Mum meinte, dass du krank bist. Wie geht es dir?«

Ich zwang mich, etwas unbeschwerter zu klingen, als ich ihm antwortete. »Ach, es geht schon. Vermutlich irgendein Infekt oder so. Mach dir keine Sorgen.« Für einen Augenblick stellte ich mir vor, wie es wäre, wenn ich Tristan die Wahrheit erzählen würde. Wenn ich ihm sagen würde: »Um ehrlich zu sein, geht es mir richtig beschissen, denn irgendwas stimmt nicht mit mir, irgendwas läuft falsch in meinem Kopf, und es wird immer schlimmer, ich hab das Gefühl, ich verliere den Verstand, und weiß einfach nicht, wie ich es aufhalten soll.« Stattdessen sagte ich: »Mir geht es bestimmt bald besser. Aber wie geht es dir? Wie ist London?«

»Ach Liv, es ist großartig.« Ich konnte das Lächeln in Tristans Stimme hören, und wie von selbst wanderten auch meine Mundwinkel ein wenig nach oben. »Die anderen Studentinnen und Studenten sind so unfassbar talentiert, genau wie die Lehrer, und London ist einfach ein Traum. Es gibt so viel zu entdecken, jeder Tag ist ein kleines Abenteuer. Ich kann noch immer nicht glauben, dass ich wirklich hier bin.«

»Das freut mich so für dich, das hört sich wirklich toll an.« Ich meinte, was ich sagte. Ich freute mich wirklich aufrichtig für ihn, auch wenn mein Herz bei jedem seiner Worte ein bisschen pikste. Weil es ihm so gut ging, er neue Freundschaften schloss und seinen Traum lebte, während bei mir alles den Bach runterging.

»Aber um ehrlich zu sein, vermisse ich dich so sehr, dass es wehtut. Jeden Tag. Ich vermisse sogar meine nervige kleine Schwester. Meine Freunde, Bath, das Kino ... manchmal würde ich am liebsten meine Koffer packen und zurückfliegen.«

Ja, bitte mach das. Bitte komm zurück, denn ich bin dabei, mich selbst zu verlieren, und wenn du da wärst, müsste ich wenigstens nicht auch noch die permanente Angst davor aushalten, dich ebenfalls zu verlieren. Bitte komm zurück, Tristan. Ich brauche dich. So sehr.

Natürlich sagte ich nichts davon. Ich wusste, dass es egoistisch gewesen wäre, nicht fair. Also riss ich mich zusammen, etwas, in dem ich mittlerweile richtig gut geworden war und was mir gleichzeitig von Tag zu Tag schwerer fiel. Stattdessen erwiderte ich: »Du fehlst mir auch so, so, so sehr. Aber du bist in London und lebst deinen Traum, und ich weiß, dass du es bereuen würdest, wenn du zurückkämst. Du musst das durchziehen, für uns beide. Ich bin so stolz auf dich und ich glaube an dich, Tristan.«

»Ich liebe dich«, antwortete er schlicht, und wie jedes Mal, wenn er das sagte, machte mein Herz einen kleinen Hüpfer.

»Ich liebe dich auch.«

»Und ich verspreche dir, dass ich zu Besuch komme, sobald es nur geht.« Die Bestimmtheit in seiner Stimme ließ mich darauf hoffen, dass vielleicht doch alles gut werden würde.

Kapitel 25

»Das ist der Broadway, denn eines Tages möchte ich auf dieser Bühne stehen und in das Publikum blicken mit dem Wissen, dass ich niemals aufgegeben und mein Ziel erreicht habe«, beendete Sanna die Vorstellung ihres Vision Boards. Ich hätte schwören können, dass jede einzelne Person in diesem Raum die Luft angehalten hatte vor lauter Faszination. Sanna verstand sich bestens darauf, Menschen in ihren Bann zu ziehen. Ihre Art zu sprechen, die seidenweiche Stimme und ihr unübersehbarer Ehrgeiz machten scheinbar mit uns allen etwas. Nach kurzem Schweigen schallte Applaus durch den großen Saal, woraufhin Sanna verlegen lächelte. Wir liefen nun seit ungefähr einer Stunde von Vision Board zu Vision Board, von einem Traum zum nächsten. Es waren bunte, große, so unterschiedliche, vielfältige Träume, dass man gar nicht anders konnte, als mit jedem weiteren Vision Board mehr und mehr an den eigenen zu glauben.

Als schließlich ich an der Reihe war, war ich so euphorisch, so enthusiastisch, dass ich die Aufregung vergaß, die ich sonst spürte, wann immer ich vor einer größeren Gruppe sprechen musste. Ich war so inspiriert von Kayla, die eines Tages ihre eigene One-Woman-Show auf die Beine stellen und damit um die Welt reisen wollte. Von Jameson, der nach dem Retreat ein halbes Jahr nach Alaska reisen würde, um dort eine Dokumentation über den Denali-Nationalpark zu drehen.

Also fing ich an. Ich erzählte vom *CineHeaven*, dem kleinen Kino mit den roten Türen und seinen Samtsesseln, das in den letzten Jahren zu meinem zweiten Zuhause geworden war. Ich erzählte von Ellen und Jude, die das Kino vor über dreißig Jahren eröffnet hatten und es noch immer mit genauso viel Liebe führten wie am allerersten Tag. Davon, dass Meryl Streep schon dort gewesen war und das gerahmte Foto von ihr und einem breit strahlenden Jude gerahmt im Foyer hing. Davon, dass ich davon träumte, dass die Wand dort eines Tages voll war mit Bildern von Filmstars, die das *CineHeaven* besucht hatten. Ich erzählte davon, dass ich Jude und Ellen stolz machen wollte. Davon, dass niemals jemand das kleine Kino mit den rot lackierten Türen vergessen sollte. Und ich erzählte davon, dass ich mir nichts sehnlicher wünschte, als eines Tages die Leitung des Kinos zu übernehmen. Dass ich es zu einem sicheren Ort, einem zweiten Zuhause und einer Quelle für unvergessliche, warme Erinnerungen für alle Besucherinnen und Besucher machen wollte. Dass ich eines Tages mit grauen Haaren an der Theke stehen wollte und die Kinder, die einst mit ihren Eltern im Kino gewesen waren, sah, wie sie nun mit ihren eigenen Kindern die Vorstellungen besuchten.

»Deshalb hab ich versucht, hier auf dem Vision Board meine Liebe zum Kino und speziell zum *CineHeaven* in Bath abzubilden. Falls ihr also mal dort sein solltet oder ein Kino braucht, in dem eure Premiere stattfindet, wenn ihr eines Tages berühmte Filmstars seid, dann kommt vorbei!«, beendete ich meinen kleinen Monolog. Als vereinzeltes Lachen ertönte, auf das Klatschen folgte, konnte ich das breite Lächeln, das sich auf meinem Gesicht ausbreitete, nicht verhindern. Vielleicht war mein Traum ja doch nicht so klein und unwichtig, wie ich mir immer einredete. Ich sah erst zu Gracie, die beide Daumen mit einem breiten Grinsen hob, und dann zu Tristan, der mich so sehr anstrahlte, dass man seine Grübchen ganz deutlich sehen konnte. Zuneigung, Liebe und Dankbarkeit fluteten meinen Körper, und ich nahm mir fest vor, beide nachher fest in die Arme zu schließen.

Gracie war als Nächste dran, und ich blieb in ihrer Nähe stehen, um ihr, so wie sie bei mir, ebenfalls Sicherheit zu vermitteln. Als sie anfing zu erzählen, färbten sich ihre Wangen leicht rot, während sie mit dem rechten Fuß auf und ab wippte.

»Kennt ihr diese Schmink- und Friseurköpfe, die einige Kinder haben? So einen hatte ich auch, und ich habe, seit ich denken kann, jeden Tag damit verbracht, ihn zu stylen und mir immer aufwendigere Designs auszudenken.« Sie zeigte auf Bilder von auffällig geschminkten Schauspielerinnen und Schauspielern, ein begeistertes Funkeln in ihren haselnussbraunen Augen. »In der Theater-AG meiner Schule habe ich auch immer versucht, alle so gut es geht zu verwandeln, damit sie komplett in ihrer Rolle aufgehen können. Jetzt mache ich eine Ausbildung zur Visagistin in Boston und träume davon, eines Tages an großen Produktionen teilnehmen zu dürfen.«

Ich ließ meinen Blick durch den Saal schweifen, als er plötzlich auf Evelyn Dunmuir landete, die in einer Ecke stand und aufmerksam zuhörte. War sie schon die ganze Zeit hier gewesen? Falls ja, war ich froh, dass ich sie erst jetzt bemerkte, sonst wäre ich während meiner Präsentation vermutlich tausend Tode gestorben vor lauter Nervosität.

Als ich aus dem Augenwinkel wahrnahm, dass mich jemand ansah, begegnete mein Blick plötzlich dem von Heather. Ich lächelte vorsichtig, weil ich einfach die Art von Mensch war, die einen Blick nicht neutral erwidern konnte. Sie sah mich stattdessen mit einem Ausdruck im Gesicht an, den ich nicht ganz deuten konnte, bevor sie wieder zu Gracie sah. Ein unangenehmes Ziehen machte sich in meinem Bauch breit, und meine Gedanken fingen an zu rattern. Wusste sie von Tristan und mir? Hatte sie uns vielleicht gesehen? Oder waren wir vorhin zu auffällig gewesen? Ich blickte aus Gewohnheit auf meine Finger, auf der Suche nach irgendeinem Stückchen Haut, das abstand. Gerade als ich anfangen wollte zu knibbeln, spürte ich eine warme Hand an meinem unteren Rücken. Ich wusste sofort, wer das war, und atmete tief durch, ehe ich mich dankbar gegen die Berührung lehnte. Tristan ließ seine Hand in sanften Kreisen wandern, während mein Herzschlag sich wieder beruhigte und ich meine Hände sinken ließ. Es war, als hätte er meine aufkeimende Nervosität gespürt. Erneut bemerkte ich Heathers Blick von der Seite, doch diesmal ignorierte ich ihn. Stattdessen klatschte ich laut für Gracie, die ihre Präsentation just in dem Moment beendet hatte.

»Du warst großartig«, flüsterte ich meiner Freundin zu, nachdem sie sich wieder zu mir gestellt hatte.

»Danke«, murmelte sie verlegen, und ich konnte die Erleichterung darüber, dass sie es hinter sich hatte, regelrecht sehen. »Gott, ich hasse es so, vor einer größeren Gruppe zu sprechen.«

»Ich doch auch«, flüsterte ich und hakte mich bei ihr unter.

»Dafür habt ihr es beide richtig gut gemacht.« Tristans Atem kitzelte meinen Nacken, seine Worte brachten regelrechte Champagnerblubberbläschen in meinem Bauch zum Tanzen.

»Ich mag ihn«, formte Gracie lautlos mit den Lippen, bevor sie mir ein verschwörerisches Grinsen zuwarf.

Ich auch, Gracie. Ich auch.

»Ich danke euch, dass ihr eure Träume so offen mit uns geteilt habt«, ergriff Evelyn schließlich das Wort, und alle Augen richteten sich auf die Leiterin des Retreats. »Ihr habt nun schon eine spannende Zeit voller Workshops und hoffentlich neuer inspirierender Begegnungen hinter euch, und ich kann kaum glauben, dass uns nur noch vier Tage bleiben, bevor sich das *CineStage Hills* auch schon wieder dem Ende zuneigt.« Eine Mischung aus Wehmut und Traurigkeit legte sich in Form von gemeinschaftlicher Stille über den Raum.

»In den nächsten Tagen wird das Programm nicht mehr ganz so straff sein, weil ich möchte, dass ihr genügend Zeit habt, um euch untereinander auszutauschen und allen Stargästen die Fragen zu stellen, die euch auf der Zunge brennen. Aber ich würde mit jedem von euch gerne noch ein Abschlussgespräch führen. Wir gehen dabei alphabetisch nach den Nachnamen vor, die Liste mit den Terminen hängt im Foyer. Nun wünsche ich euch eine unvergessliche restliche Zeit hier in den schottischen Highlands, genießt es.«

Erneut brandete Applaus durch den Saal, der diesmal lauter war als alle bisherigen.

»Bevor sich nun wieder alle verteilen, noch eine ganz kurze Info«, rief Samantha winkend, die hinter Evelyn gestanden hatte. »Wir bieten morgen eine Fahrt zum Loch Leven Viewpoint an. Man hat von dort aus eine wirklich wunderschöne Aussicht, und die Stelle eignet sich perfekt für ein Picknick oder eine kleine Auszeit in der Natur. Wer mag, kann dann mit einem Wanderführer und mir zum Grey Mares Tail Waterfall laufen. Die Wanderung dauert vermutlich so ungefähr zweieinhalb Stunden, Pausen inklusive. Meldet euch bei Interesse bitte kurz bei mir an, damit ich weitergeben kann, wie groß die Gruppe sein wird. Danke euch!«

Gracies Kopf schnellte zu mir herum, und sie sah mich aus

geweiteten Augen an. »Machen wir das? Bitte, ich brauche dich als Unterstützung.«

Grinsend stupste ich sie in die Seite. »Dazu musst du mich nicht mal überreden. Na klar machen wir das.«

Sie quietschte begeistert auf. »Du bist die Beste! Ich gehe uns sofort anmelden.« Bevor ich reagieren konnte, lief sie beschwingt auf Sam zu, deren Augen anfingen zu leuchten, als sie meine Freundin sah.

»Was dagegen, wenn ich morgen auch mitkomme?«, erklang Tristans samtige Stimme hinter mir. Ich drehte mich um. Er stand so nah vor mir, dass ich mich nur ganz leicht auf die Zehenspitzen hätte stellen müssen, um meine Lippen auf seine zu drücken. Der Drang, ihn wieder zu küssen und zu berühren, war beinahe überwältigend.

»Absolut gar nicht«, sagte ich leise und zog damit Tristans Blick auf meinen Mund.

Ein Kribbeln jagte durch meinen Körper.

»Du darfst mich nicht so anschauen«, flüsterte er, während ich mich im Kornblumenblau seiner Augen verlor.

»Wieso?« Meine Stimme war nun nicht mehr als ein Hauchen, es gab nicht eine einzige Stelle an meinem Körper, die nicht prickelte. Es fühlte sich an, als wäre ich nur einen Windhauch davon entfernt, wie ein Feuerwerkskörper zu explodieren.

»Weil ich dich dann einfach nur an mich ziehen und küssen möchte, ohne je wieder damit aufzuhören. Und dafür, ebenso wie für all die anderen Dinge, die ich mit dir machen möchte, ist hier nicht unbedingt der ideale Ort.«

Eine Gänsehaut überzog meine Arme, mein Unterleib zog sich sehnsuchtsvoll kribbelnd zusammen.

»Ach ja? Was denn für Di…«, setzte ich an, wurde jedoch von einer hellen, glockenklaren Stimme unterbrochen.

»Tut mir leid, dass ich störe, aber ich müsste kurz einige Dinge für die kommenden Workshops mit Tristan besprechen.«

Tristan und ich stoben auseinander, als sich Heathers lächelndes Gesicht in unser Sichtfeld schob.

»Äh, okay«, erwiderte Tristan stirnrunzelnd, bevor er ein paar Locken, die ihm in die Stirn gefallen waren, zurückschob.

Heather lächelte so breit, dass sie unmöglich keine Wangenschmerzen haben konnte. Ohne mich eines weiteren Blickes zu würdigen, lief sie in Richtung Foyer.

Tristan beugte sich hinunter, so nah, dass seine Lippen mein Ohr streiften, ehe er hauchte: »Wir sind noch nicht fertig.«

Dann zwinkerte er mir zu, und bei Gott, ich hatte noch nie in meinem Leben ein so sexy Zwinkern gesehen, ehe er lässig hinter Heather her schlenderte.

Mein Herz raste so heftig, als wolle es mir aus der Brust springen. Meine Wangen waren so heiß, dass sie regelrecht glühten. Verlegen grinsend sah ich mich um, stellte jedoch erleichtert fest, dass niemand auf mich achtete.

»Dinge für die kommenden Workshops, dass ich nicht lache«, murmelte ich leise vor mich hin, bevor ich auf Gracie zulief, die noch immer bei Sam stand und mich zu sich winkte.

Kapitel 26

Als wir am nächsten Morgen zum Loch Leven Viewpoint fuhren, hatte Schottland beschlossen, sich von seiner allerbesten Seite zu zeigen. Der Himmel war stahlblau, einzig ein paar weiße Schäfchenwolken tanzten hin und wieder durch die Luft. Es war zwar kalt, doch dafür waren wir mit unserer Funktionskleidung alle bestens gerüstet. Ich hatte ziemlich schnell festgestellt, dass man in den Highlands nicht weit kam mit hübscher Kleidung. Wanderschuhe, Regenjacke und wetterfeste Sachen waren das einzig Wahre. Gracie saß neben mir, ebenfalls dick eingepackt, und eine Reihe vor mir Sam und Tristan. Nachdem ich gestern Abend mit Gracie und einigen anderen einen Spieleabend veranstaltet hatte, freute ich mich darauf, heute hoffentlich mehr Zeit mit Tristan verbringen zu können. Immerhin näherte sich das Wochenende in rasender Geschwindigkeit, was ich jedoch mit aller Kraft zu verdrängen versuchte.

»So, ihr Lieben, dann macht euch mal bereit für einen der wohl zauberhaftesten Plätze auf dieser Erde. Finde ich zumindest«, ertönte die euphorische Ansage des Wanderführers Alistair blechern durch die Sprechanlage des Busses. Und er sollte recht behalten.

Als ich hinter Gracie ausstieg, stockte mir der Atem. Jedes Mal, wenn ich dachte, dass es nicht noch schönere Orte in Schottland geben konnte, übertrumpfte sich die Natur selbst. Wir standen auf einem Parkplatz, vor uns erstreckte sich das atemberaubendste Panorama, das ich je gesehen hatte: Rechts und links lagen die Highlands aneinandergereiht, in der Mitte schlängelte sich schimmernd der Loch Leven. Es sah fast schon aus wie eine Art Fjord, wie ein Kalenderblatt, das man sich ansah und von dem man bezweifelte, dass es eine so schöne Kulisse wirklich geben konnte. Kaum zu glauben, dass Landschaften wie diese tatsächlich existierten, so mächtig und beeindruckend, während wir unser kleines alltägliches Leben bestritten und nichts davon mitbekamen, weil wir weit entfernt und zu sehr mit unseren scheinbar unlösbaren Problemen beschäftigt waren.

»Mein Gott, ist das schön«, murmelte ich und spürte, wie Gracie ihren Kopf auf meiner Schulter ablegte. »Ich glaube, ich könnte ewig hier stehen und einfach nur geradeaus schauen.«

»Kein Wunder, dass sich so viele Filmemacher, Schriftsteller und Künstler von dieser Kulisse inspirieren lassen«, sagte meine Freundin seufzend.

»So, wir machen uns jetzt auf den Weg zum Grey Mares Tail Waterfall«, setzte Sam an, woraufhin ich meinen Blick schweren Herzens von der Landschaft vor mir losriss. »Aber keine Sorge, wir haben hier für nach der Wanderung noch ein kleines Picknick geplant, ihr könnt den Ausblick später also noch ausgiebig genießen.«

Begeistertes Gemurmel ertönte, mein Blick schweifte umher, bis er auf Tristans traf. Er warf mir ein Lächeln zu, das meine Knie weich werden ließ. Obwohl ich ihn gestern Abend erst berührt hatte, vermisste ich seine Nähe schon wieder. Ob es ihm auch so ging? Fiel es ihm auch so schwer, mich nicht ununterbrochen an sich zu ziehen?

Wie eine Entenfamilie, die der Mutter folgte, liefen wir in einer Reihe hinter Alistair her, der vorging und uns den Weg wies. Der Weg zum Wasserfall ließ das Abenteuerkind in mir erwachen und mein Herz höherschlagen. Wir liefen durch den Wald, mussten über Steine und Stöcke klettern, überquerten Hängebrücken aus Holz und passierten einige kleinere Quellen und Wasserfälle. Die Luft war klar, einzig der Geruch von Wald und feuchter Erde umgab uns, und die Anstrengung ließ jeden Gedanken in meinem Kopf ganz ruhig werden. Es war traumhaft. Keiner sprach während der Wanderung, einzig Alistair teilte zwischendurch ein paar interessante Fakten über die Umgebung mit uns. Wir wurden begleitet vom Rascheln der Blätter, die im Wind tanzten und unter unseren Schuhen knirschten.

Als wir schließlich lautes Wasserrauschen hörten, begann mein Herz aufgeregt zu pochen. Das hieß, dass wir gleich da sein mussten. Es würde das erste Mal in meinem Leben sein, dass ich einen echten Wasserfall sah.

»Herzlich Willkommen am Grey Mares Tail Waterfall«, rief Alistar begeistert und breitete die Arme aus, um unseren Blick auf die Aussicht zu lenken. Wir verteilten uns ein bisschen, damit jeder gut sehen konnte, ich stellte mich zwischen Gracie und meinen liebsten blonden Lockenkopf.

Schnaufend stemmte ich die Arme in die Hüfte, meine Augen auf die Naturgewalt vor uns gerichtet. Wir standen am Beginn eines Flussbettes, durch das man Steine in unterschiedlichen Farben sehen konnte. Dahinter war ein riesiges mit Moos bewachsenes Bergmassiv, das so hoch war, dass ich den Kopf komplett in den Nacken legen musste, um bis ganz nach oben sehen zu können. Der Wasserfall schlängelte sich zwischen den Felsen hindurch und mündete schließlich zu unseren Füßen.

»Das ist der Wahnsinn«, sagte Tristan leise, die Begeisterung in seiner Stimme war deutlich zu hören.

Ich sah zu ihm auf, sein Blick traf meinen. Da war so. Viel. Kribbeln. In. Meinem. Bauch.

»Ist es«, entgegnete ich und griff, ohne darüber nachzudenken, nach seiner Hand. Seine Finger verschränkten sich mit meinen, während Wärme meinen Brustkorb weitete.

»Es macht mich so unbeschreiblich glücklich, dass wir das zusammen erleben«, flüsterte Tristan mir ins Ohr, während sein Daumen sanft über meine Handoberfläche strich.

Und plötzlich war da statt Kribbeln und Wärme etwas anderes. Mein Herz zog sich zusammen. Es fühlte sich an wie … Liebe. Ich hatte diese Liebe Tristan gegenüber schon vor drei Jahren gespürt, doch diese hier fühlte sich erwachsener, sicherer und so viel intensiver an. Es war eine Art von Liebe, die nie weggegangen war, sondern eher Winterschlaf gehalten hatte, nur um jetzt wieder zu erwachen und viel prächtiger und kraftvoller zu sein als je zuvor.

Ich wollte es ihm sagen, es hinausschreien und alle wissen lassen. Doch irgendwas hinderte mich daran. Wir waren uns gerade erst wieder nähergekommen, hatten uns gerade erst wiedergefunden. Und obwohl es sich noch immer so anfühlte, als würde ich Tristan in- und auswendig kennen, so war es leider eine Tatsache, dass wir die letzten drei Jahre ohneeinander verbracht hatten. Ich musste mir Tristans Vertrauen erst wieder verdienen.

»Mich auch«, sagte ich also statt *Ich liebe dich so sehr, dass es wehtut*, drückte seine Hand dafür aber ein bisschen fester.

Während die anderen fleißig Fotos schossen oder auf den Felsen um uns herum Platz genommen hatten, standen Tristan und ich einfach nur nebeneinander und betrachteten den Wasserfall.

»Würdest du mich kurz begleiten?«, fragte er auf einmal. Bildete ich es mir ein oder klang seine Stimme ein wenig aufgeregt? »Ich möchte dir was zeigen.«

Ohne zu zögern nickte ich. »Natürlich.« Kurz blickte ich mich um, auf der Suche nach Gracie. Als ich sah, dass sie und Sam auf einem Stein saßen und sich angeregt unterhielten, folgte ich Tristan guten Gewissens. Wir liefen zurück über Geäst und Steine, bis wir bei einer kleinen Brücke ankamen, die über den Fluss führte. Statt sie jedoch zu überqueren, bog Tristan hinter einem Felsen ab. Wir kamen zu einer kleinen Lichtung, deren Waldboden komplett mit Moos bedeckt war, sodass es sich anfühlte, als laufe man auf Wolken. Die einfallende Sonne hinterließ Lichtspiele auf dem Boden, die mich alles andere um mich herum vergessen ließen. Ich folgte Tristan zu einem großen Felsen, der genau in der Mitte der Lichtung stand. Er half mir hoch, sodass wir nebeneinandersaßen, Schulter an Schulter.

»Alistair hat mir vorhin diese Stelle hier empfohlen«, sagte er, während er sich den Rucksack vom Rücken zog und anfing, nach etwas darin zu suchen. Schließlich holte er eine große Thermoskanne und mehrere kleine Tupperdosen hervor, die er nach und nach zwischen uns abstellte. »Ich präsentiere Ihnen heiße Schokolade, köstliche Scones, Marmelade und Clotted Cream sowie eine kleine Flasche Sekt als Aperitif.«

Meine Mundwinkel verzogen sich zu einem breiten Lächeln, und ich konnte nicht anders, als mich vorzubeugen und endlich, endlich wieder seine Lippen auf meinen zu spüren. Ein angenehmer Schauer lief mir über den Rücken, als sich unsere Zungen berührten. Er legte seine Hände an meine Wangen, und ich rutschte automatisch noch näher an ihn heran. Hitze breitete sich in mir aus, während Tristans leises Stöhnen mir verriet, dass es ihm ähnlich ging.

»Du schmeckst so verflucht gut«, flüsterte er in meinen Mund und brachte meinen Körper damit zum Erzittern.

»Danke, dass du das alles vorbereitet hast, das ist die schönste Überraschung«, sagte ich atemlos, nachdem wir uns voneinander gelöst hatten, beide noch immer das breiteste Strahlen im Gesicht. Ich strich ihm liebevoll eine blonde Locke aus der Stirn.

Tristan reichte mir die Thermoskanne, sodass ich einen großen Schluck vom wohl leckersten Kakao nehmen konnte, den ich je probiert hatte. Die heiße Flüssigkeit fühlte sich an wie eine Umarmung von innen mit einem Hauch Nostalgie und Kindheit.

Wir teilten uns die Scones, die so butterweich waren, dass sie auf der Zunge zergingen. Ich bestrich jedes einzelne Stück dick mit Clotted Cream und Marmelade und konnte mir in diesem Augenblick nichts vorstellen, das besser schmeckte.

»Hm, die schmecken genauso, wie deine Mum sie immer macht«, murmelte ich zwischen zwei Bissen, und Tristan lachte auf.

»Finde ich auch, aber lass sie das bloß nicht wissen.« Grinsend strich er mir einen Krümel aus dem Mundwinkel. Als die Tupperdosen leer und unsere Bäuche voll waren, reichte Tristan mir zwei kleine Pappbecher, in die er den Sekt aufteilte. Wir stießen lächelnd damit an, und ich genoss das prickelnde Gefühl auf meiner Zunge, als ich den ersten Schluck nahm.

»Was Sienna wohl sagen würde, wenn sie uns jetzt sehen würde?« Tristans tiefes Lachen sorgte dafür, dass pures Glück durch meine Adern strömte, so süß wie klebriger Honig.

»Vermutlich würde sie mit uns schimpfen, weil wir uns so verdammt lange Zeit gelassen haben und sie von vornherein hätte sagen können, dass wir wieder zueinanderfinden.«

Nun musste auch ich lachen. »O ja, egal was sie sagen würde, es wären definitiv viele Schimpfwörter dabei.«

Tristan schien einige Sekunden lang nachzudenken, ehe er mir eine Haarsträhne hinters Ohr schob und sein Gesichtsausdruck ernster wurde. »Weißt du, ich war wirklich sehr lange wütend auf meine Schwester, weil sie dich nicht gemieden hatte. Ich konnte einfach nicht verstehen, wie sie weiterhin deine beste Freundin sein konnte, obwohl du mich so verletzt hattest.« Ich senkte den Blick, bevor ich langsam mit dem Finger über die weiche Haut seiner Hand strich. »Dabei hätte ich viel früher daran denken können, dass es vermutlich einen Grund hat und sie mit niemandem befreundet sein würde, der mir mutwillig wehtut. Ich hätte wissen müssen, dass mehr dahintersteckte. Hätte nicht so schnell aufgeben und mich in meinem Schmerz verlieren dürfen.«

Er sah so traurig und schuldbewusst aus, dass es mir fast das Herz brach. Ich würde mir vermutlich nie verzeihen können, dass es ihm meinetwegen so ergangen war. Ich nahm sein Gesicht in meine Hände und sah ihn eindringlich an.

»Tristan, nein. Ich bin diejenige, die dich einfach ausgeschlossen hat ohne irgendeine Erklärung. Du hattest jedes Recht dazu, verletzt und wütend zu sein.« Zärtlich fuhr ich mit dem Daumen seine Gesichtszüge nach. »Ich bin diejenige, die um dich hätte kämpfen müssen. Nicht andersherum.«

Tristan schloss die Augen, lehnte sich gegen meine Berührung. Als er sie wieder öffnete, setzte er zum Sprechen an, zögerte jedoch, als wäre er sich nicht sicher, ob er die nächsten Worte aussprechen sollte.

»Wie … wie war das, nachdem wir zum letzten Mal miteinander gesprochen haben?«, fragte er schließlich.

Kälte breitete sich in meinen Adern aus, als ich daran dachte, wie schlecht es mir vor drei Jahren gegangen war. »Du musst natürlich nicht darüber sprechen, wenn du nicht möchtest.«

Ich schüttelte leicht den Kopf. »Doch, doch, es ist nur … es fühlt sich noch immer komisch an, an diese Zeit zurückzudenken. Es ist ein unangenehmes Gefühl, das ich einfach nicht so richtig abschütteln kann.«

»Komm her«, sagte Tristan leise und breitete seine Beine aus, damit ich mich dazwischensetzen konnte. Ich lehnte mich mit dem Rücken gegen seinen Oberkörper, während er mich fest in seine Arme zog. Ihm so nah zu sein, fühlte sich nach Sicherheit und Geborgenheit an. Nach Zuhause.

Und zum ersten Mal seit sehr langer Zeit erlaubte ich mir, an meinen absoluten Tiefpunkt vor drei Jahren zurückzudenken.

Kapitel 27

DAMALS, 18 Jahre

Es war vier Uhr nachts, ich musste in drei Stunden aufstehen, um mich für das jährliche Schulsportfest fertig zu machen. Stattdessen saß ich aufrecht im Bett, während ich mich dazu zwang, nicht einzuschlafen, weil ich Angst davor hatte, im Schlaf zu sterben. Meine Augen brannten, mein Kopf schmerzte, während auf dem Bildschirm eine weitere Folge *Pretty Little Liars* flimmerte, von der ich vor lauter Müdigkeit nichts mitbekam. Aber ich musste wenigstens noch eine Stunde durchhalten, denn um sechs Uhr stand Dad auf und würde in mein Zimmer kommen, um schon mal die Vorhänge zu öffnen. Falls mir also in der einen Stunde etwas passieren würde, war die Wahrscheinlichkeit, dass er es rechtzeitig bemerkte und Hilfe holen konnte, relativ hoch. Ich wusste zwar noch nicht, wie ich mit höchstens anderthalb Stunden Schlaf den Tag überstehen sollte, ohne umzukippen, aber das war gerade das kleinere Problem. Wann immer mir die Augen zuzufallen drohten, schüttelte ich mich und rief mir die Begegnung mit Mums Freundin Karen im Supermarkt gestern in Erinnerung.

Meine Mutter und ich hatten nach der Schule bei Tesco gehalten, um ein paar Sachen einzukaufen. Als wir in der Gemüseabteilung gestanden hatten, ertönte plötzlich ein schrilles »Abigail, Olivia!« durch den Laden, woraufhin Mum und ich zusammenzuckten.

Karen Hodge war mit einem strahlenden Lächeln und ausgebreiteten Armen auf uns zugelaufen und hatte erst meine Mum und schließlich auch mich in eine Umarmung gezogen. Dabei sagte sie denselben Satz, den sie immer sagte, wenn sie mich sah: »Du bist so groß geworden!« Ich lächelte höflich und musterte interessiert die Kiste mit Brokkoli vor mir, um dem Tratschgespräch zwischen ihr und Mum zu entgehen. Wenn die beiden erst mal anfingen, gab es kein Stoppen mehr und es bluteten einem regelrecht die Ohren.

Nachdem sie ein bisschen Small Talk betrieben hatten, schnappte Karen auf einmal theatralisch nach Luft. »Hast du schon das von Vicky Millers' Tochter gehört?«

Mum schüttelte den Kopf, während ich überlegte, wer zum Teufel Vicky Miller war und ob ich sie kennen sollte.

»Die kleine Debbie war gerade achtzehn geworden, ein ganz wunderbares, kluges und sehr hübsches Mädchen. Sehr sportlich und mit dem gesunden Lebensstil ihrer Eltern aufgewachsen«, fing Karen an zu erzählen, während ich möglichst unauffällig einen *Cadbury*-Schokoriegel in unseren Einkaufswagen zu schmuggeln versuchte. »Na ja, jedenfalls ist ihre Mutter eines Morgens in ihr Zimmer gekommen, um sie zu wecken, doch Debbie war im Schlaf von uns gegangen.«

Mum stieß einen schockierten Laut aus, während ich aufhorchte.

»Scheinbar hatte sie ei…«, fing Karen erneut an, doch ich unterbrach sie.

»Mum, ich gehe mal eben zu den Zeitschriften«, sagte ich,

bevor ich, ohne eine Antwort abzuwarten, loslief. Ich wollte gar nicht erst hören, wieso Debbie Miller im Schlaf gestorben war. Es war schlimm genug, dass ich es überhaupt mitbekommen hatte, denn ich wusste, was diese Info mit mir machen würde. Ohne dass ich etwas dagegen tun konnte, fingen die Gedanken in meinem Kopf an, sich zu drehen.

Du bist im selben Alter, das heißt, dir könnte dasselbe passieren. Was, wenn du heute Abend einschläfst und morgen nicht mehr aufwachst? Es würde niemand mitbekommen, keiner könnte dir helfen. Von einer Minute auf die andere wärst du einfach nicht mehr da, puff, aufgelöst wie eine Rauchwolke. Würde dich jemand vermissen? Deine Eltern, ja, Sienna und Tristan am Anfang bestimmt auch, aber auf Dauer? Letztendlich würden alle ihr Leben weiterleben, Sienna würde eine neue beste Freundin finden und Tristan würde sich wieder verlieben. Und irgendwann … da hätten sie dich dann einfach vergessen. Es wird sein, als hättest du nie existiert. Und du existierst ja dann auch nicht mehr, du kriegst nichts davon mit, denn wahrscheinlich fühlst und denkst und siehst und hörst du gar nichts mehr, du bist ein schwarzes Nichts, und das für immer, aber ohne Ende, weißt du, was das bedeutet? Für immer, also endlos, also nie mehr aufwachen, nichts von dir ist mehr übrig und du …

»Schätzchen, was machst du da?«, riss mich die besorgte Stimme meiner Mum aus dem Nebel in meinem Kopf, und ich zuckte heftig zusammen. Benommen sah ich mich um, mein rasendes Herz in der Brust, die Handflächen schweißnass. Meine Sicht wurde klarer, sodass ich erst jetzt realisierte, dass ich noch immer im Supermarkt war. Genauer gesagt kniete ich auf allen vieren auf dem Boden vor dem Regal mit den Nudeln, während mir vorbeilaufende Menschen neugierige, vor allem aber mitleidige Blicke zuwarfen. O Gott, wie peinlich. Es war das erste Mal, dass ich mich in der Öffentlichkeit von der Panik hatte übermannen lassen und es nicht geschafft hatte, das Gedankenchaos in meinem Kopf zu verstecken. Meine Wangen wurden heiß, ich stand eilig auf. Meine Knie zitterten, dennoch versuchte ich, ein Lächeln aufzusetzen, das hoffentlich einigermaßen souverän wirkte.

»Ich dachte, ich hätte etwas runterfallen gehört«, sagte ich und wischte mir die Hände an der Hose ab.

»Ah«, sagte Mum nur, beließ es jedoch dabei und widmete sich zum Glück wieder dem Einkauf. Ich folgte ihr, blieb dabei aber immer ein paar Schritte hinter ihr, damit ich mich etwas sammeln konnte. Das durfte auf keinen Fall wieder vorkommen. Doch noch während ich beschloss, mich in Zukunft mehr zusammenzureißen, fiel mir der Dreck auf meinen Handinnenflächen auf, der vermutlich vom Boden des Supermarktes stammte. Sofort schossen mir Gedanken an all die Bakterien und Keime in den Kopf, die ich womöglich aufgeschnappt hatte. Ekel überkam mich, ebenso wie Angst davor, krank zu werden, mich vielleicht anzustecken und nächstes Wochenende nicht nach London zu Tristan fliegen zu können. Die Heimfahrt war eine regelrechte Tortur, und als wir endlich ankamen, stürzte ich ins Badezimmer, um mir die Hände zu waschen. Oder sie mir besser gesagt zu *schrubben*, um sicherzugehen, dass auch wirklich alles abging.

Ein Schrei aus meinem Laptoplautsprecher riss mich zurück in die Gegenwart. Meine schmerzenden Augen schnellten zum Wecker auf meinem Nachttisch. Es war kurz vor fünf. Erleichterung machte sich in mir breit. Gleich konnte ich endlich der Müdigkeit und Erschöpfung nachgeben, ich hatte es fast geschafft.

Eilig schaltete ich den Laptop aus, damit mein Dad nicht bemerkte, dass ich nicht geschlafen hatte, bevor ich mich mit einem tiefen Seufzer in mein Kissen sinken ließ. Ich spürte die

Müdigkeit schmerzend in jedem meiner Knochen, und hätte mein Körper schreien können, hätte er das mit Sicherheit jetzt gerade getan. Sehr laut. Ich fragte mich, ob ich je wieder guten Gewissens und ohne Panik eine Nacht durchschlafen würde können, als mir erschöpft die Augen zufielen und ich in einen tiefen, unruhigen Schlaf fiel.

»Liv, bist du eingeschlafen?«, fragte Sienna lachend. Erschrocken schlug ich die Augen auf und schüttelte träge den Kopf. »Nein, nein, bin da«, antwortete ich mit rauer Stimme, während ich mir übers Gesicht strich. Nach genau einer Stunde Schlaf, einem appetitlosen Frühstück und dem eiligen Packen meiner Sporttasche, war ich vor zehn Minuten bei Sienna und ihrem Dad ins Auto gestiegen. Und scheinbar sofort eingenickt. O Gott, ich wusste wirklich nicht, wie ich heute irgendwas hinkriegen sollte. Ganz abgesehen von dem Sportfest, das ich irgendwie hinter mich bringen musste.

»Konntest du nicht schlafen?«, wollte Sienna wissen. Ihre Augen nahmen dabei diesen wissenden, besorgten Ausdruck an, den ich seit diesem einen Abend in Cornwall öfter bei ihr gesehen hatte. Ich hasste alles daran.

»Ja, *Pretty Little Liars* war einfach wieder zu spannend«, tat ich ihre Frage mit einem lockeren Schulterzucken ab. Sie lächelte, doch irgendwie spürte ich, dass sie mir nicht glaubte.

»Wir sind da, Mädels«, erlöste mich Siennas Dad.

Ich konnte es kaum abwarten, die Autotür aufzureißen. »Danke fürs Fahren, Mr. Kingsley«, rief ich überschwänglich, ehe ich aus dem Auto sprang und meine Sporttasche schulterte. Hastig ließ ich die Wagentür hinter mir zufallen und wartete auf meine beste Freundin, die noch mit ihrem Dad sprach. Nervös betrachtete ich meine Hände, die Finger, die mal wieder rot, entzündet und wund waren. Um drei von ihnen hatte ich ein Pflaster gewickelt, denn sie schmerzten bei jeder Berührung. Eine Welle der Scham ließ mich erschaudern, ich ließ sie schnell wieder sinken. Eilig zog ich die Ärmel meines Sportshirts über beide Hände, als könnte ich damit verbergen, wie kaputt ich war. Ich versuchte immer noch so krampfhaft, den Schein zu wahren, doch mit jedem Tag, der verging, war es mit mehr Anstrengung verbunden. Nur bekam ich so langsam das Gefühl, dass mir die Kraft ausging.

»Jedes Jahr versuche ich meinen Eltern an diesem Tag vorzugaukeln, dass ich krank bin, damit ich nicht am Sportfest teilnehmen muss, und jedes Jahr durchschauen sie mich«, brummte Sienna frustriert, während wir auf den bereits gut gefüllten Sportplatz vor unserer Schule zuliefen.

»Ich wünschte auch, ich könnte mich davor drücken«, erwiderte ich, gefolgt von einem herzhaften Gähnen, das ich nicht unterdrücken konnte.

Wir trugen unsere Namen in die Anwesenheitsliste ein, ehe wir unsere Taschen am Rand des Platzes zu den anderen stellten und anfingen, uns warm zu machen. Lustlos joggten wir nebeneinanderher, während wir immer wieder von wesentlich motivierteren Mitschülerinnen und Mitschülern überholt wurden. Mit jedem Schritt nagte die Müdigkeit weiter an mir und brachte so langsam pochende Schmerzen in den Schläfen mit sich.

»Hast du zufällig eine Kopfschmerztablette?«, fragte ich Sienna, die gerade dabei war, sich zu dehnen.

»Na klar, warte.« Sie lief zu ihrer Tasche und kramte eine Weile darin herum, bevor sie mir triumphierend ein Blister mit zwei verbleibenden Tabletten entgegenhielt. »Hier, die helfen richtig gut.«

»Danke«, sagte ich erleichtert und schluckte die Medizin mit einem ordentlichen Schluck Wasser herunter.

Als das Sportfest schließlich begann, hatten die Kopfschmerzen zwar tatsächlich aufgehört, doch die bleierne Erschöpfung machte aus jeder kleinen Bewegung einen massiven Kraftakt. Beim Weitsprung und Weitwurf versagte ich kläglich, genauso wie beim Hürdenlauf, bei dem ich fast alle Hindernisse umschmiss und mehrfach gerade noch so verhindern konnte, zu stürzen. Im Staffellauf verlor das Team meinetwegen, dennoch versuchte ich, mit geröteten Wangen die verurteilenden Blicke der anderen zu ignorieren.

Mein absoluter Albtraum war jedoch der 1000-Meter-Lauf. Erst liefen Sienna und ich noch gleichauf, doch nach und nach fiel ich nach hinten zurück, bis ich mit zwei anderen Schülern das Ende der Gruppe bildete. Obwohl es kein allzu warmer Tag war, schien die Sonne erbarmungslos auf meinen Kopf zu knallen, sodass es gefühlt keine Stelle meines Körpers gab, die nicht komplett verschwitzt war. Das Schlimmste war allerdings die Übelkeit, die sich langsam, aber sicher bemerkbar machte. Ich hatte noch nicht mal die Hälfte geschafft, als sich Schwindel dazugesellte und ich keine andere Wahl hatte, als mich auf das Gras fallen zu lassen. Schwer atmend bedeckte ich meine Augen und streckte beide Beine von mir, während sich mein Brustkorb hektisch hob und senkte. Alles drehte sich, mein Kopf fing wieder an zu pochen.

»Miss Mahony? Ich glaube, wir brauchen hier Hilfe«, rief eine Stimme direkt neben mir. Ich vermutete, dass es die von Peter Nixon aus meinem Mathekurs war, doch ich hatte keine Kraft, um nachzusehen. Stattdessen hielt ich die Lider geschlossen und konzentrierte mich auf meine Atmung, in der Hoffnung, dass sich mein Magen und Kreislauf beruhigten.

Der Rest des Vormittags zog wie ein Film an mir vorbei. Alles verschwand hinter einem Müdigkeitsschleier und den nicht enden wollenden Magenschmerzen. Ich bekam nur am

Rande mit, wie Miss Mahony die Sanitäter rief, die mich auf eine Liege hievten, während im Hintergrund Siennas besorgte Stimme immer wieder meinen Namen rief. Nachdem die Sanitäter mir etwas gegen die Übelkeit verabreicht und mir jede Menge Wasser zum Trinken gegeben hatten, spürte ich, wie sich mein Magen langsam wieder beruhigte. Auch mein Kreislauf stabilisierte sich, doch die Erschöpfung, die mich regelrecht zu lähmen schien, blieb. Umso dankbarer war ich, als plötzlich Mum in den Raum stürzte, um mich abzuholen. Ihr Gesicht zu sehen und kurz daraufhin ihre Arme um mich zu spüren, sorgte dafür, dass ich vor lauter Erleichterung anfing zu weinen.

»O, mein Schatz, alles wird gut, ich bringe dich nach Hause«, murmelte Mum beruhigend, immer wieder, wie ein Mantra, während sie sanft über meinen Kopf strich.

Als ich mich endlich bereit für die Autofahrt fühlte, bedankte sie sich bei den Sanitätern und stützte mich auf dem Weg zum Parkplatz. Die Heimfahrt fühlte sich an wie eine Ewigkeit, dabei gelang es mir einfach nicht, die Augen offen zu halten.

Daheim angekommen, bewegten wir uns im Schneckentempo auf das Haus zu. Als wir mein Zimmer betraten und mein Blick auf das weiche, gemütliche Bett fiel, wollte ich erneut weinen vor Erleichterung. Mum half mir, meine Sportsachen auszuziehen, streifte mir den Pyjama über und deckte mich zu. Der Moment, in dem mein Kopf auf das samtige Kissen sank, fühlte sich an wie der Himmel auf Erden. Seufzend schloss ich die Augen und genoss die Leere in meinem Kopf. Ich war viel zu müde und erschöpft, um über irgendetwas nachzudenken – es fühlte sich seltsam friedlich an.

»Ruh dich ein wenig aus, mein Schatz, ich bin nebenan, wenn was ist«, sagte Mum leise. Ich schaffte es nicht mehr, ihr zu antworten, ehe mich der Schlaf übermannte.

Als ich aufwachte, dämmerte es draußen bereits. Erschrocken stellte ich fest, dass ich den kompletten Nachmittag verschlafen hatte. Gähnend rieb ich mir die Augen, bevor ich aus dem Bett stieg und mir einen Pullover überzog. Mein Bauch gab ein hungriges Knurren von sich, als ich nach unten Richtung Küche tapste. Wenigstens hatte ich wieder Appetit.

»Mum?«, rief ich und sah mich um. Das Radio in der Küche füllte die Stille im Haus, ansonsten war niemand zu sehen. Hm, seltsam. »Mum, bist du da?«, versuchte ich es erneut. Wieder keine Reaktion. Ich lief alle Räume im Haus ab, warf sogar einen Blick in den Keller, konnte sie aber nirgendwo finden. Unruhe breitete sich in mir aus, wurde jedoch von einem erneuten Knurren meines Bauches überschattet. Okay, erst musste ich etwas essen, dann würde ich weiter nach Mum suchen. Wahrscheinlich war sie einfach kurz bei den Nachbarn oder etwas besorgen. Aber ohne mir Bescheid zu geben? Das war schon ungewöhnlich. Meine Gedanken fingen an zu kreisen, während ich mir eine Scheibe Brot abschnitt und dick mit Nutella bestrich.

Normalerweise verließ meine Mutter nie das Haus, ohne Bescheid zu geben oder zumindest eine Nachricht zu hinterlassen. Ich scannte die Küche nach einem Notizzettel ab, sah nach, ob auf der Tafel am Kühlschrank was stand, und guckte auf meinem Handy nach, doch nichts, kein Zettel, kein einziges Wort.

Das ungute Gefühl in mir nahm zu, und obwohl ich versuchte dagegen anzukämpfen und rational zu bleiben, überrollten mich die sorgenvollen Gedanken mal wieder wie eine Lawine.

Ja, vielleicht ist sie nur bei den Nachbarn, vielleicht ist ihr aber auch etwas zugestoßen. Vielleicht war sie einkaufen und hatte auf dem Rückweg einen Autounfall. Oder sie hatte einen Herzinfarkt oder wurde überfallen. Vielleicht ist sie gerade im Krankenhaus, wird operiert und kämpft um ihr Leben, während du nutzlos in der Gegend herumstehst und dein Nutellabrot genießt. Schäm dich.

Ich rieb mir übers Gesicht, während sich Panik um meinen Oberkörper legte wie ein Korsett, das viel zu eng geschnürt war und mir die Luft zum Atmen nahm. Angewidert stellte ich den Teller mit dem Nutellabrot auf der Küchentheke ab und versuchte, mich mit dem Spülen von Geschirr abzulenken. Ich durfte nicht zulassen, dass mich die Angst wieder überfiel und unter sich begrub. Nicht schon wieder. Stattdessen tat ich alles, um mit Logik gegen meine Sorgen anzukommen, um dagegenzuhalten und die überzeugenderen Argumente zu finden. Wahrscheinlich saß Mum nebenan bei unserer Nachbarin Jane und hatte sich mal wieder bei einer Tasse Tee verquatscht, so wie es jede Woche mindestens ein- oder zweimal vorkam. Vielleicht war sie auch im Supermarkt, weil sie heute Abend etwas magenschonendes Kochen wollte, und brauchte länger als sonst, weil es die typische Feierabendzeit war, zu der die Straßen immer voll waren. Die Wahrscheinlichkeit, dass es eine ganz einfache Erklärung für ihre Abwesenheit gab, war mehr als hoch.

Aber was … wenn ihr eben doch etwas passiert war?

Mein Herzschlag beschleunigte, während ich meine Müslischüssel von heute Morgen mit dem Schwamm schrubbte.

Wenn du die Schüssel viermal abwäschst, passiert deiner Mum nichts, und alles wird gut.

Mit zusammengebissenen Zähnen schrubbte ich weiter. Einmal. Zweimal. Dreimal. Viermal.

Waren da noch Reste vom Müsli oder war einfach eine Macke in der Schüssel?

Du musst sie schon richtig sauber kriegen, ansonsten bleibt ein Restrisiko, dass deine Mum nicht sicher nach Hause kommt.

Ich machte also weiter. Meine Hand umklammerte den gelben Schwamm mittlerweile so fest, dass er in der Mitte leicht eingerissen war, doch das hielt mich nicht davon ab, intensiver zu schrubben.

Als mir die Schüssel endlich sauber genug vorkam und ich sie in den Schrank stellen konnte, ging es mit meiner Lieblingstasse weiter. Viermal schrubben. Viermal abwaschen. Noch ein bisschen mehr schrubben, noch ein bisschen mehr anstrengen. Da ich für jedes Teil eine gefühlte Ewigkeit brauchte, kam ich nicht voran, was wiederum dazu führte, dass so langsam meine Geduld schwand. Ich wollte nicht mehr, hatte keine Lust mehr, hatte keine Kraft mehr. Mein Magen fühlte sich nach wie vor flau an, denn mehr als zwei Bissen von meinem Brot hatte ich ja bisher nicht zu mir genommen.

Na ja, wenn du aufhören und riskieren willst, dass deiner Mum was passiert – bitte schön.

»Ihr wird nichts passieren. Das hat nichts damit zu tun, wie ich Geschirr abspüle«, murmelte ich angestrengt vor mich hin, doch mein Gehirn fühlte sich an wie verknotet.

Wenn du das sagst … aber bist du dir wirklich sicher? Was ist schon dabei, wenn du dir beim Abwasch etwas mehr Mühe gibst und dadurch deine Mum retten kannst? Du weißt, dass du für immer mit Schuldgefühlen zu kämpfen hättest. Außerdem, stell dir mal vor, wie es wäre, wenn deine Mum nicht mehr da wäre. Sie ist der wichtigste Mensch in deinem Leben. Du erzählst ihr alles. Du kannst ihr jede noch so unangenehme Kleinigkeit anvertrauen, ohne dass sie dich verurteilt. Es gibt niemanden, der dich so sehr liebt wie sie, und es wird auch niemals jemanden geben wie sie. Könntest du jemals ohne ihre Umarmungen leben? Ohne ihre Wärme, ohne die Gespräche, ohne zu wissen, dass sie jederzeit nur einen Anruf entfernt ist, und die Gewissheit, dass sie der einzige Mensch ist, bei dem du dich vor nichts zu schämen brauchst? Außer natürlich für den Knacks in deinem Kopf. Wenn sie nicht mehr da wäre, könntest du eigentlich auch aufhören, weiterzuleben, oder? Deinen Dad hast du zwar lieb, aber so richtig viel zu sagen habt ihr euch jetzt auch nicht, und du wärst ihm niemals so nah wie deiner Mum. Du könntest es vermutlich eher verkraften, ihn zu verlieren. Ja, ich weiß, dass sollten wir nicht denken, aber es ist doch wahr, oder nicht?

Aber ohne deine Mum hättest du schließlich niemals mehr diesen einen Fels in der Brandung. Sienna könnte das nicht ersetzen. Tristan auch nicht. O Gott, Tristan würde sowieso rennen, wüsste er, wie durchgeknallt du bist. Aber du könntest alles zum Guten wenden, wenn du das Brotmesser nur noch ein bisschen saubere…

»Stopp, stopp, STOPP!«, schrie ich verzweifelt, während ich wie eine Besessene das Besteck schrubbte und mir vereinzelte Tränen die Wangen hinunterliefen. »Ich will das nicht mehr hören, mein Kopf explodiert gleich, hör endlich auf damit!«

Gequält drückte ich beide Hände gegen die Schläfen, als könnte ich meine innere Stimme so endlich abschalten. Doch die Sorgenspirale lief unaufhaltbar weiter, wie eine Warteschleifenmelodie, die unerträglich und unaufhörlich durch meinen Kopf dudelte und mich damit in den Wahnsinn trieb. Sorge über Sorge über Sorge, während mein Herz immer schneller raste und ich die wachsende Angst immer greifbarer, immer präsenter in meinem ganzen Körper spürte. Mit wackeligen Beinen tigerte ich durch die Küche, ließ meinen Blick schweifen, auf der Suche nach irgendetwas, das mir helfen könnte. Aber was half schon gegen Chaos im Kopf?

Plötzlich blieb ich an der Schublade hängen, in der Mum alle Medikamente aufbewahrte. Da musste doch was dabei sein. Meine Mutter hatte immer für alles etwas da. Hektisch riss ich die Schublade auf und kramte all die bunten Packungen hervor, um sie dann auf der Küchentheke auszubreiten.

Übelkeit, Menstruationsschmerzen, Hustenbonbons, das war alles nicht richtig, Magenkrämpfe, Kopfschmerzen … aha, das war einen Versuch wert. Ich kippte eine Handvoll der weißen Pillen auf den Tresen, ehe ich die weiteren Verpackungen durchforstete. Schließlich fand ich noch Tabletten gegen innere Unruhe und welche, die beim Einschlafen helfen sollten, auch die beiden kamen mir hilfreich vor. Vielleicht brachten sie auch meine Angst zum Einschlafen. Ein paar der Ibuprofen Schmerztabletten konnten sicherlich auch nicht schaden, denn Schmerzen hatte ich. Überall. Mein ganzer Körper war verkrampft, das Herz schlug mir bis zum Hals, und da war so viel Panik, dass ich Angst hatte, gleich einen Herzinfarkt zu bekommen.

Einen kurzen Augenblick lang starrte ich die bunte Tablettenmischung in meiner Hand an. Das konnte nicht gesund sein. Das wusste ich. Ich wollte mir nichts antun, ich wollte nur … ich wollte, dass es endlich aufhörte, ich wollte endlich Ruhe im Kopf, ich wollte alles betäuben, nicht mehr fühlen, nicht mehr denken, ich wollte endlich … Frieden. Einfach nur Frieden.

Ich setzte gerade an, mir die Tabletten in den Mund zu werfen, als ein spitzer Schrei ertönte, der mich zusammenfahren ließ. Die Tabletten fielen mir aus der Hand und landeten wie prasselnde Regentropfen auf dem Fußboden. Es war, als hätte mir jemand einen Eimer kaltes Wasser über den Kopf geschüttet. Mein Verstand war plötzlich ganz klar, ich betrachtete erschrocken das Durcheinander, das ich in der Küche hinterlassen hatte. Überall lagen aufgerissene Verpackungen, leere Blister, Tabletten, die sich nicht mehr zuordnen ließen, sowie zerknitterte Beipackzettel. Im Türrahmen stand meine beste Freundin. Mit weit aufgerissenen Augen, panischem Blick und bleichem Gesicht starrte sie mich an. Mir rutschte das Herz in die Hose.

»Olivia, was machst du denn da?«, rief sie. Ich hatte ihre Stimme noch nie so hysterisch und so entsetzt erlebt. Es jagte mir eine Heidenangst ein. Bevor ich etwas sagen konnte, kam sie auf mich zu und schlug gegen meine Hand, sodass auch die letzten Tabletten zu Boden fielen.

»Wolltest du die etwa alle nehmen?«

Tränen stiegen mir in die Augen, ich rieb mir übers Gesicht, unfähig, mir eine Ausrede auszudenken oder auch nur einen einzigen vernünftigen Satz zustande zu bringen.

»Liv, das hätte dich umbringen können. Ich will mir nicht mal vorstellen, was diese Menge an Medikamenten mit deinem Körper angestellt hätte. Stell dir mal vor, deine Mum hätte mir nicht den Schlüssel gegeben, um nach dir zu sehen.«

Es brach mir das Herz, zu sehen, wie Tränen über das Gesicht meiner besten Freundin kullerten. Ich konnte gar nicht anders, als mit ihr zu weinen.

»Ich wollte nicht …«, setzte ich schluchzend an und schnappte nach Luft. »Ich wollte mir nichts antun, ich wollte nur, dass es endlich aufhört.« Mittlerweile weinte ich so sehr, dass es meinen ganzen Körper schüttelte. Ohne auch nur eine Sekunde zu zögern, kam Sienna auf mich zu und schloss mich so fest in ihre Arme, dass ich mich kaum rühren konnte. Eine gefühlte Ewigkeit lang standen wir zusammen, hielten uns gegenseitig und versuchten, nicht an unseren Tränen zu ertrinken. Irgendwann gaben unsere Beine nach, sodass wir wie ein ineinander verwobenes Knäuel aus Armen und Beinen an die Küchentheke gelehnt saßen. Mit meinem vor salzigen Tränen verschwommenen Blick und etwas Vorstellungskraft sahen die Tabletten um uns herum fast aus wie Schneeflocken. Das passte zur eisigen Kälte, die sich mittlerweile in meinen Gliedern ausgebreitet hatte.

»Liv … du brauchst Hilfe«, sagte Sienna mit rauer Stimme.

Ich verzog das Gesicht. An sie gelehnt, umschlang ich meine Beine mit den Armen und stützte den Kopf auf meine Knie.

Es gab nun kein Entkommen mehr. Keine Ausreden. Keine Halbwahrheiten. Keinen Schein, den ich wahren, keine Maske, die ich aufbehalten konnte. Es gab nur die hässliche Wahrheit und die Frage, wie ich die tausend Trümmerteile, in die ich zerbrochen war, wieder zusammenkleben konnte.

In diesem Moment wurde mir schmerzhaft bewusst, dass sich ab heute alles ändern würde. Dass sich alles ändern *musste.*

»Ich weiß«, erwiderte ich.

Kapitel 28

Tristan hatte während meiner Erzählung nicht aufgehört, mir sanft über den Kopf zu streichen. Seine Arme waren nach wie vor um meinen Körper geschlungen, und ich spürte nicht nur seine Wärme, sondern auch seinen Herzschlag und wie sich sein Brustkorb langsam hob und senkte. Mein Blick war starr geradeaus auf die Bäume gerichtet, ich war dankbar dafür, Tristan nicht ansehen zu müssen, während sich dieser schlimme Moment wie ein Film vor meinem inneren Auge abspielte.

Erleichtert darüber, endlich fertig zu sein und es Tristan endlich erzählt zu haben, atmete ich tief aus und schloss kurz die Augen, um mich daran zu erinnern, dass ich im Hier und Jetzt war. Es ging mir gut. Es war vorbei. Ich hatte es überlebt. Tristan war bei mir.

»Weißt du, dass du der stärkste Mensch bist, den ich kenne?«, flüsterte er mir ins Ohr, ehe er mir einen Kuss auf den Scheitel drückte.

Langsam löste ich mich aus seinen Armen und drehte mich um, damit ich ihn ansehen konnte. In seinem Blick lag Trauer und Zuneigung, kein Mitleid und auch keine Ablehnung. Ein

Stein fiel mir vom Herzen. Es wirkte nicht so, als sähe er mich jetzt mit anderen Augen oder verurteilte mich dafür.

»Ich glaube nicht, dass ich das bin, aber danke, dass du mir das sagst«, erwiderte ich und lehnte meine Stirn gegen seine.

»Danke, dass du mir das erzählt hast. Ich …« Er schien nach den richtigen Worten zu ringen, ich griff nach seiner Hand. »Ich wünschte, du hättest es mir eher gesagt, aber ich … ich denke, ich kann nun zumindest besser verstehen, wieso du es nicht getan hast.«

»Das bedeutet mir sehr viel«, sagte ich aufrichtig und konnte nicht anders, als mir vorzustellen, wie die letzten drei Jahre ausgesehen hätten, wenn Tristan an meiner Seite gewesen wäre. Wenn er mich in der Klinik besucht und meine Hand gehalten hätte, während ich weinte. Wenn er mir von seinem Leben in London berichtet hätte und ich ihm von meinen Gedanken. Hätte es funktioniert? Hätten wir so eine Zukunft gehabt? Oder hätte ich das zwischen uns so oder so irgendwann zerstört?

»Es tut mir leid, dass ich dir die Chance genommen habe, für mich da zu sein und selbst zu entscheiden. Glaub mir bitte, dass ich mir das nie verzeihen werde.«

Tristan nahm mein Gesicht in beide Hände. Sein Lächeln war so sanft, dass mein Herz anfing zu flattern. Es war voller Zuneigung, Liebe und … Vergebung. Etwas, womit ich noch am Anfang des Retreats nie gerechnet hätte.

»Dafür hast du es mir jetzt gesagt. Und ich finde, wir sollten diese zweite Chance, die wir haben, nutzen. Ich jedenfalls habe nicht vor, dich noch mal gehen zu lassen.«

»Ich habe auch nicht vor, zu gehen«, entgegnete ich bestimmt und konnte mich nicht daran erinnern, wann ich mir zuletzt einer Sache so sicher gewesen war.

Tristan beugte sich vor und drückte seine Lippen auf meine.

Wie von selbst kam ich ihm entgegen, öffnete den Mund leicht für ihn und stöhnte leise auf, als sich unsere Zungen endlich trafen. Wir küssten uns so lange, bis meine Lippen sich ganz empfindlich anfühlten und ich jegliches Zeitgefühl verlor. Zu wissen, dass er nun von meinem dunkelsten Moment wusste und mich trotzdem wollte, sorgte dafür, dass ich ihn nur noch mehr liebte, als ich es eh schon tat. Ich seufzte auf, als er sich zurückzog und sanft mit seinem Daumen über meine Unterlippe strich.

»Ich schätze, wir müssen so langsam zurück zu den anderen«, stellte Tristan irgendwann fest.

Ich seufzte zustimmend. »Ja, vermutlich hast du recht.«

Wir packten unsere Sachen zusammen, dann half er mir von dem Stein herab, bevor wir schließlich in Richtung Wasserfall liefen. Je näher wir kamen, desto lauter wurde das Plätschern. Was ich jedoch nicht mehr hörte, waren … Stimmen.

Verwirrt blieb ich ein paar Schritte vor dem Flussbett stehen, sodass Tristan gegen mich prallte.

»Uff«, stieß er aus, während ich meinen Blick schweifen ließ.

»Sie sind weg«, sagte ich und lief ein paar Schritte, als würden die anderen dadurch auf magische Weise wieder auftauchen.

»Was? Aber wie …«, fing Tristan an und drehte sich um die eigene Achse. »Aber wir sind doch am richtigen Wasserfall, oder?«

»Ich denke schon, ich meine … wir waren doch quasi nur um die Ecke«, stammelte ich und tastete in meiner Jackentasche nach meinem Handy, bis ich mich daran erinnerte, dass wir die ja gar nicht bei uns hatten.

»Aber sie wären doch auch nicht einfach ohne uns losgegangen?«

»Ich weiß es doch auch nicht«, erwiderte ich, nun leicht panisch, und warf die Hände in die Luft.

»Hey, alles wird gut. Wir sind zusammen, und die anderen sind sicherlich ganz in der Nähe oder suchen schon nach uns«, sagte Tristan beruhigend und legte einen Arm um mich.

Ich wusste, dass er recht hatte. Es war nicht so, dass wir irgendwo mitten im Dschungel und völlig auf uns gestellt waren. Die anderen konnten nicht weit weg sein und hatten vermutlich auch schon gemerkt, dass wir fehlten.

Und trotzdem konnte ich nichts gegen die Angst tun, die schleichend Besitz von mir ergriff.

Tristan schien die aufkommende Unruhe in mir zu bemerken, er zog mich noch etwas fester an sich. Falls es ihm ähnlich ging, ließ er sich jedenfalls nichts anmerken.

»Am besten, wir warten erst mal einen Moment hier, falls jemand zurückkommt. Nicht, dass wir uns noch richtig verlaufen und die anderen dann keinen Anhaltspunkt mehr haben«, sagte er mit ruhiger Stimme. Ich nickte nur.

Wir standen keine fünf Minuten am Flussbett, als mir plötzlich ein fetter Regentropfen auf den Kopf klatschte. Auf einen folgte der nächste, bis wir binnen weniger Sekunden im strömenden Regen standen.

»Na, super«, murmelte Tristan stöhnend, ehe er sich umsah und auf einen kleinen Felsvorsprung deutete, der dicht mit Moos bewachsen war. »Komm, da können wir uns unterstellen.«

Er griff nach meiner Hand, ehe wir gemeinsam über die nassen Kieselsteine liefen, vorsichtig, um nicht auszurutschen.

Wir kauerten uns eng nebeneinander unter den Felsvorsprung, der zum Glück genug Platz für uns beide bot. Tristan verstaute die Rucksäcke hinter uns in einem kleinen Spalt in der Felswand und schlang dann wieder seine Arme um mich.

»Ist dir sehr kalt oder geht es?«, fragte er und strich sich einige nasse Haarsträhnen aus der Stirn.

»Es geht schon«, sagte ich leise, kuschelte mich jedoch noch enger an ihn, um die aufkommende Kälte zu vertreiben.

Nachdem wir eine halbe Stunde dort gesessen hatten, der Regen kein bisschen nachließ und mir die Nässe langsam, aber sicher eisig kalt in die Glieder fuhr, fing ich an, mir Sorgen zu machen. Nachdem aus einer halben Stunde anderthalb geworden waren, sich Donnergrollen zum Regen gesellte und unsere Füße mittlerweile komplett durchnässt waren, stand ich kurz vor einer ausgewachsenen Panikattacke.

Mein Atem ging immer schneller, mein Puls raste, während ein Gedanke nach dem anderen in meinem Kopf aufploppte.

Ich versuchte, mich auf meine Umgebung zu konzentrieren, begann, in meinem Kopf zu zählen und die einzelnen Szenarien bis zum bitteren Ende durchzudenken, damit sie ihren Schrecken verloren, doch es war nicht genug. Die Angst war wie eine Dampfwalze, die alles unter sich platt machte. Was, wenn das Unwetter immer stärker würde und wir keinen guten Schutz mehr fanden? Was, wenn es Stunden dauerte, bis sie uns fanden, und sich währenddessen einer von uns verletzte und stark blutete und sich dann die Wunde desinfizierte und wir keine Hilfe holen könnten und …

»Eine Wahrheit für eine Wahrheit«, sagte Tristan plötzlich, das leise Klappern seiner Zähne war nicht zu überhören.

»Wie bitte?«, fragte ich verwirrt und zuckte zusammen, als ein weiterer Donnerschlag den Himmel erbeben ließ.

»Wir tauschen eine Wahrheit gegen eine andere aus. In den letzten drei Jahren haben wir so viel aus dem Leben des anderen verpasst. Das müssen wir aufholen.«

Obwohl mein ganzer Körper unter Strom stand und die Panik in mir versuchte, mein Gehirn mit einem Presslufthammer in Unruhe zu versetzen, wanderten meine Mundwinkel ein klein wenig nach oben. Ich wusste, dass er mich ablenken wollte. Dennoch griff ich danach wie nach einer Rettungsleine.

»Seit ich in der Klinik war, kann mein Dad mir nicht mehr in die Augen schauen«, platzte ich heraus. *Wow, Liv, du fährst ja gleich die harten Geschütze auf.* »Unsere Familie ist nicht mehr die, die du kennst. Meine Mum hat mich immer verteidigt, was dafür gesorgt hat, dass die beiden sich ständig streiten. Und mein Dad und ich verbringen so gut wie gar keine Zeit mehr miteinander. Wir unterhalten uns nicht mal. Wenn er mich ansieht, dann sehe ich nur Enttäuschung und Befangenheit in seinen Augen. Es ist, als ob er nun einen ganz anderen Menschen in mir sieht, dem er nichts mehr zu sagen hat und von dem er nicht weiß, wie er ihn behandeln soll.« Ich spürte Tristans Blick auf mir, doch er schwieg. »Ich habe mich aber auch nie getraut, ihn darauf anzusprechen, weil ich Angst davor habe, dass mich das, was er zu sagen hat, nur noch mehr verletzen wird.«

Tristan drückte sanft seine Lippen auf meinen Scheitel, und ich war dankbar dafür, dass er nicht weiter nachhakte. Jetzt gerade war ich noch nicht so weit, mich weiter mit der zerbrochenen Beziehung zu meinem Vater zu beschäftigen.

»Ich war im ersten Jahr an der Academy so überwältigt von Selbstzweifeln und dem Leistungsdruck, dass ich nicht zu den Prüfungen erschienen bin und mich stattdessen betrunken habe. Es hat viel Überzeugungskraft gekostet, damit ich sie nachholen konnte«, entgegnete Tristan, ohne auf meine Worte einzugehen.

Überrascht von seinem Geständnis schnellten meine Augenbrauen nach oben. Und wieder einmal musste ich gegen die Schuldgefühle ankämpfen, die sich in mein Inneres fraßen. Ich wusste, dass ich krank gewesen war. Dass ich mich um meine Gesundheit hatte kümmern müssen und nicht in der

Lage gewesen wäre, ihm zu helfen. Dennoch fühlte ich mich schuldig, weil ich in all den Jahren immer davon ausgegangen war, dass sein Leben in London perfekt wäre. Dass er mich längst vergessen und den Spaß seines Lebens hätte. Ich hatte nicht ein einziges Mal darüber nachgedacht, dass auch er mit seinen eigenen Dämonen zu kämpfen gehabt hatte. Stattdessen war ich mit einem Tunnelblick unterwegs gewesen, so fokussiert auf mein eigenes Leid, dass ich blind für das der anderen gewesen war. Das wurde mir nun zum ersten Mal so richtig bewusst. Dass ich daran nicht gedacht hatte, während es mir so schlecht gegangen war – okay. Aber danach? Ich fragte mich, wann ich Sienna je gefragt hatte, wie es ihr mit alldem ergangen war. Oder meine Mum. Ellen und Jude. Meinen Dad. Ich hatte immer nur daran gedacht, wie schlecht es mir ging, und dabei völlig vergessen, dass die Menschen um mich herum vermutlich auch litten. Ganz zu schweigen davon, dass sie zusätzlich mit ihren eigenen Problemen zu kämpfen hatten.

Ich beschloss, das nach meiner Rückkehr sofort nachzuholen.

»Ich hab immer noch nicht die *Herr-der-Ringe*-Filme gesehen«, sagte ich, um die Stimmung ein wenig aufzulockern, und grinste zufrieden, als Tristan laut auflachte.

»Dafür habe ich immer noch nicht *Die Brücken am Fluss* angeschaut.«

»Dann wissen wir ja, was wir demnächst machen müssen«, erwiderte ich, als Tristan mir einen Kuss auf die Wange drückte und ich kurz mit der Fingerspitze über die kribbelnde Stelle fuhr.

Ein weiterer Donnerschlag ertönte, und ich zuckte zusammen. Tristan hielt mich daraufhin noch ein wenig fester.

»Jude hatte letztes Jahr einen Herzinfarkt, und es war ungelogen eine der schlimmsten Wochen meines Lebens. Wir hatten solch eine Angst um ihn. Aber zum Glück geht es ihm wieder besser.«

Ich schauderte immer noch ein wenig bei der Erinnerung daran, wie blass und dünn mein Boss ausgesehen hatte, als er in diesem Krankenhausbett gelegen hatte. Als Ellen mich angerufen und ich die Angst in ihrer Stimme hatte hören können, war mir das Herz stehengeblieben. Jude war wie ein Großvater für mich geworden, sodass die Sorge, ihn zu verlieren, mir nicht nur schlaflose Nächte, sondern auch jede Menge Tränen und Bauchschmerzen beschert hatte.

»Ich wünschte, ich hätte das gewusst«, murmelte Tristan mit belegter Stimme, während das Unwetter um uns herum tobte. »Ich wollte mich in den letzten Jahren so oft bei den beiden melden, aber ich … hatte das Gefühl, dass ich kein Recht dazu habe. Die beiden waren viel mehr Teil deines Lebens, deswegen kam es mir falsch vor. Vielleicht war ich aber auch einfach feige.«

»Tristan, denk so was nicht«, widersprach ich leise und dennoch bestimmt. »Die beiden waren sehr wohl auch ein Teil deines Lebens, und du hast sie genauso geliebt wie ich. Sie dich übrigens auch. Jude hat nur irgendwann aufgehört, nach dir zu fragen, weil er gemerkt hat, dass ich jedes Mal zusammengezuckt bin, wenn jemand deinen Namen erwähnt hat. Aber es war nicht zu übersehen, dass sie an dich gedacht und dich vermisst haben.«

Der Regen stürzte mittlerweile wie ein zweiter kleiner Wasserfall den Felsvorsprung hinunter, vereinzelte Tropfen spritzen in unsere Richtung. Wir saßen nun seit mehr als zwei Stunden hier, und die feuchte Kälte hatte sich wie eine eisige Decke um meine Knochen gewickelt. Tristan gab zwar sein Bestes, um mich warmzuhalten, doch ich spürte, dass auch er leicht zitterte. Gott, hoffentlich fanden uns die anderen bald.

»Heather und ich haben uns vor ungefähr einem halben Jahr bei einer Preisverleihung kennengelernt und hatten dann nachts was miteinander.« Eifersucht durchfuhr mich, unangenehm und stachelig pikste sie mich überall, aber vor allem in meiner Brust. »Am nächsten Morgen haben wir uns dazu entschieden, es bei dem einen Mal zu belassen. In unserem Job ist es eher schwierig, zusammen zu sein und genug Zeit füreinander zu finden. Danach war da aber nichts mehr, außer, dass wir uns mal auf irgendwelchen Events über den Weg gelaufen waren.«

»Danke, dass du mir das gesagt hast«, erwiderte ich und versuchte, die Vorstellung von Tristans und Heathers gemeinsamer Nacht in die tiefsten Abgründe meines Gehirns zu verbannen. Ich spürte hauptsächlich Erleichterung in mir, dass die beiden nicht mehr miteinander verband. Aber da waren auch die üblichen Zweifel. Diese fiese, unnachgiebige Stimme in meinem Kopf, die ich einfach nicht komplett ausschalten konnte, egal, wie sehr ich es auch versuchte. Sie versuchte mir einzureden, dass sich die beiden immerhin nur getrennt hatten, weil sie viel unterwegs waren und eine gemeinsame Beziehung sich schwierig gestalten würde. Aber so wie Heather Tristan in den letzten Tagen angesehen hatte, war ich mir nicht so sicher, ob sie es wirklich nur bei dem einen Mal belassen wollte.

»Ich muss gestehen, dass ich ziemlich eifersüchtig war«, sagte ich verlegen und fühlte, wie meine Wangen trotz der Kälte warm wurden. »Deshalb habe ich an einem der ersten Abende auch zu viel Cider getrunken und saß heulend am Pool.«

»Ach ja?«, fragte Tristan, das Schmunzeln in seiner Stimme war kaum zu überhören. Sein Mund streifte meine Ohrmuschel und sandte damit ein elektrisierendes Kribbeln meinen Hals hinab über den Rücken bis in die Zehenspitzen. »Dabei war mir, als ich dich zum ersten Mal in dem Workshop gesehen habe, völlig klar, dass du noch immer die eine bist und ich total in der Scheiße stecke. Heather ist toll, wirklich, aber du … du bist es einfach. Du warst es schon immer.«

Ich konnte nicht anders, als mich nun doch umzudrehen, auch wenn nun schwere Wassertropfen auf meinen Rücken platschten.

Tristans blonde Locken waren durchnässt, feuchte Haarsträhnen hingen ihm in die Stirn. Seine klaren blauen Wasserfallaugen sahen mich voller Zuneigung an, und seine Nasenspitze war gerötet von der Kälte. Tristan Kingsley hatte noch nie schöner ausgesehen.

»Du bist es auch«, sagte ich ruhig, während ich versuchte, das Zähneklappern zu unterdrücken. »In den letzten Jahren gab es viele Dinge, an denen ich gezweifelt habe. Vor allem an mir selbst. Aber dich zu sehen, hat mich daran erinnert, dass du die eine Sache in meinem Leben bist, bei der ich mir immer sicher war.«

Ich klang atemlos, verlor mich in Tristans Augen, die mich ansahen, als gäbe es niemanden sonst auf der Welt. Ich beugte mich vor, bis unsere Nasenspitzen sich berührten, streifte mit meinen Lippen sanft die seinen und genoss den wohligen Schauer, der mir dabei über den Rücken jagte. Sanft strich er mir eine nasse Strähne hinters Ohr und verteilte hauchzarte Küsse auf meinem Gesicht. Einen nach dem anderen. Als sich unsere Lippen endlich berührten, er mich an sich zog und unsere Körper sich wie zwei perfekte Puzzleteile aneinanderschmiegten, ich das Gewitter um uns herum völlig ausblendete, genauso wie die Kälte in meinen Knochen, als es nur noch uns beide gab, da …

»Olivia, Tristan, wo seid ihr?«

Kapitel 29

Die Geschichte darüber, wie Tristan und ich in den Highlands verloren gegangen waren und von einem Suchtrupp gerettet werden mussten, war in den nächsten Tagen das Gesprächsthema auf Glenloch Castle. Mit jeder weiteren Person, die die Story erzählte, wurden neue Details hinzugedichtet, sodass am Ende sogar das Gerücht rumging, wir hätten es mit einem Bären zu tun gehabt und den Wasserfall hinaufklettern müssen, um ihm zu entkommen. Die Wahrheit war für eine Gruppe von Künstlerinnen und Künstlern mit reichlich Fantasie wohl einfach zu langweilig.

Die Stunden mit Tristan im Regen unter dem Felsvorsprung fühlten sich auch für mich mehr nach Traum als Realität an, also hatte ich nichts gegen die ganzen Ausschmückungen. Sie sorgten immerhin dafür, dass die gemeinsame Zeit sowie die Wahrheit nur uns beiden gehörten.

»Ich kann einfach nicht fassen, dass heute schon Freitag ist und wir übermorgen abreisen«, sagte Gracie seufzend, ehe sie mir die Heißklebepistole reichte. »Gott, ich glaube, wenn noch ein einziger Glitzerstern abfällt, bekomme ich einen Anfall.« Ihre roten Haare standen wild in alle Richtungen ab, die

Wangen waren von einem leichten Rosaton überzogen, und überall, einfach überall an ihrer Kleidung, in ihren Haaren, in ihrem Gesicht und an den Händen klebten kleine goldene Glitzersterne. Ich konnte mir ein breites Grinsen nicht verkneifen, obwohl ich vermutlich nicht besser aussah, nur dass es in meinem Fall bunte Glitzersteinchen waren.

Heute Abend fand eine Art Abschlussgala statt, die alle gemeinsam organisierten. Gracie und ich hatten uns für die Deko gemeldet und waren nun dabei, den großen Festsaal zu schmücken. Wir hatten Mobiles gebastelt, die wir an die Decke hängen wollten, damit wir heute Abend unseren eigenen funkelnden Sternenhimmel hatten. Misuki und Sanna hatten überall im Saal Filmposter aufgehängt und in einer Ecke sogar eine Popcornmaschine aufgestellt – wo auch immer sie diese aufgetrieben hatten. An der Wand stand ein langer Tisch, auf dem heute Abend das Buffet aufgebaut werden sollte.

»Ich kann auch nicht glauben, dass die Zeit im Retreat fast vorbei ist …«, murmelte ich traurig, während ich die letzten Glitzersteinchen aufklebte. Ich hatte mich nicht nur in Glenloch Castle und die schottischen Highlands verliebt, sondern auch in die Menschen. Vor allem in Gracie, die in der kurzen Zeit zu einer richtig guten Freundin geworden war, aber auch in Sanna und ihr sonniges Gemüt, in die starke Alice, die uns alle inspirierte, und den freundlichen Will, der uns mit seiner Begeisterung für das Theater ansteckte. Und dann war da natürlich Tristan. Tristan, den ich nach drei verlorenen Jahren endlich wiedergefunden hatte. Tristan, in den ich mich aufs Neue verliebt hatte und den ich auf keinen Fall wieder verlieren wollte. Tristan, der mittlerweile ein berühmter Musicaldarsteller war, und ab nächste Woche wieder sein aufregendes, abwechslungsreiches, wenn auch sehr stressiges Leben führen würde, während ich meinem kleinen, unaufgeregten

Alltag in Bath nachgehen würde. Natürlich freute ich mich auf Sienna und unsere Wohnung, auf meine Kollegen Tasha und Cooper, Ellen und Jude, meine Eltern. Auf einen Kaffee in meinem Lieblingscafé, einen Spaziergang über die Pulteney Bridge und einen Ausflug in meinen liebsten Buchladen. Und doch kam ich nicht umher, mich zu fragen, wie zum Teufel wir unsere beiden komplett unterschiedlichen Leben miteinander vereinbaren sollten. Wie wir Zeit füreinander finden sollten, damit wir uns nicht erneut verloren.

»Woran denkst du?«, fragte Gracie und rutschte näher, während ich gedankenverloren das Mobile in meiner Hand drehte und die Steinchen leuchtende Punkte über die Decke tanzen ließen.

»Daran, wie sehr ich all das hier vermissen werde. Vor allem dich und … Tristan.«

Gracie machte ein trauriges Gesicht, ehe sie ihren Kopf auf meiner Schulter ablegte. »Ich werde dich auch furchtbar vermissen. Und Sam. Die Entfernung zwischen dir und Tristan ist ja wenigstens noch einigermaßen überwindbar, aber die zwischen ihr und mir? Unmöglich.«

Ich legte meinen Arm um Gracie, in den sie sich einkuschelte, während ich überlegte, was ich sagen sollte. Natürlich wollte ich sie trösten, ihr versichern, dass ihre Beziehung der Entfernung trotzen und alles gut werden würde. Gleichzeitig war uns beiden aber auch bewusst, dass es von Boston eine halbe Weltreise war, die viel Zeit und Geld kosten würde und die man nicht so einfach mal schnell unternehmen konnte. Eine Freundschaft auf Distanz ging da schon eher, wir würden telefonieren, facetimen und schreiben können, aber zu einer Beziehung gehörten eben auch Berührungen und Nähe.

Seufzend strich ich Gracie über den Kopf. »Ich hab beschlossen, trotzdem einfach romantisch zu sein und daran zu glauben, dass ihr das irgendwie schaffen werdet. Es klingt kitschig, aber lass uns darauf hoffen, dass die Liebe immer einen Weg findet, ja?«

Ich konnte das Lächeln in Gracies Stimme hören, als sie antwortete. »Das klingt sehr viel schöner, als realistisch zu sein. Ich bin dabei.« Sie sah zu mir hoch und hielt mir warnend den Zeigefinger entgegen. »Aber nur, wenn du mir versprichst, dass wir auch jeden Tag schreiben oder telefonieren und du mich irgendwann mal in Boston besuchen kommst.«

Mir wurde ganz warm ums Herz, und ich hielt ihr meinen kleinen Finger entgegen. »Versprochen. Kleiner-Finger-Schwur.«

Grinsend hakte sie ihren in meinen, während wir uns verschwörerisch anlächelten, bevor sie mich in eine feste Umarmung zog und mir der Duft ihres süßlichen Parfüms entgegenströmte.

Nachdem wir die ersten Mobiles aufgehängt hatten, machte ich mich eilig auf den Weg in eines der Arbeitszimmer für mein Abschlussgespräch mit Evelyn Dunmuir. Ich war viel nervöser, als ich mir selbst eingestehen wollte, und fühlte mich absolut nicht bereit. Obwohl es nicht um irgendeine Bewertung ging und ich wusste, dass ich in den Workshops alles gegeben hatte, machte sich ein Teil von mir trotzdem Sorgen, dass ich die Leiterin des *CineStage Hills* enttäuscht haben könnte. Sobald ich vor der dunklen Holztür angekommen war, atmete ich ein letztes Mal tief durch, strich mein dunkelgrünes Strickkleid glatt und richtete meinen hohen Pferdeschwanz sowie die Ponyfransen.

Mit der einen Hand umfasste ich den goldenen Anhänger meiner Kette, bevor ich mit der anderen an die Tür klopfte.

»Herein«, ertönte die freundliche Stimme der Leiterin dumpf von der anderen Seite, und ich drückte die goldene Klinke hinunter, um einzutreten.

»Hallo, ich bin hier für das Abschlussgespräch«, sagte ich, nachdem ich die Tür hinter mir geschlossen hatte. Ich hoffte, dass man mir die Aufregung nicht zu sehr anhörte. Ihre grauen Haare waren wieder zu einem strengen Dutt zusammengebunden, die Lippen heute in einem eleganten Brombeerton geschminkt, passend zu dem Hosenanzug, den sie trug. Diese Frau war einfach eine Erscheinung. Wie jedes Mal, wenn ich sie sah, verspürte ich eine Mischung aus Respekt, Anerkennung und Inspiration.

Sie warf mir ein herzliches Lächeln zu und deutete auf den grün gepolsterten Stuhl, der ihr gegenüber vor dem massiven Schreibtisch stand. »Hallo, Olivia, ich freue mich, dass Sie gekommen sind. Setzen Sie sich doch.«

Mit klopfendem Herzen ließ ich mich auf dem Platz nieder, überkreuzte die Beine und rutschte etwas näher an den Schreibtisch.

»Kann ich Ihnen irgendwas zu trinken anbieten? Wasser, Tee, Kaffee?«, fragte sie und deutete auf eine Kommode an der Wand, auf der allerlei Getränke, eine Kaffeemaschine und ein Wasserkocher standen.

»Oh, Kaffee wäre großartig. Einfach schwarz, ohne alles. Aber nur, wenn es nicht zu viele Umstände macht«, erwiderte ich, während ich meine verschwitzten Handflächen an meinem Kleid abwischte.

Nachdem sie zwei dampfende Tassen Kaffee auf den Tisch gestellt und ich mich bedankt hatte, sah sie mich aufmerksam an. »Also, Olivia, zuerst würde mich natürlich interessieren, wie Ihnen die Zeit hier im Retreat gefallen hat.«

Selbst wenn ich gewollt hätte, hätte ich das Lächeln, das sich auf meinem Gesicht ausbreitete, nicht verhindern können. Das war einfach.

»Es war eine großartige Zeit, die ich sicherlich nie vergessen werde«, fing ich an und hoffte, dass sie meine Begeisterung spürte. »Das Schloss und die Umgebung hier sind traumhaft schön, ich bin mir die meiste Zeit über wie in einem Märchen vorgekommen. Aber das wahre Highlight waren die Menschen. Ich habe so viele tolle Persönlichkeiten aus aller Welt kennengelernt, neue Freunde gefunden und so viele spannende Gespräche geführt über die gemeinsame Leidenschaft, die uns alle verbindet. Auch die Workshops waren großartig, ich kann es immer noch nicht glauben, dass ich von Betty Garrick lernen durfte, sie ist eines meiner größten Vorbilder.«

Evelyns brombeerfarbene Lippen verzogen sich zu einem breiten Lächeln. »Das freut mich zu hören, wirklich. Wie Sie wissen, gibt es das Retreat nun seit vielen Jahren. Dennoch bin ich jedes Mal wieder nervös und versuche, allen die bestmögliche Zeit hier zu bieten.«

»Das haben Sie auf jeden Fall. Ich bin Ihnen so dankbar, dass ich dieses Jahr dabei sein durfte«, sagte ich aufrichtig und nahm einen vorsichtigen Schluck von meinem Kaffee.

»Ich hab Ihnen zu danken, dass Sie meiner Einladung gefolgt sind. Sie waren sicherlich eine große Bereicherung für die Workshops.«

Verlegen senkte ich den Blick und schüttelte reflexartig den Kopf. »Ach, ich weiß nicht, es waren so viele aufstrebende Talente da …«, murmelte ich und hoffte, dass sie es nicht als unhöflich empfand, dass ich ihr widersprach. Aber ich war einfach so schlecht darin, Komplimente anzunehmen.

Evelyn schwieg einen Augenblick lang, musterte mich wachsam. Nervös knetete ich meine Hände, versuchte mich davon abzuhalten, meine Finger nach Stellen abzusuchen, an denen ich knibbeln konnte.

»Olivia, möchten Sie wissen, wieso ich unter anderem Sie aus all den Tausenden Bewerbern ausgewählt habe?«

Mein Herzschlag beschleunigte sich.

Unsicher nickte ich, zwang mich dazu, mir nicht anmerken zu lassen, wie nervös ich war.

Sie verschränkte die Hände und beugte sich ein wenig vor, als wollte sie sichergehen, dass ich ihre nächsten Worte auch wirklich hörte.

»Jedes Jahr sind die unterschiedlichsten Charaktere und Talente unter den Bewerbungen vertreten. Es sind immer welche aus den Bereichen Schauspiel, Theater und Musical dabei. Mittlerweile auch häufig Kostümdesigner, Maskenbildner und Drehbuchautoren. Immer öfter auch Filmblogger oder filmbegeisterte Menschen, die ansonsten einem ganz anderen Beruf nachgehen.« Sie nahm einen Schluck von ihrem Kaffee und hinterließ einen Lippenstiftabdruck am Rand der Tasse, ehe sie fortfuhr. »Was mittlerweile leider immer seltener vorkommt, sind Bewerbungen aus der Kinobranche. Die Streamingdienste werden immer populärer, kleine inhabergeführte Kinos sterben aus, weshalb in den großen Ketten hauptsächlich nur noch Minijobs vergeben werden. Dabei vergessen die Menschen, was für eine enorme Bedeutung das Kino für die Filmbranche hat und was für ein wertvoller, unvergleichbarer, für manche vielleicht sogar heiliger Ort ein Kinosaal sein kann.« Evelyn lächelte breit, und ich konnte nicht anders, als es zu erwidern. Ich hing regelrecht an ihren Lippen, hörte aufmerksam zu, während sie weitersprach. »Das Kino erlaubt es uns, die Realität für ein paar wertvolle Stunden hinter uns zu lassen und uns komplett in einer anderen Welt zu verlieren. Im besten Fall gibt es keine Ablenkung, keine Handys, keine Werbung zwischendurch – nur wir und die Geschichte, die auf der Leinwand erzählt wird. Und das ist etwas, was kein Streamingdienst der Welt je ersetzen können wird. Viele berühmte Schauspieler, Regisseure, Drehbuchautoren und Künstlerwären ohne das Kino heute nicht da, wo sie sind. Der Kinosaal ist für so viele die Geburtsstätte ihres Traums. Dass viele Kunstschaffende das Kino lieben, ist keine Seltenheit. Aber wissen Sie, was eine ist?«

Ich schüttelte gespannt den Kopf.

»Menschen, die im Kino arbeiten und dabei so viel Leidenschaft, so viel Engagement und so viel Begeisterungsfähigkeit in sich tragen wie Sie. Das ist mir in Ihrem Bewerbungsvideo sofort ins Auge gestochen. Sie lieben das Kino nicht nur, Sie *leben* es. Von solchen Menschen braucht die Filmbranche viel, viel mehr.«

Mein Herz pochte heftig, während ich versuchte zu verarbeiten, was für liebe Worte *die* Evelyn Dunmuir für mich gefunden hatte.

»Was Sie gesagt haben, bedeutet mir wirklich viel, Mrs. Dunmuir«, setzte ich an, wobei ich dem Drang widerstand, die Komplimente sofort wieder zunichtezumachen. Während ich nach den richtigen Worten suchte, fingen sie plötzlich an, einfach aus mir herauszupurzeln. »Ich hab mich in den letzten Tagen schon manchmal etwas fehl am Platz gefühlt, weil die Träume der anderen einfach so … riesig sind. Sie wollen berühmt werden, auf großen Bühnen stehen, Preise gewinnen, die Welt verändern, während ich einfach nur in einem kleinen Kino arbeite, das letztendlich niemand kennt. Das erschien mir irgendwie … nicht richtig.«

Nun landete mein Blick doch auf meinen Fingern, und ich fing an, an einem losen Faden meines Kleides herumzuzwirbeln.

»Aber Olivia«, sagte Evelyn, woraufhin ich wieder hochsah in ihr freundliches Gesicht und die zimtbraunen Augen. »Kein Traum ist zu klein oder weniger wertvoll als irgendein anderer. Jeder Traum verdient es, existieren zu dürfen, ohne in

Konkurrenz zu anderen Träumen zu stehen. Er ist allein deshalb groß, weil Sie danach streben. Hören Sie auf, sich und ihr Leben so kleinzumachen, nur weil Sie vielleicht keinen Oscar gewinnen oder am Broadway performen möchten. Ich habe die Vorstellung Ihres Vision Boards gesehen und weiß nicht, ob Sie es bemerkt haben, aber es hat jeden im Raum ungemein berührt. Und wenn dieser Traum es nicht verdient hat, geträumt zu werden, dann weiß ich auch nicht weiter.«

Ihre Stimme war eindringlich und zugleich so einfühlsam, dass es mir fast Tränen in die Augen trieb. Evelyn hatte recht. Ich liebte meinen Job. Jeden Morgen ging ich mit einem Lächeln zur Arbeit, abends war ich erfüllt und erschöpft, voller Ideen, die ich in Zukunft im Kino umsetzen wollte. Wieso nur hatte ich das Gefühl gehabt, dass das weniger wert war als die Visionen der anderen hier im Retreat? Mein Leben mochte vielleicht auf den ersten Blick klein und unscheinbar wirken, doch ich liebte es. Und dafür musste ich mich nicht schämen.

Evelyn reichte mir verständnisvoll eine Box mit Taschentüchern. Erst jetzt bemerkte ich, dass ich weinte. Dankbar griff ich mir eins der Taschentücher und wischte damit meine feuchten Wangen trocken.

»Dieses Gespräch hat mir wirklich sehr viel bedeutet«, sagte ich mit rauer Stimme und wusste seltsamerweise, dass es einer dieser Momente im Leben war, die einen prägten und an die man sich immer wieder zurückerinnern würde.

»Mir auch, Olivia«, erwiderte Evelyn. Ich meinte, auch ein leichtes Schimmern in ihren Augen erkennen zu können. »Vielen Dank, dass Sie sich mir geöffnet haben und ein so wertvoller Teil des diesjährigen *CineStage Hills* waren.«

Ich prägte mir ihr Gesicht sorgfältig ein, denn immerhin wusste ich nicht, ob ich Evelyn Dunmuir je noch mal begegnen würde. Ihre zu einem herzlichen Lächeln verzogenen

Brombeerlippen, die Lachfältchen um ihre Augen, die davon zeugten, dass sie ein Mensch war, der viel und gerne lachte, die langen dunklen Wimpern, die das Zimtbraun ihrer Augen betonten, und die grauen Haare, die von Lebenserfahrung erzählten.

»Es war mir eine Ehre, Mrs. Dunmuir«, sagte ich voller Überzeugung. Und ich meinte es auch so.

Kapitel 30

»Du siehst atemberaubend aus, Sam wird tot umfallen, wenn sie dich so sieht«, sagte ich und stieß ein stolzes Quietschen aus, als Gracie sich um die eigene Achse drehte. Das Retreat hatte uns als Abschiedsüberraschung entsprechende Abendgarderobe für die Gala bereitgestellt, und die Kleider waren ein Traum. Gracie trug ein dunkelgrünes trägerloses Abendkleid, das sich eng an ihren Körper schmiegte und erst ab dem Schienbein etwas weiter fiel. Es betonte ihre roten Haare, die ich ihr zu einem französischen Knoten hochgesteckt hatte, und ließ sie aussehen wie eine sexy Meerjungfrau. An ihren Ohren funkelten goldene Creolen, passend dazu trug sie goldene Pumps.

Kichernd drehte sie sich erneut um die eigene Achse. »Ich kann gar nicht glauben, dass ich das bin. Noch nie in meinem Leben hatte ich so etwas Wunderschönes an.«

»Es ist wie für dich gemacht«, entgegnete ich strahlend.

»Das sagt die Richtige. Du siehst aus wie eine verdammte Prinzessin«, meinte Gracie und stieß ein übertriebenes Pfeifen aus, während ich mich ebenfalls im Kreis drehte. »Kann Tristan kämpfen?«, fügte sie hinzu und brachte mich damit zum Lachen.

Als meine Mitbewohnerin kurz im Bad verschwand, betrachtete ich ein weiteres Mal das Kleid im Spiegel, in das ich mich auf den ersten Blick verliebt hatte. Es war schwarz und hatte dünne Träger, die man oben zu einer Schleife zusammenbinden konnte. Das Oberteil war schlicht und sah von der Form her einer Korsage ähnlich. Ab der Taille ging es in einen lockeren Rock über, der bei jeder Bewegung meine Beine umspielte und leicht glitzerte. Dazu trug ich schwarze Riemchenpumps und natürlich die Kette von Tristan. Meine Haare fielen mir in sanften Wellen über die Schultern, einen Teil davon hatte ich hinten mit einer lockeren schwarzen Schleife hochgesteckt. Meine Lippen waren dunkelrot geschminkt, ansonsten hatte ich wieder nur Mascara und Eyeliner benutzt. Mein Highlight waren jedoch die schwarzen Handschuhe, die mir bis knapp zu den Ellbogen gingen und an den Stil von alten Hollywood-Diven wie Rita Hayworth oder Ava Gardner erinnerten.

Ich hatte mich schon lange nicht mehr so schön gefühlt.

»Sieh uns nur an, zwei absolute Queens auf dem Weg, um ihren Angebeteten den Kopf zu verdrehen«, verkündete Gracie begeistert und hakte sich bei mir unter. Kichernd verließen wir das Zimmer und liefen, begleitet vom Absatzklackern unserer Schuhe, die knarzende Holztreppe hinunter.

Unten wurden wir von Stimmengewirr und klirrenden Gläsern empfangen sowie leiser Musik im Hintergrund. Wir begrüßten Will und Alice, winkten Misuki und wurden von Sanna in eine stürmische Gruppenumarmung gezogen. Doch insgeheim hielt ich nur nach einer Person Ausschau, nach der ich mich mit jeder Faser meines Körpers sehnte.

Und als ich endlich ein Kribbeln in meinem Nacken spürte, da wusste ich, dass er hier war. Ich drehte mich um, und mir stockte der Atem. Tristan stand vor der Eingangstür zum großen Saal. Als er mich erblickte, breitete sich ein strahlendes Lächeln auf seinem Gesicht aus, das meinem Herzen Flügel verlieh. Verdammt, er sah fantastisch aus. Er trug einen schwarzen Smoking, darunter ein weißes Hemd, dessen oberen Knopf er offen gelassen hatte. Mein Mund wurde trocken.

Seine blonden Locken waren wie immer wild und ungezähmt, und genau das stand ihm einfach am besten.

Ich blieb wie angewurzelt stehen, während er in langsamen Schritten auf mich zukam, dabei nie den Blick abwandte oder aufhörte zu strahlen.

Als er direkt vor mir zum Stehen kam und mir sein vertrauter holzig-fruchtiger Duft entgegenschlug, pochte mein Herz so schnell, als wolle es aus meiner Brust springen.

»Du siehst … umwerfend aus, und ganz ehrlich: Das ist noch untertrieben«, sagte er, während er mich von oben bis unten musterte, ehe er schließlich wieder an meinen Augen hängen blieb.

Mein Puls raste, ich konnte mir ein verliebtes Grinsen nicht verkneifen. »Du siehst aber auch ziemlich gut aus«, entgegnete ich. Mir wurde flau im Magen, als er mit der Zunge seine Unterlippe befeuchtete. Uff, ich wollte ihn so dringend küssen. Er beugte sich vor, bis sein Mund mein Ohr berührte und ich seinen heißen Atem spürte, der eine Gänsehaut auf meinen nackten Armen hinterließ.

»Ich kann es kaum erwarten, dir dieses Kleid nachher auszuziehen«, flüsterte er und jagte mir damit einen glühend heißen Stromschlag durch den ganzen Körper. Ein sehnsuchtsvolles Ziehen machte sich in meinem Unterleib bemerkbar, sodass ich für einen Augenblick vergaß, dass wir nicht allein waren. Ich zog Tristan am Kragen zu mir heran und küsste ihn, als stünde die Welt um uns in Flammen und er wäre der Sauerstoff, begierig und leidenschaftlich, stürmisch und atemlos.

Das leise Stöhnen, das ihm entwich, als unsere Zungen aufeinanderprallten, sandte ein Prickeln durch meine Adern.

»Nehmt euch ein Zimmer«, ertönte Gracies belustigte Stimme neben uns, wodurch sie uns aus unserem ganz eigenen Fiebertraum riss. Mit erhitzten Wangen löste ich mich von Tristan. Dabei bemerkte ich, dass sich sein Brustkorb genauso rasend schnell hob und senkte wie meiner.

»Kommt ihr?«, rief Gracie, ehe sie mir ein schelmisches Grinsen zuwarf und mit einer winkenden Sam auf den großen Saal zusteuerte.

Tristan räusperte sich und hielt mir seinen Arm hin, damit ich mich unterhaken konnte. »Wir sind noch nicht fertig«, flüsterte er, und plötzlich konnte das Ende der Gala gar nicht schnell genug kommen.

Doch zuerst mischten wir uns unter die Menge, tranken Apfelcider und tanzten, bis uns die Füße wehtaten. Die Stimmung war ausgelassen, es hatten wirklich alle ganze Arbeit geleistet, um den Abend unvergesslich zu machen. Der große Saal sah noch prächtiger aus als eh schon. Die Sterne und Steinchen an unseren Mobiles funkelten um die Wette, und die Filmposter an den Wänden wurden durch Lichterketten beleuchtet. Die Stühle waren alle aus dem Saal geräumt worden, damit genug Platz zum Tanzen war. Es kam einem vor, als befände man sich mitten in einem Ballsaal. Durch die hohen Fenster malte das letzte Sonnenlicht des Tages Schatten auf den Boden, eine wunderschöne Mischung aus intensiven Orange- und Gelbtönen. Der große Kronleuchter an der Decke wirkte regelrecht majestätisch.

Gracie, Sam, Sanna und ich hatten uns gerade zu *Breaking Free* aus *High School Musical* die Seelen aus dem Leib geschrien, als auf einmal ein langsames Lied begann. Tristan hielt mir seine Hand hin, sein Lächeln war zum Dahinschmelzen.

»Schenkst du mir diesen Tanz?«, fragte er.

Ich griff, ohne zu zögern, nach seiner Hand. »Nichts lieber als das.«

In einer fließenden Bewegung zog er mich an sich und schloss mich in seine Arme, während ich meine um seinen Hals legte. Sein Duft nach Geborgenheit, Heimat und frischem Apfel stieg mir in die Nase, und ich legte meinen Kopf an seine Brust, die Augen geschlossen, den Moment voll auskostend. Im Hintergrund sang Gracie Abrams *I Love You, I'm Sorry*, und alles, woran ich denken konnte, war, dass ich Tristan auch liebte, es mir allerdings nicht leidtat.

»Unglaublich, dass ich Anfang letzter Woche noch dachte, ich würde dich nie wiedersehen, und dich nun in meinen Armen halte«, murmelte Tristan leise, woraufhin mein Herz einen Hüpfer machte. »Was für ein Glückspilz ich doch bin.«

»Ich bin hier der Glückspilz«, erwiderte ich, ohne meinen Kopf von seiner Brust zu heben. Am liebsten wäre ich für immer in diesem Moment geblieben, hier in seinen Armen.

Tristan seufzte, und dieses Mal zog sich mein Herz schmerzhaft zusammen, weil ich wusste, was er ansprechen würde. »Ich möchte eigentlich noch nicht an unseren Abschied am Sonntag denken, aber wie … wie geht es dann mit uns weiter?«

Ich schluckte, schmiegte mich noch ein wenig enger an ihn. Beim Gedanken daran, ihn am Sonntag wieder gehen zu lassen und nicht zu wissen, wann wir uns wiedersehen würden, zerriss es mich innerlich. »Wann startet deine Spielzeit im Apollo Victoria Theatre?«

Er zögerte kurz. »Schon nächste Woche. An dem Wochenende darauf hab ich die erste Vorstellung und unter der Woche jeden Tag Proben.«

Eine traurige Schwere legte sich über mich. Das hieß, er konnte auch nicht für ein paar Tage mit nach Bath kommen.

Und ich musste ebenfalls arbeiten, nachdem ich nun schon die vergangenen zwei Wochen nicht im Kino gewesen war. Wenn dann erst mal die Spielzeit gestartet war, würde Tristan jedes Wochenende beschäftigt sein, sodass er vermutlich auch keine Zeit für mich haben würde, wenn ich nach London gekommen wäre.

»Versprich mir, dass wir es trotzdem irgendwie schaffen«, sagte ich und hob den Kopf, um ihm in die Augen schauen zu können.

Ein trauriger Ausdruck machte sich auf seinem Gesicht breit, während er zärtlich mein Kinn umfasste, um es leicht anzuheben. »Ich werde dich nicht noch mal verlieren, Liv. Versprochen.«

»Und ich werde nicht wieder weglaufen. Noch mal lasse ich dich nicht gehen.«

Tristan beugte sich vor, um mir einen sanften Kuss zu geben, der dafür sorgte, dass sich all meine Sorgen zumindest für einen kurzen Augenblick in Luft auflösten.

»Ich liebe dich«, platzte es nun doch aus mir heraus, weil ich es einfach nicht länger zurückhalten konnte.

Tristan hob überrascht eine Augenbraue, und mein Herz setzte für einen Schlag aus. Doch dann breitete sich das wunderschönste Lächeln auf seinem Gesicht aus, das ich je gesehen hatte, und Erleichterung durchströmte mich.

»Und ich liebe dich, Liv. Habe ich immer. Werde ich immer.«

In diesem Moment war ich so glücklich, dass mein Herz überzulaufen schien, weil nicht genug Platz war für all das Glück.

Ich legte den Kopf wieder an seine Brust, während er mich hielt und wir uns im langsamen Takt der Musik wiegten wie in unserer eigenen kleinen Blase.

Ehe ich mich versah, verließen die ersten den Saal, die Musik wurde leiser, und das Buffet war beträchtlich geplündert worden.

»Ich gehe mal ganz kurz zu den anderen Workshopleitern, ja?«, fragte Tristan, und ich nickte.

Ich sah ihm hinterher, als mich Gracie plötzlich zur Seite nahm. Ihre Wangen waren gerötet, und einzelne Strähnen hatten sich aus dem französischen Knoten in ihrem Nacken gelöst.

»Sag mal, bestünde die Möglichkeit, dass du heute bei Tristan übernachtest und Sam und mir unser Zimmer überlassen könntest? Sie hat nämlich leider auch kein Einzelzimmer.«

Ich konnte mir ein Grinsen nicht verkneifen. »Wollt ihr etwa unanständige Dinge treiben?«

Gracies Wangen wurden noch röter, ihr Gesichtsausdruck verlegen. Sie knuffte mich mit dem Ellbogen in die Seite, und ich musste auflachen.

»Nein, natürlich, ich wollte eh bei Tristan übernachten«, beschwichtigte ich sie schnell. Sie warf mir ein Zwinkern zu, ehe sie mich in eine feste Umarmung zog. »Du bist die Beste, danke. Wir sehen uns morgen früh, ja?«

»Natürlich. Viel Spaß, und macht nichts, was ich nicht auch tun würde«, rief ich ihr hinterher, den Zeigefinger mahnend erhoben. Sie warf mir einen gespielt bösen Blick zu, bevor sie mit Sam aus dem Saal verschwand.

Ich reckte den Kopf und sah mich nach Tristan um. »Suchst du mich?«, ertönte eine dunkle Stimme hinter mir, woraufhin mich zwei starke Arme umschlangen. Tristan hauchte mir einen Kuss auf den Hals, der sich wie ein kleiner Stromschlag anfühlte und mich erzittern ließ.

»War das so offensichtlich?«, fragte ich schmunzelnd und genoss das Gefühl seiner Berührung sowie seine Körperwärme, die auf mich überging.

»Schon ein bisschen, ja«, erwiderte er nickend und ließ seine Finger vorsichtig über meine Taille wandern. »Wollen wir von hier verschwinden?«

»Unbedingt« brachte ich hervor, die Hitze und das Verlangen in meinem Körper waren kaum noch auszuhalten. Ich griff nach seiner Hand, zog ihn hinter mir her aus dem Saal, die knarzende Holztreppe hoch, über den Flur in Richtung seines Zimmers. Kaum hatte er seine Tür hinter sich zugeschlagen, prallten erst unsere Körper, dann unsere Münder aufeinander, so gierig, als wären wir füreinander die Luft zum Atmen. Ich streifte ihm das Jackett von den Schultern, während er sich am Reißverschluss meines Kleides zu schaffen machte. Das Herz schlug mir bis zum Hals, als seine kühlen Finger schließlich den Verschluss öffneten und die nackte Haut an meinem Rücken berührten. Hastig knöpfte ich sein Hemd auf, ohne aufzuhören, ihn zu küssen. Sobald ich ihn von dem weißen Stoff befreit hatte, strich ich mit den Händen über seinen Oberkörper und verteilte Küsse darauf, die ihn aufseufzen ließen. Es war ein Geräusch, das mich schwindelig vor Lust machte. Während ich mich aus dem Kleid kämpfte, ungestüm und vorsichtig zugleich, um es nicht kaputt zu machen, entledigte er sich seiner Hose, bis wir schließlich in nichts als Unterwäsche voreinander standen. Tristan ließ seinen Blick andächtig über meinen Körper wandern und sah dabei aus, als betrachte er eine wertvolle Statue, die in irgendeinem Museum stand. Meine Wangen wurden heiß, gleichzeitig widerstand ich dem Drang, verlegen auf den Boden zu blicken.

»Gott, Liv, du bist so schön, ich könnte dich ewig ansehen. Ich kann einfach nicht glauben, dass ich dich berühren, küssen und lieben darf, was für ein verdammtes Glück ich doch habe.«

Er lachte ungläubig auf, fuhr sich durch die blonden Locken, während ich mich nur noch mehr in ihn verliebte.

Ich machte einen Schritt auf ihn zu und küsste ihn, als hinge mein Leben davon ab. Er zog mich an sich und hob mich hoch, ohne den Kuss zu unterbrechen. Ich schlang meine Beine um seine Hüfte, während er mich zum Bett trug und mein ganzer Körper ein einziges Pochen war.

Tristan ließ mich vorsichtig auf die Matratze gleiten, und komischerweise musste ich kurz daran denken, wie Travis Kelce Taylor Swift auf der Eras Tour über die Bühne getragen hatte. Als ich diese Szene über einen verpixelten Livestream betrachtet hatte, hatte ich mir jemanden in meinem Leben gewünscht, der mich auch trug, als wäre ich das Kostbarste auf der ganzen Welt. Und genau das tat Tristan Kingsley.

»Ich liebe dich«, flüsterte ich erneut, das Lächeln, das er mir daraufhin schenkte, war unbezahlbar.

»Ich liebe dich auch.«

Unsere Lippen fanden sich wieder, vollführten einen Kuss, der mich atemlos machte und alles um mich herum vergessen ließ.

Tristan wanderte mit seinem Mund meinen Hals hinunter, zu meinem Schlüsselbein und schließlich meinem schwarzen BH, dessen Verschluss er geschickt öffnete. Ich hob kurz den Oberkörper an, damit er ihn mir ausziehen konnte, und ließ mich dann wieder zurück in die weichen Kissen fallen, während er meine Brüste mit samtweichen Küssen bedeckte. Schließlich setzte er seinen Weg nach unten fort, und ich atmete zittrig ein, als er an meinem schwarzen Slip angelangt war. Unerträglich langsam zog er ihn hinunter, ohne mich dabei aus den Augen zu lassen. Die Vorfreude in meinem Bauch überschlug sich fast.

Sobald er mich von dem Stoff befreit hatte, spreizte ich die Beine. Mit einem Schmunzeln verschwand sein blonder Lockenkopf dazwischen, seine Lippen strichen die Innenseite meiner Oberschenkel entlang. Mein Herz raste, mein ganzer Körper stand unter Strom, alles war empfindlich, auf die schönste Art und Weise.

Als er dann plötzlich sanft und fordernd zugleich mit der Zunge über meine empfindlichste Stelle fuhr, ballte ich die Hände an den Seiten zu Fäusten, weil ich mich kaum noch halten konnte. Gott, ich konnte mich nicht dran erinnern, dass sich jemals etwas so gut angefühlt hatte. Er wusste genau, was er tun musste, um mich bis zur Atemlosigkeit zu treiben. Mit geschlossenen Augen krallte ich die Hände in das Bettlaken, die Anspannung in meinen Gliedern nahm immer mehr zu. »Tristan, das ist so gut«, stöhnte ich. Als er immer schneller über meine Klitoris strich und meine Schamlippen dabei mit den Fingern massierte, hielt ich es kaum noch aus. In meinem Körper waberte ein schöner, weicher, alles erfüllender Nebel umher, der sich schließlich zu einem kleinen Wirbelsturm zusammenzog, bereit, alles in Schutt und Asche zu legen. Und innerhalb weniger Sekunden stieg die Spannung immer weiter und weiter, bis sie sich schließlich in einem der besten Orgasmen entlud, den ich seit Langem gehabt hatte. Ich konnte einen leisen Aufschrei nicht unterdrücken, als mein Körper erschlaffte und ich die Glücksgefühlwelle genoss, die mich erfüllte. Ein wohliger Schauer durchfuhr mich, meine Glieder wurden ganz schwer, alles war so warm und vibrierte.

Als ich wieder einigermaßen zu mir gekommen war, griff ich nach Tristans Händen und bedeutete ihm, zu mir zu kommen. Er beugte sich über mich, sodass er auf mir lag und ich ihn endlich wieder küssen konnte.

Mit den Fingern fuhr ich durch seine Locken, die sich noch nie weicher angefühlt hatten, und liebkoste seine weichen, weichen Lippen. Meine zittrigen Finger wanderten zum Bund seiner Boxershorts und zogen sie herunter, sodass er sie sich von den Beinen streifen konnte.

Nun trennte uns nichts mehr, nur noch Wärme an Wärme, unsere Körper, die sich aneinanderschmiegten, als wären sie für nichts anderes gemacht. Für eine kleine Ewigkeit taten wir nichts weiter, als uns zu küssen, eng umschlungen und miteinander verwoben. Doch als Tristans Härte immer drängender gegen meinen Unterleib drückte, wollte ich ihn endlich voll und ganz in mir spüren.

»Kondom«, nuschelte ich an seinen Lippen, woraufhin er sofort nach seiner Nachttischschublade angelte. Eilig riss er das Päckchen auf und streifte sich das Kondom über, ehe er kurz innehielt und mich prüfend ansah.

»Bist du sicher?«, fragte er liebevoll, und ich liebte es, dass er das jedes Mal tat, obwohl wir schon öfter miteinander geschlafen hatten.

»Absolut sicher«, hauchte ich, umschloss sein Gesicht mit meinen Händen, um ihn wieder zu küssen.

Einige Sekunden später drang er endlich in mich ein. Wir stöhnten gleichzeitig auf, und es fühlte sich an, als wären nicht nur unsere Körper miteinander verbunden, sondern auch unsere Seelen. Ich schlang meine Beine um seine Hüfte, um ihm noch näher zu sein, ihn noch intensiver zu spüren. Erst bewegte er sich langsam, dann immer schneller und tiefer, bis er mich vollends ausfüllte. Es war ein unglaublicher Gefühlscocktail bestehend aus Liebe, Lust, Sehnsucht und Ekstase.

Wir hörten nicht auf, uns zu küssen, hielten uns aneinander fest, als wären wir unser gegenseitiger Rettungsring, verschmolzen miteinander, bis Tristan laut aufstöhnte, ehe er langsam auf mir zusammensackte. Pure Zufriedenheit durchströmte mich, auch wenn ich dieses Mal nicht zum Höhepunkt gekommen war. Tristan voll und ganz zu spüren, mit ihm zusammen zu sein, ohne irgendeine Barriere zwischen uns – das reichte mir in diesem Moment vollkommen aus.

Tristan ließ seinen Kopf auf meinem Brustkorb liegen, sein Arm um meine Taille geschlungen, unsere Beine miteinander verwoben. Ich fuhr sanft mit dem Zeigerfinger seine Gesichtszüge nach, während er Kreise auf meinem Oberschenkel zeichnete und die Müdigkeit mich langsam, aber sicher überfiel.

»Ich wünschte, diese Nacht würde niemals enden«, war das Letzte, was Tristan flüsterte, bevor mir schließlich die Augen zufielen.

Kapitel 31

»Guten Morgen, Schönheit«, durchdrang eine samtige Stimme den Nebel meiner Träume und brachte mich dazu, langsam die Augen zu öffnen. Ich blinzelte gegen das grelle Sonnenlicht, das durch die Fenster ins Schlafzimmer fiel, an und rieb mir den Schlaf aus den Augen.

Tristan hatte sich auf dem Ellbogen abgestützt und betrachtete mich voller Zuneigung. Bei seinem Anblick musste ich sofort lächeln und streckte mich, bevor ich ihm einen Kuss auf die Lippen drückte.

»Guten Morgen«, erwiderte ich, während ich mich an ihn kuschelte. »Ich könnte mich daran gewöhnen, so aufzuwachen.«

Ein leises Lachen ließ seinen Brustkorb beben, ich drückte mein Ohr dagegen, um seinen Herzschlag zu hören.

»Das könnte ich auch«, entgegnete er, während er sein Gesicht in meinen Haaren vergrub.

»Können wir nicht einfach hier liegen bleiben?«, fragte ich und hob den Kopf wieder, um ihn mit einem Schmollmund anzuschauen.

Im selben Augenblick gab mein Magen ein lautes Knurren von sich.

Tristan grinste. »Das wäre ein Traum, aber ich glaube, da hat jemand Hunger.«

Mit einem Seufzen zog ich mir die Decke über den Kopf. »Nein, ich weigere mich dennoch aufzustehen und bleibe einfach hier liegen.«

Dumpf nahm ich wahr, wie Tristan aufstand und über die quietschenden Holzdielen lief.

»Das ist aber schade, denn ich wollte jetzt duschen gehen und dich fragen, ob du mich begleiten möchtest. Aber wenn du lieber liegen bleibst, kann man da wohl nichts machen.«

Als die Badezimmertür aufschwang, war ich noch nie schneller aus dem Bett gesprungen.

Tristan stand bereits in der Dusche, die eine von diesen riesigen Regenduschen war, die ich gerne mit nach Hause genommen hätte.

Vorsichtig öffnete ich die Glastür und tapste ins bereits leicht verdampfte Innere, wo Tristan auf mich wartete. Der Anblick der Wassertropfen, die über seinen Oberkörper perlten, trieb mir direkt wieder Hitze in die Wangen. Ich machte einen letzten Schritt auf ihn zu, damit er mich in eine feste, feuchte Umarmung ziehen konnte. Der Wasserstrahl prasselte auf uns nieder, sodass ich innerhalb weniger Sekunden ebenfalls vollkommen durchnässt war.

»Letzte Nacht war wunderschön«, flüsterte Tristan und streifte mit seinen nassen Lippen meinen Mund.

Lächelnd stupste ich mit meiner Nase gegen seine. »Das fand ich auch.«

»Darf ich dich einseifen?«, fragte er, ehe er nach dem blassgelben Schwamm griff, der auf der Duschablage lag, zusammen mit verschiedenen Flaschen Shampoo und Duschgel.

Ich nickte und drehte mich mit dem Rücken zu ihm, nahm die Haare zusammen, um sie über die rechte Schulter zu legen.

Tristan gab etwas von dem Duschgel auf den Schwamm und begann, in sanften Bewegungen meinen Rücken damit zu massieren. Ein angenehmer, frischer und zitroniger Duft breitete sich in der Dusche aus, ich schloss die Augen, genoss seine Berührungen und das warme Wasser.

»Zwei Schultern, die ich liebe«, murmelte Tristan leise, ehe er auf beiden einen feuchten Kuss hinterließ. »Ein Hals, den ich liebe. Zwei Ohren, die ich liebe, ein Rücken und zwei Arme, die ich liebe …«, fuhr er fort, wobei er immer die entsprechende Körperstelle mit seinen Lippen liebkoste. Kichernd drehte ich mich um, damit ich ihm einen Kuss geben konnte.

»Bist du glücklich?«, fragte er und strich mir die nassen Haare hinter die Ohren. Mit beiden Händen hielt er mein Gesicht umfasst.

Ich nickte, während meine Mundwinkel wie von selbst wieder nach oben wanderten. »Am glücklichsten.«

Die Freude darüber war in jedem seiner Gesichtszüge zu erkennen. »Wie geht es dir heute?« Liebevoll strich er über meine Schultern, meine Arme hinunter, bis zur Taille, die er schließlich umfasste.

»Wirklich gut«, fing ich an und lehnte mich gegen seine Brust, weil es mir noch immer leichter fiel, mit anderen darüber zu sprechen, ohne ihnen in die Augen zu schauen. »Seit meinem Aufenthalt in der Klinik nehme ich Medikamente und gehe zur Therapie. Anfangs noch jede Woche, mittlerweile einmal im Monat. Natürlich bin ich nie komplett frei von den Zwängen. Es gibt gute, weniger gute und manchmal auch richtig miserable Tage. Aber mit den schlechten kann ich zumindest besser umgehen und schaffe es meist auch, die Gedanken in Schach zu halten. Außerdem weiß ich jetzt, dass ich mich nicht dafür schämen muss. Wobei ich noch lerne, offener damit umzugehen.«

»Ich bin so stolz auf dich«, sagte Tristan und drückte mir einen Kuss auf den Scheitel. »Ich hoffe, du bist es auch. Denn es gibt wirklich nichts, rein gar nichts, wofür du dich schämen musst.«

Die Wärme, die ich nun in meinem Inneren spürte, hatte nichts mit dem Wasser zu tun, das uns noch immer umhüllte. Sie kam direkt aus meinem Herzen. Wir verweilten noch einige Minuten so, Arm in Arm, von der Außenwelt abgekapselt und nicht ahnend, dass am Himmel über uns ein Sturm aufzog …

»Du siehst sehr glücklich aus«, bemerkte Gracie grinsend, nachdem ich in unser Zimmer zurückgekehrt war. Sie hatte es sich auf ihrem Bett gemütlich gemacht und blätterte durch eine Filmzeitschrift. Regentropfen hämmerten unnachgiebig gegen die Fensterscheiben, begleitet von immer wiederkehrenden Donnerschlägen. Eigentlich war für heute eine letzte Wanderung geplant gewesen, doch da das Unwetter anhalten sollte, war diese abgesagt geworden. Stattdessen stand uns der Tag zur freien Verfügung. Wehmut erfüllte mich, als ich darüber nachdachte, dass ich so schnell vermutlich nicht mehr durch die Highlands würde wandern können. Ich würde definitiv ein Stück meines Herzens in dieser Landschaft zurücklassen, da war ich mir sicher.

»Du aber auch«, erwiderte ich gut gelaunt, bevor ich mir die Schuhe von den Füßen streifte und mich neben Gracie aufs Bett fallen ließ. »Wie war es letzte Nacht mit Sam?«

Die Augen meiner Mitbewohnerin weiteten sich vor Aufregung, und es war, als hätte jemand ihre Wangen mit einem hauchzarten Rosa bemalt.

»Ach Liv, es war magisch, wirklich. Wir haben gekuschelt, uns geküsst und stundenlang über alles Mögliche geredet.« Sie seufzte verliebt und legte ihren Kopf auf meine Schulter. »Sie hat über ihre Familien und kleinen Schwestern gesprochen. Im Gegenzug habe ich ihr von Graham erzählt und ihr gesagt, wie gerne ich sie ihm vorstellen würde. Sie meinte, dass sie mich vielleicht im Herbst, spätestens im Winter in Boston besuchen möchte.«

Schmunzelnd pikste ich Gracie in die Seite. »Das klingt doch großartig! Ich freue mich so sehr für dich.«

Sie kicherte glücklich. »Na ja, weißt du … ich hab darüber nachgedacht, wie es weitergeht, wenn ich meine Ausbildung zur Visagistin abgeschlossen habe. Wenn ich damit durch bin, dann bin ich ja im Prinzip nicht mehr an Boston gebunden, sondern kann von überall arbeiten. Visagisten werden ja schließlich in jedem Theater auf der ganzen Welt gebraucht. Vielleicht könnte ich für eine Zeit lang nach Schottland oder England kommen.«

Wie vom Blitz getroffen setzte ich mich auf und sah sie mit großen Augen an. »Ist das dein Ernst? Du könntest dir ehrlich vorstellen, nach Europa zu kommen?«

Gracie lächelte verlegen. »Ich denke schon … meine Eltern sehe ich sowieso nie, und mit Graham könnte ich ja jederzeit telefonieren oder facetimen. Außerdem mag ich Boston zwar, aber ich wollte schon immer mehr von der Welt sehen.«

Ich quietschte fröhlich auf und fiel Gracie um den Hals. »Das ist ja großartig! Ich würde mich so freuen, du wärst jederzeit bei mir willkommen. Dann kannst du Sienna kennenlernen, ich bin mir sicher, ihr würdet euch gut verstehen, und auch meine Freunde Tasha und Cooper. Du könntest dir das *CineHeaven* anschauen, und ich zeige dir meine liebsten Orte in Bath.«

Bei der Vorstellung, Gracie in meiner Nähe zu haben, wurde mir ganz leicht ums Herz. Das würde den Abschied morgen definitiv weniger schwer machen. Sie war ein Mensch, mit dem kein Gespräch langweilig wurde und bei dem man einfach das Gefühl hatte, verstanden zu werden. Außerdem schaffte sie es immer, mich zum Lachen zu bringen.

Gracie strahlte und erwiderte meine Umarmung. »Ich freue mich so, dass du genauso begeistert von der Idee bist wie ich. Sam und du, ihr seid mir so wichtig geworden.«

Ihre Worte rührten mich, und wieder einmal durchflutete mich eine Welle der Dankbarkeit dafür, dass ich an diesem Retreat hatte teilnehmen und diesen wunderbaren Menschen dadurch kennenlernen dürfen. Es war erstaunlich, dass man jemanden innerhalb so kurzer Zeit so sehr ins Herz schließen konnte. Vielleicht hatten Gracie und ich uns hier einfach treffen sollen. Die Verbindung, die wir hatten, war zu besonders, als dass unsere Begegnung Zufall sein könnte.

»Das kann ich nur zurückgeben. Du wirst mich auch nicht mehr los, ob du willst oder nicht.« Plötzlich kam mir eine Idee. »Was hältst du davon, wenn wir uns Friendship Bracelets machen, damit wir immer was vom jeweils anderen bei uns haben? Sanna und Alice haben das letztens auch gemacht, wir könnten fragen, ob wir welche von Sannas Perlen haben dürfen.«

Begeistert klatschte Gracie in die Hände. »O mein Gott, ich liebe die Idee, lass uns das unbedingt machen!«

Den Rest des Nachmittags verbrachten wir damit, gemeinsam mit Sanna und Alice im Erker der Bibliothek zu sitzen und mit Blick auf die Highlands im Regen Friendship Bracelets zu basteln. Es war der schönste Abschlussnachmittag, den ich mir hätte vorstellen können. Gracie bastelte mir ein Armband mit ihrem Namen und Perlen in ganz vielen bunten Farben, die kleine Blumen bildeten. Ich wusste jetzt schon, dass ich es jeden Tag tragen würde. Für sie machte ich ein Armband mit meinem Namen und Perlen in hellen, sonnigen Farben, inklusive kleinen Schmetterlingen, weil sie für mich Sonnenschein in menschlicher Form war. Als ich ihr das sagte, schimmerten ihre Augen ein wenig, und wir mussten uns beide zusammenreißen, um uns nicht schluchzend in die Arme zu fallen.

Von Sanna bekam ich ein Armband mit dem Wort »Swiftie«, Alice schenkte mir eins, auf dem »CineHeaven« stand. Ich umarmte beide ganz, ganz fest und verspürte ein extremes Gefühl der Zusammengehörigkeit. Als drohte mein Brustkorb vor lauter Wärme und Glücksgefühlen zu platzen. Schließlich beschloss ich, auch ein Armband für Tristan zu machen, um ihn morgen damit zu überraschen. Ich benutzte blaue Perlen, die mich an seine Augen erinnerten, und kleine Sterne, weil er meinen Nachthimmel zum Leuchten brachte. Gracie machte währenddessen eins für Sam und ihren Bruder Graham. Als es irgendwann dämmerte und es Zeit fürs Abendessen wurde, sangen wir ein letztes Mal gemeinsam lauthals zur Eras Tour-Playlist mit, jeweils vier identische Armbänder an den Handgelenken, um uns an diesen besonderen Nachmittag zu erinnern. Mein Herz war voll, als wir uns auf den Weg nach unten machten, wo uns ein großes, reichhaltiges Abschiedsbuffet erwartete. Es gab allerlei schottische Köstlichkeiten wie Haggis, Fish & Chips und schottischen Räucherlachs, aber auch Pizza, Pasta und Salate. Man wusste gar nicht, wo man anfangen sollte. Zudem gab es jede Menge Cider, Cocktails, Limonade und sogar heiße Schokolade mit Marshmallows. Als Tristan den Raum betrat, machte mein Herz einen Hüpfer. Er sah umwerfend aus in dem hellblauen Hemd und der grauen Stoffhose. Mit ihm kamen die anderen Mentorinnen und Mentoren in den Raum. Sie unterhielten sich, doch Tristan scannte konzentriert die Menge ab. Als seine Augen auf mir landeten, erhellte sich sein ganzes Gesicht, und er schenkte mir ein Strahlen, das meine Knie in Wackelpudding verwandelte. Gott, ich hasste Wackelpudding, aber ich liebte dieses Gefühl. Als er mit großen Schritten auf mich zukam, lief ich ihm automatisch entgegen, es war wie eine magnetische Kraft, der wir uns beide nicht entziehen konnten. Oder wollten.

»Ich hab dich vermisst«, flüsterte er, so als hätten wir uns nicht heute Morgen erst gesehen, und berührte mit seiner Nasenspitze sanft die meine.

Mein Bauch zog sich sehnsuchtsvoll zusammen bei seiner Berührung. »Ich hab dich auch vermisst.«

»Müssen wir jetzt wirklich anwesend sein oder können wir einfach gemeinsam verschwinden?«, fragte er grinsend.

Seufzend sah ich mich um. »Ich glaube, wir müssen leider zumindest ein wenig bleiben. Aber triff mich um Mitternacht am Swimmingpool, ja? Ich hab eine Überraschung für dich.«

»Ich wünschte, es wäre bereits Mitternacht.«

Er hauchte mir einen sanften, fast unschuldigen Kuss auf die Lippen, ehe wir uns ein letztes Mal tief in die Augen blickten und uns wieder ins Getümmel stürzten.

Gracie, die mit Misuki und Will zusammenstand, winkte mich herbei, damit wir gemeinsam das Buffet plündern konnten.

Es war einer der schönsten Abende. Alle waren zusammen, die ganze Gruppe inklusive Evelyn Dunmuir, und der Raum war gefüllt mit Gesprächen, Wärme, Gelächter und jeder Menge Melancholie sowie Dankbarkeit dafür, dass wir diese Erfahrung gemeinsam hatten machen dürfen.

Diese Zeit hier im Retreat war rückblickend so viel mehr gewesen als das, was ich mir erhofft hatte. Ich hatte viele spannende Dinge gelernt, großartige und inspirierende Menschen kennengelernt, neue Freunde gefunden, mich in die Landschaft verliebt und natürlich … Tristan wiedergefunden.

Als sich unsere Blicke über den Tisch hinweg begegneten, machte ich mir plötzlich keine Sorgen mehr darüber, wie unsere gemeinsame Zukunft wohl aussehen könnte. Ich war mir auf einmal ganz sicher, dass wir das hinkriegen und einen Weg finden würden. Wir hatten uns mitten in den schottischen Highlands erneut ineinander verliebt. Tristan hatte mir vergeben, ich mich ihm anvertraut. Er kannte nun jede einzelne Facette von mir und wollte dennoch mit mir zusammen sein. Ich fühlte mich … angekommen. Und ich würde versuchen, ihn so gut es ging bei seinem aufregenden Leben zu unterstützen und ihm jeden Tag zu zeigen, wie sehr ich ihn liebte – egal, ob am Telefon oder persönlich.

Zuversicht erfüllte mich. Zum ersten Mal seit sehr, sehr langer Zeit freute ich mich auf die Zukunft und fühlte mich ihr gewappnet – trotz des inneren Kampfes, den ich jeden Tag führte. Alles würde gut werden.

Kapitel 32

DAMALS, 18 Jahre

Die Regentropfen an der Autoscheibe lieferten sich ein stummes Wettrennen, während die Stille im Auto so ohrenbetäubend laut war, dass ich am liebsten aufgeschrien hätte, um sie zu füllen. Häuser zogen an uns vorbei, bis wir an einer roten Ampel stehen blieben und ich die Menschen auf dem Gehweg musterte. Manche hatten den Blick auf ihr Handydisplay geheftet, andere starrten den Pappbecher in ihrer Hand an, während wieder andere geradeaus starrten und ungeduldig darauf warteten, dass die Ampel endlich grün wurde und sie all den wichtigen Terminen in ihrem Leben nachgehen konnten. Die Welt drehte sich weiter, alles war ganz normal in Bath, bis auf mich und mein Leben, das in Trümmern lag.

Meine Eltern saßen vorne und lieferten sich ein stummes Duell darüber, wer am längsten schweigen und jeglichen Blickkontakt zu mir vermeiden konnte. Neben mir saß Sienna, die ununterbrochen meine Hand hielt und der einzige Mensch in diesem Wagen zu sein schien, der sich nicht für mich schämte. Zumindest fühlte es sich so an. Vielleicht war sie auch einfach die Beste von allen darin, es vorzutäuschen.

Das Handy vibrierte in meiner Hosentasche, ohne auf das Display zu schauen, wusste ich, dass es Tristan war. Seit meinem Zusammenbruch vor einer Woche hatte ich mich nicht mehr bei ihm gemeldet und all seine Nachrichten ignoriert. Ich fühlte mich mehr als schäbig deswegen, vor allem, weil ich ihn so sehr vermisste, dass ich den Schmerz körperlich spürte. So oft war ich kurz davor gewesen, ihm zu schreiben und alles zu erzählen, doch irgendwas in mir blockierte einfach, sodass ich mich schließlich doch nicht dazu überwinden konnte. An den meisten Tagen war es aber auch so, dass ich überhaupt keine Kraft dafür hatte, mich damit zu beschäftigen. Die Zwänge höhlten mich regelrecht aus, und ich hatte Angst, dass bald nur noch eine leere Hülle von mir übrig war.

Im Radio spielte *this is me trying* von Taylor Swift, und es fühlte sich ein wenig an wie der aktuelle Soundtrack meines Lebens. Nur, dass ich nicht mehr in der Lage dazu war, irgendwas zu versuchen, geschweige denn die gesunde Fassade aufrechtzuerhalten.

»Da vorne ist es«, war der erste Satz, den Mum von sich gab, seit wir frühmorgens losgefahren waren. Die Klinik lag etwas außerhalb, und die Anmeldung war bereits um neun Uhr.

Wir fuhren auf einen großen, gut gefüllten Parkplatz, während ich durch das Seitenfenster das Gebäude betrachtete, das vor uns lag. Ich wünschte, ich hätte sagen können, dass die Klinik irgendwie … hoffnungsvoll aussah. Vielleicht ein schönes Altbaugebäude, eine Art kleines Schloss, wie eine Eliteuni, mit Efeu bewachsen, umgeben von einem Zauber des Neuanfangs. Leider sah es genauso trostlos aus, wie ich mich fühlte. Es war ein typisches Krankenhausgebäude, in dem es vermutlich nach Desinfektionsmittel und Gummihandschuhen stank und in dem man jeden Abend eine labbrige Scheibe Brot mit schwitzigem Käse vorgesetzt bekam.

»Sieht doch ganz … nett aus«, sagte Sienna, und ich wusste nicht, ob ich ihr für diesen ganz klar gelogenen Aufmunterungsversuch ein Lächeln oder einen bösen Blick zuwerfen sollte.

»Du wirst dort bestimmt eine spannende Zeit haben«, sagte Mum mit gespielter Fröhlichkeit, das Gesicht vom Anblick des in die Jahre gekommenen Gebäudes verzogen.

Ich konnte mir ein Schnauben nicht verkneifen. »O ja Mum, sieht nach einem wahren Wellness-Hotel aus.«

Sie zuckte zusammen, als hätte ich sie geschlagen. Sofort breitete sich ein schlechtes Gewissen in mir aus. Die Situation war für uns alle schwierig, wir wussten alle nicht, wie wir damit umgehen sollten. Mein Sarkasmus würde es sicher nicht besser machen.

»Also dann«, murmelte Dad und öffnete mit einem lauten Räuspern die Autotür. Er war anscheinend bereit, mich loszuwerden. Ich konnte es ihm nicht verübeln.

Wir stiegen aus dem Wagen, wobei mir passend zur Stimmung ein fetter Regentropfen mitten auf die Stirn platschte. Dad stemmte meine Reisetasche aus dem Kofferraum, während ich mir vorstellte, dass sie mich nun am Flughafen verabschieden würden. In einer anderen Realität würde ich ihnen vom Gate aus zuwinken, während wir alle ein strahlendes Lächeln auf unseren Gesichtern hatten, bevor ich noch ein letztes Mal durch den Duty-free-Shop stöbern würde. Anschließend würde ich in das Flugzeug steigen, das mich zu meinem Freund nach London brachte, wo wir gemeinsam die Stadt erkunden und uns an jeder Straßenecke küssen würden, bevor ich ihm abends dann selbstverständlich aus der ersten Reihe zujubeln würde, während er die Theaterbühnen Londons eroberte. Die Vorstellung gefiel mir.

»Olivia, kommst du? Die Anmeldezeiten in der Klinik sind sehr eng getaktet.« Mum blickte ungeduldig über die Schulter zu mir zurück, und ich bemerkte, dass sie alle schon losgegangen waren, während ich noch immer am Auto stand. Dad starrte stoisch geradeaus, während Sienna mich besorgt musterte und zurücklief, um mir erneut ihre Hand hinzuhalten. Ich griff danach wie nach einem Rettungsring.

Gemeinsam liefen wir auf den Eingang der Klinik zu, die elektronische Schiebetür öffnete sich für uns.

Die Wände waren weiß, ebenso wie der Empfangstresen, hinter dem eine junge Frau mit schwarzen Haaren saß und konzentriert auf den Bildschirm ihres Computers blickte. Überraschend war der helle Holzlaminatboden, der das ganze Szenario wesentlich freundlicher wirken ließ.

»Guten Morgen, wir sind hier, um unsere Tochter einweisen zu lassen«, ertönte Dads Stimme, und ich fragte mich, ob er sich nicht für eine andere Wortwahl hätte entscheiden können. Einweisen hörte sich so … schlimm an irgendwie. Auch wenn ich wusste, dass das eigentlich Quatsch war.

Die junge Frau mit den schwarzen Haaren blickte hoch und lächelte uns freundlich an.

»Natürlich, wie ist denn der Name?«

»Olivia Yates«, erwiderte ich mit belegter Stimme, während sie wieder anfing, in die Tasten zu hauen.

»Ah ja, schon gefunden.« Sie machte ein paar Mausklicks, bevor sie aufstand und auf eine Glastür zu unserer Rechten zeigte. »Dr. Fields ist für dich zuständig und wird dich in Empfang nehmen, sobald du bereit bist. Vorher kannst du dich natürlich noch ganz in Ruhe von deinen Angehörigen verabschieden, wir haben da vorn eine kleine Lounge mit Sesseln. Nimm dir die Zeit, die du brauchst, und gib mir dann einfach Bescheid, dann lasse ich Dr. Fields rufen.«

»Danke.« Ich versuchte mich an einem Lächeln, doch die Schwere, die auf meiner Brust lastete, war einfach zu erdrückend.

Mum, Dad und Sienna liefen auf die Lounge zu, die mit Sesseln in einem fröhlichen Gelb geschmückt war, das mich zu verhöhnen schien. Ich schlurfte hinterher und ließ mich neben Sienna auf eine ebenfalls gelbe Couch fallen, während Mum und Dad sich gegenüber auf zwei Sesseln niederließen.

Dad schwieg, Mum sah sich um, und Sienna ließ meine Hand die ganze Zeit über nicht los.

»Ist doch ganz schön hier«, sagte meine Mutter wenig überzeugend, dennoch nickte ich zustimmend. Ich hatte keine Kraft mehr für Diskussionen.

»Ja, Mum. Ist es«, sagte ich also leise und senkte den Blick auf meine graue Jogginghose und die schwarzen Turnschuhe. Die Farben spiegelten schon eher meinen Gemütszustand wider.

»In der Infobroschüre stand, dass du weiterhin mit uns telefonieren kannst und wir dich auch besuchen können. Du wirst mich also auch hier drin nicht los.« Sienna warf mir ein aufmunterndes Lächeln zu, und ich wollte in Tränen ausbrechen, weil ich ihr so dankbar dafür war, dass sie mich nicht anders behandelte als vorher. Im Gegensatz zu meinen Eltern.

Ich drückte die Hand meiner besten Freundin noch ein wenig fester, während ich mich an einem Blick versuchte, der hoffentlich all die Dankbarkeit, die ich empfand, ausdrückte.

Wir saßen noch einige Minuten in unbeholfenem und unbehaglichem Schweigen in der Lounge, bevor mein Dad es nicht länger auszuhalten schien und sich geschäftig auf die Oberschenkel klopfte, so wie immer, wenn er seinen Aufbruch ankündigen wollte.

»Also dann«, sagte er erneut und stand auf, ohne mir dabei in die Augen zu sehen.

Ich stand ebenfalls auf und ging einen Schritt auf ihn zu, in der Hoffnung, dass er sich wenigstens zu einer Umarmung würde durchringen können. Konnte er nicht.

»Pass auf dich auf«, sagte er nur und klopfte mir auf die Schulter, bevor er sich an einem unverbindlichen Lächeln versuchte, daran scheiterte, mir den Rücken zudrehte und ohne ein weiteres Wort die Klinik verließ.

Es brach mir das Herz.

»Hab dich lieb«, flüsterte ich leise und spürte, wie mir Tränen in die Augen stiegen. Ich dachte an die unzähligen gemeinsamen Erinnerungen mit ihm zurück. Wie wir früher zusammen jeden Spielplatz unsicher gemacht hatten, er mir, wenn Mum nicht zu Hause war, seine angebrannten Käse-Makkaroni machte, wir einen *Mission-Impossible*-Film nach dem anderen guckten und dabei die Stunts auf unserem Sofa nachspielten. Ich dachte daran, wie er über jeden, wirklich jeden meiner Witze gelacht hatte, egal wie schlecht er auch gewesen war.

Doch scheinbar hatte all das nur gezählt, als meine Seele noch heil war. Ich fragte mich, ob mein Dad und ich je wieder gemeinsam lachen würden oder ob er mich von nun an immer mit diesem leeren Blick ansehen würde.

Ich wandte mich meiner Mum zu, die ihrem Mann mit schmerzverzerrtem Gesicht hinterhersah, bevor sie mich schließlich in eine stürmische Umarmung zog.

»Sei ihm nicht böse, er liebt dich, aber er kennt den Umgang mit psychischen Erkrankungen aus seiner Familie einfach nicht anders«, sagte sie leise, woraufhin ich die Tränen nun doch nicht mehr zurückhalten konnte. Ich schluchzte so hemmungslos, dass sich mein ganzer Körper zusammenkrümmte, während sie mich hielt und mir in sanften Bewegungen über den Rücken strich.

»Alles wird gut, dir wird es bald besser gehen«, flüsterte sie immer wieder wie ein Mantra, wollte damit vermutlich sowohl sich selbst als auch mich davon überzeugen.

Aber sie hielt mich. Und das war alles, was in dem Moment für mich zählte.

»Danke Mum, ich hab dich lieb.« Ich wischte mir schniefend übers Gesicht und atmete erschöpft aus.

»Ich hab dich auch lieb, mein Schatz«, erwiderte sie und strich mir eine dunkelbraune Haarsträhne hinters Ohr. »Wir telefonieren, ich komme dich besuchen, versprochen.«

Mehr als ein Nicken brachte ich nicht zustande. Sie zog mich in eine letzte, feste Umarmung, dann drückte sie mir einen Kuss auf die Stirn, bevor sie sich ebenfalls umdrehte und die Klinik verließ. Nun waren Sienna und ich allein.

»Es tut mir leid, dass ich das sagen muss, bei allem Respekt, aber dein Dad ist ein Arschloch«, sagte sie, die Augen verengt, die Nase gerümpft.

Die Aussage überraschte mich so sehr, dass ich nicht anders konnte, als ein grunzendes Lachen auszustoßen. Sienna stimmte ein, und wir lachten so lange, bis mir wieder Tränen über die Wangen liefen.

»Sienna, du musst mir zwei Dinge versprechen«, setzte ich an, nachdem wir uns wieder einigermaßen beruhigt hatten. Meine Stimme war wackelig, aber bestimmt, und Sienna hörte aufmerksam zu. »Die erste Sache ist, dass du mich nicht vergessen darfst, okay?« Nun glich meine Stimme einem Krächzen und brach beim letzten Wort. Ich hatte solch eine Angst davor, in der Zeit, die ich in der Klinik verbringen würde, alle um mich herum zu verlieren. So offen und liebenswert wie Sienna war, würde sie sicherlich schnell neue Freunde finden und es nicht mehr lange dauern, bis ich Vergangenheit war.

Sienna riss schockiert die Augen auf und gab mir einen leichten Klaps gegen den Hinterkopf. »Als ob ich dich jemals vergessen würde, du bist meine beste Freundin, fast schon wie eine Schwester. Du bist verrückt, wenn du glaubst, ich würde dich vergessen oder ersetzen.«

Sie schlug sich die Hand vor den Mund, als ihr bewusst wurde, dass sie mich verrückt genannt hatte, während wir in einer Psychiatrie saßen. Einen kurzen Augenblick lang herrschte Stille, bevor wir in hysterisches Gekicher ausbrachen und erst aufhörten, als mir der Bauch wehtat und Sienna ebenfalls Tränen über die Wangen liefen.

»Okay, was ist die zweite Sache?«, fragte sie, während sie sich über die Augen rieb. Mein Bauch zog sich schmerzhaft zusammen. Das würde wesentlich schwieriger werden.

Ich atmete tief durch, den Blick auf unsere ineinander verschlungenen Hände gerichtet.

»Ich weiß, dass das, worum ich dich jetzt bitte, sehr viel verlangt ist. Aber ich hoffe, du wirst es verstehen.« Sie sah mich fragend an, während ich fortfuhr. »Du darfst Tristan nichts hiervon erzählen.« Sienna atmete geräuschvoll aus und setzte an, um etwas zu sagen, doch ich sprach schnell weiter. »Ich möchte nicht, dass er es weiß, ich möchte nicht, dass er mich besuchen kommt, und ich möchte auch nicht mit ihm sprechen.« Diese Worte auszusprechen, zerfetzte mir das Herz in tausend Teile, doch in diesem einen Augenblick kam mir diese Entscheidung, die ich viele Jahre lang bereuen sollte, richtig vor.

»Aber Liv, ich dachte, du liebst ihn«, antwortete Sienna verwundert.

»Ja, und gerade deshalb möchte ich nicht, dass er es erfährt.«

Sienna schüttelte ungläubig den Kopf. »Meinst du nicht, dass er gerne für dich da sein würde? Du kennst doch meinen Bruder, er ist der liebste Mensch auf diesem Planeten, als ob er dich verurteilen würde.«

Verzweiflung breitete sich in mir aus. »Ich weiß, dass er mich nicht verurteilen würde, aber … du kennst ihn. Er würde alles in London hinschmeißen und sofort herkommen. Sein Traum, für den er so lange gearbeitet hat, wäre dahin.«

Sienna seufzte, doch nun spiegelte sich ein Anflug von Verständnis auf ihrem Gesicht wider.

»Außerdem möchte ich«, setzte ich an und versuchte, gegen den Kloß in meinem Hals anzukommen, der ankündigte, dass gleich wieder Tränen fließen würden. »Ich möchte, dass er mich so in Erinnerung behält, wie wir die letzten Monate zusammen verbracht haben. Er soll nicht den Scherbenhaufen sehen, der ich jetzt bin.«

Sienna verzog ihre Stirn sorgenvoll und beugte sich ein wenig vor, um mich eindringlich anzusehen. »Liv, du bist nicht weniger liebenswert, nur weil es dir nicht gut geht.«

Meine Unterlippe fing an zu zittern, ich atmete geräuschvoll aus. »Bitte Sienna, versprich es mir einfach.«

Sie schwieg einige Sekunden lang, dann nickte sie. Nicht jedoch, ohne vorher die vernichtende Wahrheit auszusprechen, die uns beiden bewusst war. »Also gut. Aber du weißt, dass es ihm das Herz brechen wird, oder? Er liebt dich so sehr.«

Eine einsame Träne schlängelte sich ihren Weg über meine Wange und tropfte schließlich auf meine Hand.

»Es bricht mir auch das Herz. Aber ich möchte, dass er glücklich wird. Und ich weiß aktuell nicht, ob ich je wieder etwas dazu beitragen könnte.«

Erneut seufzte meine beste Freundin, bevor sie mich wieder in ihre Arme zog. »Damit das klar ist: Bei mir funktioniert das nicht. Mich kriegst du nicht vergrault.« Sie versuchte sich an einem zaghaften Lächeln, das ich trotz all der lautstarken Zweifel in meinem Kopf zu erwidern versuchte.

Schließlich standen wir gemeinsam auf und liefen Hand in Hand auf die Schiebetür zu, durch die Sienna gleich wieder in ihren normalen Alltag verschwinden würde, während ich hierblieb und nicht wusste, was mich erwartete.

Sienna drehte sich noch ein letztes Mal um und nickte mir bestärkend zu. »Liv? Ich lieb dich so sehr, bis ans Ende und weit darüber hinaus. Vergiss das nicht.«

Das Lächeln, das ich ihr diesmal zuwarf, war echt und kein bisschen erzwungen. »Ich lieb dich auch bis ans Ende und weit darüber hinaus.«

Sie grinste, hob dann kurz die Hand, bevor sie die Schultern straffte, sich umdrehte und mich zurückließ. Ich sah ihr hinterher, wie sie den Parkplatz überquerte und in das rote Auto stieg, in dem meine Eltern saßen. Ihre Gesichter konnte ich nicht sehen. Aber vielleicht war das auch gut so.

Mir war flau im Magen, als ich auf den Empfangstresen zutrat, hinter dem mich die Frau mit den schwarzen Haaren bereits freundlich anlächelte. »Dr. Fields wartet auf dich.«

»Danke«, krächzte ich und hob meine Reisetasche hoch. Meine Beine fühlten sich an wie Blei, als ich auf eine Frau mittleren Alters mit einem blonden Pferdeschwanz und in einem weißen Kittel zulief, die vor der Glastür stand und mir ebenfalls warm zulächelte.

»Hallo, Olivia, ich bin Dr. Fields. Ich werde in den nächsten Wochen deine Betreuerin sein.« Sie hielt mir ihre Hand hin, die von einem filigranen, dünnen Silberring mit einem kleinen funkelnden Steinchen geziert wurde. Zitternd und ungelenk reichte ich ihr meine sicherlich verschwitzte Hand mit den blutigen, entzündeten Fingern und schämte mich augenblicklich. Unsicher blickte ich auf den Boden.

Da hockte sich Dr. Fields hin und sah hoch, sodass ich ihr in die freundlichen hellblauen Augen sehen musste.

»Ich weiß, es ist vermutlich sehr beängstigend, hier zu sein. Aber ich möchte dir versichern, dass du, auch wenn das natürlich immer leichter gesagt als getan ist, keine Angst haben musst. Letztendlich sind wir nichts anderes als eine Art Krankenhaus für Herz und Seele. Wir helfen dir, wieder auf die Beine zu kommen, dabei ist es unser einziges Ziel, dass es dir besser geht und du ein unbeschwertes Leben führen kannst, sobald du diese Klinik wieder verlässt. Das wird sicherlich nicht immer einfach, aber meine Kolleginnen und Kollegen und ich sind die ganze Zeit an deiner Seite. Wir sind für dich da. Und du wirst sehen, dass du hier nicht allein bist mit deinen Sorgen und Ängsten. Außerdem spüre ich einfach, dass ich eine Kämpferin vor mir habe. Auch wenn du das heute gar nicht sein musst. Heute gilt: ein Schritt nach dem anderen. Wollen wir gemeinsam losgehen?«

Ich betrachtete sie, suchte nach einem Haken, einer Falle, irgendwas, doch da war nichts. Da waren nur Verständnis, Vertrauen und … Hoffnung. Ich nickte. Ein Schritt nach dem anderen. Das konnte ich heute schaffen. Und so folgte ich Dr. Fields in den weißen Gang – einen Schritt nach dem anderen.

Kapitel 33

Das Buffet war geleert, die Bäuche voll, und die Gruppe hatte sich mittlerweile über das ganze Schloss verteilt. Kurz vor Mitternacht lief ich nach oben in unser Zimmer, um mich umzuziehen und Tristans Armband zu holen. Ich entschied mich für ein dunkelrotes Kleid mit weißen Blumen und langen Ärmeln, das mir bis zu den Knöcheln ging. Meine Haare band ich zu einem hohen Pferdeschwanz, sodass vereinzelte Strähnen mein Gesicht umrahmten. Mit einem breiten Lächeln und klopfendem Herzen legte ich noch mal roten Lippenstift auf und zog meinen Eyeliner nach. Dann griff ich nach dem Armband, bevor ich die Treppe hinunter in Richtung Swimmingpool huschte. Vorhin hatte ich wieder das Schild an die Tür gehängt, dass der Pool heute geschlossen war, damit Tristan und ich ihn an unserem letzten Abend für uns hatten. Der Ort, an dem irgendwie alles wieder angefangen hatte und der deshalb immer besonders für mich bleiben würde. Aus dem Filmraum drang lautes Gelächter, während der Duft nach fruchtigem Apfelcider den ganzen Flur erfüllte. Ich wollte gerade meine Hand auf die goldene Türklinke legen, als ich bemerkte, dass die Tür nur angelehnt war. Schmetterlinge fingen an, wild durch meinen Bauch zu flattern. Dann war Tristan also schon da.

Doch gerade als ich eintreten wollte, erklang eine helle Stimme aus dem Inneren, die definitiv nicht Tristan gehörte und mich innehalten ließ.

»Jetzt denk doch mal nach, Tris«, sagte Heather bestimmt. Mein Magen zog sich zusammen bei dem Spitznamen. Er klang viel zu vertraut, als würden sie sich deutlich besser kennen als von Tristan behauptet. »Weißt du nicht mehr, wie schlecht es dir ging, als wir uns kennengelernt haben? Du warst nach all der Zeit noch immer am Boden zerstört, und es war ihre Schuld. Ich möchte einfach nicht, dass sie dich wieder verletzt.«

Autsch. Ich zuckte zusammen, als hätte sie mich mitten ins Gesicht geschlagen. Vorsichtig wagte ich einen Blick durch den Türspalt. Dank der Spiegelung der hohen Fensterscheiben konnte ich erkennen, dass Tristan am Beckenrand saß, die Füße im Wasser baumelnd. Heather nur wenige Zentimeter neben ihm, im Schneidersitz und mit dem Gesicht ihm zugewandt. Ich gab es ungern zu, doch es tat weh, die beiden dort zusammen zu sehen, genau an der Stelle, an der Tristan und ich letzte Woche gesessen hatten. Es kam mir fast vor wie eine kleine Ewigkeit.

Heather sah wie immer atemberaubend aus mit ihren hochgesteckten honigfarbenen Haaren, die so sehr schimmerten, als hätte sie einen Filter darübergelegt, den vollen, herzförmigen Lippen und den braunen Rehaugen, mit denen sie Tristan sehnsuchtsvoll anblickte.

»Wir haben über unsere Trennung damals gesprochen, und sie hat es mir erklärt«, fing Tristan an, und ich war dazu geneigt, die Luft anzuhalten. »Sie hatte ihre Gründe, und ich verstehe sie. Ich hab mich dafür entschieden, ihr eine zweite Chance zu geben, und dazu stehe ich.«

Er klang sicher und überzeugt, was die Panik in mir zumindest ein wenig milderte.

Heather schnaubte. »Ja, natürlich hatte sie ihre Gründe. Nur war ich diejenige, die all die Scherben aufgesammelt hat, die sie hinterlassen hat.«

»Heather, wir haben nur eine Nacht miteinander verbracht.«

Nun war sie diejenige, die zurückzuckte. Kurz verspürte ich einen Anflug von Mitgefühl. Ich war zwar nicht ihr größter Fan, wollte aber auch nicht, dass sie verletzt wurde.

Doch sie hatte sich schnell wieder gesammelt. »Ja, und wenn ich mich recht erinnere, haben wir uns nur getrennt, weil unsere Leben zu stressig waren und wir uns nie hätten sehen können. Aber was ist ab nächster Woche, wenn wir gemeinsam in London für *Wicked* auf der Bühne stehen?«

Mein Mund klappte auf, ich taumelte einen Schritt zurück. Heather gehörte auch zum *Wicked* Cast? Das bedeutete, die beiden würden in den nächsten Monaten sehr viel Zeit miteinander verbringen. Irrationale Eifersucht strömte durch meine Adern, ich versuchte angestrengt, mich zu beruhigen. Gut, dann würden sie vielleicht viel Zeit miteinander verbringen. Aber ich vertraute Tristan. Wir würden das hinkriegen.

»Heather, es tut mir wirklich leid. Ich mag dich, aber es ist einfach zu spät.« Tristan klang frustriert, wobei ich hoffte, es lag daran, dass er keine Lust auf dieses Gespräch hätte, und nicht an der Tatsache, dass es zu spät für Heather und ihn war. Allein bei der Vorstellung, er könnte es bereuen, uns noch eine Chance gegeben zu haben, drehte sich mir der Magen um. Ich wusste, dass ich anfing, mich wieder in einer Sorgenspirale zu verfangen, die absolut keinen Sinn ergab, dennoch konnte ich die Zweifel, die mir durch den Kopf rasten, nicht aufhalten.

Unruhig fing ich an, an der Nagelhaut um meinen Daumen zu knibbeln, während ich weiter dem Gespräch lauschte.

»Und du denkst wirklich, diese Beziehung kann funktionieren?«, fragte Heather und beugte sich leicht vor, um nach seiner Hand zu greifen. »Sie sitzt irgendwo in einem kleinen, staubigen Kino in Bath, während du in London auf der Bühne stehst, Interviews gibst und von einer Veranstaltung zur anderen hetzt? Ich verstehe dieses Leben. Und ich würde nie von dir verlangen, es zu ändern. Ich lebe es mit dir.«

Diesmal war es Wut, die mich durchzuckte. Ich verstand, dass sie um Tristan kämpfte. Ich verstand sogar, dass sie mir gegenüber Vorbehalte hatte. Aber deshalb musste sie noch lange nicht mein Leben schlecht machen. Sie hatte kein Recht dazu, davon auszugehen, dass ich Tristans Traum nicht unterstützte.

Nichtsdestotrotz konnte es mir eigentlich egal sein, was Heather von mir hielt. Wichtig war nur, was Tristan dachte. Weshalb ich umso beunruhigter war, als er nichts sagte, sondern lediglich auf das Wasser starrte. Wieso zum Teufel sagte er nichts? Dachte er etwa ernsthaft darüber nach?

Mein Herzschlag beschleunigte, und Panik kroch mir langsam, aber sicher die Kehle hoch. Ich wusste, dass ich mir das nicht geben musste. Sinnvoll und gesund wäre es gewesen, entweder zu gehen oder die beiden zu konfrontieren. Doch sinnvoll und gesund waren noch nie die besten Adjektive gewesen, um mich zu beschreiben, und so blieb ich wie eingefroren stehen. Beobachtete, wie Heather Tristan sanft über die Wange strich, ohne dass er sich rührte. Spürte, wie mein Gehirn wieder anfing, Sorgen auf mich abzufeuern wie Tennisbälle. Vergaß die Techniken, die meine Therapeutin mir mitgegeben hatte, um den Teufelskreis in meinem Kopf in Situationen wie diesen zu stoppen.

Er empfindet noch etwas für sie. Er liebt dich nicht. Er hat sich nur kurz in den Erinnerungen an die Vergangenheit verloren. Das mit euch hat keine Zukunft. Er liebt dich nicht. Dachtest du wirklich, er verlässt diese wunderschöne, talentierte, umwerfende Schauspielerin für das Mädchen mit der Zwangsstörung? Das glaubst du doch wohl selbst nicht. Früher oder später wirst du immer diejenige sein, die man verlässt. Du siehst doch, wie leicht es deinem Dad gefallen ist. Den Menschen geht es einfach besser ohne dich. Du bist eine Belastung. Du bist eine Bürde. Du bist ein verdammter Systemfehler. Warum lässt du es nicht einfach gut sein? Wann kapierst du es endlich? Du wirst immer allein sein aufgrund der Stimmen in deinem Kopf. Immer. Immer. Immer. Immer.

Ein stechender Schmerz riss mich aus meinen Gedanken, und ich sah auf meinen Daumen, der mal wieder blutete. In einem dünnen Rinnsal lief die warme rote Flüssigkeit über meinen Finger, runter zum Handgelenk, bis schließlich ein kleiner Tropfen auf dem Boden landete. Ich wischte mir übers Gesicht und die mittlerweile tränennassen Wangen. Gott, ich hasste es, wie schwach ich mich manchmal fühlte.

Heather lachte über irgendetwas, und ich ärgerte mich darüber, dass ich nicht mitbekommen hatte, was Tristan gesagt hatte.

Vermutlich lachen sie über dich.

Ich schloss die Augen und atmete tief durch. Schluss jetzt. Ich war nicht mehr dieselbe Olivia wie vor drei Jahren. Ich war meiner Zwangsstörung nicht mehr ausgeliefert. Ich hatte schon so viel schlimmere Momente hinter mir. Ich würde auch das hinkriegen.

Aber vor allem würde ich nicht so über mich reden lassen. Ich würde auch nicht flüchten. Nein, ich würde mich der Situation jetzt verdammt noch mal stellen.

Also griff ich erneut nach der Türklinke, warf einen letzten Blick durch den Spalt und …

fiel

fiel

fiel …

Denn Tristan und Heather küssten sich.

»Fuck Heather, was soll der Scheiß?«, stieß Tristan wütend hervor und schob Heather von sich. Sie sah verletzt aus, und ich hätte erleichtert sein sollen. Hätte froh sein sollen, dass Tristan den Kuss nicht erwidert und sie von sich gestoßen hatte. Hätte irgendwas fühlen sollen, doch da war einfach nur Leere. Ich war es so leid, mich so zu fühlen. So, so, so leid. Seit Jahren war es, als säße in meinem Kopf einer dieser Spielzeugaffen mit zwei Becken in der Hand, die er durchgehend gegeneinander schlug und damit jede Logik, jeden klaren Gedanken in meinem Kopf zum Verstummen brachte. Ja, es war besser geworden in den letzten Jahren. Viel besser. Aber irgendwann kam immer der Punkt, an dem mich dieser Lärm doch wieder überwältigte und unter sich vergrub, und ich befürchtete langsam, dass es niemals aufhören würde. Der ganze Zirkus in meinem Kopf würde verdammt noch mal nie enden.

Also drehte ich mich und ging. Meine Schritte wurden immer schneller, mein Kleid wehte hinter mir her, und die Holztreppe gab das gewohnte Knarzen von sich, als ich die Stufen hochlief. In der Dunkelheit unseres leeren Zimmers machte ich mir nicht mehr die Mühe, mich abzuschminken. Ich schlüpfte nur aus dem Kleid, warf das Armband für Tristan auf den Boden und verkroch mich unter der Bettdecke. Ich wusste, dass zwischen Tristan und Heather nichts passiert war. Tristan hatte nichts falsch gemacht. Wieso nur fühlte sich dann alles in mir so falsch an? Wieso konnte ich wieder nicht wie ein normaler Mensch mit ihm sprechen? Wieso war Weglaufen das, worin ich am besten war? Als Gracie irgendwann das Zimmer betrat, tat ich so, als wäre ich bereits eingeschlafen. Auch das leise Klopfen an unserer Tür ignorierte ich. Ebenso wie den pochenden Schmerz in meiner Brust.

Und dann, irgendwann endlich, fiel ich in einen tiefen, traumlosen Schlaf.

Kapitel 34

»Liv? Bist du wach? Hey, da bist du ja. Guten Morgen.« Gracie saß an meiner Bettkante, mit einem vorsichtigen Lächeln auf dem Gesicht und einer dampfenden Tasse auf dem Schoß. »Ich hab dir Kaffee geholt.«

Ich blinzelte und rieb mir die müden Augen, bevor ich mich schließlich aufrichtete. Verwirrt und verschlafen blickte ich mich um. Kurz war ich orientierungslos, ohne jegliches Zeitgefühl. »Oh, du bist ein Engel«, krächzte ich und nahm die Tasse dankbar entgegen.

Als ich den ersten Schluck des schwarzen Lebenselixiers nahm, traf es mich plötzlich wie ein Schlag.

»Wir reisen heute ab«, stellte ich entsetzt fest und ließ die Tasse sinken. Und auf einmal war alles wieder da. Das schöne Abendessen gestern. Heather und Tristan am Pool. Die aufkommende Panik. Das Gefühl der Leere. Alles, was der Schlaf vorübergehend so schön betäubt hatte. Schlafen war wie Urlaub für meinen Kopf.

Gracie nickte, ein trauriger Ausdruck zeichnete sich auf ihrem Gesicht ab. »Ja, leider. Ich kann es immer noch nicht so richtig glauben.« Sie seufzte, ehe ihre Mundwinkel vorsichtig nach oben wanderten. »Hattest du gestern wenigstens noch einen schönen Abend?«

Ich verzog das Gesicht und sah ausweichend auf die Tasse in meiner Hand. »Eher weniger«, sagte ich leise, während ich mit dem Finger Kreise über den Rand zog.

»Oh«, machte Gracie nur, ein paar Atemzüge lang herrschte Stille. Dann nahm sie mir das Getränk aus der Hand, stellte es auf dem Nachttisch ab und kuschelte sich neben mich unter die warme Bettdecke. Sie legte ihren Kopf auf meine Schulter und hielt meine Hand. Fragen stellte sie keine, wofür ich mehr als dankbar war.

»Erzählst du mir dafür von deinem tollen Abend?«, fragte ich, woraufhin das Lächeln auf ihrem Gesicht ein wenig breiter wurde.

»Es war so schön«, fing sie schwärmend an. »Wir haben draußen auf der Terrasse getanzt und uns unter dem Baum auf der Schaukel geküsst. Währenddessen haben wir über die Zukunft gesprochen. Ich weigere mich einfach zu glauben, dass dies das Ende von uns sein soll. Scheiß auf die Entfernung, ganz ehrlich, ich muss einfach weiter erforschen, was das zwischen uns ist und was noch aus uns werden könnte.«

Mir wurde gleichzeitig wohlig und schwer ums Herz. Auf der einen Seite war ich so glücklich für Gracie, sie verdiente nur das Beste und die schönste aller Liebesgeschichten. Gleichzeitig hatte ich mir so sehr gewünscht, dass der letzte Abend für Tristan und mich genauso verlaufen würde.

»Hey, ihr kriegt das schon wieder hin«, sagte Gracie ermutigend und umarmte mich noch ein wenig fester. »Und ansonsten hast du ja auch immer noch mich.«

Ihre Worte rührten mich so sehr, dass sich ein Kloß in meinem Hals formte. »Danke, das bedeutet mir wirklich viel.«

Ich legte meinen Arm um sie, und so hielten wir uns einfach

nur gegenseitig einige Minuten lang fest, unser Blick auf die Highlands gerichtet, die über uns wachten und die ich so sehr vermissen würde.

Ein Klopfen an der Tür riss uns plötzlich aus der Stille. »Herein!«, rief Gracie, ohne sich aus der Umarmung zu lösen, während mein Magen grummelte, weil ich ahnte, wer das sein könnte.

Tristans blonder Lockenkopf schob sich durch die Tür, und sein Gesicht erhellte sich, als sein Blick auf uns landete. »Hi, ihr beiden.«

»Hey«, murmelte ich, während Gracie winkte. Dann wieder Schweigen. Nur war es diesmal die unangenehme Art.

»Ich gönne mir mal noch eine letzte luxuriöse Dusche, bevor wir abreisen«, sagte Gracie, ehe sie meine Hand kurz drückte, aufsprang und im Badezimmer verschwand. Kurz darauf ertönte das Rauschen des Wassers.

Tristan räusperte sich, dann kam er auf mich zu und setzte sich auf die Bettkante. Ich griff nach der Tasse auf meinem Nachttisch, weil ich irgendwas in der Hand halten musste, damit ich nicht wieder anfing, aus Nervosität an meinen Fingern zu knibbeln. Es reichte schon, dass mein Daumen mit einem dicken Pflaster versehen war. Dann winkelte ich die Beine an und lehnte mich gegen das Kopfende des Bettes.

Tristan drehte sich zu mir, um mich ansehen zu können, die Stimmung zwischen uns war seltsam fremd.

»Wieso warst du gestern Abend nicht am Swimmingpool?«

Seine Stimme klang unsicher und löste einen Stich in meinem Herzen aus.

»Mir war nicht so gut, weshalb ich mich kurz hingelegt habe, und dann bin ich wohl eingeschlafen«, log ich, ohne den Blick von ihm abzuwenden. Ich wusste nicht genau, weshalb ich ihm nicht die Wahrheit erzählte, doch aus irgendeinem Grund wollte ich, dass er mir von sich aus von dem Gespräch mit Heather gestern Abend erzählte. Er nickte nur, während ich in seinen Augen nach irgendeiner Reaktion suchte. Welche ich mir erhoffte, das wusste ich selbst nicht so genau.

»Ich bin echt nicht bereit für die Abreise«, murmelte Tristan, während er mit dem Finger über die Bettdecke strich.

»Ja, ich auch nicht.« Ich trank einen Schluck von dem mittlerweile nur noch lauwarmen Kaffee, ehe ich weitersprach. »Was hast du gestern Abend noch so gemacht, als ich nicht aufgetaucht bin?«

Sein Kehlkopf bewegte sich, als er schluckte, dabei wich er meinem Blick aus. »Ach, ich bin noch ein paar Bahnen geschwommen und habe bei dir geklopft, bevor ich dann auch irgendwann schlafen gegangen bin.«

»Hm«, machte ich nur und knibbelte an meinem Daumenpflaster. Kleine weiße Flusen tanzten durch die Luft, während ich mich fragte, wieso Tristan mich anlog. Hatte ihm der Kuss mit Heather doch etwas bedeutet? War noch mehr passiert, nachdem ich gegangen war? Ich traute mich nicht, auch nur ansatzweise darüber nachzudenken. Die Vorstellung, dass meine Sorgen hätten berechtigt sein können, löste ein Gefühl von Übelkeit in mir aus.

Meine Kehle fühlte sich trotz Kaffee trocken an, mir wurde merkwürdig kalt. Die Worte rutschten heraus, bevor ich darüber nachdenken oder sie abwägen konnte.

»Also, wann hattest du vor, mir zu erzählen, dass Heather auch in *Wicked* mitspielt? Am Telefon, wenn du wieder in London bist?« Meine Stimme war ruhig und gefasst, doch der Affe in meinem Kopf fing schon wieder an zu plärren und die Sorgenstimmen lauter werden zu lassen.

Tristans Blick schoss hoch, und ich sah Überraschung darin.

»Woher weißt du d…«, setzte er an, doch ich ließ ihn nicht aussprechen.

»Ich war gestern Abend am Pool. Vor der Tür. Ich hab euch gehört.«

Wieder schluckte Tristan. Diesmal war es keine Überraschung, die ich in seinen Augen sah, sondern Sorge. Vielleicht sogar ein schlechtes Gewissen?

»Wieso bist du nicht reingekommen?«, fragte er, und einen winzigen Augenblick lang fragte ich mich dasselbe. Doch dann dachte ich an die Panik und meinen blutenden Daumen, und es war wieder die Bitterkeit, die aus mir sprach.

»Na ja, ich wollte euren romantischen Moment nicht zerstören, du weißt schon, den Kuss und so.«

Tristan zuckte zusammen, während mir das Herz bis zum Hals schlug.

»Du hast hoffentlich auch gesehen, dass ich ihn nicht erwidert habe«, krächzte er und legte seine Hand auf meine.

Ich nickte. »Ja, ich frage mich nur, wieso du es mir nicht erzählt hast. Sowohl von *Wicked* als auch von gestern Abend.«

Tristan seufzte und fuhr sich durch die Haare. »Fuck, Liv, ich wusste einfach nicht, wie du es … aufnehmen würdest.«

Verwirrt runzelte ich die Stirn. »Wie ich es aufnehmen würde?«

»Na ja, wegen deiner Psyche und so«, stammelte er, und es war, als hätte er mir ein Messer in den Bauch gerammt. Ich wusste, dass er es nicht böse meinte. Ich wusste auch, dass er mich nicht verurteilte. Doch all die Dinge, die mir jahrelang über mentale Gesundheit eingetrichtert worden waren, die abwertenden Blicke auf Familienfesten, die ausbleibenden Anrufe meiner Großeltern, die Tatsache, dass mein eigener Vater mich wie eine Aussätzige behandelte und nun mit Sicherheit bei seiner Familie genauso über mich sprach wie über Tante Carol – all das hatte seine Spuren bei mir hinterlassen.

Ich wich zurück und entzog ihm meine Hand. »Wegen meiner Psyche? Im Ernst? Denkst du, ich kann die Wahrheit nicht aushalten, sodass du mich von nun an mit Seidenhandschuhen anfassen musst? Oder denkst du, ich kriege bei so was gleich einen Nervenzusammenbruch und muss wieder eingewiesen werden?«

Tristan war blass geworden und hob beschwichtigend die Hände. »Nei-ein, nein, Liv, das meinte ich nicht, und das weißt du auch. Ich wollte dich einfach nicht damit … belasten, verdammt, ich weiß doch auch nicht.«

»Aber dir war doch klar, dass ich es irgendwann erfahren würde. Zumindest die Sache mit *Wicked.* Und es ist ja auch kein großes Ding, ich meine, letztendlich ist es euer Job. Doch dadurch, dass du es mir nicht erzählt hast, hast du es irgendwie schon zu etwas Großem gemacht.«

Aufgebracht stellte ich die Kaffeetasse wieder auf dem Nachttisch ab, so energisch, dass etwas braune Flüssigkeit über den Rand schwappte.

»Es tut mir leid, okay?« Nach Worten ringend fuhr er sich wieder und wieder durch die Locken, die mittlerweile wild und elektrisch aufgeladen in alle Richtungen abstanden. »Zwischen uns war gerade alles wieder gut, und ich wollte nicht, dass du dich aufregst. So wie du es ja jetzt gerade tust.«

Mein Mund klappte auf. »Nur rege ich mich aus dem Grund auf, dass du es mir nicht erzählt hast, weil du scheinbar denkst, ich wäre mental nicht in der Lage, damit umzugehen.«

Tristan stöhnte frustriert auf. »Ich hab das Gefühl, ich kann gerade nur das Falsche sagen.«

»Ja, vielleicht«, sagte ich leise und fühlte mich, als hätte man mir auf einmal all meine Kraft entzogen.

Einen schmerzvollen Augenblick lang herrschte eisige Stille im Raum. Dann verpasste Tristan mir den Todesstoß.

»Weißt du, vielleicht hatte Heather recht.«

Mir blieb die Luft weg. »Was?«, flüsterte ich.

Er schüttelte langsam den Kopf. »Damit, dass es einfach nicht funktionieren kann. Die Distanz allein ist schon eine Herausforderung, aber wenn du jetzt auch noch gegen mich kämpfst ... ich weiß nicht, wie das gehen soll.«

»Tristan, ich kämpfe nicht gegen dich. Ich wollte nur wissen, wieso du es mir verheimlicht hast.«

»Ja, aber scheinbar denkst du, ich wäre ein Arschloch, das dich für deine mentale Gesundheit verurteilt.«

Ich schüttelte den Kopf. »Nein, das denke ich nicht. Nur habe ich schon so viele dieser *Arschlöcher* erlebt, dass ich da mittlerweile einfach sehr sensibel geworden bin.« Vorsichtig griff ich nach seiner Hand. »Es tut mir leid, ich hätte dich nicht so anfahren sollen. Ich weiß, dass du nicht so bist.«

Tristan starrte auf meine Hand. Diesmal war er derjenige, der seine Hand wegzog, bevor er aufstand und mich resigniert ansah. »Liv, ich kann das nicht noch mal.«

Mein Hals schnürte sich zusammen. »Was meinst du?«, fragte ich, obwohl ich genau wusste, was er meinte.

Er atmete geräuschvoll aus und schloss kurz die Augen. »Ich schaffe es nicht ein weiteres Mal, mein Herz wieder zusammenzuflicken. Das letzte Mal hat mich fast kaputt gemacht. Es ... es hat was mit Selbstschutz zu tun, okay?«

Tränen stiegen mir in die Augen, und ich versuchte krampfhaft, sie aufzuhalten, während mein Bauch sich so schmerzhaft zusammenzog, dass ich kaum Luft bekam. Mit zitternder Unterlippe nickte ich. »Okay, ja. Das verstehe ich.«

Und das Schlimme war: Ich verstand es tatsächlich.

Tristan lief auf die Tür zu, bevor er sich nochmal zu mir

umdrehte. Auch in seinen Augen schimmerte nun ein feiner Tränenglanz.

»Du weißt, ich hab dich immer geliebt. Aber ich glaube, manchmal reicht das einfach nicht.« Beim letzten Wort brach seine Stimme ab, es zerriss mich innerlich.

Also nickte ich nur. Wieder mal.

Als er sich abwandte und ging, war es, als wiederholte sich die Vergangenheit. Wieder ließ ich Tristan gehen. Wieder blieben mir die Worte, auf die es ankam, im Hals stecken.

Kapitel 35

»Es war mir eine außerordentliche Freude, Sie alle kennenzulernen«, sagte Evelyn und zeigte auf das Schloss, vor dem wir alle mit unseren Koffern standen, während der Wind uns um die Ohren pfiff. »Glenloch Castle wird euch und eure positive, kreative, wunderbare Energie vermissen, und ich ebenso. Ich hoffe sehr, dass ich den ein oder anderen eines Tages wiedersehen werde. Aber eins ist gewiss: Vergessen werde ich Sie alle niemals.«

Lauter Applaus ertönte, ein paar wehmütige Tränen flossen, und die ersten Teilnehmerinnen und Teilnehmer des Retreats fingen an, sich zu umarmen, obwohl wir alle gemeinsam zum Flughafen fahren würden.

Während unser Gepäck verstaut wurde, ließ ich meinen Blick ein letztes Mal schweifen. Über das imposante Schloss, das schon so viel erlebt hatte, schon so lange hier stand und uns alle vermutlich überdauern würde. Über die rauen, majestätischen Highlands, die heute von einem leichten Nebel verdeckt wurden. Es war ein Ort, der einfach verlangte, dass man eines Tages wiederkam. Und das würde ich. Das schwor ich mir hier und jetzt.

»Kommst du?«, fragte Gracie mit einer Besorgnis in der Stimme, die mir nicht entging.

Ich nickte, ehe ich noch mal tief durchatmete und ihr schließlich in den Bus folgte. Tristan saß ganz vorn mit den anderen Mentorinnen und Mentoren. Natürlich neben Heather, die fröhlich auf ihn einredete.

Kurz trafen sich unsere Blicke, und ein Schatten huschte über sein Gesicht, bevor er sich wieder seiner Sitznachbarin zuwandte und ihr aufmerksam zuhörte. Oder zumindest so tat, was wusste ich schon, er war immerhin ein grandioser Schauspieler.

Gracie lief durch bis zur vorletzten Reihe und überließ mir den Fensterplatz, wofür ich sehr dankbar war. Ich lehnte meinen Kopf gegen die kühle Scheibe und versuchte, den Anblick des Glenloch Castle ein letztes Mal so richtig aufzusaugen. Die ganze Fahrt über war es fast gruselig still im Bus, alle schienen den Erinnerungen der letzten zwei Wochen nachzuhängen, niemand unterhielt sich und keiner schien bereit für das Ende des Retreats zu sein.

Ich starrte die ganze Zeit über aus dem Fenster und prägte mir Schottlands Schönheit ganz genau ein. Dabei hielt ich ununterbrochen Gracies Hand. Wehmütig dachte ich an die Hinfahrt mit Hugh im Landrover, als wir noch nichts übereinander wussten und die Vorfreude auf das *CineStage Hill* durch die Luft schwirrte. Trotz schmerzendem Herzen musste ich lächeln. Ich wollte nichts ändern oder vergessen, was in den letzten zwei Wochen passiert war. Weder die schönen noch die weniger schönen Momente. Jeder war auf seine Art und Weise besonders gewesen, und ich wollte auf keinen davon verzichten. Auch wenn das mit Tristan noch sehr, sehr lange sehr, sehr wehtun würde, war ich dankbar dafür, dass es passiert war. Allein dass ich die Chance gehabt hatte, ihm noch mal näherzukommen, ihn um Verzeihung zu bitten und ihn zu spüren, war jeden Schmerz, der folgen würde, wert. Für Zeit mit Tristan würde ich mir wieder und wieder das Herz brechen lassen.

Es fühlte sich surreal an, zu wissen, dass ich in ein paar Stunden wieder in Bath sein würde. Dass ich Sienna wiedersah, ebenso wie Tasha und Cooper, Ellen und Jude. Meine Wohnung. Das *CineHeaven*.

Die zwei Wochen kamen mir schon jetzt vor wie ein halbes Leben.

Als wir am Flughafen ankamen, verließen wir den Bus im Schneckentempo. Hängende Schultern, feuchte Wangen und tiefe Seufzer erfüllten die Eingangshalle, als wir uns alle mitsamt Gepäck versammelt hatten und begannen, uns voneinander zu verabschieden.

Zuerst umarmte ich Sanna, die mir neben Gracie mit am meisten ans Herz gewachsen war. »Versprichst du mir, mich bei der Oscar-Verleihung reinzuschmuggeln, wenn du eines Tages nominiert bist?«

Sanna lachte auf, ihre Wangen röteten sich leicht. »Wenigstens eine von uns ist optimistisch. Aber ja, natürlich, ich setze dich direkt in die erste Reihe neben Tom Holland.«

Ich grinste. »Okay, in dem Fall schulde ich dir mein Erstgeborenes.«

»Deal«, sagte sie, ehe wir uns erneut in die Arme fielen.

Danach folgten Alice und Misuki sowie Will. Es fand eine riesige Gruppenumarmung statt, bei der alle aus unserem Workshop dabei waren – außer Henri natürlich, der bereits zu seinem Gate gegangen war. Was für eine Überraschung.

Als Gracie und ich voreinander standen, konnte ich die Tränen nicht mehr zurückhalten. Ihre Unterlippe begann zu zittern, daraufhin meine, sodass wir fast schon synchron anfingen zu weinen. Ich zog sie fest an mich, atmete ihren Duft ein, der mir in der kurzen Zeit so vertraut geworden war, und wollte sie am liebsten nicht mehr loslassen.

»Du wirst mir so fehlen«, schluchzte Gracie in meine Haare. »Deine Kaffeesucht morgens, dein leises und überraschenderweise sehr beruhigendes Schnarchen, gemeinsame Filmabende, bei denen du gefühlt jeden Film mitsprechen kannst, die Gespräche mit dir, egal ob ernst oder fröhlich, und dieses Gefühl, dass ich dir einfach alles anvertrauen kann.«

»Na super, wenn du willst, dass ich gar nicht mehr aufhöre zu weinen, dann mach weiter so«, erwiderte ich und verschluckte mich dabei fast an den Tränen.

Wir lösten uns voneinander, ich sah sie an. »Ich werde dich auch vermissen. Dein ganzes Sonnenscheinwesen, wie du jeden Raum ein bisschen heller und fröhlicher machst, dein Herz aus Gold und deine Ehrlichkeit, deine schlechten Witze und zusammen auf dem Bett zu sitzen, um zu reden, zu lachen oder auch zu weinen.«

Gracie schob die zitternde Unterlippe vor und wischte sich über die Augen. »Wieso habe ich Trottel heute Morgen eigentlich Wimperntusche benutzt?«, fragte sie laut schniefend. Ich musste glucksen, als ich die schwarzen Schlieren auf ihren Wangen sah.

»Ich hab dich lieb, Olivia«, sagte Gracie, als wir uns wieder voneinander gelöst hatten.

Ich lächelte traurig. »Ich dich auch, Gracie.«

»Gut, ich muss jetzt zu meinem Gate, sonst komme ich hier nie weg, Gott, ich hasse Abschiede so.«

»Bitte gib mir Bescheid, sobald du in Boston gelandet bist, ja?«

Sie nickte, ehe sie sich abwandte und loslief. Kurz bevor sie um die Ecke verschwand, drehte sie sich noch mal um.

»Olivia?«, rief sie, ihr Gesichtsausdruck plötzlich nicht mehr ganz so traurig. »Was macht ein Pirat am Computer?«

Automatisch musste ich schmunzeln. »Ich weiß nicht, was denn?«

»Er drückt die Enter-Taste!« Sie warf mir ein verschwörerisches Grinsen zu, während mir ein helles Lachen entwich.

Als sie kurz darauf abbog und nicht mehr zu sehen war, wich das Lachen wieder dieser melancholischen Abschiedstrauer.

Ich stieß einen schweren Seufzer aus, ehe ich schließlich auch Sanna und Misuki zuwinkte, dann Alice und Will. Die Gruppe löste sich mehr und mehr auf, als mir plötzlich jemand auf die Schulter tippte.

Ich drehte mich um, und mein Herz setzte kurz aus. Tristan stand vor mir, ein trauriger Ausdruck in seinen Augen. Alles in mir schrie danach, ihn an mich zu ziehen und nie mehr gehen zu lassen.

»Also dann«, sagte ich stattdessen lahm, und wollte mich ohrfeigen, weil ich klang wie mein eigener Vater. Kalt, abgeklärt und distanziert. Etwas, das ich niemals sein wollte.

Tristan senkte den Blick, was ein schmerzhaftes Pochen in meinem Herzen hinterließ. Normalerweise wäre ich nach gestern einfach wieder gegangen, geflohen vor der Situation und den Worten, die in mir tobten. Aber die vergangenen zwei Wochen hatten etwas mit mir gemacht. Ich wollte nicht mehr ständig weglaufen vor meinen Gefühlen. Und ich konnte Tristan nicht einfach stehen lassen, ohne ihm ein letztes Mal zu sagen, was in mir vorging. Nicht dieses Mal. Nicht schon wieder. »Es tut mir leid, Tristan, alles. Ich wünsche dir nur das Beste. Ich weiß, du wirst all die Bühnen dieser Welt erobern, und ich werde jeden Preis, den du gewinnst, feiern, als wäre es mein eigener. Jeden Film, in dem du vielleicht eines Tages spielst, werde ich im CineHeaven zeigen, und wann immer ich dich auf einem Magazin oder einer Plakatwand sehe, werde ich stolz darauf zeigen und allen erzählen, dass ich schon in der Theater-AG wusste, dass du ein Star wirst. Wenn ich an London denke, dann werde ich an dich denken, und sollte ich irgendwann mal da sein, werde ich an jeder Straßenecke nach einem blonden Lockenkopf Ausschau halten. Ich werde Sienna hin und wieder fragen, wie es dir geht, und dabei versuchen, ganz beiläufig zu klingen, so als würde es mir nicht das Herz brechen, dass ich dich nicht selbst fragen kann. Und wenn ich irgendwann deine Hochzeitsfotos in einem Hochglanzmagazin sehe, dann werde ich hoffen, dass du glücklich bist und jeden Tag gesagt bekommst, wie sehr du geliebt wirst. Denn das ist es, was du verdienst. Und es tut mir leid, dass ich nicht diejenige bin, die dir das geben kann. Aber ich werde mich nicht mehr dafür entschuldigen, wer ich bin und was ich empfinde.«

Als die Worte sich endlich ihren Weg in die Freiheit gebahnt hatten, rang ich nach Luft. Tristan schwieg, der Ausdruck in seinen Mitternachtsaugen war schwer zu deuten. Als er nach zwei, drei Atemzügen noch immer nichts erwiderte, entschied mein Herz, dass es Zeit war zu gehen. »Mach's gut, Tristan«, sagte ich also, meine Stimme kratzig und rau, genau wie mein Inneres. Ich erlaubte mir ein letztes Mal, meine Augen auf seinem wunderschönen Gesicht verweilen zu lassen, bevor ich mich schließlich umdrehte und in Richtung meines Gates schritt, ohne mich noch mal umzudrehen.

Die Tränen kamen später, als ich im Flugzeug saß und der Pilot die Durchsage machte, dass die Wetterbedingungen einen ruhigen Flug versprachen und wir in einer Stunde und fünfzehn Minuten in Bristol landen würden. Sie kamen, trotz der mitleidigen Blicke der Passagiere neben mir, trotz der Köpfe, die sich zu mir drehten und dem darauffolgenden Getuschel. Und als die Wolken an uns vorbeizogen wie flauschige Zuckerwatte, während ich alles nur verschwommen sah, da spürte ich ein sehr seltenes und deshalb umso wertvolleres Gefühl: Stolz. Denn ich ließ die Tränen zu, ließ sie laufen, ohne krampfhaft zu versuchen, sie zu verstecken, aus Angst davor, was die Menschen um mich herum von mir denken könnten. Ich erlaubte mir, die Emotionen ungefiltert zu fühlen, ohne mich zu fragen, was die anderen nun hinter meinem Rücken über mich sagen würden. Und das zeigte mir, dass ich in den vergangenen Jahren sehr wohl etwas gelernt und Fortschritte gemacht hatte. Ich zeigte Schwäche, ohne mich dafür zu schämen. Und so fühlte sich dieser Moment, in dem ich das Gefühl hatte, von Abschiedsschmerz, Liebeskummer und Nostalgie fast erdrückt zu werden, doch ein klein wenig nach einem Sieg an.

Als die gläserne Schiebetür aufglitt und ich die Ankunftshalle betrat, konnte ich nicht anders, als in schallendes Gelächter auszubrechen. Hinter der Absperrung standen sie in der wartenden Menge: meine besten Freunde. Sienna winkte und hüpfte dabei auf und ab, während Tasha und Cooper grinsend ein Plakat in die Höhe hielten, auf dem in bunten Glitzerbuchstaben »Willkommen zurück aus dem Gefängnis, Boss« stand. Lachend rannte ich um die Absperrung herum, ließ meinen Koffer und Rucksack fallen und sprang in Siennas ausgebreitete Arme. Wir umarmten uns so stürmisch, dass wir uns kaum auf den Beinen halten konnten, dabei atmete ich gierig ihren Duft ein: Escada Bali Paradise, der für mich *Zuhause* bedeutete.

»Ich hab noch das ein oder andere Hühnchen mit dir zu rupfen, aber gerade bin ich einfach nur überglücklich, dich wiederzuhaben«, flüsterte ich in ihr Ohr, woraufhin sie mich noch ein wenig fester drückte.

»Ich bin so froh, dass du wieder da bist. In unserer Wohnung warten selbst gebackene Zimtschnecken auf dich, als Friedensangebot.«

Wir lösten uns voneinander, ein wissendes Grinsen umspielte Siennas Lippen. Lächelnd wuschelte ich ihr durch die kurzen blonden Haare. Sie wusste, dass ich ihr nicht böse sein konnte.

»Liv, wir haben dich so vermisst«, rief Cooper, als ich ihm in die Arme fiel, und hob mich hoch, um mich herumzuwirbeln.

»Ich euch auch, es hat sich so falsch angefühlt, euch nicht immer sofort alles erzählen zu können.«

Als Letztes begrüßte mich Tasha, und ich musste daran denken, wie gut sie sich mit Gracie verstehen würde. Sofort spürte ich ein Stechen im Brustkorb, und ich fragte mich, wie weit Gracie schon wieder von mir entfernt war.

Noch während ich in Tashas Armen lag, kamen Sienna und Cooper von der Seite und schlossen sich uns an, sodass wir für eine halbe Ewigkeit in dieser Gruppenumarmung verharrten.

»Wir haben heute Abend einen Tisch im *Connelly's* reserviert, wir wollen alles erfahren«, sagte Tasha grinsend, während wir gemeinsam in Richtung Ausgang liefen. Cooper, der meinen schweren Rucksack geschultert hatte, schaute über die Schulter. »Wir haben Ellen und Jude extra auf ein Kaffeetrinken morgen vertröstet, damit du heute Abend kein einziges schmutziges Detail auslassen musst«, fügte er mit einem noch breiteren Grinsen hinzu.

Mein Blick wanderte zu Sienna, die entschuldigend die Hände hob. Anscheinend hatte sie die beiden schon eingeweiht.

Zuerst fuhren wir jedoch nach Hause, worüber ich sehr dankbar war. Sosehr ich die Zeit auf Glenloch Castle geliebt hatte, so sehr hatte ich auch mein Zimmer vermisst.

Wir verabschiedeten Tasha und Cooper, die noch mal im Kino vorbeischauen wollten. Mit einem Mal verspürte ich die leise Vorfreude darauf, ab Montag auch endlich wieder im *CineHeaven* arbeiten zu können. Ich hatte Jude und Ellen, meine Freunde und die Arbeit in meinem zweiten Zuhause vermisst.

Gemeinsam schleppten Sienna und ich mein Gepäck hoch, ehe wir uns erleichtert auf die scheußliche senfgelbe Couch in unserem Wohnzimmer fallen ließen. Selbst die hatte ich vermisst. Wir hatten sie dem Vorbesitzer der Wohnung für einen Spottpreis abgekauft. Die Farbe war zwar furchtbar, aber man saß nirgends bequemer.

»Ich wollte eigentlich erst Kaffee machen, dich mit den Zimtschnecken bestechen und mich dann langsam vortasten, aber ich halte es einfach nicht mehr aus.« Sienna musterte mich von der Seite. »Wie war das Wiedersehen mit meinem Bruder?«

Ich seufzte und schloss kurz die Augen, während sich die letzten zwei Wochen wie ein Film vor meinem inneren Auge abspielten.

»Es war … eine Achterbahnfahrt«, fing ich an und erzählte ihr schließlich alles. Von unserem explosiven ersten Aufeinandertreffen, dem Schock, dass er im selben Workshop war wie ich, seiner distanzierten und abweisenden Art, bis hin zu unserem klärenden Gespräch am Swimmingpool, dem ersten Kuss in der Bibliothek, der kurzen Zeit, in der es so schien, als gäbe es eine zweite Chance für uns, der Abschlussgala und schließlich auch Heather Halloway sowie dem schmerzhaften Abschied am Flughafen.

Als ich fertig war, war Sienna diejenige, die einen tiefen Seufzer ausstieß. »Gott Liv, ich hab allein vom Zuhören graue Haare bekommen.«

»Wem sagst du das«, murmelte ich und ließ mich etwas tiefer in das weiche Polster sinken.

»Ich koche uns jetzt eine Kanne Kaffee und hole die Zimtschnecken, denn die hast du noch nötiger, als ich dachte.« Sie stand auf und lief in Richtung Küche, drehte sich kurz vorher jedoch noch mal um. »Weißt du, Liv, ich würde euch manchmal am liebsten schütteln. Ihr zwei seid mir die liebsten Menschen auf diesem Planeten, und ich verstehe nicht, wann ihr endlich checkt, dass ihr verdammt noch mal zusammengehört.«

Mit diesen Worten verließ sie das Wohnzimmer, während ich mich fragte, ob sie recht hatte und wir es irgendwann verstehen würden oder ob es diesmal wirklich einfach zu spät war.

Kapitel 36

»Da ist sie ja, unsere Kleine!«, rief Ellen fröhlich und breitete die Arme aus. »Wir haben dich so vermisst, das Kino ist einfach nicht dasselbe ohne dich.«

»Ihr habt mir auch unglaublich gefehlt«, erwiderte ich und genoss die wärmende Umarmung sowie den Duft nach frischem Popcorn, der mir in die Nase stieg.

»Ah, da sind ja meine beiden Lieblingsfrauen.« Zwei weitere Arme schlangen sich um mich, und für einige Sekunden war mein Herz einfach nur voll. Was hatte ich doch für ein Glück, diese beiden Menschen in meinem Leben zu haben, die anfangs nur meine Chefs gewesen waren und die ich nun so sehr liebte. Ich löste mich aus der Umarmung, um die beiden ansehen zu können. Ellen hatte ihre weißen Haare zu einem Dutt hochgesteckt und trug ein geblümtes Kleid unter ihrem weißen Lieblingscardigan. Jude hatte wie immer eins seiner Holzfällerhemden unter einem dunkelblauen Pullover an, sein schütteres Haar war nach hinten zurückgekämmt.

»Da komme ich nach zwei Wochen zurück, und ihr zwei seht mindestens zehn Jahre jünger aus, verratet mir euer Geheimnis!«

Ellen fing an zu kichern, Jude stimmte mit seinem brummigen Lachen ein, welches zu meinen liebsten Geräuschen überhaupt gehörte.

»Jetzt wissen wir wieder, wieso wir dich eingestellt haben«, sagte er mit einem breiten Grinsen, während Ellen ihm in die Seite knuffte.

»Komm Liebes, ich hab uns Tee gemacht, du musst uns alles erzählen.« Ellen hakte sich bei mir unter, und wir liefen gemeinsam in den Mitarbeiterraum, wo es nach frischen Scones duftete. Mir lief das Wasser im Mund zusammen, als Ellen mir einen Teller mit dem Gebäck sowie zwei Schalen mit Marmelade und Clotted Cream hinstellte. Es ging einfach nichts über ihre selbst gemachten Scones.

Ich erzählte ihnen alles (na ja, fast alles) von meiner Zeit im Retreat und den schottischen Highlands. Der schönste Moment war das Leuchten in Judes Augen, als ich erwähnte, was Betty Garrickson über das *CineHeaven* gesagt hatte.

»Wisst ihr …«, fing ich an und hielt kurz inne, um nach den richtigen Worten zu suchen. »Ich weiß nicht genau, was ich erwartet hatte, beim *CineStage Hills* zu lernen, aber für mich war die schönste Erkenntnis, wie sehr ich die Arbeit hier liebe und wie dankbar ich dafür bin, dass ihr mir euren Schatz, dieses Kino, jeden Tag aufs Neue anvertraut.«

In Ellens Augen war ein leichter Schimmer zu erkennen, als sie nach meiner Hand griff. Ihre Geste beflügelte mich regelrecht dazu, weiterzusprechen und all meine Gedanken rauszulassen.

»Ich habe mich anfangs so oft fehl am Platz gefühlt, weil alle so große Ziele hatten. Berühmt werden, am Broadway auftreten, mit großen Stars zusammenarbeiten, Preise gewinnen … das alles schien mir so viel mehr wert zu sein als das, was ich jeden Tag hier tue. Doch mittlerweile weiß ich, wie respektlos das euch gegenüber ist. Euch und dem, was ihr in so vielen Jahren, mit so viel harter Arbeit, Liebe und dem Glauben an euren Traum erschaffen habt. Niemand hat das Recht dazu, das kleinzureden. Und jeder Traum, egal wie groß oder klein er auch scheint, ist es wert, geträumt zu werden.«

Jude räusperte sich, und ich sah, wie er versuchte, sich unauffällig hinter seiner Brille über die Augen zu wischen.

»Oh, Schätzchen«, sagte Ellen und zog mich in eine kurze, aber feste Umarmung, bevor sie mich wieder ansah. »Vom ersten Tag an hab ich in deinen Augen gesehen, dass du verstehst, wie viel uns dieser Ort bedeutet. Ich konnte sehen, dass du es fühlst.« Sie legte ihre faltige Hand auf meine Brust, auf die Stelle, unter der mein Herz pochte. »In diesem Kino steckt unser ganzes Leben, unsere Herzen, so viele Erinnerungen und Arbeit, die uns jeden Tag Freude bereitet hat. Und trotzdem hab ich bisher nicht eine Sekunde lang daran gezweifelt, dass das CineHeaven irgendwann in Zukunft bei dir in den allerbesten Händen sein wird. Wir sind diejenigen, die sich glücklich schätzen können, dass wir dich gefunden haben.«

Ich legte meine Hand auf ihre und konnte nicht mal ansatzweise ausdrücken, wie viel mir ihre Worte bedeuteten und wie sehr mein Brustkorb vor Freude und Stolz anschwoll.

»Danke«, flüsterte ich, in der Hoffnung, dass sie verstand, wie viel mehr hinter diesem einen Wort steckte. Ihr breites Lächeln sowie das kurze Nicken verrieten mir, dass sie es tat.

Erneut ertönte ein tiefes Räuspern, das meinen Blick zu Jude wandern ließ. Er lächelte verschmitzt, ein bisschen Marmelade klebte an seiner Oberlippe. Dieser alte Mann vor mir war mehr Großvater für mich gewesen, als mein eigener es je sein würde, und dafür hatte ich ihn nur noch mehr lieb.

»Man muss keinen Oscar gewinnen, um ein erfülltes, wertvolles und bereicherndes Leben zu führen, Olivia. Auch wir scheinbar kleinen Menschen mit unseren kleinen Leben haben die Macht, die Welt zu verändern, Spuren zu hinterlassen und andere glücklich zu machen. Glaub mir, ich weiß, wovon ich spreche.« Er griff mit einem sentimentalen Gesichtsausdruck nach Ellens Hand, der goldene Ehering schimmerte im Licht. »Ich lebe seit so vielen Jahren eins dieser kleinen Leben und bin jeden einzelnen Tag davon dankbar dafür. Denn ich wache jeden Morgen neben dem Menschen auf, den ich über alles liebe, gehe jeden Tag in das Kino, in dem ich meiner Arbeit nachgehe, und habe dabei ein Lächeln auf den Lippen. Ich bin nicht nur zufrieden, ich bin glücklich. Und das ist der wahre Oscar.«

Als ich sah, wie Ellen ihren Mann ansah, wurde mein Herz auf einmal ganz schwer. Sie sah den Mann, mit dem sie seit dreißig Jahren verheiratet war, mit dem sie gemeinsam graue Haare bekommen und jegliche Höhen und Tiefen durchlaufen hatte, mit so einer unerschütterlichen Liebe im Blick an, dass ich nicht anders konnte, als an die Liebe in meinem Leben zu denken. Ich dachte an Tristan und daran, dass ich in so vielen Momenten überzeugt gewesen war, dass wir eines Tages wie Ellen und Jude sein würden. Und wie jung, unerfahren, vielleicht auch naiv ich doch eigentlich war, zu denken, jedem würde eine Liebe wie diese widerfahren. Ich dachte an meine Eltern, die sich schon sehr lange nicht mehr so ansahen wie Ellen und Jude. Sie hatten zwar auch gemeinsam die ersten grauen Haare bekommen, aber manchmal fragte ich mich, ob sie diese nicht weniger der fortgeschrittenen Zeit als vielmehr sich gegenseitig verdankten. Ich fragte mich auch, ob sie sich vielleicht noch immer so ansehen würden, hätten sie sich nicht immer und immer wieder über die Psyche ihrer Tochter streiten müssen. Niemals würde ich die unzähligen Nächte oben auf der Treppe vergessen, den lauten Stimmen meiner Eltern unten im Wohnzimmer lauschend. Meine Mutter, die immer wieder die Kämpfe für mich austrug und meinen Vater anflehte, mehr Verständnis zu zeigen, statt mich dieser dauerhaften Ablehnung auszusetzen. Er dagegen wiederholte immer, sie solle mich nicht auch noch glauben lassen, dass meine Probleme normal wären, da ich eindeutig nicht richtig im Kopf wäre. Er war der Meinung, ihr »Verhätscheln« würde es nur schlimmer machen. In der Therapie hatte ich gelernt, dass ich nicht für das Funktionieren der Beziehung meiner Eltern verantwortlich war. Dennoch war es leicht, das zu denken. Schließlich hatte es diese Streitereien nicht gegeben, bevor sie von meiner Zwangsstörung erfahren hatten.

»Also, sollen wir dir erzählen, was in den letzten zwei Wochen alles so los war?«, fragte Ellen, die, ihrem aufmerksamen Blick zufolge, genau wusste, dass meine Gedanken mal wieder abgedriftet waren.

Schnell nickte ich. »Unbedingt. Ich hab's vermisst, mehr Zeit in diesem Kino als in meiner Wohnung zu verbringen.«

Und genau das tat ich in den darauffolgenden Tagen auch. Zusammen mit Tasha und Cooper stürzte ich mich wieder voll und ganz in die Arbeit im *CineHeaven*. Zum einen, weil ich es tatsächlich vermisst hatte, zum anderen, weil es mich wunderbar davon abhielt, nachzudenken. Oder vielleicht besser gesagt: an ihn zu denken.

Ich reinigte die Popcornmaschine, staubte jedes einzelne Bild im Foyer ab, hängte Filmplakate auf und wieder ab, produzierte mit Tasha Content für Social Media, überlegte zusammen mit Cooper, welche besonderen Events wir für die kommenden Monate planen konnten, und informierte mich mit Ellen und Jude über die neuen Filme, die dieses Jahr noch erscheinen würden.

Wenn ich nicht arbeitete, besuchte ich Sienna im Hotel, brachte ihr Essen und dachte mir gemeinsam mit ihr die wildesten Geschichten zu den jeweiligen Gästen aus. Ich traf mich mit meiner Mum auf Kaffeedates, und zusammen machten wir die Flohmärkte der Stadt unsicher. Zwischendurch schrieb ich mit Gracie, und das wirklich jeden Tag. Das Telefonieren war aufgrund der Zeitverschiebung leider schwieriger, als wir gehofft hatten, doch wir schickten uns Sprachnachrichten in Podcastlänge, die das wieder wettmachten. Ich vermisste sie, sie war die Einzige, die mich daran erinnerte, dass die Zeit im Retreat tatsächlich real und kein Fiebertraum gewesen war.

In den wenigen Momenten, die ich dann doch mal allein in meinem Zimmer lag, sah ich eine Folge *Desperate Housewives* nach der anderen und versuchte mich davon abzuhalten, Tristan auf Instagram zu suchen. Was eher weniger gut funktionierte. Jeden Tag tippte ich seinen Namen in das Suchfeld ein und wusste nicht, ob ich erleichtert oder enttäuscht sein sollte, weil er nie etwas postete. Die Frage, wie es ihm ging, quälte mich. Träumte er auch jede Nacht von unseren gemeinsamen Momenten? Wählte auch er jeden Tag mehrfach meine Nummer, nur um dann doch wieder das Eingabefeld zu schließen? Und spielten sich unsere Gespräche auch wie ein Film in Endlosschleife in seinem Kopf ab, das Gefühl unserer aufeinandertreffenden Lippen noch immer so präsent, als wäre es gestern gewesen?

Als ich drei Wochen nach meiner Rückkehr aus dem Retreat an meinem ersten freien Tag (Ellen und Jude hatten mich dazu verdonnert) unter meine Bettdecke gekuschelt saß, während die Lichterketten an meiner Decke leuchteten, schaute ich also wieder mal meine neue Lieblingsserie. In der aktuellen Folge ging es um einen Tornado, der die ganze Nachbarschaft der Wisteria Lane zerstörte – und alle näher zusammenbrachte. Es war sehr emotional, und nicht zum ersten Mal liefen mir ein paar Tränen über die Wange. Es ging um Zusammenhalt,

Vergebung, zweite Chancen, Nächstenliebe und darum, was wirklich wichtig war. Wer wichtig war. Und wie wichtig es war, seine Gefühle auszusprechen. Etwas, was ich im Retreat auch gelernt hatte. Etwas, von dem ich mir vorgenommen hatte, es in Zukunft ebenfalls mehr zu tun. Doch mir dämmerte so langsam, dass ich dieses Vorhaben nicht nur auf Tristan beschränken konnte. Es gab auch andere Menschen in meinem Leben, die ich mied und denen ich nie gesagt hatte, was ich fühlte. Als der Abspann der Folge lief, stand ich auf, um die zerknüllten Taschentücher zu entsorgen. Mein Blick blieb dabei an dem signierten *Shawshank Redemption* Poster über meinem Bett hängen. Sanft strich ich mit dem Finger über die matte Oberfläche. Sah wieder Tristans Lächeln vor mir, wie er das Plakat auf dieser Klippe in Cornwall zum ersten Mal sah, hörte das Rauschen der Wellen und fühlte den Wind, der an uns zerrte, während wir damals dachten, nichts könnte uns je auseinanderreißen. Mit einem Mal wusste ich, was ich tun musste. Ich würde mich heute zwei Menschen stellen, die ich schon viel zu lange mied.

Mit einem Strauß blauer Hortensien in der Hand, der mich an Tristans Augen erinnerte und eine ziehende Sehnsucht in meinem Bauch hervorrief, lief ich durch die Straßen meiner Heimatstadt und atmete die frische Luft ein. Der Sommer war in seinen letzten Zügen, ganz bald würde der Herbst beginnen, und ich freute mich schon jetzt auf die bunten Blätter, die Bath noch schöner aussehen lassen würden. Ich überquerte die Pulteney Bridge und hielt kurz inne, um auf den Avon zu blicken, dessen Wasseroberfläche durch die Spätsommersonne funkelte. Schnell zückte ich mein Handy, um ein Foto für Gracie zu machen, bevor ich mich weiter auf den Weg zur Bushaltestelle machte.

Die Fahrt dauerte gefühlt eine halbe Ewigkeit. Das hatte sie schon immer getan. Nervös spielte ich mit den Ringen an meinen Fingern, die Blumen lagen auf meinem Schoß. Ich steckte mir meine Kopfhörer in die Ohren, um mich abzulenken, doch als *I Love You, I'm Sorry* erklang und ich plötzlich wieder in Tristans Armen lag, während wir tanzend durch den Saal in Glenloch Castle schwebten, riss ich sie heraus und verstaute sie seufzend in meiner Jackentasche. Erst als der ältere Herr neben mir entnervt ausatmete und mir einen Seitenblick zuwarf, bemerkte ich, dass ich ununterbrochen mit dem Fuß auf und ab wippte. Immer wieder musste ich mich räuspern, um den Frosch, den ich im Hals hatte, loszuwerden. Hoffentlich würde meine Stimme nicht gleich beim ersten Wort, das ich aussprach, versagen.

Eine milde Brise wehte mir entgegen, als ich schließlich ausstieg und mit bleischweren Beinen auf das noch immer trost- und farblos wirkende Gebäude zulief. Obwohl es mittlerweile drei Jahre her war, verspürte ich nach wie vor ein Gefühl von Schwere auf der Brust, als ich durch die gläserne Schiebetür ging. Den jungen Mann am Empfang kannte ich nicht, doch als er den Blick hob und mich freundlich anlächelte, fühlten sich meine Beine schon ein wenig leichter an.

»Hallo, was kann ich für Sie tun?«, fragte er.

»Hi, ich würde gern mit Dr. Fields sprechen, wäre das möglich?« Meine Stimme zitterte ein wenig, doch immerhin brachte ich die Worte schon beim ersten Versuch heraus.

»Sind Sie ein Familienmitglied oder eine Bekannte?«

Mit einem verlegenen Lächeln schüttelte ich den Kopf. »Nein, ich war mal … ihre Patientin und würde ihr gern den hier geben.« Ich hielt den Blumenstrauß wie ein Beweisstück hoch.

»Ah, verstehe«, erwiderte er, sein Blick verständnisvoll.

»Nehmen Sie doch kurz in der Lounge Platz, ich schaue mal, ob Dr. Fields gerade Zeit hat.«

»Vielen Dank.« In der Lounge setzte ich mich auf einen der Sessel, die noch immer genauso zitronengelb waren wie vor drei Jahren. Mit gemischten Gefühlen sah ich mich um, ließ die Erinnerungen an meine Zeit in der Klinik zu. Ich konnte nicht leugnen, dass hier zu sein sich vermutlich jedes Mal irgendwie komisch anfühlen würde. Zu meiner eigenen Überraschung stellte ich jedoch fest, dass es nicht so schlimm war, wie ich gedacht hatte. Fast musste ich lachen. Dass Dinge letztendlich doch nicht so schlimm waren wie gedacht, war eine ganz neue Erkenntnis. So oft machte ich mir im Voraus unzählige Sorgen, nur um dann im Nachhinein festzustellen, dass ich mir jede einzelne davon hätte sparen können, weil sich wie immer nichts davon bewahrheitet hatte. Ich war nicht mehr dieselbe wie vor drei Jahren. In diesem Augenblick bemerkte ich ganz deutlich, wie sehr ich gewachsen war. Denn dass ich nun hier an dem Ort stand, den ich nie wieder hatte besuchen wollen, um offen über meine Gefühle zu sprechen, anstatt sie zu verdrängen, wäre mir noch vor ein paar Monaten unmöglich vorgekommen.

»Olivia«, riss mich eine helle Stimme aus den Gedanken. »Was für eine schöne Überraschung!«

Ich blickte hoch in das Gesicht von Dr. Fields, das mir noch immer so vertraut vorkam. Die blauen Augen mit den Lachfältchen drumherum, das herzliche Lächeln, dieselben blonden Haare, die sie nun allerdings in einem halblangen Bob trug.

Schnell stand ich auf. »Hallo, Dr. Fields, ich bin hier, um ihnen die hier zu geben«, sagte ich und hielt ihr etwas unbeholfen den Strauß entgegen.

Ein überraschter Ausdruck zeichnete sich auf ihrem Gesicht ab, als sie mir die Blumen abnahm. »Womit habe ich die denn verdient?«

Ich räusperte mich und wischte die schweißnassen Hände an meinem dunkelbraunen Rock ab. »Eigentlich wollte ich schon viel eher kommen, aber ich …« Stammelnd suchte ich nach den richtigen Worten. »Ich hab mich nicht getraut. Habe gedacht, dass mich all die negativen Erinnerungen, die ich mit dieser Klinik verbinde, so sehr runterziehen würden, dass es mir wieder so schlecht gehen würde wie damals. Doch heute hab ich mich endlich bereit gefühlt. Ich wollte mich bei Ihnen bedanken. Dafür, dass Sie mir damals geholfen haben, wieder gesund zu werden. Ich glaube … Sie haben mir das Leben gerettet.«

Dr. Fields betrachtete zuerst die Blumen, dann mich. Ihr Blick wanderte über mein Gesicht, wie immer fühlte es sich an, als könnte sie bis in meine Seele schauen. Ich meinte, Rührung in ihren Zügen zu erkennen, als sie die Blumen sanft an ihre Brust drückte.

»Olivia, du glaubst gar nicht, wie viel mir das bedeutet. Weißt du, meine Arbeit ist nicht immer schön. Sie ist oft hart, schmerzhaft und sehr anstrengend. Aber Momente wie dieser zeigen mir, wieso ich diesen Job seit so vielen Jahren mache.« Das kleine schwarze Gerät an ihrem Gürtel fing an zu piepen. Sie betrachtete das Display, bevor sie es ausschaltete. »Ich muss leider wieder los, aber vorher möchte ich dir noch eines sagen. Nicht ich habe dir das Leben gerettet. Du selbst warst das. Und ich hoffe, du bist genauso stolz auf die starke junge Frau, die vor mir steht, wie ich es bin. Danke für die Blumen.«

Sie griff nach meiner Hand und drückte sie kurz, bevor sie zu der Glastür neben dem Empfangstresen lief, hinter der sie damals auch mit mir verschwunden war. Sie winkte mir noch mal mit einem breiten Lächeln zu, ehe sie verschwand. Und ich? Ich trat mit einem federleichten Herzen durch die Eingangstür und ließ mir auf dem Parkplatz für einige Sekunden das Gesicht von einem Sonnenstrahl kitzeln.

Kapitel 37

Als ich schließlich vor der hellbraunen Holztür stand, die mich zu meiner zweiten Begegnung führen würde, fühlte sich mein Herz nicht mehr ganz so federleicht an. Dieses Gespräch würde wesentlich unangenehmer werden als das mit Dr. Fields.

Seit zehn Minuten stand ich hier und überlegte, ob ich nicht doch lieber verschwinden sollte. Eine Herausforderung pro Tag reichte doch, oder? Ich musste ja nicht gleich übertreiben. Das hier konnte ich mir auch für einen anderen Tag vornehmen. Ich würde einfach wieder geh…

Die Holztür schwang schwungvoll auf, und mir rutschte das Herz in die Hose. Zu spät.

»Olivia?«, fragte die Stimme, die ich schon mein ganzes Leben lang kannte, so ungläubig, dass mir ein schmerzhafter Stich durch die Magengegend fuhr. Seine mittlerweile leicht angegrauten Haare hatte er sorgfältig nach hinten gegelt, sein dunkelblauer Anzug saß wie angegossen, die gestreifte Krawatte passte farblich perfekt, und auf seinen braunen Schuhen war nicht ein einziger Fleck zu sehen. Keith Yates sah wie immer makellos aus. Aalglatt und durch nichts aus der Fassung zu bringen. Es war zum Kotzen. Viel schlimmer war jedoch, dass ich es früher für unmöglich gehalten hatte, mal so über meinen eigenen Vater zu denken. Er war mein Held gewesen, der Mensch, zu dem ich aufgeblickt hatte. Wie schnell sich das Blatt doch wenden konnte.

»Hi, Dad«, krächzte ich, meine Hände angespannt zu Fäusten geballt. »Hast du einen Moment für mich?«

Er fuhr sich durch die grau melierten Haare, die daraufhin wirr in alle Richtungen abstanden, was mir absurderweise einen Anflug von Genugtuung verschaffte.

»Äh, ja, na klar, komm doch rein.« Er öffnete seine Bürotür und machte eine einladende Armbewegung. »Setz dich. Möchtest du was trinken?«

Ich schüttelte den Kopf, bevor ich mich auf den schwarzen Lederstuhl sinken ließ. »Nein, danke, ich brauche nichts.«

Als mein Dad sich mir gegenüber auf seinen Bürostuhl setzte, faltete er die Hände und wippte mit dem rechten Knie auf und ab. »Also, was führt dich her?«, fragte er, während ich überlegte, wann wir zu Fremden geworden waren.

»Ich war gerade bei Dr. Fields. In der Klinik«, sagte ich und blieb absichtlich vage, um seine Reaktion abzuwarten.

Alarmiert riss er die Augen auf. »Geht es dir wieder schlechter?«, fragte er, während sein Knie versuchte, einen neuen Geschwindigkeitsrekord aufzustellen.

»Nein, ich wollte mich nur bei ihr bedanken. Dafür, dass sie vor drei Jahren für mich da war. Mir geholfen hat, gesund zu werden.« Sein Gesichtsausdruck entspannte sich wieder, doch ich war noch nicht fertig. »Etwas, was man von dir nicht behaupten kann.«

Mein Dad zuckte zurück, ich konnte regelrecht sehen, wie er blass wurde. Kurz, ganz kurz spürte ich ein schlechtes Gewissen in meinem Inneren aufkommen. Doch ich ermahnte mich, nicht wieder alles runterzuschlucken, nur damit es ihm besser ging. Das hatte ich lange genug getan.

»Hör mal, Liv, das war für uns alle eine schwere Zeit damals, und …« Er befeuchtete seine Lippen und schien nach Worten zu ringen. »Wir haben alle unser Bestes gegeben, um irgendwie damit umzugehen.«

Ich hob meine Augenbrauen. »Ach ja? Mum hat das tatsächlich. Sienna auch. Sogar Ellen und Jude haben das. Aber was ist mit dir?«

Jedes Wort fühlte sich in meinem Hals an wie Stacheldraht, doch ich wusste, dass es erst besser werden würde, wenn ich mir alles von der Seele geredet hatte. Dad setzte an, um zu antworten, doch ich kam ihm zuvor.

»Nein, warte, du musst es mir nicht erklären. Ich weiß, was du getan hast. Du hast mich vor drei Jahren in dieser Klinik abgeliefert wie ein Auto auf dem Schrottplatz und danach nie mehr damit aufgehört, mich auch so zu behandeln. Nicht ein einziges Mal hast du mich in der Klinik angerufen, geschweige denn besucht. Als ich entlassen wurde, haben Mum und Sienna mich abgeholt, und auch als ich zu Hause ankam, war weit und breit nichts von dir zu sehen. Wann immer ich euch besuche, bist du entweder nicht da oder hast wichtige Termine, wegen derer du schnell wieder wegmusst. Wir reden nicht mehr miteinander, wir verbringen keine Zeit mehr zusammen, und die seltenen Male, in denen du mir in die Augen schaust, siehst du mich an wie Tante Carol.« Ich atmete schwer, mein Mund war trocken, und meine Augen brannten, während die Worte aus mir herausströmten wie Wasser aus einem geöffneten Wasserhahn. »Dad, ich bin immer noch dieselbe Tochter, die du früher jeden Abend durch die Luft gewirbelt hast, wenn du von der Arbeit heimgekommen bist. Die Tochter, der du deine Lieblingsfilme gezeigt und der du einen Projektor zum Geburtstag geschenkt hast, damit sich ihr Zimmer anfühlt wie ein eigenes kleines Kino. Die Tochter, der du ihr Lieblingsessen gekocht und die du so zum Lachen gebracht hast, dass ihr Saft aus der Nase gelaufen ist. Ja, ich hab eine Zwangsstörung, ja, ich nehme jeden Tag eine Tablette gegen das Chaos in meinem Kopf, und ja, ich gehe zur Therapie. Dennoch bin ich immer noch deine Tochter. Und vielleicht würdest du das auch sehen, wenn du aufhören würdest, dich so sehr für mich zu schämen.«

Mein Brustkorb hob und senkte sich schnell, nachdem ich endlich fertig war. Ich spürte, dass meine Unterlippe anfing zu zittern. »Danke für deine Zeit«, war das Letzte, was ich zu ihm sagte, bevor ich aufstand, die Holztür hinter mir zufallen ließ und mit eiligen Schritten aus dem Bürogebäude stürmte. Ich wollte nicht, dass er mich weinen sah, wollte keine Schwäche vor ihm zeigen. Wollte mich nicht noch verletzlicher vor ihm zeigen, als ich es ohnehin schon getan hatte, denn dann würde seine Ablehnung mich noch tiefer treffen. Außerdem hatte er jederzeit die Möglichkeit, auf mich zuzukommen – jetzt war er dran.

Ich blieb erst stehen, als ich das Grün des Royal Victoria Park sehen konnte und meinen Dad weit hinter mir gelassen hatte. Schwer atmend stützte ich mich auf meine Knie. Mein ganzer Körper brannte vor Schmerz, doch nachdem mein Atem sich langsam beruhigt hatte, merkte ich, dass es mir besser ging. Der Stacheldraht in meinem Hals war weg, und mein Brustkorb fühlte sich merkwürdig befreit an. Verdammt, die Menschen hatten also doch recht, es half tatsächlich, wenn man über seine Gefühle sprach.

Es war Freitag und ich auf dem Weg zu meiner Schicht im Kino. Ich würde heute allerdings nur bis nachmittags arbeiten, da Sienna sich den Abend freigenommen und angeblich eine

Überraschung für mich hatte. Bisher hatte ich allerdings nicht aus ihr herausbekommen, was sie vorhatte. Es wäre gelogen zu sagen, dass mich das nicht zumindest ein klein wenig beunruhigte.

Lächelnd schloss ich die rot gestrichene Tür des *CineHeaven* auf, während mir der Duft des frischen Kaffees in meiner Hand in der Nase kitzelte. Nachdem ich meinen Stoffbeutel auf dem Tresen abgelegt hatte, hielt ich inne. War da etwa ein Geräusch? Konzentriert versuchte ich zu lauschen, als ein lautes Klirren ertönte. Erschrocken zuckte ich zusammen, mein Puls schoss in die Höhe. O Gott, irgendjemand war eingebrochen. Ellen und Jude konnten es nicht sein, da sie heute in Bristol waren, und Tasha und Cooper übernahmen zusammen die Abendschicht. Hektisch sah ich mich nach irgendetwas um, mit dem ich mich hätte wehren können. Mein Blick blieb an einer Imitation des Golden Globe Awards hinter dem Tresen hängen. Hm, das würde zumindest für einen harten Schlag ausreichen. Schnell griff ich danach, ehe ich langsam in die Richtung schlich, aus der die Geräusche kamen. Mittlerweile hörte ich auch ein Rascheln sowie … Gekicher? Verwirrt runzelte ich die Stirn.

Vorsichtig schlich ich weiter, bis ich schließlich vor dem Lagerraum stand, in dem wir allerlei Werbematerialien und Filmplakate aufbewahrten. Hier würde ein Einbrecher bestimmt keine wertvollen Schätze finden. Trotzdem atmete ich tief durch und umklammerte den Golden Globe etwas fester, bevor ich meine Hand auf die Türklinke legte.

Doch jemand kam mir zuvor, und als die Tür schließlich schwungvoll aufgerissen wurde, erschrak ich so heftig, dass ich laut aufschrie und der Person vor mir mit der goldenen Trophäe eins überzog.

Der Einbrecher, der, wie sich schnell herausstellte, mein

Freund Cooper war, ging stöhnend zu Boden und hielt sich den Kopf, während er ein schmerzverzerrtes Gesicht machte. Hinter ihm stand Tasha, die synchron mit mir aufgeschrien hatte und nun erschrocken die Hände vor dem Mund zusammenschlug.

»O mein Gott, Coop«, rief ich entsetzt und hockte mich zu ihm auf den Boden. Die Tatwaffe stellte ich schnell ab, ehe ich meine Hand zu der leicht blutenden Stelle an seiner Stirn führte. »Verdammt, ich dachte, du wärst ein Einbrecher, es tut mir so leid.«

Ehe ich mich versah, kam Tasha mit einem Erste-Hilfe-Kasten angerannt und setzte sich neben mir auf den Boden. Dankbar griff ich nach der Box und kramte das Desinfektionsmittel heraus. Cooper jaulte schmerzerfüllt auf, als ich es ihm auf die Stirn sprühte.

»Das muss sich auf jeden Fall ein Arzt anschauen, nicht, dass du noch eine Gehirnerschütterung hast oder so«, murmelte ich, während ich überlegte, was wir vor Ort hatten, um die Stelle zu kühlen. »Was macht ihr denn hier im Lagerraum? Ihr habt mich zu Tode erschreckt.«

Cooper brummte etwas Unverständliches. Mein Blick wanderte zu Tasha, deren Wangen sich plötzlich rötlich färbten. Verlegen strich sie sich das lange schwarze Haar hinters Ohr und wich meinem Blick aus. Verwirrt sah ich zwischen meinen Freunden hin und her, bevor ich an einer verfärbten Stelle an Coopers Hals hängenblieb. Auf den ersten Blick hätte man es für einen blauen Fleck halten können, doch bei genauerem Hinschauen, war es ganz klar …

»O mein Gott, ist das ein Knutschfleck?«, kreischte ich und sah wieder zwischen den beiden hin und her. Endlich, endlich ging mir ein Licht auf. So spät, dass es mir fast schon peinlich war. »Ein Knutschfleck von dir?« Mit großen Augen sah ich

Tasha an. Wäre das hier eine andere Situation gewesen, hätte ich vermutlich gegrinst. Doch im Angesicht der Tatsache, dass ich meinen Freund gerade niedergeschlagen hatte und noch immer die Angst vor einem potenziellen Einbrecher in den Knochen spürte, konnte ich die beiden nur regungslos anstarren.

Nun stahl sich auch ein vorsichtiges, aber überglückliches Lächeln auf das Gesicht meiner Freundin. »Na ja, gestern Abend, nachdem du weg warst, hat Coop mir angeboten, mich nach Hause zu fahren, aber ich wollte erst noch die neuen Poster auspacken. Dann ist mir eine Kiste runtergefallen, und er hat mir geholfen, und … irgendwie ist es dann passiert.«

»Und dann habt ihr die Nacht hier verbracht?«

»Eventuell, ja.« Cooper fuhr sich grinsend über die kurz geschorenen Haare, bevor er mit der Hand an die blutende Stelle kam und wieder das Gesicht verzog.

Verdattert schüttelte ich den Kopf, musste jedoch auch leicht schmunzeln, nachdem der Schreck langsam von mir abfiel.

»Na endlich! Ich dachte schon, ihr kapiert es nie und ich muss irgendwann nachhelfen.«

Tasha sah mich mit offenem Mund an.

»Du … bist nicht sauer?«, stammelte sie verwirrt, und nun war ich diejenige, die verwirrt war.

»Wieso sollte ich sauer sein?«

Cooper räusperte sich.

»Na ja, wir dachten, du hättest vielleicht Angst, dass sich etwas zwischen uns dreien verändert, was es natürlich nicht tun wird, aber … keine Ahnung, eigentlich weiß ich auch nicht, was wir erwartet haben.«

»Hey, ich warte schon seit Ewigkeiten auf den Tag, an dem das passiert«, sagte ich empört.

»War es wirklich so offensichtlich?«, wollte Tasha wissen.

Ich nickte. »Sehr offensichtlich. Ihr glaubt gar nicht, wie sehr ich mich für euch freue.« Schmunzelnd kniff ich die Augen zusammen und zeigte erst auf Tasha, dann auf Coop. »Aber ihr seid besser gut zueinander, denn falls einer von euch dem anderen wehtut und unsere Gruppe dadurch in Gefahr bringt, dann muss ich leider wieder mit dem Golden Globe auf euch losgehen.«

Tasha stieß ein Prusten aus, das sie schnell hinter der Hand zu verstecken versuchte, während Cooper mir einen finsteren Blick zuwarf und sich wieder über den Kopf rieb.

»Nein, danke, deine Demonstration heute hat mir gereicht.«

»Na komm, wir bringen dich jetzt ins Krankenhaus«, sagte ich und half ihm hoch.

Nachdem man uns im Krankenhaus gesagt hatte, dass Cooper vermutlich nur eine große Beule bekommen würde, sich aber trotzdem ausruhen sollte, um nichts zu riskieren, brachten wir ihn nach Hause und machten uns zu zweit wieder auf den Weg ins Kino. Der restliche Tag verlief dann glücklicherweise wesentlich unspektakulärer. Ich polierte die goldene Trophäe sorgfältig, damit sie nicht wie die Waffe aus einem schlechten Horrorfilm aussah. Den ganzen Tag über strahlte Tasha regelrecht. Selbst als eine Gruppe Kinder beschlossen hatte, eine wilde Popcornschlacht im Sternensaal anzufangen, und wir ewig klebriges Popcorn aus jeder Ecke des Saals entfernen mussten, summte sie dabei gut gelaunt vor sich hin. Ich wünschte, ihre gute Laune würde auf mich abfärben. Doch jedes Mal, wenn ich das verliebte Lächeln auf ihrem Gesicht sah, musste ich an Tristan denken. Ich konnte mir nicht vorstellen, dass es je irgendein anderer Mann schaffen würde, mich so zum Strahlen zu bringen, wie er es getan hatte.

Die Gedanken an ihn verfolgten mich auch noch dann, als ich das Kino am Nachmittag verließ und mich auf den Weg zu unserem Lieblingsrestaurant machte. Ich hatte gehofft, dass es mit der Zeit leichter werden würde, doch mit jedem Tag, der seit dem Retreat verging, vermisste ich ihn nur noch mehr. Und es verletzte mich, dass er sich nicht meldete. Dass er sich am Flughafen nicht richtig von mir verabschiedet, sondern nur geschwiegen hatte, war eine Sache gewesen. Aber dass er auch danach nicht ein einziges Mal den Kontakt gesucht hatte, ließ mir keine andere Wahl, als zu vermuten, dass er mich wohl doch nicht so sehr vermisste wie ich ihn.

Das *Connelly's* war ein kleiner, uriger und familiengeführter Pub, in dem wir mindestens einen Abend pro Woche verbrachten. Es fanden regelmäßig Quiz- und Karaokeabende statt, und das hausgemachte Essen von Gina, der Besitzerin, war das Beste in ganz Bath. Ebenso wie der Cider mit Beeren, der nirgends besser schmeckte als hier.

Warme Luft und ein köstlicher Duft wehten mir entgegen, als ich das gut gefüllte Lokal betrat und Ausschau nach meiner besten Freundin hielt. Sienna winkte mir von einem kleinen runden Tisch neben dem Kamin zu, und ich bahnte mir einen Weg zwischen den anderen besetzten Tischen zu ihr durch.

»Hallo, mein Schatz«, rief sie fröhlich, als ich mich auf dem Stuhl ihr gegenüber niederließ.

Ich konnte mich lediglich zu einem müden Lächeln durchringen, nachdem die Sehnsucht nach Tristan schwer auf mir lastete.

Das schien auch meiner besten Freundin nicht zu entgehen, für die ich wie ein offenes Buch war.

»Ist irgendwas passiert heute? Du siehst so traurig aus.« Mit besorgtem Blick legte sie ihre Hand auf meine und musterte mich.

Ich schüttelte den Kopf. »Alles gut, ich denke nur … häufiger an ihn, als mir lieb ist. Ich wünschte einfach, es würde irgendwann aufhören wehzutun.«

Sienna nickte verständnisvoll und setzte an, um etwas zu sagen, schien es sich jedoch anders zu überlegen. Nach einem kurzen Augenblick des Schweigens atmete sie tief durch und drückte meine Hand sanft.

»Wir machen uns jetzt einen schönen Abend und lenken dich ab, okay?«

Wir bestellten zwei große Portionen von Ginas legendärem Shepherd's Pie und berichteten uns während des Essens von unserem Tag. Auch Sienna war nicht überrascht über die Tatsache, dass Cooper und Tasha endlich zueinander gefunden hatten. Dafür aber umso mehr davon, dass ich ihn mit dem Golden Globe niedergeschlagen hatte. Als ich ihr davon erzählte, hielt sie sich den Bauch vor Lachen.

»Wann musst du am Wochenende arbeiten?«, fragte ich, nachdem unsere Bäuche voll waren und wir gerade das zweite Glas *Berries & cherries* Cider bestellt hatten.

Meine beste Freundin räusperte sich, ihre Schultern sanken nach unten.

»Tatsächlich … gar nicht«, stammelte sie, den Blick auf unseren Tisch gerichtet. »Ich hab frei am Wochenende.«

Verwundert zog ich die Augenbrauen zusammen. »Wirklich? Darüber wirkst du aber nicht sehr glücklich …«

Sienna schien mit sich zu ringen. Wieder war es, als wollte sie etwas sagen, ohne die Worte jedoch aussprechen zu können.

Nachdem sie zwei viel zu große Schlucke aus ihrem Glas genommen hatte und sich dabei ungewöhnlich viel Zeit ließ, winkte sie kopfschüttelnd ab.

»Ach, doch, alles gut. Ich … ist nicht so wichtig.«

Ich runzelte die Stirn und beugte mich vor.

»Hey, ich seh dir doch an, dass du mir irgendwas verschweigst. Raus damit, wir erzählen uns immer alles.«

Sienna stöhnte auf, bevor sie mich mit gequälter Miene ansah.

»Na schön«, murrte sie und fing an, ihren Bierdeckel in kleine Stücke zu reißen. »Tristan hat mir zwei Karten für *Wicked* in London geschenkt. Diesen Samstag. Aber ich werde nicht hinfliegen und wollte es dir auch eigentlich gar nicht erzählen.«

Mein Herz setzte einen Schlag aus. »W-was?«, brachte ich nur stammelnd hervor.

Sie erwiderte meinen Blick nur kurz, während sie nun auch meinen Bierdeckel malträtierte. »Er hat sie mir schon vorletzte Woche geschenkt. Inklusive Flüge und Hotel. Ich habe Mum gefragt, aber sie muss an dem Wochenende arbeiten, und Dad ist mit Kollegen auf einem Golftrip.« Sienna sah hoch, die Schultern noch immer traurig gesenkt. »Du weißt ja, wie ungern ich fliege und dass ich dringend eine Bezugsperson dabei an meiner Seite brauche. Tja, und da sowohl Mum als auch Dad nicht konnten und ich dich nicht fragen wollte, bleibt niemand übrig. Also bleibe ich hier.«

Schlechtes Gewissen breitete sich in mir aus, auch wenn Sienna mir keineswegs das Gefühl gab, dass ich Schuld daran war. Sie liebte ihren Bruder über alles und hatte ihn genau wegen dieser Flugangst in den letzten Jahren nur sehr selten live auf der Bühne gesehen. Nie hatte sie mich darum gebeten, sie zu begleiten, nie hatte sie sich darüber beschwert.

»Aber das ist okay, Liv. Ein anderes Mal wird es klappen. Vielleicht unternehmen einfach wir beide was Schönes zusammen? Ich hab gesehen, dass am Sonntag Flohmarkt in Saltford ist, wir könnten hinfahren, ich …«

Sie sprach weiter, doch ich blendete ihre Stimme aus, in

meinem Kopf ratterte es. Meine beste Freundin war immer für mich da gewesen. Sie hatte mich immer unterstützt, immer verteidigt und nie verurteilt. So oft hatte sie zurückgesteckt und war mich jedes Wochenende in der Klinik besuchen gekommen, obwohl sie ihre freie Zeit sicherlich hätte schöner nutzen können.

Ich wollte ihr endlich etwas zurückgeben. Auch mal für sie da sein. Ihr etwas ermöglichen, was ihr wichtig war und worauf sie sonst verzichten musste. Und vielleicht, ganz vielleicht, hatte mein dummes Herz auch noch nicht genug gelitten und wollte Tristan unbedingt sehen.

»Ich fliege mit dir nach London«, unterbrach ich Sienna bestimmt. Meiner besten Freundin klappte der Mund auf. »Du hast immer alles für mich getan, was du konntest, und das mache ich jetzt auch. Keine Widerrede.«

Sienna schüttelte hastig den Kopf. »Liv, nein, das musst du nicht. Ich würde das nie von dir verlangen, deshalb habe ich dir auch nichts davon erzählt. Du tust sonst auch alles für mich und …«

Wieder unterbrach ich sie, umschloss ihre Hand fest mit meiner. »Du kannst sagen, was du willst, aber ich komme mit. Ich würde lügen, wenn ich behaupten würde, dass mir das leichtfällt, aber ich möchte das wirklich machen.«

Und so war es beschlossen.

Kapitel 38

»Wir sind in London, Baby!«, rief Sienna mit einem optimistischen, aber dennoch vorsichtigen Lächeln. Ich merkte ihr an, dass sie sich nicht so richtig traute, mir ihre Freude zu zeigen. Den ganzen Flug über hatte ich ihre Hand gehalten und ihr die absurdesten Geschichten aus den Klatschmagazinen, die wir am Flughafen besorgt hatten, vorgelesen. Dabei hatte ich mir eingeredet, dass ich nur sie ablenken wollte, doch insgeheim war auch ich dankbar für alles, was meine innere Stimme zum Verstummen brachte. Es schien mir viel zu surreal, dass ich Tristan heute Abend wiedersehen würde. So viele Fragen schwirrten mir im Kopf herum. Wie würde er reagieren, wenn er mich sah? Würde er sich freuen, mich zu sehen? Oder eher verärgert sein darüber, dass Sienna mich mitgebracht hatte? Ich konnte überhaupt nicht einschätzen, was mich erwartete, und die andauernde Funkstille zwischen uns machte es nicht besser.

Sienna griff nach meiner Hand, Verständnis lag in ihrem Blick. »Lass uns erst mal zum Hotel fahren, und dann schauen wir weiter.«

Nachdem wir uns einen Kaffee geholt hatten, liefen wir zur Tube, um von Heathrow an unser Ziel zu gelangen.

Tristan hatte eine Suite im Eccleston Square Hotel gebucht, einem Fünf-Sterne-Hotel, das nur wenige Gehminuten vom Apollo Victoria Theatre entfernt war. Jedes Mal wenn ich daran dachte, dass Tristan diesen Trip für seine Familie organisiert hatte und nun ich hier war, fing mein Bauch an zu grummeln. Sienna versicherte mir zwar immer wieder, dass er gesagt hatte, sie solle mitbringen, wen auch immer sie wolle, doch vermutlich hatte er nicht damit gerechnet, dass sie mich mitbrachte. Oder? Ich traute mich nicht, auch nur einen Funken Hoffnung zu verspüren. Zwar würde ich Tristan wiedersehen, aber das bedeutete nicht, dass es noch eine Chance für uns gab. Zumindest versuchte ich mir das einzureden, damit ich am Ende nicht enttäuscht wäre und mein Herz noch zerfetzter als ohnehin schon.

Wir fuhren zur Victoria Station, liefen über die Elizabeth Bridge, passierten die ersten wunderschönen viktorianischen Häuser Londons, bis wir schließlich am Ecclestone Square Park vorbeikamen und vor einem Hotel stehen blieben, das dafür sorgte, dass uns die Luft wegblieb. Es hatte eine riesige hellbeige Fassade mit mehreren Balkonen in hochherrschaftlichem Stil. Die Eingangstür führte uns in eine stylishe Halle mit schwarz-weißem Mosaikboden und einem Empfangstresen in dunklem Marmor. Über dem Counter hing ein riesiger imposanter Kronleuchter, der den Raum in goldenes Licht tauchte. Nachdem wir bei einer freundlichen Frau eingecheckt hatten, liefen wir eine majestätisch wirkende Treppe mit schwarzem Teppichboden und dunkelbraun glänzendem Holzgeländer hoch, bis wir bei unserer Zimmernummer ankamen.

Sienna schwang die Tür auf und betrat das Zimmer vor mir. Sie fing hysterisch an zu kichern, was ich gut verstehen konnte, nachdem auch ich das Innere des Zimmers gesehen hatte. Es gab ein riesiges Kingsize-Bett, das direkt neben einer hohen Glastür stand, die auf unseren eigenen kleinen Balkon mit Blick auf den gegenüberliegenden Park führte. Gegenüber vom Bett hing ein riesiger Fernseher, und daneben war ein Kleiderschrank, in dem zwei Bademäntel sowie eine hochwertige Kaffeemaschine auf uns warteten. Das Bad war durch eine Glaswand vom Wohnbereich getrennt, die sich jedoch auf Knopfdruck in einem milchigen Weiß verfärbte, sodass man nicht mehr hindurchschauen konnte. Die Wände im Bad waren aus weißem Marmor, und die Dusche war mindestens so groß wie die im Glenloch Castle.

Ich ließ mich staunend auf dem weichen Kingsize-Bett nieder, Sienna tat es mir gleich.

»Dieses Zimmer ist himmlisch«, murmelte sie, und ich gab ein zustimmendes »Mmh« von mir. Sie hakte den Arm bei mir unter und legte ihren Kopf auf meiner Schulter ab.

»Liv, wenn du heute Abend nicht mitkommen möchtest, dann musst du das nicht. Allein, dass du mich hierher begleitet hast, bedeutet mir mehr, als ich in Worte fassen kann. Ich wäre dir absolut nicht böse, wenn du im Hotel bleiben und dich zu einem guten Film in diesen kuscheligen Bademantel einmummeln möchtest.«

Meine Kehle wurde eng. Gott, ich hatte meine beste Freundin so verdammt lieb.

»Danke«, krächzte ich und legte meinen Kopf sanft auf ihren. »Momentan weiß ich noch nicht so richtig, was ich fühle, aber ich werde es dir nachher ehrlich sagen.«

»Wollen wir uns vorher noch ein wenig die Stadt anschauen?«, fragte sie hoffnungsvoll, und ein leichtes Lächeln schlich sich auf meine Lippen. Ich wusste nicht, ob ich es schaffen würde, Tristan heute Abend gegenüberzutreten, aber London mit Sienna erkunden – das konnte ich auf jeden Fall.

Nachdem wir Tasha und Cooper mit Dutzenden Fotos versorgt hatten, zogen wir direkt los in die Stadt.

Wir gönnten uns einen Kaffee bei Pret A Manger, machten eine kleine Fotosession vor der Tower Bridge, schlenderten über den Camden Market, ehe wir selbstverständlich unserer liebsten Buchhandelskette Waterstones einen Besuch abstatteten.

Bevor wir am späten Nachmittag wieder zum Hotel zurückkehrten, gingen wir noch in einem kleinen italienischen Restaurant essen, das ganz in der Nähe des Theaters war. Die Tische waren so klein und standen so eng beieinander, dass man sich kaum durchquetschen konnte, aber es war unglaublich gemütlich und das Essen köstlich. Umso schlimmer war es, dass ich kaum einen Bissen runterbekam, weil die Nervosität bezüglich des bevorstehenden Wiedersehens mit Tristan meinen Magen komplett ausfüllte. Schließlich kehrten wir wieder in unser Hotel zurück, damit Sienna sich für den Abend fertig machen konnte.

Während sie unter der Dusche stand, lag ich mit dem Rücken auf dem Bett und starrte an die Decke. In mir herrschte ein Wirbelsturm der Gefühle. Es wäre so leicht gewesen, einfach hierzubleiben und der Konfrontation mit Tristan aus dem Weg zu gehen. Ich könnte mir Essen aufs Zimmer bestellen, in einem Film versinken und es mir in dieser Luxus-Suite so richtig gutgehen lassen. Aber wollte ich das? Wollte ich morgen mit Sienna wieder nach Bath fliegen, ohne dem Mann, an den ich seit meiner Abreise aus dem Retreat jeden Tag gedacht hatte, begegnet zu sein? Wollte ich mir diese Chance entgehen lassen, vielleicht doch noch mal ein klärendes Gespräch mit ihm zu führen? Würde ich je aufhören, zu hoffen, dass wir doch noch irgendwie zusammenfinden würden, wenn ich keinen richtigen Abschluss hatte? Wenn Tristan mir heute Abend sagte, dass es endgültig vorbei wäre und er mich einfach nicht mehr in seinem Leben wolle, dann würde er mir damit zwar das Herz rausreißen, aber ich wusste zumindest, woran ich war.

Verdammt, war das schwer.

»Hey, was geht dir durch den Kopf?«, riss mich die Stimme meiner besten Freundin aus den Gedanken, und ich sah hoch. Sienna stand in dem flauschigen Bademantel im Türrahmen des Badezimmers, während sie sich die blonden Haare mit einem Handtuch trocken rubbelte.

Ich verzog die Lippen zu einem schiefen Lächeln. »So viel, dass ich gar nicht weiß, wo mir der Kopf überhaupt steht.«

Sie legte das Handtuch auf dem Waschbecken ab und kam auf mich zu. Vor mir angekommen, ging sie in die Hocke. Ich setzte mich aufrecht auf die Bettkante. Sienna legte meine Hände in ihre und sah mich mit weichem Blick an.

»Hör mal, Liv. Ich weiß, dass das heute Abend eine unglaublich schwere Entscheidung ist. Und ich möchte, dass dir bewusst ist, dass ich dich immer unterstütze, egal, was du machst. Vergiss also mich und alles andere, hör einzig allein auf dein Herz und Bauchgefühl. Nur das zählt.«

Ich seufzte, holte tief Luft und schloss die Augen. Versuchte, in mich hineinzuhorchen und zu hören, was mein Herz mir zu sagen versuchte.

»Was möchtest du, Liv?«, fragte Sienna vorsichtig, ohne meine Hände loszulassen.

»Ich glaube, ich möchte Tristan sehen«, rutschte es mir heraus, und plötzlich fühlte sich mein Herz beflügelt an, als wollte es mir zustimmen.

Sienna lächelte. »Dann machen wir das heute Abend zusammen. Ich bin die ganze Zeit an deiner Seite. Und solltest du dich währenddessen doch anders entscheiden, dann ist das auch in Ordnung. Okay?«

»Okay.« Ich schloss sie in eine feste Umarmung und atmete den frischen Duft ihrer Körperlotion ein. Mit Sienna an meiner Seite konnte ich *alles* schaffen.

»O mein Gott, Liv, das Kleid ist wunderschön, das kenne ich ja noch gar nicht!« Sienna stand mit dem Föhn in der Hand im Bad und sah mit offenem Mund zu mir herüber, während ich mich im Spiegel begutachtete.

Verlegen blickte ich hinunter und strich mit den Händen sanft über den glitzernden schwarzen Stoff. Ja, scheinbar quälte ich mich gerne selbst, denn ja, natürlich war es das Kleid von der Abschlussgala des Retreats. Dieser Abend fühlte sich so weit weg an, als wäre er in einem anderen Leben gewesen. Aber wenn ich Tristan in einem Kleid gegenübertreten wollte, dann in diesem. Vielleicht, damit er sah, wie viel dieser gemeinsame Abend und seine Worte mir bedeutet hatten. Dass ich sie nicht vergessen hatte und mir noch immer wünschte, dass es nicht unser letzter Tanz gewesen war. Unser letzter Kuss. Unser letztes »Ich liebe dich«.

»Es ist aus Schottland«, sagte ich nur und drehte mich einmal im Kreis, um ihr auch die Rückseite zu zeigen.

»Wunderschön«, sagte sie erneut, ihre Miene wissend. Wahrscheinlich konnte sie sich denken, dass mehr dahintersteckte.

»Machst du mir die Haare?«, fragte ich, in meiner Stimme ein leichtes Zittern. So langsam bekam ich Angst vor meinem eigenen Mut.

Schnell nickte sie. »Natürlich.«

Ich setzte mich vorsichtig aufs Bett, während sie sich, mit Lockenstab, Haarspray und Klammern bewaffnet, hinter mich setzte.

»Wie fühlt es sich an, ihn nachher wiederzusehen?«, fragte sie leise und fing an, sanft meine Haare zu kämmen.

Ich seufzte, die Hände im Schoß gefaltet. »Seltsam. Beängstigend. Schön. Schmerzhaft. Alles zugleich irgendwie. Wir hatten ja auch keinen riesigen Streit, es war einfach komisch. Ich weiß nicht so richtig, wie ich ihm gegenübertreten soll. Und auch nicht, wie er auf mich reagieren wird.«

Sienna steckte mir die Haare sorgfältig zu einem lockeren Dutt zusammen, bevor sie sich daranmachte, meine Curtain Bangs mit dem Lockenstab zu bearbeiten.

»Das verstehe ich. Aber denk daran, dass ihr euch schon so lange und so gut kennt, da wird immer eine Art Vertrautheit zwischen euch sein. Und ich werde die ganze Zeit bei dir sein.« Sie lächelte mich im Spiegel ermutigend an. »Außerdem trete ich meinem Bruder gerne auch mal in den Hintern, wenn es nötig ist«, fügte sie schnaubend hinzu, bevor sie die lockigen Strähnen so mit Haarspray fixierte, dass sie mein Gesicht umrahmten. Als Nächstes tat sie dasselbe mit meinem Dutt, ehe sie stolz ihr Werk betrachtete. »Perfekt!«, sagte sie zufrieden.

Ich betrachtete mich im Spiegel. Sienna hatte ganze Arbeit geleistet.

»Ich liebe es, danke.« Vorsichtig, um die Frisur nicht zu ruinieren, umarmte ich sie.

Dann wandte ich mich ab, um mein Make-up zu machen. Das bestand wie immer aus schwarzem Eyeliner und dunkelrotem Lippenstift, doch diesmal trug ich auch noch einen dezenten, leicht silbern schimmernden Lidschatten auf.

Sienna war währenddessen in einen dunkelblauen Jumpsuit geschlüpft, in dem sie atemberaubend aussah. Silberne Creolen schmückten ihre Ohren, nachdem sie mir zwei Perlenstecker gegeben hatte, die ich mir ausleihen durfte.

Danach half ich ihr noch schnell mit dem Lidstrich, den sie einfach nie hinbekam, und schon waren wir bereit für einen Abend im Theater. Zumindest äußerlich. Innerlich fühlte ich mich alles andere als bereit. Mein Bauch grummelte, meine Hände zitterten, und das Gedankenkarussell in meinem Kopf hörte gar nicht mehr auf, sich zu drehen. Gleichzeitig war da aber auch eine ganz leise und dennoch kraftvolle Stimme, die mir versicherte, dass ich das Richtige tat. Und nur darauf wollte ich mich gerade konzentrieren.

Staunend standen wir vor der berühmten Fassade des Apollo Victoria Theatre und starrten die große grün schimmernde Installation des *Wicked*-Posters an.

»Das ist so cool«, sagte ich beeindruckt, und Sienna nickte zustimmend. Völlig aus dem Nichts erfüllten Stolz und Wärme meine Glieder. Tristan hatte es wirklich geschafft. Und das machte mich so … glücklich. Zu sehen, wie er seinen Traum lebte, würde nie aufhören, mich zu berühren.

Als Sienna mir eins der zwei Programmhefte reichte, die sie gekauft hatte, strich ich gedankenverloren mit dem Finger über ein Foto von Tristan. Ein trauriges Lächeln schlich sich auf meine Lippen. Er sah so gut aus, so erwachsen. Die Zeit im Retreat lief wie ein Film in meinem Kopf ab. Wie er zum ersten Mal die Bibliothek betreten hatte, die Kälte in seinem Gesicht, die Sehnsucht in meinem Herzen. Wie er mir sagte, dass er mich nie würde hassen können, wie er mich gestützt hatte, nachdem ich umgeknickt war, und die Hoffnung auf Versöhnung, die langsam, aber stetig in mir gewachsen war. Der Moment am Swimmingpool, seine Hand auf meiner, unser erster Kuss seit drei Jahren. Trotz des Schmerzes, trotz der Zweifel, trotz allem würden die Momente mit ihm immer mein Lieblingsfilm bleiben.

»Tristan hat geschrieben, ob wir vor der Vorstellung noch mal kurz Backstage kommen wollen«, rief Sienna über die Geräuschkulisse der anderen eintreffenden Besucher hinweg, nachdem wir uns mit zwei Sektgläsern an einen Stehtisch in der Lobby gestellt hatten.

»Weiß er, dass ich hier bin?«, entgegnete ich, meine Hand verkrampft um den Stiel des Glases.

Meine beste Freundin schenkte mir ein vorsichtiges Lächeln, bevor sie nickte. »Ja, ich hab es ihm gesagt.«

Mein Herzschlag stolperte. Er wusste also, dass ich hier war. Und er hatte gefragt, ob *wir* in den Backstagebereich kommen wollten. Also wollte er … mich sehen? Augenblicklich vergaß ich, dass ich eigentlich noch sauer auf ihn war, dafür, dass er am Flughafen nicht mit mir gesprochen und sich auch danach nicht mehr bei mir gemeldet hatte.

»Wir können aber auch einfach direkt in den Saal gehen. Ich kann ihn sicherlich später noch sehen«, versicherte Sienna und musterte mich, als versuchte sie, schlau aus mir zu werden. Viel Glück dabei, ich schaffte es ja selbst nicht.

»Nein, wir machen es. Ich komme mit«, sagte ich bestimmt. Sienna wollte gerne ihren Bruder sehen, und ich würde ihr dabei nicht im Weg stehen. Dieses Wochenende ging es darum, ihr etwas zurückzugeben. *Ja, red dir nur ein, dass du ihn nicht auch selbst sehen möchtest.*

»Bist du sicher?«, fragte sie, ihre Miene zeigte nichts als Sorge.

Ich nickte, ehe ich das Sektglas ansetzte und auf Ex hinunterkippte. »Bin ich.«

Ich folgte Sienna durch eine schwarze, unscheinbar wirkende Tür, auf der ein Schild darauf hinwies, dass der Zugang nur für Mitarbeiter des Theaters erlaubt war, und anschließend eine Metalltreppe hinunter sowie einen beleuchteten Flur entlang, der uns in den Backstagebereich führte. Mit jedem Schritt wurde mir flauer im Magen, und ich hörte das Hämmern meines eigenen Herzens im Ohr. Wie würde Tristan reagieren?

Wäre es wieder so kalt und seltsam und unbeholfen zwischen uns wie zu Anfang des Retreats? War alles, was wir uns dort aufgebaut hatten, wieder zerbrochen? Oder freute er sich vielleicht sogar, mich zu sehen? Hatte er mich genauso vermisst wie ich ihn? Würde ich Heather auch gleich begegnen?

O Gott, mir wurde schwindelig von den Tennisballgedanken, die mein Gehirn mal wieder auf mich abfeuerte.

Backstage angekommen, herrschte ein professionelles Durcheinander, anders konnte man es nicht nennen. Unzählige Menschen, teilweise schon kostümiert und geschminkt, wuselten umher, riefen sich Sachen zu, probten einzelne Dialoge oder saßen in der Maske. Fasziniert sah ich mich um, versuchte jedes einzelne Detail aufzunehmen. Kurz musste ich an Gracie denken. Sie hätte es hier geliebt.

Doch ehe ich mich versah, zog Sienna mich mit sich, weiter nach hinten in den Bereich, wo die ganzen Kostüme hingen. Eines war schöner als das andere.

»Tristan!«, kreischte Sienna plötzlich neben mir auf, und ich zuckte zusammen. Ich beobachtete mit einem Kloß im Hals, wie sie auf ihn zulief, ihm um den Hals fiel und sich lachend von ihm durch die Luft wirbeln ließ. Er trug sein Kostüm, eine dunkelgrüne Hose mit braunen Hosenträgern und einem hellgrünen T-Shirt, das seine Oberarme viel zu gut zur Geltung brachte. Sehnsucht breitete sich kribbelnd in meiner Magengrube aus, der Wunsch danach, dass er mich in genau diese Arme zog, war fast übermächtig. Sienna wuschelte ihm durch die blonden Locken, so wie ich es noch vor nicht allzu langer Zeit selbst getan hatte. Plötzlich wollte ich nichts lieber, als die Zeit zurückzudrehen. Ich wollte wieder mit ihm in Glenloch Castle an diesem Pool sitzen, wollte den Apfelduft seiner Haare einatmen, wollte seine Lippen auf meinen spüren und den Rest der Welt ausblenden.

»Ich hab dich so vermisst, kleine Schwester«, sagte er mit einem Lächeln, das seine Ozeanaugen noch blauer wirken ließ. Er setzte an, um noch etwas zu sagen, als sein Blick plötzlich auf mich fiel und sein Lächeln verblasste.

Ich schluckte, mein Hals war plötzlich wie zusammengeschnürt.

»Hi«, murmelte ich mit piepsiger Stimme und hob etwas unbeholfen die Hand. Hitze stieg mir in die Wangen, als er mein Outfit musterte. Das Kleid, das er mir in Schottland so unbedingt hatte ausziehen wollen. Sein Blick verdunkelte sich, aber nicht auf diese kalte Art und Weise wie bei unserer ersten Begegnung im Retreat. Es sah eher aus wie … Verlangen? Konnte das wirklich sein? Oder war es nur mein eigenes Wunschdenken, das mich diese Situation völlig falsch interpretieren ließ?

Sienna drehte sich zu mir um, kam auf mich zu und legte den Arm um meine Taille. Sie drückte sanft zu, stützte mich und hielt mich, während ich befürchtete, dass meine Knie gleich nachgeben würden.

»Tja, äh, schön, dass ihr hier seid.« Tristan hüstelte verlegen und kratzte sich am Kopf. »Ich hab euch Plätze in der dritten Reihe reserviert, hoffentlich gefällt euch die Vorstellung. Danach findet hier im Theater noch eine kleine Aftershow-Party statt, zu der ihr auch herzlich eingeladen seid. Natürlich nur, wenn ihr Lust habt.« Er ratterte die Sätze hinunter, als hätte er sie einstudiert, seine Wangen waren dabei leicht gerötet. Es war nicht zu übersehen, dass ihm genauso viel durch den Kopf ging wie mir. Ich wünschte nur, ich wüsste, was.

»Ich bin ziemlich kaputt von der Anreise, aber wir schauen mal, wie es uns später geht«, antwortete Sienna, und ich wollte ihr einfach nur um den Hals fallen. Ich war so dankbar für ihre Unterstützung und den Raum, den sie mir gab.

»Ich muss jetzt leider los, aber wir sehen uns dann … vielleicht später wieder.« Er winkte Sienna zu, ehe sein Blick ein letztes Mal bei mir hängenblieb. Für ein paar Sekunden sahen wir einander an, die Sehnsucht in mir wurde so unerträglich, dass ich beide Hände zu Fäusten ballte, um sie nicht nach ihm auszustrecken. Dann drehte er sich um und verschwand in dem Gewusel, während mein Herz ihm hinterherrennen und alles ungeschehen machen wollte. Die letzten Wochen, in denen ich mich in jeder Sekunde nach ihm gesehnt hatte, die Tage auf Glenloch Castle, als wir zugelassen hatten, dass eine Dummheit uns wieder auseinanderriss, die letzten drei Jahre, in denen ich einfach nur hätte mit ihm sprechen müssen und stattdessen das Schweigen die Distanz zwischen uns hatte füllen lassen. Ich wollte die Zeit so dringend zurückdrehen, und die Erkenntnis, dass ich es nicht konnte, drückte ihre scharfen Stachel in mein Inneres und ließ es bluten. Ich blutete all die Gefühle, die ich nie ausgesprochen hatte, die Erinnerungen an uns, die für immer präsent in meinem Kopf und Herzen sein würden, blutete ein Wir, das sich immer noch so verdammt richtig anfühlte und dennoch so sehr wehtat. Ich blutete so lange, bis ich mich vollkommen leer fühlte, wie betäubt, doch das war immer noch besser, als im Backstagebereich zusammenzubrechen.

Das Stück war großartig. Ich war von der ersten Minute an gefesselt – von dem Bühnenbild, den Darstellerinnen und Darstellern, den Liedern, der magischen Atmosphäre im Theater und der Geschichte. Tristan als Prinz Fiyero war umwerfend. Sein liebenswert lässiger Charme, mit dem er jeden hier im Saal um den Finger wickelte, seine Leidenschaft, die man ihm in jeder Zeile anmerkte, und vor allem seine Performance von *Dancing Through Life*, bei dem seine wunderbare Stimme den ganzen Raum ausfüllte und schmachtendes Kichern bei jedem seiner Tanzschritte in den Reihen auslöste. Es störte mich nicht mal, dass Heather als Glinda mit am meisten Bühnenzeit hatte. Selbst sie faszinierte mich. Ihre Ausstrahlung war engelsgleich, und sie verkörperte ihre Rolle perfekt. Die Chemie zwischen ihr und der Darstellerin von Elphaba war herausragend, und ihr Gesang berührte mich tief. Als ich am Ende zusammen mit den anderen für minutenlange Standing Ovation aufstand, wollte ich direkt wieder nach Oz reisen. Und als Tristan ein letztes Mal auf die Bühne kam und sich verbeugte, konnte ich nichts gegen die Tränen tun, die mir in die Augen stiegen. Er hatte jede einzelne Sekunde dieses Applauses und der Bewunderung, die ihm die Menschen schenkten, verdient. Elektrisierende Euphorie schwebte über dem Publikum, alle wurden mitgerissen von diesem Gefühl, das man nur nach einem guten Film oder Stück hatte. Dieses Gefühl, dass man die Welt erobern und sein Leben verändern konnte und alles, einfach alles möglich war. Gott, wie ich das liebte.

Ich drehte mich zu Sienna, die mich ebenfalls mit Tränen in den Augen anstrahlte, und zog sie ganz fest mich an mich.

»Wie kann es sein, dass dieser talentierte Star auf der Bühne da vorne mein Bruder ist?«, rief sie mir gegen den Applaus zu. »Es fühlt sich an, als hätte er mir gestern noch seine Cornflakes in die Haare geschmiert.«

Ich musste lächeln. »Ich weiß, das fühlt sich alles verdammt surreal an.«

»Ich würde ihm gerne noch kurz gratulieren, auf diese Party muss ich nicht unbedingt gehen. Möchtest du mitkommen oder hier warten?«, fragte Sienna, ihre Hand ruhte sanft an meinem Oberarm.

Von den Emotionen, die das Stück in mir ausgelöst hatte, beflügelt, zögerte ich nicht eine Minute, ehe ich sagte: »Ich komme mit.«

Im Backstagebereich angekommen, waren wir nicht die Einzigen, die darauf warteten, jemanden zu empfangen, auf den sie stolz waren. Familien, Freunde und Partner schlossen Schauspielerinnen und Schauspieler in die Arme, und während die Stimmung vor dem Stück noch angespannt gewesen war, so war sie jetzt völlig ausgelassen.

Wir reckten die Hälse, hielten nach Tristan Ausschau, konnten ihn jedoch nirgends entdecken.

Als ich ihn dann sah, wie er freudestrahlend mit Heather um die Ecke kam, ihr Arm bei ihm untergehakt, seine Wangen leicht gerötet, die Augen schimmernd, da fühlte ich mich so fehl am Platz wie schon lange nicht mehr. Was machte ich hier eigentlich? Mein Enthusiasmus von eben platzte wie eine Seifenblase, die mich augenblicklich wieder in die Realität katapultierte. Wieso dachte ich ernsthaft, dass ich hier aufkreuzen könnte, nachdem Tristan sich wochenlang nicht gemeldet hatte, und er mich dennoch freudestrahlend in seine Arme schließen würde? Dass alles vergessen und repariert war, ohne dass wir was dafür tun oder miteinander sprechen mussten?

»Ich gehe mal eben zur Toilette«, sagte ich zu Sienna, bevor ich mich umdrehte und ohne ihre Antwort abzuwarten in Richtung Toiletten verschwand, an denen wir vorbeigelaufen waren.

Nachdem ich meinem Spiegelbild einige Minuten lang Mut zugesprochen und meine Hände viermal gewaschen hatte, in der Hoffnung, dass dadurch alles gut werden würde, lief ich wieder in Richtung des Backstagebereichs. Doch schon auf halbem Weg kam mir Sienna entgegen.

»Liv, das musst du dir unbedingt ansehen, komm mit!«, rief sie aufgeregt und zog mich an der Hand hinter sich her.

»Was ist denn los?« Verwirrt sah ich mich um, folgte ihr

schließlich in die komplett entgegengesetzte Richtung. »Gehen wir nicht wieder Backstage?«

Sienna schüttelte den Kopf. »Nein, aber wart's einfach ab, es lohnt sich, glaub mir.«

Nach kurzer Zeit kamen wir in einen Gang mit mehreren verschlossenen Türen. Sie zeigte auf die Tür in der Mitte, neben der ein kleines Schild hing, auf dem *Anprobe* stand.

»Da drin!«

Ich runzelte die Stirn. »Was ist denn da?«

Sienna seufzte. »Na komm, du musst dir das ansehen.« Sie zog mich zur Tür und riss sie auf. Ehe ich etwas erwidern konnte, schubste sie mich regelrecht in den Raum.

»Hey!«, rief ich empört und stolperte fast über meine eigenen Füße.

Es handelte sich scheinbar um eine Art Garderobe – eine Stange mit Kostümen, ein kleines Sofa sowie ein hell beleuchteter Spiegel mit Stuhl davor. Und auf diesem Stuhl saß jemand mit dem Rücken zu mir, der gerade dabei war, sich abzuschminken. Jemand mit blonden Locken.

»Was?«, rutschte mir heraus, als er sich umdrehte.

Im selben Moment wurde die Tür hinter mir schwungvoll geschlossen, und eine Sekunde später ertönte das Klicken des Schlosses. Reflexartig griff ich nach der Türklinke und drückte sie mehrmals hinunter.

Die Tür war verschlossen.

Kapitel 39

»Sienna?«, rief ich panisch, während ich spürte, dass Tristan aufgestanden war und sich mir näherte. »Was ist denn jetzt los?«

Ich rüttelte erneut an der Klinke, als ob sich das Schloss wie ein Wunder dadurch öffnen würde, aber natürlich passierte nichts.

Als ich Schritte hörte, die sich entfernten, drehte ich mich hastig um und stieß direkt gegen eine harte Brust.

»Sorry«, murmelte ich heiser, den Blick zuerst auf seine Kornblumenaugen gerichtet, dann auf seine Lippen, die nur wenige Zentimeter von meinen entfernt waren. Ich spürte seinen heißen Atem, während mein Herz immer schneller pochte. Für einige Sekunden herrschte Stille, wir standen wie festgefroren voreinander, keiner schien sich aus der Starre lösen zu können. Oder zu wollen.

Jede Faser meines Körpers sehnte sich danach, mich vorzubeugen, um die Distanz zwischen uns zu überbrücken, um meine Lippen auf seine zu drücken, um ihn endlich wieder zu spüren. Wie dumm von mir zu denken, ich könnte mich je von Tristan fernhalten, als ob nicht alles in mir nach seiner Nähe strebte, als ob der unsichtbare Faden zwischen uns uns nicht so oder so immer wieder zueinander führen würde.

»Noch vor ein paar Sekunden hab ich mich gefragt, ob das vielleicht eine miserable Idee ist und du mich umbringen wirst, aber gerade bin ich einfach nur dankbar, dass Sienna bei meinem Plan mitgemacht hat.« Tristans Stimme klang rau und bescherte mir eine Gänsehaut. Sein Brustkorb hob und senkte sich schnell, Hoffnung keimte in mir auf. Und Sehnsucht. So verdammt viel Sehnsucht. Verflixtes, verräterisches Herz.

Er beugte sich vor, ganz langsam, alles in mir war zum Zerreißen angespannt, bis ich auf einmal wieder seine Worte im Kopf hörte.

Vielleicht hatte Heather recht …

Obwohl sich alles in mir dagegen wehrte, machte ich einen Schritt zurück, sodass ich mit dem Rücken gegen die Tür hinter mir stieß.

Das brach den Zauber zwischen uns, auch Tristan entfernte sich ein Stück, fuhr sich durch die Locken, schien sich daran zu erinnern, dass er sein Herz ja vor mir schützen wollte.

Mir rutschte ein »Fuck« heraus, frustriert trat ich mit dem Fuß gegen die Tür, ehe ich mich auf das kleine Sofa sinken ließ, den Kopf in den Händen vergraben.

Einen kurzen Augenblick lang herrschte Stille, bevor das Sofa leise quietschte, als Tristan sich neben mich setzte.

»Ich habe Sienna darum gebeten, dass sie dich hierherlotst und uns etwas Zeit zusammen verschafft. Natürlich kannst du jederzeit gehen, ich habe auch einen Schlüssel, aber ich hoffe, du bleibst«, setzte Tristan vorsichtig an. Mein Herz machte einen kleinen Hüpfer.

Er klang so verletzlich und aufrichtig, dass ich den Kopf hob. Wieder war sein schönes Gesicht mir viel zu nah, die Wärme, die er ausstrahlte, umhüllte mich.

»Ach, wirklich?«, fragte ich leise, meine Stimme so zittrig, dass ich mich schnell räusperte. »Ich dachte, es hat etwas mit Selbstschutz zu tun.«

Tristan atmete kraftvoll aus, ließ sich zurück gegen die Lehne fallen, die Hände über dem Kopf zusammengeschlagen.

Gerade als ich dachte, er würde nichts weiter sagen, setzte er sich in einer schnellen Bewegung wieder auf. Sein Blick fixierte mich so intensiv, dass mir schwindelig wurde.

»Weißt du noch, wie ich dir bei unserem letzten Gespräch in Schottland vorgeworfen habe, dass du denkst, ich sei ein Arschloch, das dich für deine mentale Gesundheit verurteilt?« Er atmete laut aus. »Na ja, ich verurteile dich zwar nicht für deine mentale Gesundheit, aber du hast recht: Ich bin ein Arschloch. Oder zumindest war ich es in diesem Moment.«

Ich wagte es kaum zu atmen, hing gebannt an seinen Lippen.

»Drei Jahre lang habe ich dir übel genommen, dass du nicht mit mir gesprochen hast, und dann habe ich genau dasselbe getan. Für mich war die ganze Situation mit deiner Zwangsstörung auch völlig neu, und ich wollte alles richtig machen, habe aber stattdessen nur Bullshit geredet. Dann habe ich es immer schlimmer gemacht, sodass ich mich am Flughafen gar nicht mehr getraut habe, irgendetwas zu sagen, weil ich Angst hatte, noch mehr Quatsch von mir zu geben und nicht in der Lage zu sein, meine Gefühle richtig auszudrücken. Und ich Idiot hab dich einfach gehen lassen. Anstatt das zu machen, was ich eigentlich wollte, nämlich dich an mich zu ziehen und zu küssen. Es tut mir so verdammt leid, wie ich mich verhalten habe.«

Er sah mich an, als würde nichts außer meinem Gesicht existieren, sein Blick flehend, seine Stimme bebend.

»Wieso hast du dich in den letzten Wochen dann nicht ein einziges Mal gemeldet?«, fragte ich leise, mein Herz wurde schwer beim Gedanken daran, wie oft ich auf einen Anruf oder eine Nachricht von ihm gewartet hatte.

Tristan seufzte und schüttelte den Kopf. »Ich habe mich in die Proben gestürzt und gedacht, ich könnte alles verdrängen, einfach so weitermachen wie vorher.« Fast schon schüchtern nahm er meine Hände in seine. Wären wir Teil der Serie *Heartstopper*, dann würden nun sicherlich kleine bunte Funken eingeblendet werden, genau an der Stelle, wo sich unsere Haut berührte. Es war wie ein kleiner Stromschlag, der ein Kribbeln durch jede einzelne Ader meines Körpers schoss. Sein Blick lag auf unseren Händen, ehe er tief Luft holte und wieder mein Gesicht fixierte.

»Aber ich bin es leid, Liv. Ich bin es so verdammt leid, so zu tun, als könnte ich mir ein Leben ohne dich vorstellen. Wir haben schon so viel Zeit verloren, dass ich nicht noch mehr damit vergeuden möchte, dich von mir zu stoßen oder mich selbst zu belügen, indem ich mir sage, dass es besser so ist. Das ist es nämlich nicht. Fakt ist, dass ich seit Langem nicht mehr so glücklich war wie in dieser kurzen Zeit in Schottland. Die letzten Wochen hier in London haben sich angefühlt wie unter Wasser. Als ich dich dann vorhin gesehen habe, da konnte ich endlich wieder Luft holen.« Seine Stimme klang genauso atemlos, wie ich mich fühlte, seine Wangen waren noch immer leicht gerötet. Mein Puls raste, und ich spürte, wie meine Augen feucht wurden. Er beschrieb exakt, wie ich mich in der letzten Zeit gefühlt hatte. Diese Worte nun aus seinem Mund zu hören, war alles, was ich mir erträumt hatte, und ich wollte mich am liebsten kneifen, nur um mich zu vergewissern, dass das hier auch wirklich passierte.

»Ja, es wird schwierig. Wahrscheinlich müssen wir kämpfen, und mit absoluter Sicherheit werden wir uns irgendwann wieder wehtun. Aber genau das bedeutet Liebe doch, oder? Und ich möchte all das und noch mehr mit niemand anderem als dir. Denn ich liebe alles an dir, Liv. Habe ich damals und tue ich noch immer. Und all das hier«, er machte eine ausladende Handbewegung, »bedeutet mir nichts, wenn ich es nicht mit dir teilen kann. Ja, das Theater war immer mein Traum. Aber seit wir an deinem ersten Tag im Kino diesen Hitchcock-Film gesehen haben und dann gemeinsam nach Hause gelaufen sind, bist mein größter Traum du. Und da hat sich trotz allem, was passiert ist, auch nichts dran geändert. Du bist mein Mensch. Und ich kann nicht länger so tun, als wäre das nicht so.«

Atemlos, mit leicht geöffneten Lippen sah er mich an, sein Blick verzweifelt und hoffnungsvoll zugleich. Wie vom Donner gerührt starrte ich ihn an. Meine Sicht verschwamm leicht, und mein Brustkorb fühlte sich an, als stünde er kurz davor zu explodieren vor lauter Emotionen und Glücksgefühlen. Nie war ich froher darüber gewesen, auf meine innere Stimme gehört und Sienna nach London begleitet zu haben. Erst jetzt wurde mir so richtig bewusst, *wie* sehr ich gehofft hatte, dass Tristan und ich wieder zueinander finden. So wie wir das immer taten. Nur dass wir uns dieses Mal nicht wieder loslassen würden.

»Sag doch was«, flehte er, strich sanft mit dem Daumen über meinen Handrücken.

Ohne noch länger zu zögern, umfasste ich sein Gesicht mit meinen Händen.

»Du bist auch mein Mensch, Tristan«, flüsterte ich, meine Stimme zitterte noch immer, diesmal jedoch, weil ich so glücklich war, dass ich kaum sprechen konnte. »Ich weiß, ich bin oft nicht gut darin, über meine Gefühle zu sprechen, aber ich möchte, dass du von heute an jeden Tag weißt, dass ich dich liebe. Und ich werde mein Bestes tun, um dich nie mehr auszuschließen. Das verspreche ich.«

Die Erleichterung stand Tristan ins Gesicht geschrieben.

»Gott sei Dank, dann kann ich jetzt endlich wieder das tun«, sagte er, ehe er mich an der Taille zu sich heranzog und seine Lippen auf meine drückte. Wir kollidierten miteinander wie zwei Planeten, und ich hätte schwören können, dass die Explosion den Boden zum Beben brachte. Ich setzte mich auf Tristans Schoß, wollte ihm noch näher sein, während unsere Zungen regelrecht miteinander verschmolzen.

»Verdammt, ich hoffe, Sienna holt uns nie mehr aus diesem Raum, ich jedenfalls werde nicht aufschließen«, murmelte Tristan an meinen Lippen und brachte mich damit zum Lachen.

Ich stupste mit meiner Nase sanft gegen seine. »Mir egal, wo wir sind, Hauptsache, wir sind zusammen.«

Und als Tristan mich erneut küsste, in einem stickigen Garderobenraum mitten im Apollo Victoria Theatre London, da war zum ersten Mal seit sehr langer Zeit alles genau so, wie es sein sollte.

Epilog

Das Meer rauschte, die Wellen krachten geräuschvoll gegen die Klippen, und ein leichter, kaum sichtbarer Nieselregen legte sich wie eine Decke über mich. Ich schloss kurz die Augen, atmete die salzige Meeresluft ein, streckte die Arme aus, stellte mir vor, es wären Flügel, die mich durch den Wind gleiten ließen.

Gott, wie ich Cornwall vermisst hatte.

»Hey, nicht wegfliegen!«, rief eine Stimme, die ich seit Monaten nur am Telefon gehört hatte. Schnell drehte ich mich um und sah Gracie, die auf der Terrasse stand und mir zuwinkte.

»O mein Gott, du bist da!« Ich rannte über die Wiese auf sie zu, sie kam mir entgegen, und als wir uns endlich erreichten, fielen wir uns kreischend in die Arme.

Wir hielten uns so fest umschlungen, dass wir taumelten, uns aber gerade noch halten konnten. Ich vergrub mein Gesicht in ihren roten Haaren, die ihr mittlerweile fast bis zur Taille reichten und noch immer nach demselben süßlichen Parfüm rochen.

»Ich hab dich so vermisst«, sagte sie, nachdem wir uns wieder voneinander gelöst hatten. Ich musterte ihr Gesicht mit den Sommersprossen, ihr noch immer so vertrautes Lächeln und den knallgelben Regenmantel, der so sehr Gracie war, dass ich sie direkt wieder umarmen wollte.

»Na, und ich dich erst«, erwiderte ich und konnte nicht anders, als sie direkt noch mal an mich zu ziehen. »Es ist so schön, dass du hier bist.«

»Du hast doch nicht gedacht, dass ich mir das entgehen lasse, oder?« Sie grinste verschmitzt und entlockte mir damit ein Lachen. »Ich möchte alles wissen, was seit unserem letzten Telefonat passiert ist«, sagte sie und legte den Arm um meine Taille, während wir wieder zurück zum Haus schlenderten.

»Das ist gerade mal zwei Tage her.«

»Na und? Da kann viel passieren!«

»Olivia, hi«, erklang die Stimme von Sam, als wir das Wohnzimmer durch die Terrassentür betraten.

»Sam!« Breit lächelnd lief ich auf sie zu und schloss sie ebenfalls in eine feste Umarmung. »Ich freu mich so, dass du auch gekommen bist.«

»Danke für die Einladung, ich würde Silvester wirklich mit niemandem lieber verbringen als meinem Mädchen und ihren Freunden.« Sie drückte Gracie einen zärtlichen Kuss auf die Wange und sah sich um. »Und dieses Haus ist umwerfend.«

Seufzend nickte ich. »Wir haben hier vor einigen Jahren mal mit unseren Familien Weihnachten verbracht, seitdem wollte ich unbedingt irgendwann wieder hierhin.«

»Wer möchte eine Tasse Glühwein?«, zwitscherte Sienna fröhlich und kam mit einem Tablett voller Tassen aus der Küche.

»Es ist gerade mal Mittag«, sagte ich mit gespielter Empörung, ehe ich nach einer der dampfenden Tassen griff.

»Für Glühwein ist es nie zu früh.« Sienna grinste, bevor sie sowohl Gracie als auch Sam das Tablett hinhielt.

Wir setzten uns alle auf das große Sofa, während der Regen mittlerweile in dicken Tropfen gegen die hohen Fensterscheiben prasselte.

»Hier kommt die Holzlieferung«, erklang eine dunkle Stimme, die mir noch immer Gänsehaut bereitete, egal, wie häufig ich sie hörte.

Tristans blonder Lockenkopf erschien um die Ecke, in den Händen eine Kiste mit Holzscheiten. Seine Wangen waren von der Kälte leicht gerötet, und die Haarsträhnen klebten ihm feucht an der Stirn. Ich stand auf, um ihm den nassen Mantel abzunehmen, und natürlich auch, um ihm einen Kuss auf die Lippen zu drücken.

»Mmh, du schmeckst nach Glühwein«, murmelte Tristan grinsend an meinem Mund, ehe er sich langsam mit der Zunge über die Lippen fuhr und damit ein warmes Kribbeln in meinem Bauch auslöste.

»Ist das kalt draußen!« Cody, Tristans bester Freund, tauchte hinter ihm auf, ebenfalls eine Kiste mit Holz in den Händen, und schüttelte den Kopf, sodass vereinzelte Tropfen in unsere Richtung flogen. Er war einige Monate bei einer Produktion am Broadway beteiligt gewesen, doch seit ein paar Wochen zurück in England. Wir sahen ihn nun regelmäßig, und Tristan war überglücklich, seinen besten Freund endlich wieder in seiner Nähe zu haben.

Nun sprang auch Sienna auf und eilte in unsere Richtung, um Cody beim Tragen zu helfen. Wie immer, wenn er meine beste Freundin sah, verfärbte sich sein Gesicht dunkelrot. Sie wuschelte ihm grinsend durch die kurzen dunkelbraunen Haare, während ich Tristan einen vielsagenden Blick zuwarf. Wir waren uns sehr sicher, dass zwischen den beiden etwas lief, auch wenn sie es noch immer dementierten.

Nachdem wir gemeinsam mit den Jungs das Holz für unser

Lagerfeuer heute Abend verräumt hatten, machten wir es uns auf dem Sofa gemütlich und leerten den Glühwein, während wir uns witzige Geschichten von vergangenen Silvesterfeiern erzählten. Mit vom Alkohol leicht erhitzten Wangen ließ ich den Blick schweifen, musterte die Menschen im Raum, die ich so sehr liebte. Zuerst Gracie, die bei Sam auf dem Schoß saß und lauthals über etwas lachte, das Sienna erzählte. Seit unsere Wege sich im Sommer getrennt hatten, war kein Tag vergangen, an dem wir nicht geschrieben oder telefoniert hatten. Wie sich herausgestellt hatte, war die Angst, dass wir uns durch die Distanz voneinander entfernen würden, völlig unbegründet gewesen. Gracies »Podcastsprachnachrichten« waren mittlerweile ein fester Bestandteil meines Alltags, und ich fühlte mich ihr näher als je zuvor. Nächstes Frühjahr hatte sie ihre Abschlussprüfung zur Visagistin, und danach würde sie, vorerst für ein halbes Jahr, gemeinsam mit Sam durch Europa reisen. Ein längerer Aufenthalt in Bath stand natürlich fest auf dem Plan.

Mein Blick wanderte weiter zu Sienna, die im Schneidersitz neben Cody saß und wild mit den Händen gestikulierte, um ihre Geschichte zu untermalen. Tristans bester Freund starrte sie dabei verträumt an, hing wie gebannt an ihren Lippen und sah dem Emoji mit den Herzchen-Augen verblüffend ähnlich, was mich zum Schmunzeln brachte. Seit er zurück war, verbrachten die beiden immer mehr Zeit miteinander, vor allem dadurch, dass Sienna nicht mehr im Hotel arbeitete, sondern in derselben Eventmanagementfirma wie Cody. Ihre neuen, wesentlich entspannteren Arbeitszeiten ermöglichten es auch mir, meine beste Freundin häufiger zu sehen, was zu ganz neuen gemeinsamen Ritualen geführt hatte. Wir kochten (oder bestellten) nun fast jeden Abend zusammen und unternahmen deutlich mehr. Oft auch mit Tasha und Cooper, die noch immer unzertrennlich waren, ohne dass sich dadurch etwas an unserer Freundschaft verändert hätte.

Die Arbeit im *CineHeaven* bereitete mir nach wie vor die größte Freude. Ellen und Jude waren im letzten Monat auf einer Kreuzfahrt gewesen, was zwar viel Verantwortung für uns drei bedeutete, aber auch Spaß gemacht hatte. Letzte Woche hatten wir einen Weihnachtsfilm-Marathon veranstaltet, bei dem es Pflicht war, im Pyjama zu kommen, und es für jeden heiße Schokolade, Lebkuchen und süßen Punsch gab. Es war ein voller Erfolg gewesen, weshalb wir entschlossen hatten, in Zukunft mehr solcher Veranstaltungen zu planen.

Plötzlich klingelte mein Handy und riss mich aus meinen Gedanken. Eilig stellte ich meine Tasse auf dem Tisch ab und lief zum Küchentresen, wo ich es liegen gelassen hatte.

»Hi Mum«, sagte ich lächelnd, nachdem ich auf den grünen Hörer getippt hatte. Ich lief zur Fensterfront ein Stück abseits, um etwas Ruhe zu haben.

»Hallo, mein Schatz, seid ihr gut angekommen?« Im Hintergrund war Geschirrklappern zu hören, vermutlich war sie gerade dabei, alles für die Silvesterparty vorzubereiten, die heute Abend bei ihr und Dad stattfand.

»Ja, alles super. Cooper und Tasha kommen später noch, alle anderen sind schon da. Das Haus hat sich wirklich gar nicht verändert.« Ich betrachtete meine Fingernägel, die in einem weihnachtlichen rot lackiert waren. Stolz stellte ich fest, dass jeder Finger heile war, nirgendwo eine abgeknibbelte Stelle. Eine gute Art und Weise, ins neue Jahr zu starten.

»Das freut mich. Ach, ich denke immer noch so gerne an unser gemeinsames Weihnachten dort zurück.« Ihre Stimme klang wehmütig und versetzte mir einen kleinen Stich.

»Ich auch«, sagte ich leise. »Bleibt es bei unserem gemeinsamen Frühstück nächste Woche?«

»Natürlich, ich freue mich schon.«

»Ich freue mich auch, Mum. Viel Spaß heute Abend bei eurer Silvesterparty. Grüß Dad von mir.«

»Danke, mein Schatz. Warte, bleib kurz dran, dein Dad will dich auch noch sprechen. Hab dich lieb, Kuss.«

»Ich dich auch, Kuss zurück.« Mein Herz fing an, etwas schneller zu pochen, während ich darauf wartete, dass mein Vater ans Telefon kam. Gedämpfte Stimmen und Rauschen waren zu vernehmen, und es fühlte sich wie eine halbe Ewigkeit an.

»Hallo, Olivia«, begrüßte mich mein Dad steif. »Ich wollte euch nur einen guten Rutsch wünschen.« Ich konnte hören, wie viel Überwindung ihn diese wenigen Worte kosteten, und obwohl es nicht viel war, bedeutete es mir eine Menge.

Nach unserem Gespräch in seinem Büro hatte erst mal lange Funkstille zwischen uns geherrscht, doch mittlerweile hörte ich wieder öfter von ihm. Ich war mir ziemlich sicher, dass Mum ihm auch eine Standpauke gehalten hatte, doch das war mir egal. Er gab sich Mühe, und im Augenblick war das alles, was zählte. Vielleicht würde es trotzdem nie mehr so werden wie früher, doch auch das war okay. Ich würde mich nicht länger dafür schämen, wer ich war, ich hatte genug Menschen um mich herum, die mich genau dafür liebten.

»Danke, Dad, euch auch. Wir hören uns, ja?«

Er räusperte sich kurz. »Ja, machen wir. Mach's gut.«

Ich legte auf und ließ meinen Arm sinken, den Blick auf die tosenden Wellen und immergrünen Klippen gerichtet.

»Alles in Ordnung?«, flüsterte mir eine Stimme ins Ohr, und zwei starke Arme legten sich von hinten um meine Taille.

Ich musste schmunzeln, als Tristan mir einen sanften Kuss auf den Hals hauchte. Die Stelle fing sofort an zu kribbeln, und mein Bauch zog sich sehnsuchtsvoll zusammen.

»Ja, alles gut. Meine Eltern wünschen uns viel Spaß.«

»Hast du auch mit deinem Dad gesprochen?«

Ich nickte. »Er war ziemlich förmlich, aber wollte mich immerhin von sich aus sprechen.«

»Das wird schon, davon bin ich überzeugt.«

Ich drehte mich um und legte meine Arme um seinen Hals. »Ich kann nicht glauben, dass wir tatsächlich wieder zusammen in diesem Haus sind.«

Tristan schmunzelte, bevor seine Nasenspitze kurz an meiner rieb. »Wir könnten versuchen, das von nun an zur Tradition zu machen, und jedes Jahr herkommen.«

»Das finde ich eine tolle Idee. Mein berühmter Musicaldarstellerfreund ist zwar immer sehr beschäftigt, aber das kriegen wir bestimmt trotzdem hin.« Grinsend fuhr ich ihm durch die blonden Locken, die etwas kürzer geschnitten waren als sonst, sich aber immer noch genauso weich anfühlten wie vorher.

»Ich werde dafür sorgen, dass dein Musicaldarstellerfreund immer Zeit für dich findet. Sonst kriegt er Ärger mit mir.«

Lächelnd stellte ich mich auf die Zehenspitzen und beugte mich leicht vor, um ihn zu küssen. Er zog mich noch näher an sich heran, während unsere Zungen sich im Gleichtakt bewegten.

Schmetterlinge tanzten durch meinen Bauch. Tristan zu küssen, würde nie aufhören, mein Lieblingsgefühl zu sein.

Im Frühjahr beendete er seine Spielzeit am Apollo Victoria Theatre und hatte einen Vertrag am Bristol Hippodrome angenommen. Dort würde er das ganze nächste Jahr über spielen. Und noch wichtiger: Bristol war nur fünfundvierzig Autominuten von Bath entfernt. Wir würden uns also wesentlich öfter sehen, was ich jetzt schon kaum erwarten konnte.

Seine Wohnung in London hatte er für den Zeitraum untervermietet, und es war nicht ausgeschlossen, dass er irgendwann wieder dorthin zurückkehren würde. Doch darüber würden wir uns Gedanken machen, wenn es so weit war. Ich zweifelte jedenfalls nicht mehr daran, dass wir alles schaffen und überwinden konnten.

»Ich liebe dich«, sagte ich, nachdem wir uns voneinander gelöst hatten. Das Lächeln, das er mir daraufhin schenkte, war kostbarer als alles andere auf dieser Welt.

»Und ich liebe dich.« Er strich mir eine braune Haarsträhne hinters Ohr, als plötzlich *Auld Lang Syne* in einer sehr schiefen Version von Sienna und Gracie im Wohnzimmer ertönte.

Ich griff lachend nach Tristans Hand, und gemeinsam gingen wir zurück zu unseren Freunden, um zusammen mit ihnen in das neue Jahr zu starten. Bevor ich mich zu meinen beiden besten Freundinnen gesellte, um den schrillen Chor zu vervollständigen, drehte ich mich noch mal kurz zu Tristan.

»Danke, dass du mein Mensch bist«, flüsterte ich.

Und als ich die Worte ausgesprochen hatte, stellte ich fest, dass sie bei der richtigen Person ganz federleicht waren.

ENDE

Danksagung

Ich habe gelesen, dass der zweite Roman für viele Autorinnen und Autoren der schwerste ist. Anfangs wollte ich das nicht so richtig glauben, aber dann kam »Words Like Feathers«, und, tja, was soll ich sagen … es war ein Kampf. Dass ihr dieses Buch nun doch in den Händen halten könnt, macht mich unsagbar stolz, vor allem aber auch dankbar für die Menschen in meinem Leben, ohne die ich das niemals geschafft hätte.

Der erste Dank gilt Sara Antkowiak, meiner wunderbaren Lektorin & Freundin. Sara, dir verdanke ich es nicht nur, dass diese Geschichte bei reverie ein Zuhause gefunden hat, sondern auch, dass ich sie beendet habe. Ohne deine Unterstützung, die mutmachenden Worte und deine klugen, wertvollen Anmerkungen, hätte ich vermutlich schon nach fünf Seiten aufgegeben.

Danke auch an Kathrin Nehm, meine Agentin der Agentur Thomas Schlück GmbH. Dein Glaube an mich bedeutet mir viel.

Mami, Papi & Mimi, meine Familie, mein Ein & Alles. Kein Wort wird je ausreichen, um auszudrücken, wie viel ihr mir bedeutet und wie sehr ich euch liebe. Bis zum Mond & zurück reicht nicht mal annähernd.

Lara, mein Twinnie. Dieses Buch ist für dich, denn ein Leben ohne dich wäre wie ein Leben ohne Sauerstoff. Danke, dass du es schon seit über zehn Jahren mit mir aushältst & von einem fremden One-Direction-Profilbild auf SchülerCC zu meiner Schwester geworden bist.

Sophia, ohne dich hätte ich mich schon so oft in der Buchbranche verloren, hätte Ängste & Zweifel gewinnen lassen und alles aufgegeben. Danke, dass du immer da bist, wenn ich mal wieder panisch anrufe oder schreibe, mich jederzeit erdest, mir auch mal in den Hintern trittst & den Eras-Tour-Ticketkampf für uns gewonnen hast. Unsere Freundschaft bedeutet mir mehr als ich sagen kann.

Jolien, du bist genauso überraschend in mein Leben getreten wie Sally & Medina bei *Love Is Blind Germany*, und auch bei uns bin ich überzeugt davon, dass uns ein *invisible string* zueinander geführt hat. Ich möchte jedenfalls kein einziges Schreib-/Back-/Quatsch-/Trash-TV/Buchshopping-Date mit mir mehr missen und freue mich auf jeden weiteren Schreiburlaub & Mädelstrip, der uns noch bevorsteht. Danke, dass du so an mich glaubst, mich anfeuerst & immer da bist. Und jetzt schreib, denn ich will endlich ein Buch von dir lesen!

Mounia, du warst während des Schreibprozesses von »Words Like Feathers« die ganze Zeit an meiner Seite, warst die Erste, die in das Manuskript reingelesen hat, und eine so große Stütze. Danke für deine ermutigenden Worte, fürs Zuhören & da sein, für jede liebe Nachricht & sogar Post aus Japan. Du glaubst gar nicht, *wie* froh ich darüber bin, dass es dich gibt.

Gabriella, du Lieblingsautorin & Herzensmensch. Danke für den schönsten Blurb und dafür, dass du dir mal wieder die Zeit genommen hast, um mein Buch zu lesen. Deine Meinung bedeutet mir alles & deine Geschichten werden nie aufhören, mich zu inspirieren, zu heilen und zu begeistern. Infini undso.

Ana, thank you again for creating the most beautiful illustration for the inside of this book & the postcard. Your art never fails to amaze me & nobody could ever capture the scenes in my head like you do. But especially thank you for being such a wonderful friend. Every single day, the distance between us makes me so sad because you feel so close to my heart & life that it seems to be completely absurd how far you're away. Can't wait to give you the biggest hug one day!

Bernie, meine tägliche Dosis Sonnenschein in menschlicher Form. Du lachst immer, aber glaub mir bitte, wenn ich dir sage, dass jeder Arbeitstag ohne dich & Pepperchen trist & grau ist. Danke, dass du mich auch bei diesem Buch so angespornt & angefeuert hast, mich immer zum Lachen bringst & trotz unseres Altersunterschieds so ein lieber Freund geworden bist. Ich hoffe, wir verlieren uns nie, egal wo unsere Wege auch hinführen!

Lea, du absolute Supermaus. Danke, dass ich dich immer mit Nachrichten zubombardieren darf, du immer ein offenes Ohr hast und immer für mich da bist. Ohne dich wäre die Welt nicht nur wesentlich farbloser, sondern ich wäre auch ziemlich aufgeschmissen!

Weil ich nicht für jeden einen ganzen Absatz schreiben kann, auch wenn ich das wirklich gern würde, hier noch ein paar Namen von Herzensmenschen, für die ich jeden Tag dankbar bin: Jasmin Schäfer, Sarah Schwalbach, Ruwen Noltenhans, Maren Vivien Haase, Kyra Groh, Ulla Scheler, Elle Ellis, Elif Mentese, Kiera Lenzen, Sarah Herweg, Mayla Stavermann, Svenja Friederich, Nikey Dauringon, Ann Sagebiel & my Dear John.

Tut mir so, so leid, falls ich irgendjemanden vergessen habe!

Und zum Schluss danke an dich dafür, dass du dieses Buch gelesen hast. Das wird nie, einfach nie, nie, nie selbstverständlich für mich sein. Danke auch an jeden, der mir eine liebe Nachricht oder Rezension auf Instagram & Co. schreibt und damit die Zweifel in meinem Kopf (zumindest kurz) zum Verstummen bringt. Das bedeutet mir die Welt.

Ich hoffe so sehr, dass die Geschichte von Olivia & Tristan euch gefallen hat und wir uns vielleicht auch beim nächsten Buch wiederlesen.

Alles Liebe,

Eure Marie